愛のパレード

セルヒオ・ピトル＝著

大西 亮＝訳

現代企画室

愛のパレード

セルヒオ・ピトル

大西亮＝訳

セルバンテス賞コレクション7
企画・監修＝寺尾隆吉＋稲本健二
協力＝セルバンテス文化センター（東京）

Instituto
Cervantes

El desfile del amor
SERGIO PITOL

Traducido por ONISHI Makoto

本書は、スペイン文化省書籍図書館総局の助成金を得て、
出版されるものです。

ライア、ルイス・カルドサ・イ・アラゴン、ルス・デル・アモ、
マルゴ・グランツ、カルロス・モンシバイス、ルイス・プリエトに捧ぐ。

目次

登場人物一覧

ミゲル・デル・ソラール　妻セシリアに先立たれ、二人の子供を育てる歴史学者。一九四二年にミネルバ館で起きた殺人事件の謎を追う。
エドゥビヘス・ブリオネス・デ・ディアス・セペダ　ミゲル・デル・ソラールの伯母。かつてのミネルバ館の住人。
ディオニシオ・ディアス・セペダ　エドゥビヘスの夫。ミゲル・デル・ソラールの母親の従兄弟にあたる。
アルヌルフォ・ブリオネス　エドゥビヘスの兄。クリステーロの乱では首謀者として活躍。ディオニシオの大学時代の友人。ミネルバ館の銃撃事件ののち死亡。
アデーレ・ワルツェル　アルヌルフォが妻として迎えたドイツ人女性。
ハンノ・ピスタウアー・クレッツ　アデーレの前夫。オーストリア人。
エーリヒ・マリア・ピスタウアー　アルヌルフォ・ブリオネスの継子。アデーレとハンノの実子。オーストリア国籍。ミネルバ館の銃撃事件で死亡。
アンパーロ　ディオニシオとエドゥビヘスの娘。
アントニオ　ディオニシオとエドゥビヘスの息子。政争に巻き込まれ逃亡中。
マルティネス　アルヌルフォの腹心の部下。
ゴンサロ・デ・ラ・カーニャ　エドゥビヘスの大伯父。放蕩三昧の生活を送った無名の三流詩人。

デルフィナ・ウリベ　ギャラリーの女性経営者。かつてのミネルバ館の住人。ベルナルドとアンドレスはその兄。
ルイス・ウリベ　デルフィナの父。メキシコ革命を通じて頭角を現した政治家。
リカルド・ルビオ　デルフィナの息子。ミネルバ館の銃撃事件で負傷し、その後死亡。
クリストバル・ルビオ　デルフィナのかつての夫。リカルド・ルビオの実父。
フリオ・エスコベード　画家。デルフィナの友人。
アイダ・ヴェルフェル　ユダヤ系ドイツ人女性。かつてのミネルバ館の住人で、高名なスペイン文学研究者。
エンマ・ヴェルフェル　アイダ・ヴェルフェルの娘。
ペドロ・バルモラン　ミネルバ館の住人で、自称ジャーナリスト。銃撃事件で負傷、半身不随になる。
アロルド・ゴエナガ　アルヌルフォ・ブリオネスの従兄弟。
デルニィ・ゴエナガ　アロルドの息子。広告会社の社長。
去勢男　十九世紀半ばにメキシコで生まれ、歌い手（ソプラノ歌手）としてヨーロッパに渡る。ナポリで死去。
フォン・レーベンタウ男爵夫人（パルミーラ・アグリア）　ナポリ出身の女性。去勢男を伴ってヨーロッパに渡り、社交界に乗り出すことをもくろむ。
ジロー中尉　フォン・レーベンタウ男爵夫人の愛人。

第一章　ミネルバ館

ひとりの男がローマ地区の中心部にある赤レンガ造りの建物の表門の前に立ち止まる。一九七三年一月中旬のある日の午後のことである。同じくレンガ造りの四つの大きな塔が建物の四隅にその異容をさらしている。閑静な邸宅街のこの一画のなかで、その風変りな外観はもう何十年ものあいだ人目を引いてきた。もっとも、周囲の景観から徐々に調和が失われるようになったここ数年は、それほど場違いな感じは与えない。いまや新しく建て増しされた建物の重みが、二十世紀初頭にボルドーやビアリッツ、オートゥイユで流行した建築様式に倣って建てられた二階、あるいはせいぜい三階建ての優美な家屋に亀裂を走らせている。少し前まで優雅な外観をそれなりに保ち、零落したとはいえ完全に没落するには至っていない由緒ある名家の誉れを肌で感じることができたその界隈には、どことなく薄汚れた物寂しげな風情が漂っている。新しく建設された地下鉄の駅、そこから規則的に吐き出される襤褸《ぼろ》をまとった人々、揚げ物やタコス、ケサディーリヤ[*1]、トウモロコシ、新聞、古本などを商う無数の屋台、犬や安物の玩具、あるいは奇跡的な効用を謳う薬を売る人たち、そんなものが現れてからというもの、この界隈がひとつの時代を終え、新たな時代を迎えつつあることは明らかだった。

日が傾きはじめた。男は鉄扉を押し開け中庭へ入ると、いまにも崩れ落ちそうな陰鬱な建物の内部を眺め渡した。建物の外観が周囲の景観、さらには街全体の空気に馴染んでいないように、その内部もまた、ゴシック様式を真似た建物の前面《ファサード》や屋根裏部屋、円窓、それに四つの塔と不釣り合いな印象を与える。男の視線は、中庭を取り巻く回廊や、シュロ、アイリス、バラ、ブーゲンビリアなどが植えられた形も大きさもまちまちのブリキ缶や植木鉢が不規則に並べられた場所をさまよった。植物の配置は、コンクリートの単調な構図にある種の変化をもたらし、非対称でありながらそれなりの調和を醸し出している。その様子は、場末の貧民街の内部を思わせた。

「たしか鉢植えのシュロがほかにもあったはずだが」、男は呟いた。そして、ひょっとすると自分は記憶の罠にはまっているのかもしれないと思った。彼の脳裏には、ここに住んでいたころの思い出が去来したが、それらはいずれも絢爛たる情景に縁取りされていた。建物の内部を仔細に眺めている男の目には、それが十分な広さを備えているにもかかわらず、記憶のなかのそれに比べてはるかに小さく感じられた。三十年前に耳にした人々の話し声が蘇り、建物の美しさやそれが享受していた名声、そして、近く刊行される予定の著書のなかで彼が言及したところの、当代切っての建築家のひとりによって一九一四年に設計されたアール・デコ調の内部空間——建物の外部と同じく、むき出しのレンガを用いた様式に別の様式を重ね合わせて作られた内部空間——を誉めたたえる会話の断片がこだました。ところが、いま彼が目にしているのは、いつ音を立てて崩れ落ちてもおかしくはない古びた残骸のような壁であった。

男の年齢は四十歳前後、厚手のフランネルのこげ茶色のズボンを穿《は》き、薄い縞模様の入った同じくこげ茶色のツイードのジャケットを身につけている。黄土色の毛織物のネクタイを締めた男の出立ちは、その立ち姿と同じく、あるいは下あごに手をやる独特の仕草と同様、その一画、とりわけ背後に柱廊を控えた周囲の空間によく馴染んでおり、ロンドンで見かけるような壁や柱廊を思わせる赤みを帯びたレンガづくりの背の高いくすんだ色の壁にも無理なく溶け込んでいた。男は、校正を済ませたばかりの原稿と、近所のイタリア書店で買い求めた、マキャベリの文体を論じたエッセーを小脇に抱えている。

ここ数年取り組んできた著書の校閲に専念した二日間というもの、彼はじつに気の滅入る時間を過ごした。ビクトリアノ・ウエルタ[*2]の退陣からカランサ[*3]の台頭にいたる時代にメキシコシティで起こった出来事を扱ったその本は、全体的に気取った堅苦しい文章でつづられ、教科書ふうの記述のところどころに技巧的な言い回しが織り込まれるといったものだった。しかし何よりも致命的なのは、作品の意義そのものが作者によってしっかり捉えられていない点にあった。こんな陳腐なものを書き上げるために自分は長いあいだ膨大な資料や文献の山と格闘してきたのか。淀んだ空気のなかで髪の毛や肺を埃や塵で満たすことにいったいどんな意味があったというのか。彼は、調査のためのメキシコ滞在を通して、結局のところ資料の収集や分類に明け暮れてしまったような虚しさを覚えるのだった。誤字や誤植が取り除かれ、あとは入稿を待つのみとなった原稿に疲れた目を走らせながら、彼はふと、自分がやり遂げた仕事が、数々の書簡や公文書、私文書の類、過去のある時期に刊行された出版物などからせっせと情報を拾い集め、それらを適当に按排するだけの、要するに誰にでもできる作業だったのではないかと思った。『一九一四年』と題されたその作品は、実際には翌一五年のかなりの部分に及ぶ出来事を扱っていた。一九一四年をタイトルに選んだのは、それがアグアスカリエンテス会議[*4]の開催された年であり、論述のいわば要となる年だったからである。中央政府が存在しなかったころの首都メキシコシティの歴史。さまざまな勢力が覇を競っていたころのメキシコシティの歴史。混沌が支配する激動の時代の真っただ中、まさにあらゆることが起こりうる状況にあった。たとえば、バスコンセロス[*5]によって公教育省が急造され、その建物の前では、いったいどういう理由からか、カービン銃を携えた軍人たちがときおり空に向けて発砲するといったような。

　はるか過去に属するあのころのメキシコからはもうこのへんで手を引こう。現在の彼を支えているのは、新たな作品のテーマを形づくろうとしている一連の出来事に寄せる旺盛な好奇心であった。数か月前、まだブリストルにいたころ、彼はあるイギリスの石油会社のワステカ支社長とロンドン本社のあいだで交わされた書簡を偶然見つけた。ちょうど石油をめぐる紛争が持ち上がっていた頃のもので、石油資本の接収を機にイギリスとメキシコが外交断絶に踏み切るという事態に発展したのである。彼の興味は次第に、両国の外交関係のその後の展開や、大戦の勃発をきっかけとした国交回復、イギリスの著名な知識人やジャーナリストたちによるセディーリョ将軍[*6]への表敬訪問（そのなかにはあのイーヴリン・ウォー[*7]がいた！）といった話題に及んだ。将軍への謁見を果たした彼らは、公教要理教育の成果が確かに芽生えはじめた善良なる野蛮人の姿をそこに認めようとした。彼こそ混沌とした情勢を終息させるために必要不可欠な人物というわけである。各国の新聞は感傷主義を排した主張を繰り広げた。いわく、セディーリョが反乱の指揮を拒むならば、そして最終的に敗北を喫するならば、そのときこそ武力干渉に打って出るべきである、とにかく一刻も早く混乱した事態に終止符を打つことが肝要だ……。彼はさっそくメモをとると、滞在先のメキシコでさらに詳細な分析を行い、新たな情報をつけ加えていった。そして、つい二、三週間前の年の暮れ、有力な協力者となりそうなメルセデス・リオスという女性に出会った。彼は、自分が目を通した資料について彼女と話し合い、漠然と思い描いていた新しい著書の執筆計画について腹案を打ち明けた。メルセデスは、当時メキシコで秘密裏の活動を行っていたドイツ人工作員に関する文書の複写を彼に手渡した。それらの資料は、戦時中内務省の高官として働いていた彼女の伯父が所有していたもので、彼の今度の仕事にもきっと役に立つにちがいないと考えてわざわざ提供を申し出たのである。実のところ、彼はそれまで、もっと狭い範囲の話題に限定した調査を想定していた。たとえば、メキシコ政府と渡り合っていた石油会社の動向や、第二次世界大戦の勃発、連合国側に与したメキシコの政治的立場、接収によるさまざまな問題を解決するために講じられた手段、等々である。ところが、渡された文書に目を通してみると、新たな問題が次々に浮上してきた。調査の対象を広げる必要性を痛感した彼は、当時のメキシコを取り巻いていた国際情勢、すなわち、メキシコ政府によって石油資本が接収された国々を含め、広く国際社会のなかでメキシコが置かれていた政治的な立場などについても詳しく調べてみようと考えた。とにかく刺激的な話題に事欠かない時代である。彼はいたるところに、この時代への興味や関心を掻き立てる題材を見出した。時間的にさほど隔たっているとはいえないにしても、当時のメキシコは、たとえばホセ・マリア・ルイス・モラ[*8]が啓蒙主義を通じてメキシコに光の世紀をもたらそうと努力した時代と同じく、はるか過去に属するようにも思われた。手渡された文書に彼が少なからぬ興味を抱くであろうというメルセデスの見込みは、こうして見事に的中したのである。週末を使ってじっくり文書に目を通した彼は、伝記ふうのデータが羅列されたページの端々から、秘密をほのめかすほろ苦い香気が漂ってくるのを感じた。それはある種の映画や小説を連想させるものだった。もっとも、映画や小説ならば、イスタンブールやリスボン、アテネ、上海などを舞台にストーリーが展開するのが普通であり、メキシコが登場することはきわめて稀である。土曜の夜、五十ページほど資料に目を通した彼は、興奮のあまり寝つけなかった。日曜日に再びメモを取りながら熟読し、内容についてあれこれ考えをめぐらせた。そしていま、彼は赤レンガ造りの奇妙な建物の中庭にたたずみ、二階の角部屋に当たる部分に目を凝らしている。今となっては記憶も定かでないが、伯父夫婦と同居していた三十一年前、そこには彼の寝室があったはずである。夫のディオニシオと妻のエドゥビヘス、より正確に言えば、ディオニシオ・ディアス・セペダとエドゥビヘス・ブリオネス・デ・ディアス・セペダ夫妻のアパートメントの一室である。エドゥビヘスは自分の名前を略さずに口にするのを常としていた。

彼の興味を大いに惹きつけた文書は、その大部分が伝記ふうの事実を並べただけのものであり、余分な説明はいっさい省かれていた。客観的な事実を淡々と述べたその文書は、少なくとも現在のところ、それほど興味深い事実を告げているようには思われなかった。しかし、彼は歴史家としてひとつ重要なことを学んでいた。すなわち、どんな些細な事柄であれ、ふとした瞬間に驚くべき発見をもたらすきっかけになりうるということである。ページを埋めつくすさまざまな名前やそれらに付随するもろもろのデータは、さしあたり何の事実も告げていないようにみえるが、しかるべき人物や組織と結びつけられることによって予想外の奥行きと広がりをみせはじめ、重要な発見へとわれわれを導くことも十分にありうるのである。

そうした可能性が存在すること自体、得がたい情報が隠されていることをほのめかすものであった。たとえばヨハネス・ホルツという人物である。一九三八年の二月にベラクルスに上陸した二十七歳のホルツは、香水製造会社の化学技師として働きはじめた。ポランコ地区のアナトール・フランス通り六十八番地の二に居を構えた彼は、それから数か月のうちに、ともに肥料会社を経営するライナー・シュワルツとボードー・ビュンガーという二人の人物と接触した。ホルツはしばしば、あるときは一人で、またあるときはこれら二人のドイツ人を伴ってクエルナバカへ赴き、政治的な会合に出席した。彼はさらに、ドイツ人の父とコロンビア人の母を両親にもつエリザ・フランガーという未亡人と懇意になり、毎週金曜日になるとルイス・モリヤ通り九十五番地の九にある彼女のアパートで一夜を過ごした。そして一九四三年四月一〇日、ホルツはタンピコでブラジル行きの船に乗る。以来、少なくともヨハネス・ホルツという名で彼が再びメキシコに足を踏み入れた形跡はなかった。

文書にはグアテマラ生まれのドイツ人の名前もいくつか記されていた。ドイツ本国で教育を受けた彼らは二ヶ国語を自在に操り、それほど危険とはいえない仕事——メキシコ在住のドイツ人と接触し、政治的な活動を手助けする仕事――に従事していたようである。また、フアレス通りとドローレス通りが交わるあたりの建物の一室では、高度な技能を要する仕事を完遂するための特別な訓練を受けた二、三人のドイツ人が、内務省の報告によると、ドイツの本部に秘密のメッセージを打電するための技術を日夜磨いていたということである。素姓の知れない人物たちの行動を記したそれらの報告は、背後に控える巨大な歴史的真相の一端をわずかに照らし出すだけの、取るに足りない情報にすぎなかった。事実、彼がいま手にしているのは、簡略きわまりない警察調書のような代物といってよかった。ドイツ系と思われる人物の名前を列挙したそれらのページには、一人ひとりのメキシコ入国の日付や住所、当地での人間関係、メキシコ国内の移動の記録などが書き連ねられている。そこには、彼らが国内のナチス系組織とかかわっていた事実を示す記述もなければ、メキシコの極右勢力の狂信的なメンバーと接触したことを裏づける証言も見当たらなかった。そのような記述があれば、無味乾燥な報告書も大いに好奇心をそそるものとなったであろう。肝心の情報はおそらく別の極秘文書のなかに隠されているにちがいない。恐るべき内通者たち！　いずれにせよ、鍵となる文書がどこかに保管されているはずである。すでに閲覧可能となっていることも十分に考えられる。近いうちに確かめてみる必要があるだろう。国立公文書館へ行くべきだろうか。もっとも、彼にしたところで、それまでけっして手をこまねいていたわけではない。いまはもう思い出したくもない原稿の校閲作業の合間を縫って、わざわざ図書館の資料室まで足を運び、一九四二年の十一月に発行された新聞に目を通していた。一九一四年に関する不明点を調べ直すというのが表向きの理由だったが、じつは真の目的はほかにあったわけである。

メルセデスに渡されたそっけない報告文書は、おもに二つの点から彼の興味を惹きつけた。ひとつは取るに足りない、たわいない理由である。かつてともに法律を勉強していた友人の父親が秘密裏の活動にかかわり、自家用小型飛行機にドイツ人の活動家を乗せて一度はタンピコへ、数回にわたってサン・ルイス・ポトシまで飛んでいた事実が記されていたのである。彼はその父親を見かけたことがあった。あれはたしか友人の家を訪れたときのことである。ぼんやりとした目つきの男が、出口の見つからない迷宮をさまようかのような覚束ない足取りで庭を横切るのを二、三度目撃したことがあった。報告文書の人物紹介の末尾には、その男がとくに危険な人物ではないことを示すコメントが付されていた。のみならず、その不用意な言動を褒めたたえるような文言が記されていた（そのおかげで彼らの秘密裏の行動が明るみに出たというわけである）。アルコールの力を借りて彼がどこまでも饒舌になったことが書かれていたのだ。そんな人物が、記憶のなかのあのむっつりと押し黙った男と同じ人間であるということが彼にはどうしてもうまく呑み込めなかった。しかしそれは紛れもない事実であった。報告文書には、男の名前とともに住所も控えられており、それは間違いなく彼が学生時代によく訪れ、そのたびにもう二度と来るものかと心に誓ったあの家だった。彼はありし日の男の姿を想像してみた。メキシコへやってきたばかりの口の達者な若者。蒸留酒の二杯も引っかければたちまち饒舌になる彼は、自らの手柄話を誰かれなく吹聴する軽はずみな言動によって当局の目を引くところとなり、徹底的に利用されたにちがいない。後年彼が無口になったのも、若いころの無分別を少しでも埋め合わせようというつもりだったのかもしれない。彼が関係した計画はことごとく、その軽率な言動が仇となって頓挫の憂き目を見た。おそらくこんなところだろう。

もうひとつの理由は、大きな驚きと名状しがたい興奮を彼にもたらした、報告文書の最後の二行にかかわっていた。いま彼が目の前にしているミネルバ館を舞台とした銃撃事件に関する記述がそれであり、ドイツ人活動家とメキシコ在住の活動家のあいだで激烈な報復合戦が繰り広げられたことが示唆されていた。銃撃事件が発生したとき、彼はこの建物の住人だったはずである。おそらく十歳にはなっていただろう。十分に物心がついている年頃である。事実、その頃の思い出ならたくさんあった。とはいえ、なんと曖昧な、一貫性を欠いた、支離滅裂な思い出の数々だろう。彼の脳裏に浮かぶ過去の出来事は、おそらく報告文書に記されている事件とは何の関係もないものだろう。いったいどこで銃撃事件が発生したのか。いま彼が立っている中庭か？　それとも階段か？　あるいは建物の前の通りか？　一向にはっきりしない。それでも少年時代の思い出を手繰り寄せながら、失われた記憶のかすかなざわめきが耳元をかすめることがあった。いまの彼には、それが銃撃事件の思い出や、家族を襲った大きな衝撃の記憶に結びついているような気もするのである。あの出来事が彼の人生に決定的な影響を及ぼしたことは間違いないが、脳裏に浮かぶのは、どこまでも漠然とした記憶でしかなかった。あの事件のおかげで、彼はメキシコシティにとどまることも、小学校に最後まで通うこともできなかったのである。

大学時代、この建物の前を通りかかることがたびたびあったが、仲間たちが情熱とあざけりの入り混じった口調で、奇抜な外観の建物を包みこむ不気味な雰囲気や、ディケンズの小説の挿し絵にでも登場しそうなバルコニーや壁、塔などを話題にするたび、彼は少年時代の一時期をそこで過ごしたことを誇らしげに打ち明けるのだった。そして、ありし日の生活を懐かしく思い浮かべながら、この廃墟のような建物を外側から眺めただけでは、優美の極みともいうべき内部の様子——床や扉に使われている上質の建材、広々とした部屋、高い天井——をうかがい知ることはとうてい不可能である、といったことを口にするのである。彼はさらに、その建物がもともと、マルセイユ通りにあるもうひとつの建物と同じく、大使館員や外国使節団のための高級宿泊施設として建てられたことを説明した。一軒家に比べると維持費も安く、管理にもそれほど手がかからない。もっとも、建物の一階部分を占める部屋は、日当たりが悪く手狭で、それほど快適とはいえなかった。それに対して、彼が伯父夫婦と暮らしていた二階には、見事な作りの住居が二つ並んでいた。立派な広間と大きな食堂があり、いくつもの寝室や書斎、裁縫室などが長い廊下で結ばれていた。三階から上の階には、それよりも小さな部屋が並んでいたが、贅沢な作りという点では遜色がなかった。それらの部屋は、少人数の家族が住むことを想定して作られたものである。広々とした中庭を取り囲むようにして各階に回廊がめぐらされていたが、それは、狂乱の不動産投機熱がメキシコシティに吹き荒れていた十九世紀末、この建物が建てられた当初は非常に珍しい様式で、同時代の、あるいはそれ以降に建てられた新しい家屋にもあまり見られないものだった。

中庭に面した窓からは、ミネルバ館を訪れる来客の様子を窺うことができた。これは、田舎気質が依然として残されていた四十年代のメキシコにおいて、ひとつの大きな魅力ともいうべきものだった。彼は、同じ建物に住む外国人同士が鷹揚に挨拶を交わしたり、聞いたこともない言葉で世間話に興じたり、もったいぶった様子で別れの挨拶を交わしたりする姿をよく見かけたものである。もっとも、そうした光景が見られるのは、あらかじめ会う約束が交わされている場合に限られていたようである。彼は、他人のことにうるさく口を挟もうとする人間はほとんどいなかったように記憶しているが、もちろん、例外がなかったわけではない。たとえば、伯母のエドゥビヘスはいつも他人のことにやかましく口を差し挟んでいた。伯母にはアルヌルフォ・ブリオネスという兄がいたが、甲高い声、黄ばんだ歯と薄汚れた口髭、冷たいガラスのような目をしたこの老人は、彼がもっとも忌み嫌う人物のひとりであった。遊び友達やその家族について、冷酷非情な口調で彼をしばしば問い詰めたのもこの老人である。のちにわかったことだが、伯母のエドゥビヘスやアンパーロ、それに女中までもが同じような目に遭ったことがあるそうである。彼は、記憶の底を丁寧にさらいながら、「あのドイツ人の若者が殺されたとき自分は十歳になっていたはずだ」ということに思い至った。

人は誰でも十歳の頃の出来事なら鮮明に覚えているものである。ところが彼の場合は違った。デルフィナ・ウリベのギャラリーを二、三度訪れ、彼女と言葉を交わしたことはよく覚えている。しかし、数日前に図書館の資料室を訪れ、当時の新聞に目を通すまでは、デルフィナがあの事件にかかわっていたことをまったく知らなかった。同じく些細なことかもしれないが、彼はむしろフリオ・エスコベードと馴染みが深かった。ある時期、エスコベードとは頻繁に顔を合わせたものである。また、妻のセシリアと結婚式を挙げた日、彼女の従兄弟たちがフリオ・エスコベードの絵をプレゼントしてくれたということもあった。灰色の猫が独楽《こま》と戯れる様子を描いたその絵は、彼のお気に入りの作品となった。猫の背後には、青や紫色の花を挿した花瓶が置かれている。悲劇的な結末を迎えたあのパーティーが、じつはフリオ・エスコベードのために開かれたという事実を、彼はまったく知らなかったし、想像したことさえなかった。正直なところ、あのパーティーについては、知っていたとも言えるし、何も知らなかったとも言えた。そもそも、未来の有名画家の前途を祝うパーティーがすぐ隣の部屋で開かれていることを、十歳の子供がどうして知りえよう。彼が図書館の資料室を訪れたのは、あの事件について調べるためではなく（奇妙なことに、内務省の文書には「これら殺人事件」という表現が使われていた。まるで、殺された人間がアルヌルフォ・ブリオネスの継子だけではなかったというような書きぶりである）、『一九一四年』の最終ゲラを校閲しているときにふと疑問が湧いた箇所について、もう一度調べ直してみようと思ったからである。どこにも間違いがないことを確かめた彼は、せっかくここまで足を運んだのだから、一九四二年の新聞にもざっと目を通していこうと思った。事件が発生したとき彼は小学四年生だったから、間違いなく一九四二年のはずである。空襲に備えて頻繁に灯火管制が敷かれた年である。訓練のための飛行機がエンジン音を轟かせながらメキシコシティの上空へやってくると、街中が暗闇に包まれた。銃撃事件が起こったのはその年の暮れに近かったはずだ。事件を報じた新聞を探し当てるのに三十分もかからなかった。それによると、パーティーが開かれたのは、一九四二年十一月十四日の夜である。第一面には次のような見出しが躍っていた。〈ルイス・ウリべ氏の娘宅で殺人事件発生〉。社会面と事件面にそれぞれ関連記事が載っていた。彼はまず社会面の記事に目を通した。そこには、デルフィナ・ウリベが、ギャラリーの開設記念と同時に、その前の週にギャラリーのオープンを飾ったエスコベードの展覧会の成功を祝うため、その日のパーティーを企画したことが述べられていた。招待客の名前が列記された三十年前の記事からは、当時の華やかな社交界の様子が手にとるように伝わってきた。画家、作家、政治家、映画や演劇関係者をはじめ、さまざまな著名人がパーティーに招かれていた。いまやその多くが故人となってしまったが、いずれも伝説的な人物といってよかった。社交界の名士が一堂に会したパーティーの模様は、記事に目を走らせている彼を圧倒した。個性豊かな有名人たちが住まうにぎやかな小都会が目の前に現れたかのようであった。デルフィナの幅広い縁戚関係はもちろん、社交家としての彼女の才覚が、さほどの困難に直面することなく国内の有力者たちを呼び集めることを可能にしたのである。ある新聞の女性記者は、高揚した筆致で、「近代主義的な雰囲気が横溢した世にも美しい室内空間ゆえ、ロサンゼルスやニューヨークなどの大都市が世界に誇る建物といってもけっして過言ではない」豪勢なアパートメントを褒めたたえ、「ハリウッドの夢」という賛辞まで呈していた。そして、アルミニウムを用いた円柱や先スペイン期の仮面のコレクション、若きエスコベードによって何年も前に描かれたデルフィナの肖像画などに関する列席者のコメントを紹介し、メキシコ料理やフランス料理が並ぶ食卓の様子や、社交界の花形たちが身につけていた豪華な衣装について事細かに報告していた。また、フリーダ[*9]の体をゆったりと包み込むオアハカ産の刺しゅう入り衣装とデル・リオ夫人が身にまとっていた古代ギリシアふうの襞つき上衣に着目し、両者の対照性に言及していた。つづけて、メキシコシティのあちこちのサロンで突如として花開いたコスモポリタニズムの風潮に触れながら、「洗練された趣味の持ち主にとって、デルフィナ・ウリベが催したようなパーティーは後世に語り継がれるべきものであり、それは同時に、ありとあらゆる言語が飛び交う比類なき世界へ通じる扉でもある」と評していた。記事の調子は概して調和への賛歌といってもよかった。その女性記者がもし政治を担当していたなら、当時盛んに喧伝されていた国民統合のスローガンにも言及していただろう。デルフィナのパーティーに参加した人々は、政治家も芸術家もみな絶対的な調和を享受していた。由緒ある家系に属する紳士淑女たちは、上流階級の仲間入りを果たしたばかりの人々と触れ合い、打ち解けたおしゃべりを楽しんでいた。夕食に供された料理と同じように、国内外から招かれた列席者たちはみな、この上ない融和のなかで共存していた。女性記者の視線はやがてパーティー会場を離れ、屋外の夜空のえも言われぬ美しさに吸い寄せられた。この時期にしては厳しい冷え込みのなか、いつもより澄みきった夜空には満点の星が瞬いている。オリオン座を形づくる星々がデルフィナ・ウリベと彼女の新しいギャラリーの門出を祝福し、列席者すべてに幸福な未来を約束しているかのようだった。ひょっとするとその女性記者は、銃撃が起こる前に会場を後にしたのではないか？　彼にはどうもそんな気がしたが、美辞麗句を連ねた文章からは、恐ろしい真実を隠そうとする意図も感じられた。殺伐とした犯罪事件ばかりを扱った別のページには、パーティーについてのまったく異なる見解が述べられ、陰謀渦巻く秘密会合、巧妙な計画にもとづく邪悪なたくらみ、などといった言葉が並んでいた。銃撃によりドイツ人が一人殺された。ほかにも重傷を負った二人のメキシコ人が病院へ担ぎ込まれ、いまだ生死の境をさまよっている……。殺されたドイツ人は、彼もよく知るように、伯母のエドゥビヘスの兄にあたるアルヌルフォ・ブリオネスの継子であり、メキシコへやってきたばかりの若者であった。一方、病院へ運ばれたのは、ほかならぬデルフィナの息子と、ペドロ・バルモランという名の男だった。この男については、どこかで名前を聞いたことがあるような気もしたが、彼はどうしても思い出すことができなかった。彼はさらに翌日以降の新聞にも目を通してみた。残念なことに、スキャンダラスな話題を扱った雑誌の類は、資料室のどこを探しても見つからなかった。その手の雑誌がもしあれば、事件に関する詳細な情報が得られたにちがいない。彼が目を通した新聞のゴシップ欄はすべて、俗受けを狙った興味本位な報道によって占められていた。デルフィナの証言によると、彼女は殺害されたエーリヒ・マリア・ピスタウアーのことは何も知らなかったし、パーティーに招待した覚えもないという。事件のあと十日ほど、あらゆる新聞が痴情のもつれや政治的な動機についてさまざまな憶測を書き立てていた。それらの多くは、デルフィナが何らかのかたちで事件に関与していることをほのめかしていた。ある新聞は彼女のことを、メキシコ革命[*10]が生み落とした腐敗の象徴と呼び、スキャンダラスな贅沢三昧の生活や行きずりの恋、浮気な振る舞いの数々をあげつらっていた。噂によると、パーティーの最中に彼女のアパートメントで争いが持ち上がり、騒ぎを引き起こした当事者たちがデルフィナの兄によって部屋から追い出され、人々が表に飛び出したときにはすでに若者が射殺されていたということであった。また別の記事には、当時流布していた風説のいくつかが紹介されていた。法秩序による上からの国民統合の試みはすでに失敗に帰していた、そもそもの始めから至るところに亀裂が生じており、それがやがて修復不可能な根深い対立に発展したのだ、といったものである。人々は、革命に与した一族の内輪揉めがあのような事件を引き起こしたのだと考えていた。ほかにもさまざまなことが言われていた。パーティーの席上、トルネール将軍がピストル片手に画家のフリオ・エスコベードを脅した、国民統合の構想は所詮絵空事にすぎなかった、軍人たちは――これは疑う余地がなかったが――武力の威光を笠に着て一般市民に睨みをきかせていた、互いに覇を競う頭領《カシーケ》たちが権力を手中に収めようと再び決起したのか？　権謀術数に長けたルイス・ウリベ氏はいったい何を企んでいるのだ？　この際はっきりと釈明し、手の内を明かすべきである……。一方、法律畑出身とおぼしきある記者は、極右系の新聞のなかで、事件がまさにミネルバ館で生じたことはきわめて自然な成り行きであると断じていた。いわく、ミネルバ館は、どこの馬の骨ともわからない怪しげな外国人が巣くう危険きわまりない現代のバベルと化してしまった。リトアニアや黒海周辺の薄汚れた地域から流れてきた胡乱《うろん》なユダヤ人たちがそこを根城に暗躍している。警察がつねに彼らの行動に目を光らせている。今後とも十分な警戒が必要だ。記事はさらに次のようなことを主張していた。ユダヤ人のアイダ・ヴェルフェルが、こともあろうに聖体神秘劇の作者であり永遠の篤信家でもあるスペインのティルソ・デ・モリーナ[*11]の作品を隠れ蓑に、秘密のメッセージを伝えようと画策している、それゆえ、ヴェルフェルとその一味を徹底的に調べ上げる必要がある、当局はけっして無能ではないのだ、近日中に驚くべき事実が暴かれることになるだろう。しかし、そのようなニュースが報じられることはなかったようである。アルヌルフォ・

ブリオネスの名前が二、三度、ごく控えめに言及されたにすぎない。事件発生から二週間が過ぎるころには、関連する記事が掲載されることもなくなった。節操のないいくつかの新聞が目立たない記事を紛れ込ませる程度だった。いずれもトルネール将軍と画家のエスコベードのいさかいに関するものであり、信憑性に欠ける記事だった。デルフィナの父、あるいは彼女の兄弟が事態の鎮静化のために裏から手を回したことは明らかだった。おそらく、パーティーの出席者のなかに二人の閣僚をはじめとする重要人物が含まれていたことも、事態の収拾に与《あずか》って力があったにちがいない。

銃撃事件の衝撃はミネルバ館全体を揺るがした。彼がその瞬間に銃声を耳にしたと言えばおそらく嘘になるだろう。というのも、彼の部屋には、通りに面した窓がなかったからである。事件の翌朝、アンパーロに起こされた彼は、伯父のアルヌルフォの妻であるドイツ人女性の連れ子エーリヒが殺されたことを知らされた。彼は急いで服を着替えると、家族が朝食をとっている食堂へ向かった。伯母のエドゥビヘスはすっかり取り乱していた。彼女もその夫のディオニシオも、朝まで一睡もできなかったようである。伯母は不意に席を立つと、アンパーロと彼にむかって威嚇するように手を振りながら、今日一日はけっして外出してはいけませんと厳命した。そして再び椅子に腰を下ろすと、今度は憔悴したような弱々しい声で、アントニオの部屋には立ち入らないようにと言い添えた。肝臓を病んでいる子供にはいかなるショックも命取りになるからというのがその理由だった。隣人であろうと女中であろうと、事件について誰かと話をすることは禁物である。「絶対にいけません。黙っているんですよ」彼女は叫ぶように言い放った。ところが、自分でそう言っておきながら、女中たちをしょっちゅう家の外へ走らせては周囲の様子を探らせ、誰彼となく電話をかけては自分が知りえたことを吹聴するのであった。正午に夫のディオニシオが帰宅したときには、彼女はすっかり疲労困憊していた。それなのに、管理人の女やミネルバ館の住人たち――デルフィナ家の女中や上階に住むコロンビア人、あるいはウルグアイ人の外交官のところで働くお手伝いの女たち――から新たな情報がもたらされるたびに、目を輝かせて勢いよく跳ね起きた。そうかと思うと、夫としばらく部屋に閉じこもっていた彼女が興奮した面持ちでいきなり表へ飛び出し、あなたは間違っている、身内がこんな血なまぐさい事件に巻き込まれたことはいまだかつてない、昨日の晩から何度も言っているように、そしてずっと前から予告してきたように、犯人はきっと病院で手当てを受けているあの男にちがいない、などと口走ることもあった。男の名前がペドロ・バルモランであることをデル・ソラールは新聞で確かめることができた。そのバルモランが致命傷を負って病院へ担ぎ込まれたという事実は、彼女にとって何ら無実を証明するものではなかった。彼女は一日中、デルフィナの居所を突き止めようと躍起になったが、息子の手術に付き添ったまま、まだ病院から戻っていないようだった。そうこうするうちに、数名の刑事がデルフィナの家を訪れ、デルフィナの兄弟が応対に出たことが彼女の耳に入った。一方、彼はといえば、アンパーロと一緒に窓際の洋服ダンスの陰に隠れ、カメラマンたちが外で忙しく立ち働いている様子を見守っていた。そのうちに伯父夫婦のところにも刑事がやってきた。エドゥビヘスは、自分は何も知らない、事件については誰よりも衝撃を受けている、自分は若年性肝炎に命を脅かされている息子を抱えた哀れな母親であり、こんな呪われた建物にはもう住みたくない、いまははっきり言えるのは、あのペドロ・バルモランからけっして目を離してはいけないということである、最上階に住むあの男は作家だとか新聞記者だとか称しているが、本当は札つきの悪人であり、ピスタウアー殺害事件にかかわっていることはほぼ間違いない、などとまくしたてた。

時とともにミネルバ館にも再び静寂が訪れたが、彼が住む伯父夫婦のところだけは例外だった。アルヌルフォは事件を機にまったく姿を見せなくなった。エーリヒの埋葬がその後どうなったのかデル・ソラールは何も知らされなかった。彼は一度だけエーリヒの母親に会ったことがある。伯母のエドゥビヘスに連れられて彼女の家を訪れたのだが、伯母はすっかり機嫌を損ねてしまった。エーリヒの母親は背の高い金髪のドイツ人で、けっして笑顔を見せたことがなく、スペイン語もフランス語も満足に話せなかったため、ドイツ語をまったく解さない伯母と意思の疎通を図ることは難しかった。あまりに無愛想な応対のため短時間で切り上げられたその日の訪問は、伯母がキッチンにざっと目を走らせ、冷蔵庫の中身についてあれこれ意見を述べるというだけのそっけないものに終わった。伯母は、なかば捨て鉢な調子で、このバターは自分がいつもサン・フアン市場で買っているものに比べると品質が劣る、魚はいつも信頼できる店で買わなければならない、ステーキ用の牛肉は、サン・フアン市場でもそれなりのものが手に入るが、何といってもフアレス地区の肉屋で売られているものが一番である、といったことを、身ぶり手ぶりを交えながら説明した。帰り道、伯母はたった一人の聞き手である彼にむかって――というのも、娘のアンパーロは、アントニオの付き添いのために家に残ったからである――兄のアルヌルフォがこれまでに犯した数々の過ち、とりわけいちばん最後に犯した重大な過ちを手厳しく非難し、あんな感じの悪い女と一緒になった以上、いずれ面倒なことに巻き込まれるにちがいないと口走った。そして、事実そのとおりのことが起こってしまったのである。事件に関連して、エドゥビヘスの下で働いていた二人の女中が警察に引き立てられ、取り調べを受けた。ディオニシオが警察まで出向いて彼女たちを連れ戻したが、すっかり怯えてしまった二人は、家へ戻るなり荷物をまとめると、そのまま出ていってしまった。伯母のエドゥビヘスは、泣き腫らしたような目をして、しばらくのあいだむっつりと押し黙っていた。やがてアンパーロは、伯父のアルヌルフォが妻と行方をくらましたこと、したがって家賃の面倒をみてくれる人が誰もいなくなってしまったこと、数ブロック先の手頃な賃貸住宅に引っ越す計画が両親のあいだで話し合われていることなどを知った。医師は、アントニオの病状が一向によくならないことに頭を悩ませていた。家族が抱える不安が知らず知らずのうちにアントニオにも感染し、その身体を徐々に蝕んでいるのであろう、環境の変化が病状をさらに悪化させる恐れがあるので、引っ越しが片付くまでのあいだ病院で療養に努めたほうがよい、ということであった。一方、彼は、引っ越しが始まる前にミネルバ館の伯父夫婦の家を出ることになった。学期が終わるまでまだ数か月が残っていたにもかかわらず、コルドバ[*12]にいる両親が息子を呼び寄せたのである。彼はコルドバで勉強をつづけ、大学へ入るために再びメキシコシティへ戻ってくるまでの歳月を過ごした。

　彼はいま、こうしてミネルバ館を眺めながら、中庭で過ごした楽しい時間や灯火管制の思い出、打ち明け話をする際の伯母の昂揚した口ぶりなど、それらすべてが、いまだ忘却の影に覆われていない楽園生活の記憶を形づくっていることに思い至った。近所の子供と遊ぶよりも、伯母のエドゥビヘスが夫のディオニシオや兄のアルヌルフォを相手に、あるいは受話器を通してひそひそと話し込んでいる様子を盗み聞き、何やら重大な秘密が隠されているらしいことを敏感に察知して胸をわくわくさせることのほうが、彼にとってはずっと楽しかった。大人になってからはもっぱら嫌悪の対象でしかなかった伯母の肥満した体形にも、当時はこの上なく愛着を感じていたのかもしれない。あのころの彼は、エドゥビヘスが醜い女性であるとか、年齢を重ねていくにつれますます醜くなっていくだろうなどとは考えもしなかった。彼やアンパーロを相手に、まるで一人前の大人に話しかけるように、あるいは共犯者にそっと打ち明け話をするみたいに、しかも子供たちが話の内容を完全に理解することはとうてい叶わなかったにもかかわらず、日々の出来事のこまごましたことについて伯母が延々とおしゃべりをすることは、彼にとって大きな喜びであり、その後の家庭生活でもけっして味わうことのできなかった楽しみを与えてくれたものである。一方、病床に臥せっていたアントニオに関する記憶はほとんどないに等しかった。

おそらく、家庭生活の悩みをすぐさま国家の問題に結びつけて考えようとする大人たちに囲まれて育ったせいか、彼は次第に歴史に興味をもつようになった。大人たちは、歴史というものは厳密さを欠いた曖昧な学問であると言ってそれに反対したが、彼は聞く耳をもたなかった。そして、大学へ入学した翌年、法律の勉強を投げ捨て、歴史研究の道へ進むことを決意した。

壁がぼろぼろになったミネルバ館は、もはや昔年の面影をとどめていなかった。色の剥げ落ちた建物からは過去の威光がすっかり失われ、珍奇さとみすぼらしさというおよそ相容れない二つの要素が奇妙に入り混じった印象を与えていた。いかにも場末の集合住宅にふさわしい外観は、そこがもともと高級集合住宅として建てられたことを忘れさせるほどだった。それでも、それなりの魅力が依然として保たれていることは否めなかった。伯父夫婦が暮らしていた住居には、外側に向かって直角に張り出した部分が二つあった。しかし、建物にいくら目を凝らしても、彼は自分の部屋がどこにあったのか正確に思い出すことができなかった。

ミネルバ館の住人たちが中庭の奥に集まって、ポンプで水を汲み出そうと悪戦苦闘していた。みすぼらしい身なりの若い女が、陽気な笑みを浮かべながら彼に近づき、何かご用ですか、どなたかお探しですか、と訊ねた。どうやら門番の女らしかった。

彼は、見られてはいけないところを見られてしまったような戸惑いを覚えながら、ちょうど建物の前を通りかかったものですから、空いている部屋がないかと思って入ってみたのです、と答えた。女は、残念ですが空いている部屋はありません、でもそのうち誰かが立ち退くかもしれません、管理人がいれば詳しいことがわかるんでしょうけど、あいにくいま外出しておりまして、よろしければまたあとでお立ち寄りくださいな、と言った。

彼は仕方なく女に別れを告げた。もちろんここに住むつもりなどはじめからなかった。彼はあらためて建物の全景を眺め渡した。これではまるで魔女の巣窟だ。ほとんど廃墟同然である。味のある建物だが、とても住めるような場所ではない。研究休暇の残りがまだたっぷりあるならば、あるいは入居してもいいかもしれないが。彼はそこを立ち去り、タバスコ通りへ向けて歩きはじめた。校正済みの原稿を出版社へ届けなければならなかった。

あらためて言うまでもなく、彼は歴史学者である。名はミゲル・デル・ソラール。やもめ暮らしを始めてからまだ日が浅い。七年ほど前にイギリスに移り住み、以来、ブリストル大学でラテンアメリカ史の講義を担当している。久しぶりにミネルバ館を訪れた彼は、ある種の感慨にふけっていた。ミネルバ館を舞台にした事件の一部始終を明らかにしなければならないという思いに駆り立てられていた彼は、じつは事件の核心のすぐ近くに身を置いているのではないかという予感を抱いていた。

第二章　敗者

　伯母の居場所を突き止めるのはじつに根気を要する作業だった。電話の応対に出た女性は、相手の名前を訊ねた。彼がそれに答えると、今度は「奥様にどのようなご用件でしょうか」と聞いてきた。自分は彼女の甥であり、ちょっと電話で話したいことがあるのですと答えると、少し間をおいてから再び訊ねてきた。「どちらにお住まいの甥御さんでしょうか？　お名前をもう一度お願いします」沈黙が訪れた。電話の女性はおそらく、ブリオネス・デ・ディアス・セペダが在宅しているかどうか確かめているのだろう。数分が経過した。今度はぶっきらぼうな男の声で、やはり名前を聞いてきた。デル・ソラールはいらいらしながら名前を告げ、伯母にちょっと挨拶がしたいのですと繰り返した。「少々お待ちください」ひょっとすると伯母は家を留守にしているのかもしれない。さらに数分が経過すると、今度は取り澄ました声の女が電話に出た。幼い少女なのか、あるいは年配の女性なのか、判然としない声だった。いずれにせよ、もったいぶった不愉快な声音である。すべてがたちの悪い冗談としか思えなかった。またもや同じ質問が繰り返されたからである。彼はますます腹を立てたが、なんとかこらえた。

「デル・ソラール？　ミゲル・デル・ソラールなの？」相手は驚いたように叫んだ。

「いったいどうしたっていうのよ！　なぜはじめにそう言わなかったの？」女の甲高い声は不快な響きを帯びていたが、次第に落ち着きを取り戻しつつあるようだった。「メキシコにいるの？　私はアンパーロよ。ママはいま電話に出られないの。鎮静剤を注射されて、あと一時間はベッドに横になっていなければならないのよ。昨日は一晩中、電話の応対にてんてこ舞いだったから」

彼は従姉妹のアンパーロに、最初からはっきり名前を告げていたし、伯母にちょっと挨拶がしたいだけだと何度も繰り返したことを伝えた。そして、近いうちにそちらへ行きたいのだが、都合のよい日を教えてくれないかと言った。

「ママに相談してみるわ。昼食がお望みかしら、それとも夕食？」彼女は間髪をいれず、相変わらず海外で暮らしているのか、ようやくメキシコへ戻る決心をしたのか、イギリスでの生活は楽しいか、じめじめした気候は気にならないか、などと矢継ぎ早に質問を浴びせかけた。デル・ソラールは、ひょっとすると彼女は時間稼ぎをしたいだけなのかもしれない、再会の約束をうやむやにするためにわざとこんな話をしているのではないか、と思った。彼は少々意固地になって、食事をご馳走になるつもりはない、伯母さんの手を煩わせたくないし、ほんの少しだけお邪魔して、コーヒーでも飲みながら世間話がしたいだけだ、と言い添えた。

「ぜひとも会いたいんだよ」彼は食い下がった。

「それはまた妙な話ね。いままで電話ひとつ寄こさなかったくせに」

相手の嫌みには構わず、彼は子供のころの友情が依然として二人を固く結びつけていると言わんばかりの口調で話しつづけた。あと一年はブリストルにとどまるかもしれない、おそらくその次の年にはメキシコに戻ることになるだろう、やはり自分が生まれ育った国で仕事を見つけるのが一番だ、頭の鈍い学生を相手に講義をすることにもそろそろ飽きてきた、自分の子供たちの将来を考えるとやはり帰国しないわけにはいかないだろう、異国の地で、しかも男手ひとつで子供たちを育てることはとてもできない相談である。彼は、ここまで一気に話すと、相手に考える隙を与えず、明日の午後きみに会いに行くから——彼はわざわざ「きみ」という呼称を使った——そのつもりでいてくれと告げた。六時でどうだい？　アンパーロはしぶしぶ承諾すると、当惑した様子で電話を切った。

デル・ソラールは、先ほどの奇妙な電話のやりとりについて母に報告した。代わる代わる違う人が電話口に出たこと、訪問の申し出に対してアンパーロがためらうようなそぶりをみせたこと。彼は母に、ひょっとしてエドゥビヘスとうまくいっていないのではないかと聞いてみた。

「べつにそういうわけじゃないけど」母はしばし沈黙した。「かといって、いい関係とも言えないわね。没交渉と言ったらいいのかしら。ということはつまり、あまりうまくいっていないということだけど。深く考えたことはないわ。彼女が未亡人になってからというもの、ほとんど会っていないわね。息子のアントニオの将来についていつも頭を悩ませているみたいよ。知り合いの家でときどき彼女の姿を見かけることがあるわ。一度だけコヨアカンの彼女の家を訪ねたことがあるの。前よりも横柄でわがままになったみたい。ディオニシオが死んだとき、私は誰よりも早く彼女の家に駆けつけたんだけど、そのときは、いずれお前にもわかると思うけど、いまとは違ってずいぶん質素な生活を送っていたわね。それに、家をひと目見ただけで、通俗的な趣味に堕してしまったことがわかったわ。あの年になって月並みな生活に逆戻りするなんて、ちょっと考えられないような気もするけど。審美眼を失ってしまったのね」長い沈黙のあと、彼女はさらにつづけた。「あの日、アントニオは大変なショックを受けたみたいね。彼が父親をどんなに愛していたか、そのときになってはじめてわかったわ。たいして見込みのある人間にはみえなかったけど、利発な青年に成長したみたいね。ときどき思うんだけど、ディオニシオに死なれたとき、エドゥビヘスは心のなかで快哉を叫んだんじゃないかしら。これでやっと息子と二人きりになれるってね。エドゥビヘスと結婚してからのディオニシオがそうだったように、彼女を前にするとたいていの男は意気地なしになったものよ。ところがアントニオは違った。立派な野心家に成長したわ。でも、かわいそうに、いまの政府とうまくやっていけるとはとても思えない。新聞がどんなことを書き立てているかあなた知ってる？　きっと何かしくじったのよ。でなきゃこんなひどい目に遭うわけがないもの。ディオニシオの埋葬の日を最後に彼とはまったく顔を合わせていないわ。お前のことをしきりに気にしていたわよ。仕事のこととか。お前の本が出版されたとき、エドゥビヘスは身内として鼻高々だったわ。でも、それも最初のうちだけ。結局自分のことしか頭にないのよ。それに、息子がかわいくて仕方ないみたいね」

従姉妹のアンパーロと電話で約束したとおり、デル・ソラールは翌日の六時、十八世紀半ばに建てられたコヨアカンの家を訪れた。女中に案内され、柱廊に囲まれた広い庭を横切り、薄暗い広間に入った。階段を上る前、彼は二枚の絵に目を凝らした。やはり十八世紀の絵画だろう、美しいフランスの風景が描かれていた。女中が電灯のスイッチをひねった。部屋にはさまざまな物が雑然と並べられていた。ブロンズ像や陶磁器、ガラス工芸品など、いかにも値の張りそうな品々が所狭しと置かれている。趣味のよい銀製品も過剰なほど並べられていた。女中がしばらくその場から動こうとしないので、ここにエドゥビヘスがやってくるのだろうと思われた。あるいは、訪問客がこれらの家具や装飾品をじっくり鑑賞することができるようにという心配りかもしれなかった。やがて二人は幅の広い赤い敷石の階段を上り、伯母の待つ小部屋へつづく廊下を歩いていった。そして、先ほどの雑然とした部屋とはうって変わって、居心地のいい落ち着いた部屋へと導かれた。

伯母の大きな体をひと目で見渡すことは難しかった。十数年ぶりの再会である。最後に顔を合わせたとき、すでに伯母は肥満の兆候を見せていたが、いまやその体は、縦横のバランスを欠いた、ほとんど異常なまでの巨体に膨れ上がっていた。母からおおよその話は聞かされていたが、まさかこれ程までとは思わなかった。羊毛にくるまれた大きな山がもぞもぞと動いているような感じである。彼が子供のころ愛着を感じていた時代遅れの個性的な着こなしは相変わらずだった。男物のコートにふさわしい厚手のグレーのフランネルで作られた、踝まで届くイブニングドレスのような服は、胸の部分と袖口に黒いビロード地の装飾が施され、黒玉の小さな飾りつけが服の両脇を上下に走っていた。彼は、つい先日目を通したばかりの一九一四年発行の新聞や雑誌の広告に登場してもおかしくはないデザインだと思った。まるで少女時代に心を惹かれた大人たちの着こなしを現在にいたるまで頑固に守り通しているといった感じだった。三十年前と同じように、首からぶら下がった黒ビロード地の太い紐の先端には眼鏡が結びつけられている。一方、デル・ソラールは、清潔さを欠いた伯母のしどけない様子にも驚かされた。化粧もいい加減で、爪の手入れも行き届いていない。振り乱した髪は、首に巻いたテンの毛皮と同じく、不潔な印象を与えた。まるで何日間もトイレに行かず、服も着替えないまま眠りつづけ、いまようやくベッドから抜け出してきたといった趣だった。

甥の姿を認めると、彼女はだしぬけに椅子から立ち上がった。小走りに駆けよってきて彼に抱きついたが、すぐに近くの椅子のほうへ相手の体を押しやった。その様子はまるで、再会の興奮から突然覚め、愛情を示すことにも興味を失ったかのようであった。エドゥビヘスは頭へ手をやると、髪の毛をかきむしりはじめた。そして、大仰な身振りで両手を広げ、小物ダンスの上へ載せた。深爪が肉に食い込んだ指先は汚れている。先ほどまで腰を下ろしていたソファーに近づくと、そのまま崩れ落ちるように腰を沈めかけたが、寸前になって考えを変えたのか、上体をぴんと伸ばして回れ右をした。その様子はどことなく沖合のイルカを連想させた。彼女は再びデル・ソラールに歩み寄り、その腕をとると、今度は部屋の奥へいざない、大きな背もたれのついた長椅子に座らせた。でっぷりと太った体を背もたれの脇に沈め、デル・ソラールのすぐ横に座った彼女は、落ち着く間もなく再び立ち上がった。デル・ソラールはまだ挨拶の言葉を口にしていないことに気づいた。エドゥビヘスは、甥の足につまづき、新聞や雑誌を入れた籠や机などに体をぶつけながら歩き回っていたが、やがてテーブルを支えに上体のバランスを保つことに成功し、近くのブザーを鳴らした。

「何か飲み物をいただきましょう。何がいいかしら？　私はミント・ティーにするわ。コーヒーは神経によくないから。ムリーリョさんに診てもらっているんだけど、一日に二杯までと決められているの。朝食のときと昼食のあとの二杯だけよ。あなたはウイスキーがいいわね」そう言うと彼女はドアの脇に立ったまま女中がやってくるのを待ち、いま口にしたこととは裏腹に、コーヒーポットとコーヒーカップ二つをもってくるように言いつけた。「またあとで違うものを頼みましょう。ムリーリョさんの言うとおり、コーヒーは確かに体に毒だけど、こう寒くっちゃね」

デル・ソラールは彼女の気持ちを落ち着かせようと、こういう場合にいつも使う手を試みた。お元気そうで何よりです、ミネルバ館でお世話になっていたころとちっとも変わらないですね、まったくお年を召していないようです、と口にしたのである。

「本当かしら？」彼女は疑わしそうな目を向けた。「少し太ったのよ。体形なんかあまり気にしなかったから」

「きっとお洋服のせいでそう見えるんですよ。厚手のウール地の服を着ていらっしゃるから」

「いいえ、そうじゃないわ」彼女はきっぱりと否定した。「実際に何キロか太ったのよ。体の調子もよくないし。胆嚢、高血圧にコレステロール、それに神経もやられちゃって。身も心もぼろぼろよ。ところであなた、アントニオが根も葉もない中傷に苦しめられていることはご存じ？　こんな状態がつづくかぎり、死ぬまで元気になんかなれないわ。アントニオを蹴落とそうと目論んでいる連中がいるのよ。彼を罠にはめようと狙っているの。弁護士のアルメンダリスさんはアントニオに出国を勧めるんだけど。一年ほど海外で暮らしてみたらどうかって。たとえばスペインでね。もし本当にスペインへ行くとなれば、もちろん最悪の場合はってことだけど、私もアントニオについていこうと思うの。少なくともしばらくの間はね。アントニオはマドリードが気に入っているみたいだけど、もっと人目につかない場所がいいかもしれないわね。マラガとかマルベーリャとか。アントニオの悪口を言い触らす連中にも我慢ならないけど、それよりも許せないのは、友達面《づら》して陰でひどいことを言っているやつらよ。私がどれほど嫌がらせ電話に悩まされているかわかる? あの子がさんざん面倒をみてやったおかげで大きな口を叩いていられる連中がこれ以上好き勝手な真似をするのを黙って見ているのはとても辛いのよ。彼らは私とすれ違っても見て見ぬふりをするか、ひどい場合には面と向かって侮辱するのよ。おかげで一日中家に閉じこもるようになってしまったわ。こんな野蛮な国なんかさっさと見切りをつけて外国暮らしを選んだあなたは賢明よ。いずれあなたにもわかると思うけど、連中は私たちの息の根を止めるつもりよ。彼らはずっと前からそうしようと思っていたわけだし、目下のところ、きわめて順調に事が運んでいるってわけね。そうやって私たちへの恨みを晴らそうとしているのよ、ミゲル」伯母はこれらの恨み節を、身ぶり手ぶりを交えながら一気にまくしたてた。その顔はさまざまな形に歪められた。唇をせわしなく動かしながら、何か言い終わるたびに口の端が大きく垂れ下がり、まるで年老いたブルドッグのようだった。むっちりとした頬の肉が鼻の孔と一緒に絶えず伸縮を繰り返し、それに合わせて二つの目が細い裂け目となってはちきれんばかりの頬肉のなかに埋まり、次の瞬間、風船玉のように大きく膨らんでかっと見開かれるのだった。「あなたは仮にも歴史家なんだから、当然わかってもらえると思うけど、人の金に手を出すような卑劣な人間はかつて私の一族から出たためしはありません。国立宮殿の前に立って大声で誓ってもいいわ。それなのにどうして？人としての尊厳を立派に守ってきただけなのに、こんなひどい目に遭わなければいけないなんて。一階の住人が平気で盗みを働いておきながら何食わぬ顔で二階の住人を訴えるような非道が世の中にはまかり通っているのよ。六年もたてばそいつらは立派な紳士面して表通りをのし歩くってわけね。私の一族はみな公明正大な紳士淑女としてふるまってきたわ。こういっちゃ何だけど、ブリオネス家の人間に比べれば、あなたがたはそれほどでもないわね。もちろん実直な人々であることには違いないけど。夫のディオニシオは死の前年になってようやくデル・バリェ地区の屋敷の支払いを済ませたのよ」彼女はここで一息入れると、再び呼び鈴を鳴らし、コーヒーが運ばれてくるのを待った。「アントニオにはけっして兄のような目には遭わせないつもりよ。指一本だって触れさせるものですか。これについてはまだまだ言いたいことがたくさんあるわ！」エドゥビヘスはこのとき、正義の権化、懲罰の女神、剣を携える女王、あるいは冷酷無比なトゥーランドット姫と化したかのようであった。ところが次の瞬間、力つきた彼女はくずおれるように椅子に身を投げ出した。長椅子の上で身をよじるその姿は、まるで恐怖に身を震わせる無防備なゼラチン質の塊のようだった。「私は怖いのよ」エドゥビヘスは喘ぐように言った。「こんなに怖い思いをしたのは久しぶりよ」彼女はコーヒーを一気に飲み干すと、ポットから二杯目を注ぎ足し、トーストにオレンジジャムをたっぷりと塗りつけてそれをひと口でほおばった。そして、来客がいることをすっかり忘れてしまったかのように、雑誌のページをめくりはじめた。デル・ソラールは咳払いをした。甥がいることをようやく思い出したのか、彼女は口を半ば開いたまま、当惑のまなざしで彼を見つめた。「それにしても、本当によく来てくれたわね。しかもこんなときに。ありがたいことだわ。ところで、何か私に話でもあるのかしら?」

「いいえ、別にそういうわけじゃ……。それにしても、事態がこれほど深刻だとは思いませんでした」

彼はつづけて、母親の意見だと断ったうえで、アントニオに恨みを抱く連中が彼を要職から追放しようとしているのではないか、これは大統領が六年ごとに代わる際に必ず起きるいざこざ、つまり、自分にとって都合の悪い政敵を蹴落とし、味方となる人間をその後釜に据えようとするような、いわばお定まりの争いにすぎないのではないか、と言った。

「あなたのお母さんは何もわかっちゃいないわ。あなたの前でこんなことを言うのは気が引けるけど、彼女は何もわかっていないのよ」こう言うと、伯母は再び恨み節を並べはじめた。アントニオは、誰が何と言おうと、倒産寸前の政府系企業を見事に立ち直らせ、繁栄に導いたのであり、妥協を許さない厳しい姿勢を最後まで貫いたのだ、そんな彼にもし非があるとすれば、よこしまな連中が長らく抹殺しようとつけ狙ってきた家系にたまたま生まれ育ったということ以外に考えられない……。

このまま放っておくと堂々めぐりの繰り言が果てしなくつづき、いつまでたっても肝心のテーマに行き着かないだろう、ここはぜひとも話を遮らなければならない。デル・ソラールは、家族への嫌がらせは最近になってから顕著になったのか、それともミネルバ館に住んでいた当初からずっと続いているのかと聞いてみた。

「何ですって?」彼女はあっけにとられた表情で聞き返した。「ずっと昔からに決まっているでしょ。あなたともあろう人がそんなばかな質問をするなんて、信じられないわ。仮にも歴史が専門なんでしょう? 二十世紀がはじまって以来、あるいはもっと前から、それこそあなたが本のなかで懸命に擁護しているあのモラ博士がメキシコのフリーメーソンを組織してからというもの、わたしたちはずっと迫害されてきたのよ。そのせいで、私は結婚してからもずっと貧乏暮らしを強いられているし、恐怖に怯える生活が当たり前のようになってしまった。夫は、あなたと同じように、そんなことは何ひとつ知らなかったし、知ろうともしなかったわ。私の話をまともに聞こうとしなかったのよ」

「しかし伯母さん、少なくとも僕はこの問題について大変興味をもっています。子供のころ、ローマ地区の伯母さんのところに引き取られていたとき、身の回りでたびたび変なことが起きるのを不思議に思っていました。ミネルバ館の銃撃事件のことを覚えていますか? たしかドイツ人の若者が殺されましたよね?」

エドゥビヘス・ブリオネスは目を半ば閉じた。細い裂け目のような両の目は、敵意を宿しているようにみえた。話すべきか否か迷っているらしかった。やがて、恨みを含んだとげとげしい口調で話しはじめた。

「殺されたのはドイツ人じゃなくてオーストリア人よ。名前はピスタウアー、エーリヒ・マリア・ピスタウアーよ。彼がドイツ人で、その母親がオーストリア人だと思っている人もいるみたいだけど、そうじゃないわ。反対よ。母親のアデーレがドイツ人で、エーリヒとその実の父親がオーストリア人なのよ。彼らがまだベルリンにいたころ、不幸にして私の兄のアルヌルフォが、あのどうしようもない女と知り合ったというわけ。アデーレはオーストリア人じゃないわ」

「あのころの記憶がだんだんと蘇ってくるようです」デル・ソラールは、伯母が執拗にこだわる国籍の問題には深入りせずにそう言った。「ミネルバ館にはその後行きましたか?」

「まさか!」伯母は叫ぶように、不快な表情をあらわにしながら吐き捨てるように言ったが、デル・ソラールには、些細な質問に対する反応にしては少々大仰に過ぎるように思われた。「どうしてあんなところに行かなくちゃいけないの? いったい何のために? この私にも銃弾を浴びてこいとでも言うつもり? それとも車に轢かれてしまえとでも? まだアントニオが有力者として幅をきかせていたころ、私は何度も彼に頼んだんだけど、怪しい人間を一掃するべきだったのよ。とくにミネルバ館はね。五階に住んでいたあの男、私たちをさんざん苦しめたあのごろつきを何としてでも国から追い出すべきだったんだわ。もちろん彼だけじゃないけど。陰で糸を引いている連中がきっといるはずだから。あの男は何者かに操られているのよ。私がもし男だったら、とっくの昔にあのバルモランとかいう男の息の根を止めていたわ。徹底的に痛めつけてね。あいつは私たちを破滅させた張本人なのよ。アルヌルフォにも話したことがあるんだけど、まったく取り合ってくれなかった。それで最後は殺されちゃったのよ」

「あのドイツ人の若者がですか? アルヌルフォ伯父さんの継子だったという話ですが」伯母の話がよく理解できないままデル・ソラールが口を挟んだ。

「彼はオーストリア人よ！」伯母は声を荒らげた。「さっきも言ったように、エーリヒ・マリア・ピスタウアーはオーストリア人なの。もちろん彼も殺されたんだけど、私がいま話しているのは兄のアルヌルフォのこと。彼が死んだことはまさか知らないわけじゃないでしょうね？　殺されたのよ。警察は捜査を途中で打ち切ったんだけど。あのころ夫のディオニシオは失業中だった。長いあいだ仕事が見つからなくて。なんとか翻訳の仕事で凌いでいたんだけど、本当にひどい時代だった。よくぞここまでアントニオを育てあげたものだと思うわ。そして三十年たったいま、歴史は繰り返すっていうわけよ。またもやバルモランが現れて……」

「バルモランというのは、ミネルバ館の銃撃事件で負傷した男ですか？」

「これだけは言わせてちょうだい。先週の新聞に、アントニオを中傷するでたらめな記事が載ったんだけど、そのすぐ横に、バルモランのインタビューが出ていたの。政治腐敗についての対談なんだけど、新聞のインタビューに答えるのはじつに久しぶりだとかなんとか言ってね。これがはたして偶然かしら？　冗談じゃないわ。この私がまだ生きていることをあの男は忘れてしまったのかしら？　彼のことを誰よりもよく知る人間がここにいるってことを？　もうずいぶん前から私はあの男に悩まされてきたわ。私だけじゃなく、家族みんながね。あいつはいったい誰の手先なのかしら？　いまもってよくわからないわ。怪しい人間ならいくらでも思いつくんだけど。あいつは人の上に立つような人間じゃない。そんな器じゃないわ。つまらない男よ。ただ与えられた命令に従うだけ。ただし、いったん命令が下ったとなれば、それがどんなことであろうと最後まで必ずやり遂げる。そうやって私たちを侮辱し、破滅させようとしているのよ。もうずいぶん前のことだけど、私たちがまだミネルバ館に住んでいたころ、あいつはわざわざ私に会いにやってきたことがあるの。私がゴンサロ・デ・ラ・カーニャの親類だという噂が本当かどうか知りたいってね。噂は真実よ。私の大伯父にあたる人だったんだもの。バルモランは、あの呪われた詩人についていろいろ調べているみたいだった。でも、いったいどうしてこんな話になったのかしら？　誰にも話すまいと誓ったはずなのに。でも、あなたならきっと大丈夫ね。まさかこの話を公にしようなんて考えていないわよね？　で、そのゴンサロ・デ・ラ・カーニャだけど、彼はグアダラハラやメキシコシティの文芸誌に短篇や詩を発表していたらしいの。かなりの放蕩者だったという話よ。作品が本にまとめられて発表されることはなかったみたいだけど、断言はできないわ。あのホセ・フアン・タブラダ[*13]が彼の作品を高く買っていたそうなの。ゴンサロは家族の悩みの種だったらしいわ。ちなみに彼は、私の祖母の兄にあたる人よ。洗練された教養人の家系でね。たとえば私の父の書斎はメキシコでも類を見ないほどのものだった。フェデリコ・ガンボア[*14]が父の書斎にこもって仕事をしているのを何度か見かけたことがあるわ。アマド・ネルボ[*15]もそうだったし、ほかにもたくさんの人が父の書斎を利用していた。でも、世間の人たちは、そういうことにはあまり目を向けようとしないものよ。有能な人物が私の一族からたくさん出ているっていうのに。デルニィに会うことはあるかしら？　彼なら面白い話をたくさん知っているはずよ」デル・ソラールはバルモランの話をするように促した。「ああ、そうだったわね。さっきも言ったように、間延びした変な顔の若者がある日私に会いにきたのよ。私が忌み嫌うすべての特徴を兼ね備えた男だった。耳障りな甲高い声、汗ばんだ手、悪趣味な服装……。芥子色の靴下なんか穿いちゃってね。これだけはいまでも忘れられないわ。誰がどう見ても堕落した人間であることは明らかだった。おまけに調子のいいことをぺらぺらしゃべるのよ。新聞記者をしながら文学の勉強をしているなんて言ってたわ。ひと目見た瞬間から、この男に関係するとろくでもないことが起きるにちがいないという予感がしたわ。虫が知らせたのね。家に入れるつもりはなかったんだけど、勝手に広間に上がりこんできたわ。無名の文学者たちをテーマに論文を書いていて、ちょうどゴンサロ・デ・ラ・カーニャについて調べているところだって言ってたわ。ゴンサロが私の親類だという事実をどこかで嗅ぎつけたみたいなの。でも、いったいどうやって？　いまだによくわからないわ。あなたとお話ができるなんて身に余る光栄です、なんて言ってね。血が凍りつくかと思ったわよ。ゴンサロの名を家のなかで口にするのは小さいころから御法度だった。ゴンサロは成人してからというもの、祖父母の家の奥にある納屋のようなところに何年も押し込められていたの。十三人兄弟の末っ子で、兄や姉たちとはかなり年が離れていたそうよ。晩年の彼を何度か見かけたことがあったけど、そのときは本当にぞっとしたわ。若いころにヨーロッパへ連れていかれて、パリで重い病気にかかって頭がおかしくなったみたい。メキシコへ連れ戻されたときはまだ二十二歳だったそうよ。あのころは未婚女性の前でこうした話題が口にされることはなかったけれど、それが何の病気か、いまの私にはだいたい想像がつくわ。とにかく、ゴンサロの名を口にすることは禁物だった。さっきも言ったとおり、家族の悩みの種だったのよ。私は女中たちからとても信じられないような話を聞かされたわ。いきなり裸になって、卑猥なことを口走りながら、下半身を露出してけらけら笑うんですって。まるで恐ろしい悪魔よ。食事は庭師に運んでもらっていたらしいわ。幸いにして、そうした気違い沙汰も最後は収まったみたいだけど、晩年はしゃべることも動くこともできず、ぶよぶよに太った木偶《でく》の坊になってしまったという話よ。私はバルモランに、いったい何のことかわかりませんと言ってやったの。そういう名前の詩人は私の親類にはいませんし、名前さえ聞いたことがありませんてね。するとあの男は臆面もなく、きっとあなたのご家族の方々が、世間一般に対してのみならずあなたに対しても、ゴンサロの話を秘密にしているのですよ、しかも彼の死亡と埋葬の日付が不当に改竄《かいざん》された形跡があるようです、なんて言うのよ。そして、ゴンサロ・デ・ラ・カーニャの友人と称する詩人の手紙が最近になって見つかったのですが、その詩人は、ゴンサロを無理やり拘束したといってあなたのお祖父さんを手厳しく非難しています、なんて言うの。手紙にはゴンサロの安否が心配だとも書かれているって。バルモランは、とにかく私に何かしゃべらせるつもりだったんでしょう、こんなことまで言ったわ。ゴンサロはおそらく、最後に発表した作品のなかで、頽廃的な倒錯趣味の物語を書いたという理由から、つまり、姉の死骸の卑猥な描写を公にしたという理由から罰せられたんだろうって。あの男がどれほど私たちを苦しめたか、これでもうおわかりでしょう。そんな話を聞かされながら、私は努めて冷静を装ったわ。感情を抑えて、何食わぬ顔で別れの挨拶を口にしたくらいよ。だから、私が本当に何も知らなくて、彼が勝手に誤解しているだけだということを十分に納得させることができたと思ったわ。あの男は玄関で、私もミネルバ館に住んでおりますから、これからもちょくちょくお目にかかるでしょう、と言ったの。いったいどうやってミネルバ館に潜りこんだのか、私にはさっぱり訳がわからなかった。ひょっとすると最上階の部屋に住んでいるのかもしれない、あるいはどこかの使用人部屋でも借りて住みついているのかもしれない、そんなことを考えたわ。部屋を又貸しする住人がいることについて、夫のディオニシオと私はいつも文句を言ってたんだけどね。家主に抗議したこともあったわ。素性の知れない人間がミネルバ館に入り込んでいるみたいだったから。どこの馬の骨ともわからない連中にこれ以上勝手な真似をされては大変だと思ったのよ。ところがすでにあの男がミネルバ館の住人になりすまして、私たちの隣人として暮らしていたなんて。女中の話によると、バルモランはこちらが思っているよりもはるかにいい暮らしをしているようだった。仕事場を兼ねた最上階のアパートメントに住んでいて、間取りは二部屋だけど、台所とトイレが付いていたみたい。私はそれ以来、あの男の行動に注意を払うようになったわ。あるとき私は、革命家を父にもつデルフィナ・ウリベに、バルモランのことを知っているか聞いてみたの。あなたはきっと覚えていないでしょうけど、デルフィナはサン・アンヘルの家が完成するまでのあいだ、私たちの隣に住んでいたのよ。彼女は、バルモランのことならよく知っている、彼とは友達付き合いをしていて、ちょうどいま、去勢された男について面白い本を書いているらしい、ということを教えてくれたの。ゴンサロがいったいどんな病気に苦しんでいたのか、私は誰にも聞いたことがなかったし、誰も教えてくれなかったけど、とにかくその病気が原因で頭がおかしくなったことだけは知っていた。私はふと、バルモランはひょっとすると私たちを糾弾するためにその本を書いているのではないか、細心の注意を払って守られてきた重大な秘密を暴き立て、気の触れたゴンサロを去勢した張本人として私の祖父を告発しようとしているのではないか、つまり、女の死骸の幻影に惑わされることのないように、また、下半身を露出するという醜態を演じることのないように、祖父が無理やり彼を去勢したと主張して私たちを告発しようとしているのではないかと思ったの。従姉妹や女中たちの話によると、ゴンサロが家に連れ戻されて幽閉されたとき、去勢されたような様子はみられなかったということだった。それどころか、とても危なっかしくて近づくことさえできなかったみたい。とにかく私は、デルフィナに勝手なことを言い触らされたらそれこそ大変だと思ったから、それだけは絶対にやめてちょうだいと釘を刺したのよ。それ以来、彼女とは気まずくなってしまったわ。ちょうどそのころ、兄に対する陰謀をたくらんでいる連中がいることに気づいたの。それがどんな陰謀なのかははっきりしなかったけれど、兄に憎しみを抱く人間が、デルフィナとその家族のほかにもいることは確かだった」

彼女はここまで話し終えると、さすがに疲労困憊した様子で、それ以上口を開こうとはしなかった。肥満した体を前へ倒し、頭をがっくり垂れると、口から大きく息を吸い込み、上体をのけぞらせて長椅子の背に倒れ込んだ。そして、二、三度荒い息をついたかと思うと、両手で髪の毛をかきむしりはじめた。

「アルヌルフォ伯父さんはなぜそんなに人から恨まれていたんですか?」

「それについてはいずれ話してあげるわ。アルヌルフォは気難しい人だった。勇気を出して彼に意見したこともあるんだけど、とにかく強情なのよ。そういう男は当時でさえすでに時代遅れの感があったけれど、兄はどこまでも古臭い人間だったのね。その点では父や母、あるいは祖父母よりも勝っていたかもしれない。だから、兄が今風のドイツ人女性と結婚したとき、とても意外だったわ。私は思い切って兄に話してみたの。ある種の話題について、とくに兄妹のあいだでその手の話をするのはいけないことだと小さいころから教えられてきたんだけど、兄のためを思って話してみたのよ。あのときもしアルヌルフォが私の話を真面目に聞いてくれて、自分の身を守るためにしっかり行動していたら、いまごろはここで楽しくおしゃべりをしていたでしょうに。私は兄に、ミネルバ館に住む怪しげな人物が訪ねてきて、私たちの家族の秘密を聞き出そうとしたことを伝えたわ。その男が大伯父のゴンサロ・デ・ラ・カーニャについてどんな話をしたか、それを聞いた私がどれほどぞっとさせられたか洗いざらい打ち明けたのよ。兄に何とかしてもらいたいばかりに少し大袈裟に話してみたの。バルモランという男がミネルバ館の住人をつかまえて私たちのことをいろいろ嗅ぎまわっているらしいってね。でも、あまり効果はなかったわ。それでも私は諦めず、ウリベ氏の娘のデルフィナからこんな話を聞かされたって言ってみたの。私たちの親類のなかにかつて気の触れた不具の人間がいたことをバルモランがすでに嗅ぎつけているらしいって。証拠となる文書をもっているとバルモランが彼女に断言したらしいことも話したわ。本当はね、自分でもよくわからないままに、あてずっぽうに話したようなものなんだけどね。デルフィナ・ウリベの名前を耳にした瞬間、兄の目は輝いたわ。悟られまいとしていたようだけど、私にはよくわかった。兄は手にしていた新聞を脇へ置くと、どんな人間がデルフィナに会いにくるのか、バルモランと彼女はいったいどういう関係なのか聞いてきたわ。それから何日かたって、兄の腹心と称する男が訪ねてきたんだけど、私は彼の顔を一度も見たことがなかったし、アルヌルフォがたいてい家を留守にしている時間にやってきたものだから、少し変だと思ったの。しかも、アルヌルフォがドイツから帰国して以来、その人が訪ねてくるのはその日がはじめてだった。私は、マルティネスと名乗るその男をとりあえずアルヌルフォの書斎に通したんだけど、そこにはけっして誰も入れてはいけないと普段から兄にきつく言われていたことを思い出したの。場合によっては自分の妻さえ立ち入ることはならないって。だから私はマルティネスに、広間でコーヒーでも飲みましょうと誘ってみたの。彼もそれを望んでいたみたい。唇の分厚い人でね。ここ何年かのあいだにメキシコ人はすっかり変わってしまったなんて言ってたわ。私も頷いて、すべてが昔とは様変わりしてしまったみたいですわねと答えた。マルティネスは、相手からそれとなく話を聞き出すのがうまくてね。もちろん私は、他人に迷惑がかかるようなことはいっさい口にしなかったけど。ミネルバ館は何となく居心地が悪いとか、その程度のことしか話さなかったわ。それから、ミネルバ館の住人について詳しく教えてあげたの。もちろんバルモランのこともね。で、ついつい調子に乗りすぎちゃったみたい。兄に話したのとまったく同じことを繰り返したのよ。つまり私の大伯父、詩人のゴンサロの話よ。マルティネスはいたく興味をそそられたみたいだった。でも、そのとき私はこう思ったの。きっと兄が、兄妹のあいだでは話しにくいことでも赤の他人にはかえって遠慮なく話せるだろうと思って、それでわざわざマルティネスを寄こしたんだろうって。そうすれば私も気楽に話せるだろうと兄は考えたにちがいないってね。兄の目論見は見事に当たったたってわけよ。結局、アルヌルフォという男はどうしようもない臆病者なのよ。だから私には、兄の女性遍歴が余計に腑に落ちないの。まあ、そんなことはどうでもいいんだけど。とにかく私は、兄はきっと私のいないところで、私がしゃべったことをマルティネスから聞き出すつもりなんだろうって思ったわ。そうこうするうちにアルヌルフォが帰ってきたので、あなたの腹心の殺し屋がついさっきまでここにいたわよって言ってみたの。単なる相談役とは思えなかったし、マルティネス自身がそうほのめかしたように、仕事仲間という感じでもなかったからね。実際のところ兄は、マルティネスのような凡庸な男と一緒に仕事をすることをつねづね嫌っていたわ。あの男は単なるごろつきよ。変わり者のアルヌルフォのことだから、ああいう男と付き合いがあったとしてもちっとも不思議じゃないけど。で、私の言葉を聞いてアルヌルフォが露骨に嫌な顔を見せたものだから、マルティネスとどんな話をしたか報告する気にはとてもなれなかった。それに、私は普段から、お前は軽はずみな女だって兄に言われていたからね。まったく、男ってどうしようもないわ。軽はずみだと言われても、私はまだこうして病身を引きずりながら立派に生きながらえている。ところがどうでしょう？　そうやって私をいじめたご当人は、いまじゃ土の中に眠っているのよ。息子のアントニオまで、私のことを軽率だとか、機転がきかない女だと思っていたみたい。あの子がもしあのとき私の言うことをちゃんと聞いて、人間関係にも十分に気をつけていたら、こんな窮地に立たされることもなかったはずよ。私は、軽率などころか、どこまでも誠実な人間よ。少なくとも兄や息子よりは、物事を遠くまで見通していたわ。でも、この話はもうやめましょう。ところで、アンパーロの帰りが遅いわね。どうしたのかしら？」伯母は急に話題を変えた。「アルメンダリスさんの事務所でヒルダと会う約束があるって言ってたわ。私がすっかり弱っていることを知りながら、わざと気を揉ませるようなことをするのよ。あの子は小さいころからいつもそうだった。あなたも覚えているでしょう？　私を苦しめようと思ってやきもきさせるのよ。たくさんの希望と喜びを与えてくれたアントニオとは反対に、あの子はいつも悩みの種だった。今日あなたに会うのをとても楽しみにしていたはずなのに。何か役に立てることでもあると思ったのか、今朝はサロンにも顔を出したみたいだけど。あの子の悪いところもだんだん目につくようになってくるようだわ。あなたに会いたいのなら、なぜもっと早く帰ってこないのかしら？　本当に楽しみにしていたのに。食事が終わるころにアントニオの嫁のヒルダが迎えを寄こしたのよ。遅くとも二時間前には帰ってきてもよさそうなものだわ。なぜ電話の一本も寄こさないのかしら？　書類へのサインは無事に済んだのかしら？」

デル・ソラールは腕時計に目をやった。もう帰らなければいけない。夕食の約束を思い出した彼は、急いで別れの挨拶を告げようとしたが、伯母は、引き止めるつもりなのか、再び家族の話をはじめた。ブリオネス家の人間は代々正直で慎み深いこと、家庭に経済的な余裕がなかったせいでヨーロッパへ行かせてもらえなかったこと、いま住んでいる家はかなり立派な屋敷に見えるけれどもじつはそうではなく、アントニオが破格の安値で手に入れたものであること、高給取りのアントニオは稼いだお金を上手に運用していること、彼のためにいい結婚相手を見つけようと母親としていろいろ気を回したこと、アントニオの嫁のヒルダは資産家の娘だが、頭が空っぽであること。エドゥビヘスはさらに、息子のアントニオには余分なお金が一銭もなかったこと、そのことは誰が見ても明らかだったこと、財産の一部が名目上アンパーロの手に渡ることにヒルダが強硬に反対したこと、といった話をした。この最後の点について、エドゥビヘスは、それが財産を守るための、そしてアントニオを守るための便宜的な手段であったことを強調した。「そうよ、アントニオを守るためよ！　能無しの家系に生まれたあのヒルダという女は、私とアンパーロがぐるになって財産を横取りするとでも思ったんでしょうけど、あれは言ってみれば私たちの財産でもあるのよ。アントニオの貯金だって、ヒルダなんかに任せるよりも、私たちが管理したほうがずっといいに決まってるわ」

デル・ソラールはコートを着ると、伯母の熱っぽい口調とは対照的な、きわめて冷静な口ぶりで訊ねた。

「デルフィナ・ウリベのところであのドイツ人の若者が殺されたのはいったいどうしてなんでしょう？」

「エーリヒ・マリア・ピスタウアーのこと？」当惑の表情を浮かべながらエドゥビヘスは聞き返した。「どうして私がそこまで知っているというの？」彼女は怒気を含んだ口調で話しつづけた。「さっきも言ったと思うけど、彼はドイツ人じゃなくてオーストリア人よ。ドイツ人は母親のアデーレのほう。ついでに言えば、殺害現場はデルフィナのアパートメントではなくて、ミネルバ館の建物の正面入り口付近よ」

電話のベルが鳴り響いた。エドゥビヘスは廊下へ顔を出して大声で女中に何か言いつけると、そのまま受話器をとった。黙ったまま先方の話に耳を傾けていた彼女は、やがて荒々しく受話器を置いた。

デル・ソラールは再び椅子に腰を下ろした。伯母がいまの電話について長話をはじめる前に、機先を制する必要があった。

「当時の新聞にいくつか目を通してみたんですが、デルフィナ・ウリベのところで開かれたパーティーの最中に例の事件が起こったそうですね」

エドゥビヘスは考えを整理するように、しばらく押し黙ったまま部屋のなかを行ったり来たりしたが、おかげで彼女の巨体はいやがうえにも目立ち、時代遅れの衣服や首に巻いたテンの毛皮、宝石類がますます珍妙なものに見えた。やがて大きく息を吸い込むと、ゆっくり話しはじめた。

「そうよ。エーリヒはたしかにパーティーに顔を出していたわ。デルフィナは私に責任をなすりつけようとして、私が彼をパーティーに誘ったなんて証言したのよ。でも、そんなわけがないでしょ？　兄の継子のエーリヒをなぜあんなところへ連れていかなければならないというの？　少し考えればわかりそうなものだけど。本当は、デルフィナが彼を誘惑しようとしたのよ。若い男には目がなかったから。なにしろ自分の息子よりも若い愛人に夢中になっていたことがあるくらいだからね。デルフィナが自分でそう言ったんだもの、間違いないわ。エーリヒは建物から出たところを襲われたのよ。デルフィナは面倒なことに巻き込まれたくないと思ったんでしょうね、彼がそこで何をしていたのかまったく知りませんと証言したそうよ。もちろん彼女の言葉を信じる人なんて誰もいなかったけど。アルヌルフォを苦しめるためにあんなことを言ったのよ。警告のつもりだったのね。そうやって兄は徐々に追い詰められていったんだわ。状況は混沌としていたけれど、ただひとつだけはっきりしていたのは、デルフィナがバルモランやトルネール将軍をはじめさまざまな人たちと関わりがあったということ。去勢男の話を最初に私に教えてくれたのも彼女よ。連中が何か企んでいたことは間違いないわ。デルフィナの父親がメキシコで一、二を争う有力者だったことも見逃せないわね。みんなで共謀して兄を罠にはめようとしたのよ。自分の力を過信していた兄は、まんまと術中に陥ってしまったんだわ。それで、まず手始めに継子のエーリヒが殺されたっていうわけよ。まだ二十歳にもなっていなかったはずなのに。それが一瞬で命を奪われてしまうなんて。連中は事件を闇に葬ってしまった。犯人は結局わからずじまい。いまもときどきデルフィナの姿を見かけることがあるけれど、ほんの形ばかりの挨拶をするだけ。相変わらずバルモランの背後で糸を引いているんじゃないかしら。さっきも言ったように、息子のアントニオを中傷する記事のすぐ横にバルモランのインタビューが載って、そこで政治腐敗について語っているなんて、いくらなんでも出来すぎじゃない？　あとはデルフィナの写真が掲載されればほぼ完璧な構図ができあがるってわけよ。トルネール将軍はつい最近亡くなったみたいだけど、デルフィナのところで開かれたパーティーでは、ずいぶん奇妙なふるまいに及んだのよ。なにせあのエスコベードを殺そうとしたんだから」

「彼女はまだ生きているんですか？」

「だれ？　デルフィナのこと？　もちろんんよ。ほとんど魔女と見分けがつかないくらい。いまじゃ立派な大金持ちよ。彼女を徹底的に取り調べて真相を突き止めようとするような奇特な人間はもうどこにもいないようね。この国の正義というのは所詮その程度のものなのよ」

再び電話のベルが鳴り響いた。受話器をとったエドゥビヘスは、先ほどと同じく、先方の話にじっと耳を傾けていた。階下では女中と運転手がしきりに何かしゃべっている。伯母はうれしそうに目を輝かすと、受話器にむかって叫ぶように、「そうよ、私よ! いま甥が来ているの。二、三分ほど待ってちょうだい」と言った。そして、女中を呼び、感極まった様子でデル・ソラールを抱擁すると、あたふたと部屋の外へ押しやった。階段を降りていくデル・ソラールの耳に、受話器にむかってしゃべりつづける伯母の弾んだ声が聞こえてきた。

第三章　申し分のない女主人

ミゲル・デル・ソラールのようなメキシコ人にとって、デルフィナ・ウリベのギャラリーを訪れることは、長年にわたる恒例の行事となっていた。それはたとえば、ベリャス・アルテス宮殿で開かれるコンサートや現代美術の回顧展、あるいは年に一度開催される映画祭に出席するのと同じく、芸術に関心を抱く者であれば誰もが参加しなければならない儀式のようなものだった。デル・ソラールもやはり妻のセシリアとともに、イギリスへ旅立つ前にはよくデルフィナのギャラリーへ足を運んだものである。したがって、デルフィナとは個人的に挨拶を交わしたこともあるし、展覧会についての意見や、特定の画家に関する考えを述べ合ったこともあった。しかしそれは正直なところ、親密な会話と呼べるようなものではなかった。

デルフィナは若いころから、さまざまな事情によって世間に顔が知られていた。彼女のギャラリーは、メキシコ現代絵画について語る際に誰もが一度は言及する重要な場所となっていた。聡明かつ寛大、洗練された趣味の持ち主として、彼女の名は誰もが知るところとなっていた。デルフィナを中傷する者も少なくなかったが、それは皮肉にも、彼女の評判をますます高めることになった。デルフィナの悪口を言う者の多くは、いまだ正当な社会的評価を与えられていないことに鬱屈した思いを抱いている画家たちによって占められていたが、彼らの作品がしかるべき扱いを受けていないのは、じつは彼ら自身の怠慢に起因する場合がほとんどであった。一方、デルフィナの気まぐれな性格に反感を抱いていた連中は、パーティーの主催者としての彼女の資質に疑問を呈し、芸術の守護者を自任するその態度に憤りを感じていたが、彼らの批判は必ずしも的を射たものとは言えなかった。

デルフィナの家を訪れたデル・ソラールは、部屋の間取りや室内装飾を目にしても特に驚かなかった。おおむね彼が思い描いていたとおりだったからである。ギャラリーと自宅を兼ねた建物は、質素で禁欲的なデルフィナの外見にいかにもふさわしい様式で統一されていた。彼は、たくさんの絵画が賑やかに壁を埋めつくしている光景を想像していたが、それが唯一実際とは異なる点であった。

「奥様はすぐお見えになります」コーヒーを差し出しながら女中が言った。

デルフィナがやってくるまでのあいだ、彼は一階にある部屋を仔細に眺めた。大きな立方体のような広間と食堂にはともに光が満ちあふれ、それぞれ小さな部屋に通じていた。無駄のない厳密な秩序が空間を支配していたが、冷ややかな印象を与えるものではなかった。強いてこの家の欠点を挙げるとすれば、生活感が希薄な建物に特有の、舞台空間を思わせるような雰囲気が感じられることだった。天井の一部は紫がかった淡いピンクで彩色されていた。壁の二面は赤茶色に塗られ、残りの壁はすべて輝くばかりの白で統一されていた。食堂と小広間のガラス張りの障壁が、熱帯植物の繁茂する庭に面していた。直線を多用した家具類は、一見しただけではよくわからなかったが、実用性を重視した作りになっていた。のちにデルフィナが説明してくれたところによると、それらの家具はすべてアルバル・アアルトがデザインしたもので、一九四〇年代に、新進気鋭のデザイナーたちの作品を製作する工房がメキシコシティに建てられたそうである。少なからぬ資金がつぎ込まれたにもかかわらず、工房の経営が軌道に乗ることはなかったという話である。それらの家具は何よりもまず高価だったし、顧客の好みを十分に満足させるものではなかったのだ。デル・ソラールは時間をかけてゆっくりと絵画を鑑賞した。一方の壁にはタマヨ[*16]の大きな絵が掛かっている。きらめく赤で重ね描きされたいくつもの円が窓から顔を出す人物を形づくり、幅の広い窓枠を彩るグレーの着色が存在論的ともいうべき味わいを醸し出している。ほかにも、若いころのフリーダ・カーロの自画像やアグスティン・ラソの静物画など、さまざまな絵画がたっぷりと間隔をあけて飾られていた。そのなかには、一九三七年の署名が記されたフリオ・エスコベードの絵もあった。バロック風の筆致で描かれた二体の天使がセイヨウカリンを捧げ持ち、絡みつく枝葉に全身を覆われていた。別の小さな部屋の壁には、繊細なタッチで描かれたマチスの素描が掛けられ、その反対側の壁には、ソリアノの手になる蠟で描かれたような頭蓋骨の絵が飾られていた。それらの絵をはじめ、家具の意匠やその配置、内部の建築様式など、すべてが三十年代末から四十年代初頭にかけての洗練された趣味を体現していた。あたかも建物全体が、ギャラリーが開設されたころの時間をそのまま閉じ込めているかのようであった。当時まだ十歳の少年だったデル・ソラールは、青の水玉を散らした純白のオーガンディに身を包み、やはり青色の手袋をはめたデルフィナが、急ぎ足で白塗りのコンバーチブルに歩み寄り、運転席に乗り込んで颯爽と走り去る様子を眺めたものである。大広間の奥には、すらりとした四本の脚に支えられた細長い黒のテーブルがしつらえられ、金属の鋲を打ち込んだ木製の巨大な頭像が、口をかっと開いたまま、恐ろしい形相でこちらを睨んでいた。とはいえ、頭像から放たれる犯しがたい威光は、周囲のわずかな空間を領するにすぎなかった。正面の壁の梁のように突き出た部分には、トトナカ[*17]の工芸品の人形が六つか七つ飾られ、アフリカの仮面を思わせるようなあざけりの微笑を浮かべていた。デルフィナはその口、ミネルバ館のパーティーで起きた惨劇について、知っていることのすべてを話しましょうとデル・ソラールに約束していた。

彼はつねづね、デルフィナと面会することは難しいという噂を耳にしていた。より正確に言えば、絵画以外の話題について彼女から何かを聞き出すことはきわめて困難だろうというのである。ある人に言わせると、デルフィナは絵画というものを、作品の取引価格や最新の落札相場、ルフィーノ・タマヨやギュンター・ゲルソ[*18]、壁画家たちの作品の値動き、あるいはギャラリーに出入りする画家たちとの個人的な交友の問題としてしか捉えていないということだった。ところが意外なことに、事態は思わぬ方向へ動き出したようである。デルフィナと初めて形式的な挨拶を交わしたときは、まさか自分が彼女の家に食事に招かれ、エーリヒ・マリア・ピスタウアー殺害事件について、新聞が取り上げなかったような貴重な話を彼女の口からじかに聞くことになろうとは思いもしなかった。それがいまや現実となったのである。

デル・ソラールは、デルフィナとの会見を実現するために、彼女のことをよく知る有力者の手を借りようとは思わなかった。そんなことをすれば、いたずらに警戒心を抱かせることにもなりかねないし、ミネルバ館の事件（厳密に言えばそれは一つではなく、複数かもしれないと彼は考えていた）について自由に意見を交換することも難しくなるだろうと考えたからである。そのかわり、大学時代に少しばかり言葉を交わしたことのあるデルフィナの姪、マリア・エレナ・ウリベに協力を仰ぐことにした。デルフィナとの会見に立ち会ってほしいという彼の願いを快く受け入れたマリアの働きによって、デル・ソラールは、それから二週間もたたないうちに、デルフィナと二度も話をすることができた。そして三度目の今日、彼はついに食事に招かれ、事件について詳しい話を聞かせてもらえることになったのである。

一度目の面会は、デルフィナの希望により、昼前にギャラリーで行われた。デル・ソラールは、モラ博士について論じた自著を持参したが、本当のことを言えば、出版が延び延びになっている新しい本、すなわち、デルフィナの父ルイス・ウリベの政治思想やその活動に関する考察が含まれた『一九一四年』のほうを進呈したかった。

長い海外生活のあとで久しぶりに目にするデルフィナは、以前とほとんど変わらなかった。強いて言えば、前よりも少しばかり痩せて小柄になり、秘めた感情が身内に凝縮されているようにみえた。流行に左右されない着こなしは昔と同じで、デル・ソラールはその点で伯母のエドゥビヘスを思い浮かべたが、すぐに打ち消した。というのも、デルフィナの着こなしには、奇抜なところや意図的なアナクロニズムといったものがまったく認められず、いかなる模倣もみられなかったからである。一方、エドゥビヘスはと言えば、かつて母や伯母たち――ブリオネス家やカルカーニョ家、ランダ・デ・カルカーニョ家やランダ・イ・セロン家の女性たち――が誇らしげに着ていたものとまったく同じ服装を身につけていた。けっして裕福とはいえない家庭に育った少女時代のエドゥビヘスは、未知の冒険を恐れるあまり、あるいは恵まれない境遇ゆえにとんでもない過ちを犯してしまう愚を避けようと、時代遅れの服装をごく自然に受け入れ、それを完全に自分のものにしてしまったのである。デル・ソラールは少年時代の記憶を探ってみた。あのころのデルフィナも、のちにギャラリーでたびたび目にすることになる彼女も、彼にはまったく変わらないように思われた。物事にこだわらない自由奔放な性格やある種の気高さが彼女の姿からは感じられた。少年時代のデル・ソラールにとって、デルフィナという女性は、現実世界よりも映画のなかで眺めるのにふさわしい女性だった。彼女の存在のすべてが濃密でありながら軽やかで、しかも華麗な雰囲気をたたえていた。ギャラリーで話をしながら彼女の身ぶりに目を注いでいたデル・ソラールは、なぜか一匹の猫を連想した。ミネルバ館の玄関ホールや回廊で彼女の姿をたびたび見かけたころと同じく、デルフィナの手には相変わらず黒とも蜂蜜色ともつかないパイプが握られていた。子供のころに見たパイプのほうがはるかに大きかったような気もするが、実際にそのとおりだったのかもしれない。

デル・ソラールの来訪に備えて、デルフィナとマリア・エレナの二人があらかじめ彼について話し合っていたことは明らかだった。というのも、ギャラリーに足を踏み入れた瞬間から、彼は同輩に対するような親密な扱いを受け、歴史家としての彼の活躍をデルフィナがすでに心得ているのみならず、それに敬意を表していることをそれとなくほのめかすような、ユーモアに満ちた如才のない態度で迎えられたからである。デルフィナの物腰にはどことなく人生の成功者としての貫録が備わっており、自分なりの流儀をつねに押し通すことによって未来を切り開いてきたことをうかがわせた。社交性と内向性、奔放さと慎み深さ、軽薄さと知性など、相対立する要素の組み合わせがたくさん集まってデルフィナという人間ができあがっているようにみえた。いわば撞着語法《オクシモロン》の集積である。そんな彼女の品行が、画家や作家、洗練された趣味の持ち主である有力者たちとの長年の付き合いによって養われたものなのか、あるいは反対に、生まれながらに数々の美点を備えていたおかげで、そうした豊かな人脈を築くことができたのか、どちらとも判断がつかなかった。デル・ソラールは、彼女という人間を相手にするときは、あくまでも正直を心がけるしかないという結論に達した。たとえば、一九四二年十一月に起きたあの惨劇について真相を引き出すために、絵画の購入に興味があるようなふりを装って相手の歓心を買おうとするような態度は論外だった。そんなことをすれば彼自身が墓穴を掘ることにもなりかねないし、取り返しのつかない失態を演じることになるかもしれなかった。そう考えたデル・ソラールは、間もなく刊行される予定の『一九一四年』について語りはじめ、この本の執筆を通じて今度は一九四二年をテーマに新しい本を書いてみたいと思うようになったいきさつを説明した。すなわち、第二次大戦前夜のメキシコに加えられたさまざまな外交的圧力や、その後の枢軸国との国交断絶とメキシコによる宣戦布告、そして、それが国際社会にもたらしたさまざまな影響などについて論じた本である。

「あのころ私たちは」、デルフィナは好奇心に目を輝かせながら口を開いた。「国際社会におけるメキシコの立場が一変してしまったのを目のあたりにしました。世間に流布していたある種の言い回しもがらりと変わってしまいました。それまでは新聞などで〈混乱の極み〉と書かれていたのが、〈模範的な〉という表現に取って代わられたり、〈メキシコ外交にかかわる許容しがたい政策〉と言われていたことが、ある日突然、〈アメリカ大陸における民主主義の輝かしき範例〉などと呼ばれるようになったのです」

「じつは私もそのことについて調べてみようと思っていたところです」デル・ソラールが口を挟んだ。「微視的な視点から歴史にアプローチしてみたいのです」

デル・ソラールはさらに、小説家というものに対する羨望を口にした。そして、大戦が特定の社会集団に及ぼした影響、たとえば、当時のメキシコ社会で重きをなしていた著名な人物たちはもちろん、名声や栄誉とは無縁の人々に及ぼした影響についても調べてみたいと考えているが、まだはっきりとした方針を立てているわけではないとつけ加えた。デルフィナは彼の話に注意深く耳を傾けていた。デル・ソラールは、新たな本の執筆を思い立つにいたった経緯について手短に説明した。ある石油会社のタマウリパス支社とロンドン本社とのあいだで交わされた書簡を発見したこと、メキシコ政府に対する何らかの圧力が存在したことが書簡の内容からうかがえること、イギリスがセディーリョを支援していたこと、そして、第二次大戦当時のメキシコにおける反体制運動の動向に言及した文書をつい最近知り合いの女性から入手したこと。デル・ソラールは、デルフィナの家で開かれたパーティーの直後にオーストリア人のピスタウアーが殺害されたことがその文書のなかに記されていたことも明かした。それまで黙って彼の話に耳を傾けていたデルフィナの表情がこのとき一瞬引きつったが、それは内心の動揺を明らかに物語っていた。

「何ですって！」彼女は取り乱した声で叫んだ。「あのときのパーティーの記録が残されているとおっしゃるのですか？」

「いや、そういうわけではありません。文書には、ドイツ人の活動家やその周辺の人物たちがミネルバ館の事件にかかわっていることが示唆されているにすぎません。〈これら殺人事件〉と複数形で記されていることが気になりました。変だとは思いませんか？　まるで殺人事件が複数発生したような書き方です。さっそく当時の新聞に当たって、この件に関する記事に目を通してみました。ミネルバ館の事件に寄せる私の関心は、たとえば一九一四年に関する本を書いたときや、それ以前にモラ博士やメキシコの自由主義者たちをテーマに本を書いたときとはまったく違った種類の探究心にもとづいています。つまり、もっと個人的な、しかも具体的な動機によるものなのです。ピスタウアーが殺害されたとき、私は偶然にもミネルバ館の住人でした。つまり、あなたの隣人だったというわけです。殺されたピスタウアーは、私の伯母の実の兄の継子だったのです。ちなみに、伯母の夫は、私の母の従兄弟にあたる人でした」氷のように冷たいデルフィナの視線に射すくめられ、デル・ソラールは少々うろたえながら言葉を結んだ。

「ということはつまり、あなたはアルヌルフォ・ブリオネスさんの甥御さんということかしら？」

表情には表れなかったものの、デルフィナの口ぶりからは、先ほどまでの親しげな調子が跡形もなく消えうせていた。ブリオネスの名を口にするとき、彼女の唇が心もち歪むのを彼は見逃さなかった。

「つまりこういうことです。アルヌルフォ・ブリオネスの妹のエドゥビヘス・ブリオネスが私の母と姻戚関係によって結ばれているのです。家族同士の行き来はそれほどありませんでした。エドゥビヘス夫妻はかつて苦しい生活を強いられていたようです。私の両親が、少しでも生活の足しになればと思って、家賃の一部を肩代わりしていました」デル・ソラールは、話しながらますます頭が混乱してきた。会話が好ましくない方向へ進んでいることは明らかだった。デルフィナはそのあいだ沈黙を守っていた。彼はさらにつづけた。「あなたのことはよく覚えています。ミネルバ館でよくお見かけしましたから。白塗りのすてきな車に乗りこむあなたの姿を見るのが私は大好きでした」

再び沈黙が訪れた。デルフィナは、ギャラリーの仕事を急に思いついたかのように、カードのようなものを机の上にばらまくと、一枚一枚に目を通しながら四角い木箱に入れていった。顧客の住所録か何かだろう。つづいてインターホンの受話器をとりあげ、サンフランシスコのギャラリーに関する資料をもってくるように命じた。そして、デル・ソラールがいることをようやく思い出したのか、無愛想な口調ではき捨てるように言った。

「あなたは当時、六歳か七歳くらいだったのかしら」彼女はそう言いながら、露骨に不快な表情を浮かべて、デル・ソラールを頭のてっぺんから足の爪先まで眺め回した。

「十歳です」

「エドゥビヘスにはもうお会いになったのかしら？　あの事件について詳しいことを知っているのは、彼女をおいてほかにいないんじゃないかしら。なんと言っても、殺されたドイツ人はエドゥビヘスのお兄さんの継子だったんですからね。それに彼女は、知らないことは何もないと公言してはばからないような人でしたから。それこそ何でも知っているようなふりをしないと気がすまないんです。ただこの事件について言えば、彼女が多くを知っていることは間違いありません。おっしゃるとおり、あの事件は私のところで開かれたパーティーの直後に起きました。でもそれは単なる偶然です。そもそも私はエーリヒなんていう人をまったく知りませんでした。彼の正式な名前は、たしか……」

「エーリヒ・マリア・ピスタウアー、オーストリア人です」

「そんな人、私は知りませんでした。その夜に初めて会ったんですもの。それもちらっと顔を見かけただけ。なにせあのときは人が多かったものですから。彼の苗字もいままで忘れていたくらいです。事件のあと新聞で彼の名前をたびたび目にする機会はあったと思うんですが。それにしても、彼はいったい私の家で何をしていたのかしら？　パーティーには招待されていなかったはずです。エドゥビヘスに聞いてごらんなさい。なぜ彼をパーティーに誘ったのかって。そして、なぜあとになってそのことを隠そうとしたのか」

「あなたもよくご存じのことと思いますが、彼女と話をしてもいっこうに埒が明かないのです。ついこのあいだ、彼女の家に行っていろいろと話を聞いてみたのですが、言っていることが支離滅裂で、まったく要領を得ませんでした。エドゥビヘスが言うには、ピスタウアーのことは彼女自身よく知らなかったそうです。それもいかにもありそうな話です。というのも、エドゥビヘスは、兄夫婦と親しく付き合うこともなかったみたいですし、なによりも兄嫁がエドゥビヘスとの付き合いを望んでいませんでしたから。これは私自身の経験から言っても間違いのないことです。エドゥビヘスは、同じミネルバ館の住人で、呪われた詩人について本を書いているジャーナリストを名乗る男が、事件にかかわっているはずだと断言していました」

デルフィナはそれを聞くと、いくぶん緊張がほぐれたようであった。そして、ヒステリックな笑い声をあげ、次のように話しはじめた。

「あのバルモランが事件に関与しているですって？　エドゥビヘスはまだそんなことを言っているのかしら？　信じられないわね。頭がどうかしちゃったのかしら。彼女にはくれぐれも気をつけたほうが身のためですよ。案外ずる賢いところもありますから。悪知恵を働かせる動物的な勘が備わっているにちがいありません。あの人はいつも、本当のことをしゃべりたくないばかりに、そんな見当はずれなことを口にしてごまかそうとするんです」デルフィナはそう言うと口を閉ざした。再びカードを一枚手にとってそれに目を走らせ、余白に何か書きこんだ。「ところで、あなたが手に入れたという文書はなかなか興味深いですわね。私の兄は、あれは政治絡みの事件だったんだと言っていますが、急に考えを変えたのか、受話器を元に戻した。おそらくそのとおりなのでしょう。なにせ戦時中のことですし、莫大な経済的損失が生じていましたから」デルフィナは再びインターホンに手を伸ばすと、女性秘書を呼んだ。秘書がやってくると、苛立った様子で何やら手紙について話しはじめた。秘書はすぐに手紙を取りに戻った。デルフィナはそれに署名を済ませると、今度はフェニックスの美術館に関する資料をもってくるように言いつけ、館長宛の私信を昼までに用意しておくように命じた。デル・ソラールとの面会を切り上げるタイミングをうかがっていることは明らかだった。それを態度で示そうとするかのように、彼女は慌ただしく席を立つと、スルバランに関する学術論文に目を走らせていた姪のマリア・エレナにむかって、「お兄さんたちは元気にやっている？」と訊ね、よろしく伝えてちょうだいと言った。そして再びデル・ソラールのほうへ向きなおり、両手を広げながら訊ねた。

「それで、エドゥビヘスには最近お会いになったわけね？　具合が悪いということですが？」

「少し気が立っているみたいです。伯母には数年ぶりに会いましたが、以前より神経質になっているようです」デル・ソラールは、それ以上伯母の様子について話すのを差し控えた。不謹慎なことに思われたからである。

「息子に死なれたとき、私はもうエドゥビヘスに会うのはやめようと思いました。もっとも、それ以前からすでに彼女とは疎遠になっていたんですが。正直なところ、エドゥビヘスとはけっして打ち解けることができませんでした。ほんの形ばかりの付き合いをしていただけです」デルフィナはそう言うと、秘書にむかって、それまでデル・ソラールが腰かけていた椅子に座るように促した。「本当のことを言いますと、エドゥビヘスの息子がたとえ逮捕されるようなことになったとしても、私はとくに驚かないでしょう。この国には、ろくでもないことを企んでいる人間が多すぎますわ。一人残らず罰せられるべきなんです」

その数日後、マリア・エレナから電話があり、ギャラリーでちょっとした集まりがあるからぜひお越しいただきたいというデルフィナのメッセージが伝えられた。デル・ソラールは、デルフィナとの面会があまりにもそっけなく終わりを告げたばかりだったので、その申し出をいぶかしく思わずにいられなかった。今回は遠慮しようかと考えているちょうどそのとき、電話のベルが再び鳴り響いた。ほかならぬデルフィナからだった。デル・ソラールの気持ちを見透かしていたかのように、今度は彼女自身が電話をかけてきたのである。ギャラリーにゆかりのある画家たちを取り上げた新刊本の紹介イベントが行われるので、ぜひお立ち寄りいただきたいという誘いだった。親しい友人だけを集めたごく内輪のパーティーになるはずだから気軽に顔を出してほしいということだった。デルフィナは最後にこう言った。

「例の事件についてあなたがおっしゃったことを私なりにもう一度よく考えてみました。それについてもあらためてお話しできればと思います」

デル・ソラールは、指定された時刻にギャラリーへ赴いた。ところが、ほんの数人ばかりの集まりだというデルフィナの言葉とは裏腹に、会場には大勢の招待客がひしめいていた。デル・ソラールは到着早々デルフィナと簡単な挨拶を交わしたが、次に彼女をつかまえることができたのは、パーティーもほぼ終わりに近づいたころだった。デルフィナは彼を脇へ呼び止めたまま、列をなす招待客に次々と手を差し伸べ、別れのキスを交わしていたが、これではいつまでたっても落ち着いて話ができないことにようやく気づいたのか、彼にむかって囁いた。

「もうくたくたよ。暖房が効きすぎていたみたい。まるで蒸し風呂のようですわ。このあとすぐ家に帰ります。あなたの興味を惹きそうな資料をいろいろと集めておきました。もうしばらく待っていただけますか」ぞろぞろと会場を後にする招待客たちへの挨拶を済ませると、彼女は再びデル・ソラールに話しかけた。「今度の土曜日はお暇かしら？　もしよろしければ、サン・アンヘルの私の自宅で昼食をご一緒にいかがでしょう。土曜日ならだいたい体が空きますから。食事をしながら、あなたが望むお話をしてさしあげましょう」デルフィナはここで、意味ありげに目配せしながら囁いた。「ちょっとご覧になって。エンマ・ヴェルフェルよ。エンマのことはもうご存じかしら？　彼女も例のパーティーに顔を出していましたから、一度話を聞いてみるといいですわ。アイダ・ヴェルフェルの娘さんです。アイダのことはもちろんご存じですわね？」デル・ソラールは、数年前にアイダ・ヴェルフェルの講演を聴いたことがあり、彼女の著書も何冊か読んだことがあると答えたが、デルフィナはまったく聞いていないようだった。「覚えているかしら？　ヴェルフェル母娘もミネルバ館に住んでいたんです。あなたはまだ小さかったから、覚えていないかもしれませんが。さっそく紹介してあげましょう。とにかく今度の土曜日、ゆっくりお話しできるのを楽しみにしています。必ず来てくださいね。エンマの母親のアイダは、例のパーティーの主役だったんです」

ところが、エンマを紹介してくれるという約束が果たされることはなかった。ちょうどデル・ソラールとデルフィナが一緒に歩きはじめたとき、派手な服を着た二人の若い女が行く手を遮り、デルフィナに抱きついたからである。肥満した体に宝石をごてごてと飾りつけた彼女たちは、賑やかにはしゃぎながらデルフィナを部屋の片隅へ連れていってしまった。デルフィナも嬉しそうな笑みを浮かべながら、拉し去られるがままになっていた。

約束の土曜日がやってきた。ところがデルフィナは、その日も相変わらず忙しいようだった。家のなかに彼女の姿は見あたらなかった。どうやら会食者はほかにもいるようだった。コーヒーを運んできた女中は、デル・ソラールの目の前でテーブルの準備にとりかかった。五人分の食器が並べられた。ひょっとするとデルフィナは、先日のパーティーで紹介すると約束したエンマ・ヴェルフェルを食事に招いているのではないか、ミゲル・デル・ソラールはそんなふうに考えた。なにせエンマという女性は、デルフィナの話によると、ピスタウアー殺害事件の有力な証人なのである。そのほかの会食者についてはこの際どうでもよかった。

しばらくすると、デルフィナが弱々しい足取りの老婦人を伴って現れた。デルフィナの義理の姉のマルと紹介された彼女は、挨拶を済ませると早々に階段のほうへ歩み去った。

「すっかり遅くなってしまって。マルを迎えに行かなくちゃならなかったものですから。彼女は車が運転できないし、週末はお付きの運転手が休暇をとってしまうんです。それに、兄のベルナルドが考古学の調査でしょっちゅうテワカンへ行ってしまいます。そうなるとマルはたったひとりぼっちで留守番をしなければなりません。ところで、見事なバラの木を何本かもらってきましたわ。ちょっと季節外れだけど、とにかく庭師に任せてみようと思います。彼の腕は確かですからね。コーヒーをお飲みのようですけど、お酒のほうがいいかしら?」

「できればウイスキーをいただきたいのですが」

デルフィナはさっそくウイスキーを二杯もってくるように言いつけた。そして、階段を上ったかと思うと、すぐに書類ファイルを抱えて戻ってきた。

「パーティーのときに撮った写真が何枚かあります。新聞の切り抜きもありますが、これはおそらく必要ないでしょうね。すでに当時の新聞をお調べになったということですから。私は久しぶりに、破廉恥で悪意に満ちたこれらの記事を読み返してみました。私を非難するようなことを書きながら、じつは父に対する恨みを晴らそうとしていたんです。ところで、今日の食事には姪のロサリオも加わる予定です。あなたはまだご存じないでしょうけど、彼女は私の右腕として働いてくれています。ギャラリーの経営を実質的に取り仕切っているのもじつは彼女なんです。昨日モンテレイから帰ってきました。それと、ベレス家の人たちもじきに到着するはずです。とにかく時間はたっぷりあります。土曜日にあくせく働く人はいませんからね」

「エンマ・ヴェルフェルさんもお見えになるのでしょうか?」

「エンマ? いいえ、そんなはずはありませんわ」デルフィナはうろたえながら答えた。「彼女とはめったに顔を合わせませんから。それともここへ来るってあなたに言ったのですか?」

「いいえ、そういうわけではありませんが」デル・ソラールはそう答えながらも、先日ギャラリーで会ったとき、ほかならぬデルフィナ自身がエンマを紹介すると約束してくれたはずなのにと思った。

彼は俄かに不機嫌になった。デルフィナが周囲の人間をいらだたせる理由がよくわかるような気がした。ところが当人は、客あしらいに長けた完璧な女主人にして非の打ちどころのない淑女の役割を手放すつもりなど毛頭ないようだった。こんな調子では、彼女とまともに話をすることもできないだろう。デルフィナは、二人だけでゆっくり話がしたいと言ったはずだ。彼女自身にとっても重要な問題である例の事件について話し合いたいと言ったはずなのに、事態はまったく違う方向へ進もうとしている。約束の時間に遅れてきたかと思うと、突然バラの話などを持ちだし、二人だけで落ち着いて話をするどころか、このままでは一家団欒の食事に付き合わされるだけで終わってしまいそうだった。デルフィナはたしかに、エンマ・ヴェルフェルと近づきになることをしきりに促し、そのためのお膳立てまでしようと約束してくれたはずだ。彼にしてみれば、エンマの口からぜひ事件についての話を聞いてみたいところだった。エンマの母親のアイダが公衆の面前で侮辱され、二人の人間が負傷し、エーリヒ・マリア・ピスタウアーが殺害されたあのパーティーについて、エンマ自身はいったいどのように考えているのか。

彼の心中を察してか、デルフィナが言った。

「エンマはこれまで惨めな人生を送ってきました。あなたもぜひ彼女とお話しするべきだと思いますわ」デルフィナは、相手の機嫌をとり結ぼうとするように、微笑みを浮かべながらつづけた。「あなたはアイダ・ヴェルフェルと面識がなかったわけですから、エンマはきっとあなたが知りたいと思っていることを何でも話してくれるでしょう。彼女は私と会うといつも母親の話をするのです。エンマはずいぶん長いあいだ、人前で話ができるような娘ではありませんでした。いわば母親の影のような存在にすぎなかったのです。母は母で、自分の娘を、あたかも輝かしい人生のページに紛れこんだ一点の染みか何かのように扱っていました。その母が死んでからというもの、エンマは五十年ものあいだ自らに強いてきた沈黙の埋め合わせをしようとしているかのようです。もはや誰も彼女のおしゃべりを阻むことはできません。頭がくらくらしてくるほどです。たとえこちらのほうがよく知っている話題であっても、彼女なりの意見を延々と繰り広げるのです。そんな彼女のおしゃべりのおかげで、じつは生前のアイダが、何をやるにしても娘の助言を仰いでいたことがわかりました。とにかく、あの人のおしゃべりにはほとほと疲れ果ててしまいます。でも、あなたに対しては、彼女もきっと遠慮するでしょう」デルフィナは真剣な顔つきに戻ると、秘密を打ち明けるようにつづけた。「先日あなたとギャラリーで話をしてからというもの、私の心はいっときも休まることがありません。あの事件は、私の人生に決定的な影響を及ぼしました。私は孤独をひどく恐れるようになりました。たしかに私は愛着のある品々に囲まれて生活していますが、いつも孤独なのです。私はこれまで、それこそへとへとになるまで働いてきました。でも、いったい何のために？　そして、誰のために？　このことはぜひわかっていただきたいのですが、一九四二年のあの事件について語ることは――もう久しくそういうこともないのですが――、私にはけっして容易なことではないのです。ミネルバ館の銃撃事件で命を落としたのは、あのドイツ人だけではなかったんですから」

「オーストリア人ですよ」

「何ですって?」

「ピスタウアーはオーストリア人です」

「彼だけではなかったんです。私の息子のリカルドも死んだのです」

「新聞報道によると、息子さんは怪我をされたということでしたが」

「ええ。ところが、死ぬまで元の体に戻ることはありませんでした。何度か手術を受けましたが、私は息子が元気になってくれることを固く信じていました。でも、結局それは叶いませんでした。事件のあと、息子は三年足らずのあいだ不具者として何とか生きながらえましたが、ほんのちょっとした風邪が原因であっけなく死にました。私はいまでも、事件の衝撃から完全には立ち直っていません。ところで、あなたがお持ちの報告文書には、事件の直前に開かれたパーティーのことが書かれているということでしたね?」

「厳密に言うとそうではありません」デル・ソラールは答えた。「ミネルバ館で起きた例の殺人事件が、親ドイツ派の活動家たちと何らかの関係があったことが示唆されているだけです。お話によると、あなたのご兄弟もだいたい同じように考えていらっしゃるということですが?」デル・ソラールはここでひと息入れた。デルフィナは口を閉ざしたまま何も言わなかった。「正確には覚えていませんが、あの報告書には〈これら殺人事件〉というような表現が使われていて、それがどうも気になるのです。おそらく、ピスタウアーのほかにあなたの息子さんも命を落とされ、さらに別の人物が重傷を負ったことを指しているのだと思うのですが。といっても、その男はまだ生きているようですが」

「バルモランのことかしら？　あなたもやはり伯母さんと同じね。その報告文書は、取り立てて私の息子やバルモランのことに言及しているわけではないのでしょう？　そんなことをしても何の意味もありませんからね。それよりもエドゥビヘスのお兄さんのことについて何か書かれていそうなものですけど」

「アルヌルフォ・ブリオネスのことですか？」

「ええ」デルフィナの声は再び、最初の面会のときに感じられた人を寄せつけない調子を帯びていた。「エドゥビヘスがお兄さんの死についてどのように考えているのか、一度聞いてごらんなさい」

「前にも言いましたが、ついこのあいだエドゥビヘスに会って話を聞いてきました。ところが、私が理解することができたのは、彼女がペドロ・バルモランの関与を疑っているということくらいでした。とにかく伯母は、終始熱に浮かされたような口ぶりで、冷静さを失っている状態でした。息子のアントニオが執拗に攻撃されていることが彼女の判断力をすっかり鈍らせてしまっているようです。私も子供のころは、伯母の風変わりな言動を面白おかしく感じたものですが、いまはさすがにそうも言ってられません。今日あなたにお持ちした本は、メキシコの初期の自由主義者たちについて論じたものですが、伯母もアントニオもその内容が気に入らなかったようです。彼らは親子ともども、レフォルマ革命[*19]は言うに及ばずメキシコの独立革命[*20]でさえ、心の底では依然として認めていないようです。でも、もうこんな話はやめましょう。いずれにしても、あなたが伯母と親しかったという事実は驚きです。それに、ルイス・ウリベ氏の娘さんであるあなたに伯母が辛くあたらなかったというのも、考えてみれば不思議な話です」

「私たちはけっして友達だったわけではありませんわ」デルフィナはそう言うと急に黙り込み、花をいじりはじめた。「私の勝手な思い込みかもしれませんが、近頃はバラの花がどんどん小さくなっているようですわ。私の家の庭に咲いているバラはとくにそうです。言葉で説明するのは非常に難しいのですが、たしかにエドゥビヘスと私は毎日のように顔を合わせていました。でも、けっして仲がよかったわけではありません。あのパーティーの前から、私は彼女の顔を見るのが嫌で嫌で仕方ありませんでした。正直に言いますと、私がエドゥビヘスをわざわざパーティーに呼んだのは、彼女の化けの皮を剥ぐため、つまり、彼女がいかに無知で無教養な人間であるかを人々に知らしめ、自分とはおよそ無縁の世界でいっぱしの淑女を気取っているその厚顔無恥を笑い物にしてやろうと思ったからです。この私にまで偉そうな口をきく彼女を痛い目に遭わせてやろうと思ったんです。彼女にはほとほと嫌気がさしていましたから。エドゥビヘスはどういうわけか、洗練された教養人を自任していたようです。真のミネルバを気取っていたというわけです。幼いころフランス人学校へ通っていたことを誇りに思っていたのかもしれませんが、まあ、そんなことはどうでもいい話です。肝心なのは、偽らざる真実のみに目を向けることです。ドイツ人活動家たちとその一味のあいだで内輪揉めがあったというのが本当かどうか、私にはよくわかりません。あなたがお読みになった報告文書の執筆者たちは、あるいは機械的な連想に導かれただけなのかもしれませんわ。殺されたのはたしかにドイツ人の若者だったわけですから。ええ、もちろんわかっています。彼はオーストリア人でしたわね。でも母親はドイツ人ですし、当時オーストリアはドイツに併合されていたわけでしょう？　ベルリンからやってきた彼らは、ドイツのパスポートを使ってメキシコへ入国したのかもしれません。要するに、彼ら親子が同国人の地下活動に何らかのかたちでかかわっていたと推測することが、事件の謎を解明するためにも都合がよかったということです。いずれにせよ、今日ではもはや立証不可能ですが、ピスタウアー殺害事件とその継父アルヌルフォ・ブリオネスが殺された事件の両者は密接に関係しているのかもしれません」

「しかしアルヌルフォは、パーティーには参加していませんでした。彼は殺されたわけではありませんよ」デルフィナの言葉がよく呑み込めなかったデル・ソラールは思わず声を張り上げた。

「アルヌルフォ・ブリオネスをパーティーに招待することがこの私にできたとお思いになって？　彼の死因については、あまりはっきりしたことはわかっていません。彼はミネルバ館の銃撃事件のすぐあとに死にました。それが事故によるものだと信じた者は誰もいませんでしたわ。アルヌルフォは生涯を通じてあまり感心できない仕事に携わっていました。私は、彼とはろくに挨拶を交わしたことすらありません」

そのとき、どこからともなく話声が聞こえてきた。デルフィナはやおら立ち上がると、庭に面した大きなガラス窓から外を眺めた。

「あの声はロサリオです。ベレス家の人たちも一緒のようですわ。まさかこんなに早く来るとは思いませんでした」デルフィナは女中を呼び寄せると、会食者が全員そろったことを義姉のマルに伝えるように言いつけた。

あらためて紹介の挨拶が交わされた。ウイスキーのお代わりが用意され、全員がぞろぞろと庭へ出ると、今度の月曜日にバラの木をどこへ植えるべきか、めいめいが意見を述べはじめた。やがて食事の時間になったが、デル・ソラールは、デルフィナがもっぱら自分のほうを見ながら話をしているような気がして仕方なかった。

デルフィナはまず、ギャラリー経営が自分にとっていかに大切な仕事であるかといった話をはじめた。三十年も前から自分の目で見てきたことや自分の手で成し遂げてきたこと、あるいは他人にむかって口にしてきたことのすべてが、ギャラリー経営という究極の目標に向けられていたこと。そのために自分が努力してきたことは、いわば骨組みだけの人体に少しずつ肉づけしていく作業になぞらえることができること。デル・ソラールは、適切さを欠いたその喩えを耳にしてある種の不快感を覚えた。有名広告代理店を経営しているというベレス氏と、彼の妻か妹か、あるいは義妹なのか姪なのか、とにかくマリナという名の女性は、デルフィナのとどまるところを知らないおしゃべりにはすっかり慣れっこになっているらしかった。デルフィナはその淀みのない弁舌を遺憾なく発揮していた。ギャラリーにゆかりのある画家たちについて、愉快なエピソードやドラマチックな挿話を次から次へと繰り出す彼女は、効果的な息継ぎや適切な強調の技法を駆使した巧みな話術に長けていた。困難な時代に直面していたメキシコ芸術を支えるための献身的な努力や、それを可能にした彼女自身の多面的な才能など、自画自賛の趣を多分に帯びたデルフィナの口ぶりは、彼女の自己中心的な性格をあますところなく示していた。発声法や語調、身ぶりなどのすべてが、デルフィナの巧みな話術に与って力があると同時に、話し手のナルシシズムを雄弁に物語っていたが、ある種の複雑なメカニズムによって（というのも、申し分のない女主人役に徹する彼女の表向きの顔から判断するかぎり、そんなことはとても想像できなかったからだが）、彼女の排他的な側面、すなわち、他者を寄せつけず自己の殻に閉じこもろうとする内向的な性質がうかがえた。それは、自らの精神的な渇望を癒すと同時に、他者のそれをも自分なりの方法で満足させることができるといった種類のものだった。つづいてデルフィナは、世間の無理解に苦しめられた時期があったことを告白した。それにもかかわらず、妥協を許さぬ不屈の精神を貫いたおかげで、他に類を見ないギャラリーをつくりあげることに成功した。最初はもっぱら自らの楽しみのためにギャラリー経営を始めたようなものだったが、それから早くも三十年の歳月が過ぎ去った。あと四、五年は経営者として頑張るつもりだが、もしロサリオにその気があるならば、最良の条件で彼女にギャラリーを譲り渡してもよいと思っている。自分は余生を旅行に費やすつもりだ。ギャラリーを開設した当初は、正直なところ絵画についての知識は非常に乏しかった。しかし、自分には天性の直感や生まれながらの鑑識眼が備わっていたし、幼いころからたくさんの絵画を見て育った。本当は文学の道へ進みたいと考えていたこともあって、父親がスペインやアメリカ合衆国へ亡命するたびに、滞在先で文学の勉強を続けた。ヴィクトリア朝時代の小説における二重人格をテーマにした論文を仕上げたのだが、そのころにしてはけっして悪くない出来栄えだった。ジーキル博士とハイド氏、ドリアン・グレイ、ディケンズの小説に登場するエドウィン・ドルード、『闇の奥』の登場人物クルツ、あるいはウィルキー・コリンズの小説の登場人物について論じたものである。大学の出版局から豪華な製本を施されて刊行されたが、もう何年も前から絶版になっており、いまは自分の手許に一部あるきりである。目下のところ再刊は考えていない。というのも、そのためにはテーマに関する研究をやりなおす必要があるだろうし、新たな情報を適宜追加する手間も覚悟しなければならないが、それだけの労力に耐える自信は残念ながらいまの自分にはないからである。いずれにせよ、若いころは、論文の仕上がりにとても満足していた。一方、絵画との出合いは些細な偶然によるものだった。もちろん、美術館によく足を運んでいたこともそのきっかけを与えてくれたのだが、それだけではなかった。モラレス将軍の娘であるティティナに会いに行ったとき、彼女の傍らの壁には、フリオ・エスコベードの手になる美しい肖像画が掛けられていた。まだ無名の少壮画家だったフリオは、その才能によって徐々に頭角を現していた。

「残念なことに、フリオがこれまでに描いた作品のなかで最良のものは、そのほとんどが駆け出しの画家だったあの時代に描かれたものです」デルフィナはつづけて、肖像画をめぐる思い出を語りはじめた。ティティナのすばらしい肖像画を目にして羨望の念に駆られた彼女は、ある日母親から、先生――母はいつも夫のことをそう呼んでいた――がお前の誕生日に車をプレゼントするつもりらしいわよとこっそり耳打ちされた。彼女はすぐに父に会いにいき、車なんか欲しくない、あのティティナ・モラレスの肖像画を描いたフリオ・エスコベードに自分も肖像画を描いてもらいたいのだと訴えた。「父は、娘に肖像画をプレゼントするというアイデアが気に入ったようです。本当はディエゴ・リベラ[*21]

に描いてもらうつもりだったみたいですが、私がどうしてもエスコベードじゃなきゃいやだと言って駄々をこねたんです。結局私は、車と肖像画の両方を贈られました。生まれて初めて自分の車を手にすることができたのです。真珠色のビュイックで、惚れ惚れするような車でした。エスコベードとはそれ以来の付き合いです。最初は彼のおしゃべりに閉口しました。絵を描きながら、家族や友人、新妻のルスのこと、あるいは自分がそれまで師事してきた先輩画家、それに、スルバランや点描画家たちの作品のすばらしさについて、延々としゃべりつづけるんです。マチスのことになるとそれこそ大変でした。あの絵は――デルフィナはマチスの絵が掛けられている部屋を指さした――、マチスをこよなく愛するエスコベードに敬意を表して買ったものですが、日に日に愛着が湧いてくるようです。三人でニューヨークへ行ったときに買ったんです。私はずっとフリオに恋をしているようなものですよ。私にとってフリオは、いわば性を超越したエロスです。あるいはフリオ夫妻に恋をしていると言ったほうがいいかもしれませんわね。二人を引き離すことは誰にもできません。私は彼らがそばにいなければとても生きていけません。それなのに、二人して私のことを苦しめるんです。信じてもらえないかもしれませんが、これは紛れもない事実です。フリオは本の発表会に来てくれませんでした。ロサリオ、近いうちに彼に電話してちょうだい。いくらなんでもひどすぎるって伝えてほしいの。これ以上我慢できないって。かつてフリオはルスと別居したことがあったのですが、そのときはさすがに私も困りました。なんであんなばかな真似をしたんでしょう。離れ離れになっているときの彼らは、本当に退屈でつまらない人間なんですもの」デルフィナはここでようやくひと息入れた。そして、事務的な口調で再びロサリオに命じた。「ロサリオ、明後日必ずフリオに電話してちょうだい。教えてあげるのよ、物事にはすべて限度があるってことを」

一同は広間でコーヒーを飲んだ。デルフィナは書類ファイルからたくさんの写真が入った封筒を抜き出した。すべてパーティーのときの写真で、プロのカメラマンに撮影してもらったものである。デルフィナは、自分が経営するギャラリーはもちろん、方々のギャラリーで開かれたオープニング・セレモニーやさまざまな催しに関する記録をすべて保管しているようだった。

そのときまでひと言もしゃべらなかったデルフィナの義姉のマルが、突然口を開いた。

「ギャラリーのオープンを祝うあの賑やかなパーティーは」、教え諭すような口調で彼女は話しはじめた。「これよりも二週間前に行われたのよ。ここにある写真は、もっと内輪のパーティーが開かれたときのものだわ。招待客のなかには、これはきっとフリオのためのパーティーだと思った人がいたみたいだけど、実際は、数年ぶりにカリフォルニア留学から戻ってきたデルフィナの息子、リカルドのために開かれたものだわ」彼女はそう言いながら、一枚の写真を手に取った。そこには、母親にそっくりのあどけない顔をした、軍人のように髪を短く刈り込んだ背の高い青年が写っていた。マルはさらに別の写真を取り出したが、そこには派手な服装をした二人の女性と、彼女たちと言葉を交わすオーストリア人の若者ピスタウアーの姿が写っていた。一方、デル・ソラールは、伯母のエドゥビヘスが写っている写真を見つけた。ほっそりとした体形の彼女は、羽飾りをつけた帽子をかぶり、大柄な女性の話に耳を傾けている。それがいったい誰なのか、彼にはすぐにわかった。アイダ・ヴェルフェルである。その横には、やせこけた小柄な女性が写っている。つい先日ギャラリーで見かけた娘のエンマだった。一同は写真を指さしながら、政治家や作家、画家、音楽家、銀行家など、さまざまな分野の著名人の名を次々に口にしていった。

ミゲル・デル・ソラールは、手にした写真を掲げながら、伯母がかぶっている帽子について機知に富んだ冗談を飛ばした。デルフィナはすかさず、自分はもっと素敵な帽子をかぶっていたわなどと言いながら、それが写っているはずの写真を探しはじめた。マルは、そんな彼女を横目で見ながら、デルフィナはきっと別のパーティーと混同しているのよと口を挟んだ。

「この人は、自宅にお客さんを招いた夜はけっして帽子をかぶらなかったわ。彼女が探している帽子は、ギャラリーのオープニングを祝うパーティーのときにかぶったものよ。ニューヨークで買ったやつで、しゃれたデザインのハッティ・カーネギーだったわ」

デル・ソラールは、写真のなかのアイダ・ヴェルフェルが眼帯をしているわけを訊ねたが、誰もその答えを知らなかった。

「ちょっとその写真を見せていただけないかしら?」マル・ウリベは写真を受け取ると、仔細に眺めはじめた。「なんだか魔女のようね。いまにも箒にまたがって飛んでいってしまいそうだわ。この横に写っているのはコロンビアの詩人だったわね。誰かれ構わず喧嘩をふっかけていたのもたしかコロンビアの詩人じゃなかったかしら」

今度はデルフィナがその写真を手に取った。やがて平板な声でゆっくりと、一語一語噛みしめるように言った。

「違いますわ。この人はメキシコ人です。私がこれまでに出会ったなかでもっとも忌わしい人物です」彼女はデル・ソラールのほうを向いた。「何かというと家族の話を持ち出すんです。彼もやはり招待されていなかったはずですわ。エドゥビヘスの顔見知りだということで勝手にパーティーに潜りこんだんですよ。それにしても、こんなパーティーなんかよせばよかったとつくづく思いますわ。そもそも息子のリカルドは、有名人が集まるパーティーなんかにはまるで興味を示しませんでしたし、正直なところ、私自身の虚栄心を満足させるために開いたようなものなんです。それに、著名人の名前を聞いただけでエドゥビヘスがすっかり舞い上がってしまうことを知っていたものですから。さっきも言いましたが、彼女がいかに無教養な女であるか、公衆の面前で暴き立て、恥をかかせてやろうと思ったのです。彼女にはとても手の届かない、せいぜい名前を口にするのが精一杯の、まともに顔を拝んだこともないような有名人をたくさん呼び集めることがこの私にとっていかに簡単なことか、見せつけてやるつもりでした」

デル・ソラールはあらためて写真を眺めながら言った。

「新聞記事によると、アイダ・ヴェルフェルがティルソ・デ・モリーナについて語りはじめたときに騒動がもちあがったということですが」

「そういう見方もできるということです。ただそれだけのことですわ」マルが口を挟んだ。「もちろん、それが騒動を引き起こすきっかけになったことは十分に考えられます。デルフィナ、あなたは何か覚えているかしら?」

デルフィナは何も答えなかった。彼女は一同が手にしている写真を奪い取ると、黄ばんだ封筒の中に戻した。そして、不機嫌な表情を浮かべながら、パーティーの前日のベリャス・アルテス宮殿のコンサートで指揮者を務めたイギリス人に関する記憶が不正確だといってマルを咎めた。こうして一方的に話を打ち切ったデルフィナは、何食わぬ顔で、アフスコ近郊の地価の動向についてベレス家の人たちとおしゃべりをはじめた。ミゲル・デル・ソラールのことなどもはや完全に忘れ去ってしまったかのようであった。これ以上とどまる理由がないことを悟った彼は、慌ただしく席を立った。

第四章　回廊と驚愕

ミゲル・デル・ソラールは、やらなければならない仕事を早々に片づけると、ミネルバ館の管理人を訪ねることにした。

もしあの事件の謎を解明することができたら、当時のメキシコにおける政治的緊張の詳細もおのずから明らかになるだろう、彼は心のなかでそう呟いた。従来の警護隊に代わって新しい組織が結成されたのはなぜか。デル・ソラールは、過去から吹き寄せてくる埃っぽい空気の匂いを感じた。彼はそれまで、歴史的事件と呼びうるもの、すなわち、いにしえの偉大な年代記作者たちの手によって歴史のもつれた糸が解きほぐされることを可能にした社会的もしくは政治的な重大事件に遭遇する機会に恵まれなかった自らの不運をしばしば嘆いたものだった。赤レンガ造りのあの壊れかけた建物には、そうした画期的事件の痕跡のようなものが隠されているにちがいない（たとえそれがどんなに些細なものであっても）。人生で初めて間近に迫ることのできた歴史的事件、すなわち、オーストリア人のエーリヒ・マリア・ピスタウアーが襲撃された事件の痕跡である。この件については、内務省が作成した機密文書のなかに関連する記述が含まれていた。デル・ソラールは、残念ながら事件の目撃者ではなかった。というのも、銃撃が発生したとき、彼はすでに自分の部屋で眠りについていたからである。ただ、事件発生後のミネルバ館の騒動、とりわけ伯父夫婦のアパートメントを舞台にした騒動については逐一目撃していた。警官や憲兵、カメラマン、新聞記者、やじ馬連が押し寄せるなか、事情聴取のために連行される女中がヒステリックな叫び声をあげる様子をはっきりと目にしたのである。何かただならぬ事が起きていることは誰の目にも明らかだった。必要な情報を集めて事件のあらましを客観的に再現し、しかるべき結論をそこから導き出すことはさほど難しくないように思われた。

いったいそこで何が起きたのか、それを知ることはおそらく不可能ではないはずだ、彼は心のなかで何度もそう繰り返した。しかし、それがけっして容易なことではないこともまた明らかだった。幸いにして、政府の要職についている義理の兄が助力を申し出てくれた。彼は知り合いの役人に電話を入れ、もし迷惑でなければミゲル・デル・ソラールという人物をそちらへ行かせようと思うのだが構わないだろうか、歴史を研究しているソラール氏は三十年前に起きたある興味深い犯罪事件を調べているところで、できればそのための便宜をはかってやってほしいと頼んだ。そして、事件に関する調査記録が必要になるだろうからそのときはよろしく頼むとつけ加えた。デル・ソラールはさっそく先方へ出向いた。義理の兄が紹介してくれたその役人は、デル・ソラールを温かく迎えると、熱心に話を聞きながらメモをとりはじめた。それが済むと同僚の女性を呼びつけた。表情といい立ち居振る舞いといい、いっさいの無駄をそぎ落としたような彼女は、厳粛な面持ちのままデル・ソラールを閲覧室まで連れていき、係員に何か指示を与えた。係員は数分もしないうちに資料を小脇に抱えて戻ってきた。一九四二年の最終四半期の報告書で、日付の古いものから順に綴じられていた。デル・ソラールは十一月十四日の日付が付されたページを見つけ、それに目を走らせたが、読み終えた彼は思わず困惑の表情を浮かべた。そこには、メキシコ在住のオーストリア人ハンノ・ピスタウアー・クレッツと、同じくメキシコ在住のアデーレ・ワルツェル（彼女の国籍に関する記述はなく、その姓も一つしか記されていなかった）の息子で、オーストリア国籍のエーリヒ・マリア・ピスタウアーが、銃撃により死亡したことが記されていた。さらに、被害者の体を貫通した複数の銃弾および銃器の口径が記され、ローマ地区のオリサバ通りとドゥランゴ通りが交わるところに位置するミネルバ館から出てきたところを襲撃されたことが明記されていた。また、ミネルバ館の住人であるディアス・セペダ夫妻のアパートメントを被害者が事前に訪れていたことも記されていた。事件の概要は以下のとおりである。建物の外へ出た被害者は、酩酊状態のまま、表門の前に停まっていた車に近づいた。おそらくタクシーと間違えたのであろう。ところが、乗車を拒否された被害者は、運転手に乱暴を働こうとした。それがあまりにも執拗に繰り返されたため、運転手は車の中から被害者に向けて発砲した。運転手をはじめ、同乗していた人物の身元はいまだ特定されるに至っていない。ディアス・セペダ家の女中の話によると、被害者は相当量のアルコールを摂取しており、もともと激しやすい性格だった。一方、目撃者のひとりであるミゲル・アンヘル・フィエロ氏の話によると、愛犬の〈コブレ〉を連れて近くを通りかかった際、見知らぬ男たちが言い争いをしている現場を目にした。銃撃の瞬間もその場に居合わせたが、犯人は黒い乗用車を運転していたということである。車種やメーカーなど、車に関する知識が皆無であると主張する氏は、運転手のほかに同乗者がいたかどうかはっきり覚えていないと証言した。ミゲル・デル・ソラールが目を通した報告書には、フィエロ氏の住所に関する記載は見当たらなかった。

すっかり頭が混乱してしまったデル・ソラールは、閲覧室の女性職員に、この報告書には誤った情報が含まれている、自分が知っている事実とも一致しないし、事件に関する新聞報道とも食い違っている、当時の新聞には負傷した二人の人物の名前が出ていたはずだ、と主張した。そして、被害者が事件の直前にミネルバ館で催されたパーティーに顔を出していたことも間違いないはずだとつけ加えた。女性職員は無表情のまま内線電話を取り上げ、何か指示を与えているようだったが、数分後に先ほどの係員がやってきた。女性職員は手元のカードに何か書き込むと、それを係員に手渡した。すぐに別の資料が用意された。デル・ソラールは、カードが挟まれているページを開いた。

〈ピスタウアー・ワルツェル・エーリヒ・マリア。オーストリア国籍。一九二一年三月十五日、ハンノ・ピスタウアーとアデーレ・ワルツェルの間にリンツで生まれる。一九三九年七月二十日よりメキシコシティに在住〉。検死に関する医学的な所見に続き、殺害の夜の出来事が記されていたが、先の報告書の文面と一字一句違《たが》わないものだった。

建物を後にしたデル・ソラールはすっかり混乱していた。何が重大な事実が抜け落ちている。伯母のエドゥビヘスもデルフィナ・ウリベも、自分に嘘をついたのだろうか。しかし、いったい何のために？　彼女たちは、たしかにピスタウアーの姿をパーティーで目撃したと断言したはずだ。新聞報道によると、パーティーの直後に建物を出たピスタウアーは、二人の人物と一緒だった。一人はデルフィナ・ウリベの息子リカルド・ルビオで、デルフィナの話では、銃撃の際の負傷が原因でのちに死亡したということである。デル・ソラールは義兄の事務所に戻った。義兄は、さっきとは違っていくぶん堅苦しい笑顔を浮かべながらデル・ソラールを迎えた。明らかに苛立っている様子だった。デル・ソラールは、調査の結果について簡潔に報告した。義兄は無言のまましばらく考え込んでいた。秘書に渡された書類に上の空で署名すると、おもむろに口を開いた。

「いいかい、ミゲル。ウリベ家といえば、誰もが知る有力者の家系だ。このことは忘れちゃいけないよ。あの事件が起きたときデルフィナの父がまだ健在だったかどうか、それはもう覚えていないがね。たぶんまだ生きていたと思う。それに、たとえそうでないにしても、息子たちがいる。長男のアンドレスはとんだ食わせ者だった。彼ら息子たちがうまく立ち回って、デルフィナの名前を報告書から削除させたのかもしれないな。彼女が面倒なことに巻き込まれないようにね。かわいい妹のためならば、誰だってそれくらいのことはするだろう。ウリベ家の結束たるや、それこそ盤石だったからね。とにかく、報告書にはべつに嘘が書かれているわけじゃないと考えるのが妥当じゃないかな。それどころか、すべてが順序だてて洩れなく記載されているといってもいいだろう。事件の直前、被害者はたしかに君の伯母さんに会いに行った。おそらく継父のアルヌルフォに用事があったのだろう。ところがアルヌルフォは留守だった。そこで君の伯母さんは、一緒にパーティーに行きましょうと彼を誘った。彼女と一緒にデルフィナの家を訪れた被害者は、途中でパーティーを抜け出すと、タクシーに乗るつもりで停車中の車に近づいた。ところが、てっきり襲われるものと思い込んだ運転手は、恐怖のあまり車の中から発砲した。どうだい？　どこにも嘘はないだろう。被害者がパーティーに立ち寄ったことが記されていないだけだ。しかもそれは、いわばほんの偶然の、束の間の出来事にすぎない。君は問題を難しく考えすぎているんじゃないのかな」

デル・ソラールは、まるで冷水を浴びせられたかのように、迷いから目が覚めるような心地がした。自分はある種の興奮状態に陥っているのだ。それは、心の奥に秘められた何らかの神経作用に起因するものなのかもしれない。おそらく、そうした心理の働きが、ちょっとしたきっかけから顕在化したのだろう。そう考えたデル・ソラールは、心の重荷からようやく解放されたような、晴れ晴れとした気分で事務所を後にした。ところが、家に帰る途中、またもや例の疑念が頭をもたげはじめた。あの報告書は、どんなに大目に見てもとうてい受け入れがたい重大な過ちを犯している。つまり、事件の鍵を握る二人の負傷者について、ひと言も触れられていないのだ。一方、身元の不確かな通行人の証言などが引用され、その人物の現住所については何も書かれていないのに、ご丁寧に愛犬の名前は記されている。デル・ソラールはこう考えてみた。あの報告書が書かれたとき、負傷したデルフィナの息子とバルモランの二人は、きっと病院に収容されていたのだろう。病院のベッドで生死の境をさまよっていた彼らの証言が報告書に記載されていないのも考えてみれば当然の話である。それではなぜ、殺害現場に彼らが居合わせたこと、そして、銃撃の巻き添えを食って重傷を負ったことがひと言も記されていないのだろう？

帰宅したデル・ソラールは、母からも話を聞いてみようと思った。母は、うたた寝から目覚めたばかりのような放心した表情を浮かべ、動作も緩慢だった。彼は、母親の現在の生活について考え、悲しくなった。仲のよい友達を自宅に招いたり、反対に友達の家に招待されたり、みんなで食事に出かけたり、劇場や絵画の展覧会に足を運んだり、ときにはブリッジを楽しんだりする生活。たまに本を読んでいることもある。いまは孫のフアンとイルマの面倒を見ることに忙しい。息子の仕事や執筆活動にも努めて関心を抱こうとしているが、デル・ソラールに言わせると、その努力はあまり実を結んでいるとは言えなかった。彼がもしホセ・マリア・ルイス・モラではなく、たとえばカーライルやミラボーについての本を書いていたならば、結果はおのずと違っていただろう。あるいは、同じ一九一四年をテーマに本を書くにしても、メキシコではなくベルリンやパリ、ロンドンを舞台にした本を書いていたならば、有能な息子をもつ母親として、仲間の前でも鼻高々だったであろう。エウラリオ・グティエレスやロケ・ゴンサレス、あるいはヘノベボ・デ・ラ・オよりも、クレマンソーやビスマルク、フランシスコ・ホセといった名前が並んでいる本のほうが、母の目にはずっと魅惑的なものに映ったことだろう。デル・ソラールは、自分がいかに母を愛し、いかに母のために腹立たしい思いをさせられているか、あらためて気づいた。いずれ自分の息子たちも同じような気持ちを抱くことになるのかもしれない。彼らは、自分たちの祖母を深く愛すると同時に、憐れみの目で眺めるようになるにちがいない。デル・ソラールには、母がいつもより疲れているようにみえた。彼女はエドゥビヘスとアントニオについて話しはじめた。デル・ソラールにとっては従兄弟にあたるアントニオに逮捕状が出されたことが今日の新聞に載っていたからである。アントニオは依然として行方をくらましているということであった。おそらく海外へ逃亡したのだろう。母はすでにエドゥビヘスに電話をかけたということであった。エドゥビヘスの居場所を突き止めるためにさんざん苦労したこともあって、ゆっくりと落ち着いて話をすることはできなかったものの、電話に出たエドゥビヘスは終始、泣き言や恨み言を並べていたそうである。実際のところ、事態はかなり悪いように思われた。アントニオはしばらくのあいだメキシコへは戻れないだろう。エドゥビヘスにもそれはよくわかっていたようである。

デル・ソラールは母に、このあいだ伯母のエドゥビヘスに会ったとき、二十世紀が始まって以来ずっと家族が迫害されつづけてきたと言ってしきりに嘆いていたと語った。

「エドゥビヘスはいつも大げさなのよ。でも、あの人の言い分にも一理あることは確かよ。革命のとき、彼女の一家は家を没収されたの。お前の本と同じ、一九一四年のことよ。高価な調度品なんかもすべて持っていかれるし、運べないものはその場で廃棄処分されたのよ。そのころにはもう金銭的にかなり苦しかったみたいだけど、革命によって完全に息の根を止められたのね。彼女の夫のディオニシオは、私たちにとってはいわば遠縁にあたる人なんだけど、私の父も母もディオニシオをわが子のようにかわいがったわ。私がまだ小さかったころ、彼はもう大学生だった。そのころから、彼はまるで聖人のようだと噂されていたわ。私自身の経験から言ってもそれは真実よ。浮気心がまったくないの。とにかく内気で勉強熱心で、礼儀正しい人だった。若いころ、まだ大学にいた時分だと思うけど、ディオニシオはエドゥビヘスの兄のアルヌルフォと知り合ったのね。そこで妹のエドゥビヘスを紹介されたというわけ。ブリオネス家には、長男のアルヌルフォの下に二人の妹がいた。そのうちの一人はグロリアといって、最近イタリアで亡くなったらしいの。私はまだエドゥビヘスにお悔みを言っていないのよ。グロリアはもうずいぶん前に夫と一緒にメキシコを出たの。旦那さんはたしかケレタロ出身で、ペニャという名前だったと思う。二人は結婚早々フランスで暮らすことを決心した。彼女は美人じゃなかったけど、もちろんエドゥビヘスよりははるかにましだった。ところがヨーロッパへ渡ったグロリアは、不幸なことにそこで夫を亡くし、イタリア人の伯爵と再婚したのよ。エドゥビヘスはそれこそ得意満面で、事あるごとにこの新しい義理の兄と、晴れて伯爵夫人の座を射止めた姉の名前を口にしたものよ。エドゥビヘスにはいつもうんざりさせられたわ。高慢ちきで、人の噂話ばかりして。あんなに醜くなかったら、もっと穏やかに年を重ねることもできるんでしょうけど。自分の家柄だけは別格だなんて思い込んじゃって。毎日のように姉に手紙を書き送っていたそうよ。姉は姉で、イタリアの復活祭や聖ヨハネ祭の絵葉書を妹に送っていたみたい。ところがアルヌルフォには、妹の再婚が気に入らなかった。アルヌルフォも本当に嫌な男だったわ。ディオニシオを意のままに操ってね。ディオニシオはディオニシオで、アルヌルフォの言いなりになっていた。何でも自分の代わりに決めてくれるのをむしろ喜んでいるようなところがあったわ。アルヌルフォと違って、彼には一徹なところが微塵もないのよ。結婚相手にエドゥビヘスを押しつけられたのもそのせいよ。いかず後家になるのが確実だったあのエドゥビヘスをね。アルヌルフォはきっと、妹と同じ屋根の下で暮らすことに飽き飽きしていたんでしょう。ディオニシオは、結婚してからもずっと、独身時代と同じ生活を続けていたわ。仕事に読書に翻訳。それだけが彼の生き甲斐だった。大学でも教えていたわ。エドゥビヘスは結婚当初、夫のディオニシオにむかって、彼女と兄のアルヌルフォ、それに伯爵夫人となった姉のグロリアがあくまでも上流階級の人間であることを、事あるごとに口にしていたそうよ。ディオニシオはそんな彼女の話にも黙って耳を傾けていたそうだけど、心の底では案外楽しんでいたみたいね。ほとんど諦めていたのね。あの二人が破局を免れたのも、他人のことにやかましく口を挟みたがるアルヌルフォがいたからよ。でも、さすがに大学時代の友情は日に日に冷めていったみたいね。アルヌルフォがドイツ人たちと行動を共にするようになると、ほんの形ばかりの挨拶をするくらいで、行き来もほとんどなくなったみたい。アルヌルフォの周囲の人間はみんなそうやって彼から離れていったわ。私の両親もそうだった。私の場合はちょっと違うけど。というのも、はじめから虫が好かなかったからね。お前のお父さんはそれこそ蛇蝎《だかつ》のごとく嫌っていたわ。私がディオニシオのことでどうしても許せないのは、お前がミネルバ館の彼のところで暮らしていたころ、そこにアルヌルフォの仕事部屋があったことを教えてくれなかったことよ。これだけはいまでも許せない。しかも、生活費の足しにしてもらおうと思って毎月かなりのお金をディオニシオに渡していたんだけど、実際に家賃を払っているのがアルヌルフォ・ブリオネスだということがあとになってわかったのよ。いったいどういうことなのかしらね」

「ところで、ドイツ人っていったい誰のことです?」

「ドイツ人?」母親はびっくりして訊ねた。

「アルヌルフォ・ブリオネスがドイツ人たちと行動を共にするようになってから、ディオニシオ伯父さんとの付き合いもほとんどなくなったみたいだって言ったじゃないですか」

「ああ、そうだったわね。アルヌルフォはどこかの輸出会社のメキシコ側の代表として働いていたのよ。私も詳しいことは知らないんだけど、アルヌルフォが頻繁にドイツを訪れていた時期があったことは確かよ。二度ほど長期滞在も経験したみたいね。それぞれ一年くらいかしら。二度目の帰国のときに奥さんのアデーレを連れてきたのよ。ちょうどディオニシオが生活苦に喘いでいるときだったわ。大学の給料も微々たるものだったし、政府関係の仕事から得られる収入も無きに等しかったんじゃないかしら。そのころよ、お前がミネルバ館のディオニシオのところで暮らしはじめたのは。彼らの生活を助けることにもなると思って、お前を預けることにしたのよ。家を建てるためにデル・バリェ地区に購入した土地の支払いにも追われているみたいだったしね。それに、お前のお父さんの製糖工場もうまくいっていたし、あなたをメキシコシティで勉強させようと考えたのよ。もちろん、ディオニシオ夫妻の生活を本当の意味で支えていたのはアルヌルフォの援助だったわけだけど、ディオニシオにとってそれは何よりも辛いことだったでしょうね。さっきも言ったように、二人の友情は完全に冷え切っていたから。かわいそうに、ディオニシオはそれこそびくびくしながら生活していたわ。とくにアルヌルフォが死んでからはね。二、三度ディオニシオに会いにいったことがあるんだけど、私は自分の目を疑ったわ。まさに赤貧洗うがごとしって感じで。ディオニシオは何も話してくれないし、反対に、おしゃべりなエドゥビヘスの話は支離滅裂だった。何か言ったかと思うとすぐにそれを打ち消して、何が何だかさっぱり要領を得ないのよ。姉のグロリアのところで暮らしたいなんて言ってたけど、あのころはとてもヨーロッパへ行けるような状況ではなかったし、そんなお金が彼女にあるとも思えなかった。それに、自分や子供たちの将来を悲観していたわ。誰もが自分に敵対していると思い込んじゃって、スパイが潜入するのを防ぐためと称して女中も雇わないのよ。信じられる？　アルヌルフォの死が相当ショックだったんでしょうね、不安定な精神状態がその後も長く続いたわ」

「エドゥビヘス伯母さんの話によると」、デル・ソラールが口を挟んだ。「家族への嫌がらせが依然として続いているそうですね。それに、アントニオへの中傷も、アルヌルフォに対する陰謀が形を変えたものにほかならないということですが。アルヌルフォは殺されたんだと言っていましたよ」

「お前のお父さんも私も同じ意見だったわ。アルヌルフォには大勢の敵がいましたからね。アルヌルフォと付き合いのあった人間は、従兄弟のアロルド・ゴエナガを除けば、最後は一人もいなくなってしまったのよ。それにしても、あの二人は最悪のコンビだったわ。もうずいぶん前のことだけど、ロイス家の娘の結婚式のとき、私は二人が聖家族教会にいるところを見かけたの。興奮のあまり白目をむいて胸を叩かんばかりにしている彼らの様子がいまも目に浮かぶようだわ。神への忠誠をむきになって競い合っているみたいだった」デル・ソラールは内心驚いた。母が感情をあらわにしながら話すのをそれまで見たことがなかったからである。「そのゴエナガという男は、アルヌルフォに輪をかけて保守的な人間でね。それに引きかえ、息子のほうは本当に愛らしかった。父親とは似ても似つかなかったわ。ところで、アルヌルフォがタマウリパスの農場に身を隠していた時期があったことを知ってる？　クリステーロの乱[*22]のあとのことだけど。そもそもアルヌルフォのことはよく覚えているのかしら？」

このとき、おそらく食堂だろう、喧嘩している子供たちの泣き叫ぶ声が聞こえてきた。デル・ソラールの母は様子を見るために部屋を出ていった。デル・ソラールは昼寝のあと、なぜアルヌルフォが殺されたと断言できるのか、その理由を母に尋ねてみた。彼女は読みかけの雑誌を脇へ置くと、無表情のまましばらく息子の顔を見つめ、次のように語りはじめた。

「よく覚えていないわ。もう昔のことだもの。ただひとつはっきり言えるのは、誰かからそんな話を聞いたってこと。作り話なんかじゃないわ。そういえば、あのころエドゥビヘスは妙なことを口走っていたわね。誰かに脅迫されたとかって。つまりアルヌルフォが、一族の秘密をばらされたくなければおとなしく金を払えと脅されたらしいの。たしか倒錯者がどうのこうのっていう話だったと思うわ。動かぬ証拠を握っているんだとか何とか言われたらしいのよ。エドゥビヘスはその話をしながらとても興奮していたわ。何かにとり憑かれたようにしゃべるんだけど、話の内容がどうもよくわからないのよ。それにしても、アルヌルフォは本当に嫌な男だった。いつもディオニシオをいじめるのよ。大学で教えたり政府関係の仕事に手を染めたりするのはけしからんとか何とか言ってね。気の弱いディオニシオが彼なりに意地をみせるようになったのは、アルヌルフォが死んでからよ。それもかなり時間がたってからね。エドゥビヘスがもし、アルヌルフォの身に起こったのと同じようなことがアントニオの身にも起こっているなんて本気で考えているんだとしたら、頭がどうかしちゃっている証拠よ。アントニオは不正な手段を使って私腹を肥やしたのよ。これは明々白々たる事実だわ。逮捕されて牢屋に放り込まれても仕方がないのよ」怒りの発作にとらわれたかのように、母は一気にまくしたてた。

その日はもちろんのこと、その後何日かのあいだ、この問題について再び母から話を聞き出そうとしても無駄だった。デル・ソラールが水を向けるたびに母はますます不機嫌になり、何も覚えていないと繰り返すばかりであった。「あのころ私たち夫婦はメキシコシティではなくコルドバに住んでいたのよ」というのが彼女の決まり文句だった。夫がコルドバでも指折りの製糖工場の支配人だったのである。お前はまさかエドゥビヘスの苦難の物語でも書くつもりなの？　そのためにわざわざ歴史を勉強したというわけ？　母は嫌味たっぷりにそう言った。

晩年のアルヌルフォ・ブリオネスがよからぬ連中と付き合っていたらしいという話を母親から聞かされたデル・ソラールは、アルヌルフォ殺害説が広く流布していること、そして、その説を支持する人たちの多くが、彼の死を致し方ないことと考えていることに思い至った。その日の昼過ぎに家を出たデル・ソラールは、レフォルマ通りを横切ってファアレス地区に入り、さらにローマ地区へ向かって歩いていった。寒さが厳しかった。とはいえ、冷たい風に吹かれながら当てもなく歩き回ることはけっして悪くなかった。母に嫌味を言われたことも自然と忘れられるような気がした。そして、息子たちを母に預けたまま一人で外出するなんて、われながら思い切ったことをしたものだと思った。状況をあらためて冷静に考えてみなければならない。いまの仕事を辞めてイギリスを引き揚げることがおそらく最善の選択肢なのだろう。これまでのように子供たちと一緒にブリストルで暮らしていくなんておよそ馬鹿げている。かといって、子供たちのためを思って新しい結婚相手を見つけることなど論外である。もう一度落ち着いて考えてみよう。メキシコで仕事を見つけることは十分可能だし、いい仕事だってたくさんあるはずだ。デル・ソラールのいまの望みは、一九四二年当時のメキシコの外交関係を徹底的に検証し、それを新しい本にまとめあげることだった。

彼は、中庭の真ん中に立ちつくす少年時代の自分の姿を思い浮かべてみた。昔の記憶はぼんやりしているのが普通なのに、ある事柄については鮮明に覚えているということがよくある。従兄弟のアントニオにとって、一九四二年という年は、度重なる病気との闘いであった。デル・ソラールの脳裏には、ベッドに横たわり、切手のアルバムをめくるアントニオの姿がぼんやりと浮かんだ。一方、アンパーロの姿は、いまも彼の記憶に鮮明に焼き付いている。しかし、それ以上にはっきり覚えているのは、伯母のエドゥビヘスの姿だった。デル・ソラールは、メキシコやその他の南米諸国出身の子供たちと中庭で楽しく遊んでいた頃のことを思い出した。ハンガリーやオランダ、スペインをはじめ、じつにさまざまな国の子供たちがおずおずと近づいてきたものだ。曖昧な記憶のなかで、伯母がしきりに何か話している様子だけはいまもはっきりと思い起こすことができる。エドゥビヘスは、デル・ソラールやアンパーロを相手に、デル・ソラールの両親ならけっして子供の前では口にしないようなことを延々としゃべりつづけたものだ。子供と大人の区別など彼女にとっては存在しないも同然だった。おそらくエドゥビヘス自身のなかに、永遠の幼児性が損なわれることなく生きつづけていたのだろう。デル・ソラールは、伯母が口にする数々の逸話や愚痴、長広舌などを記憶していた。無秩序に語られる伯母の話は、どこにも行き着かないまま中途半端に終わるのが常であった。熱を帯びた彼女の話しぶりは次第に勢いを失い、最後は完全に息絶えた。一方、伯父のディオニシオは、天使のように純真な人物だったと言われているが、デル・ソラールの思い出のなかの彼は、黒ずくめの服を身にまとい、黒い書類鞄を抱えた影の薄い貧相な人物にすぎなかった。

アルヌルフォ・ブリオネスの忌わしい姿も、記憶の濾過作用を受けて、デル・ソラールのなかに鮮明に焼き付いていた。彼は子供のころ、アルヌルフォがコーヒーをすすりながら広間で新聞を読んだり、うたた寝をしたりする姿を何度か見かけたことがあった。口数の少ないひとりの男を引き連れて外出するところを目撃したこともある。その男は、アルヌルフォの命令に忠実に従うことのみを任務としているようだった。デル・ソラールは二、三度、仲のよい友達についてアルヌルフォから徹底的に詰問され、嫌な思いをしたことがあった。デル・ソラールが伯父夫婦のところで暮らす日も残り少なくなったある日、ということはつまりエーリヒ・マリア・ピスタウアー殺害事件の少し前ということになるが、エドゥビヘスが兄のアルヌルフォにむかって、兄の不在中に勝手に建物のなかに立ち入らないようにあの配下の男に厳しく言いつけてほしいと迫ったことがあった。女中をはじめ周りのものが不安に思うからというのがその理由であった。二人のあいだに激しい口論が繰り広げられた。エドゥビヘスは、常になく攻撃的な口調で、あの男には気をつけたほうがいい、なぜなら「あのマルティネスは腹の底で何を考えているかわかったもんじゃないからよ」と言い放った。さらに、あの男は好機とみるや、背後からいきなりあなたにナイフを突き立てるような真似をしないともかぎらない、少なくとも、あなたを二束三文で敵に売り渡すことくらいはやりかねない、とまくしたてた。鋭い直感の持ち主である彼女は、その瞬間が遠からずやってくるにちがいないと本気で考えていたのである。いきり立ったアルヌルフォは、女というやつはまったくどうしようもない馬鹿者だと叫んだ。ところがエドゥビヘスは、夫のディオニシオも私とまったく同じ意見よ、とやり返した。アルヌルフォは、ガラスを引っ掻いたような甲高い声であざ笑うと、あいつもお前の同類ってわけだな、あいつのなかにかろうじて残されていた男らしさをお前は完全に駄目にしてしまったのだ、いまや男だか女だか見分けがつかないありさまじゃないか、と怒鳴った。そして、この家のやつらはどいつもこいつも腰ぬけばかりだ、よくぞここまで堕落したもんだ、と叫んだ。アルヌルフォの言葉にじっと耳を傾けていたエドゥビヘスは、次第に落ち着きを取り戻すと、少し言葉が過ぎたようだわと言って素直に謝った。そして、アルヌルフォの身にどんな危険が迫ろうとも、けっして口を挟まないと誓った。

ところがそれも束の間、先程までのしおらしさを突然かなぐり捨てたエドゥビヘスは再び声を荒げた。「それにしても、どうしてあなたにいちいち指図されなきゃならないの？　ろくでもない女ばっかり家に引きずりこんでいるようなあなたに？　最初は下賤の女、つぎに離婚経験者の女と一緒になるなんて、ブリオネス家始まって以来の恥辱よ。アデーレの別れた亭主がわざわざメキシコまで彼女を追いかけてきたことはあなただって知っているでしょう？　それに、あなたが全幅の信頼を寄せているあの手下の男はけっして信用できないわ。アデーレの身辺調査をはじめているのよ。上階に住むユダヤ人の女をつかまえて根掘り葉掘り聞き出そうとしているわ。そのユダヤ人の女は、アデーレと外科医の元旦那の過去についていろいろ知っているみたいだから……」エドゥビヘスはこの「いろいろ」という言葉を下卑た口調で、顔をしかめながら口にした。エドゥビヘスはさらに、自分は裏切られたような、騙されたようなものだわと吐き捨てるように言い、アデーレの息子に直接問いただしてみた結果すべてが明らかになったのだと口走った。つまり、実の父親がメキシコにいることをアデーレの息子がいとも簡単に認めたのである。アルヌルフォはそれを聞くとにわかに逆上し、拳でテーブルを叩いた。そして、いいかげんにしないとお前との関係もこれでおしまいだ、お前はそれでも肉親といえるのか、アデーレとの結婚はあくまでも合法的なものだ、彼女の最初の結婚は教会に認められたものではなかったが、私との結婚については司祭も同意してくれた、とまくしたてた。やがて、アルヌルフォの怒りもおさまり、その声も次第に落ち着きを取り戻していったが、ついには弱々しく哀願するような口調になって、マルティネスが上階のユダヤ人の女から話を聞き出そうとしていることについていろいろと訊ねるのだった。ちょうどそのとき来客があったのか、あるいは話し合いを続けるために二人でアルヌルフォの仕事部屋に閉じこもってしまったのか、デル・ソラールの記憶はそこで途切れていた。彼はアンパーロと一緒に、隣の部屋の床に寝そべって本を読むふりをしながら、言い争いの一部始終に耳を澄ませていた。二人とも伯母から目を離さなかった。部屋の扉に遮られてアルヌルフォの姿は見えなかった。アルヌルフォからも二人の姿は見えなかったはずである。エドゥビヘスだけが床に寝そべる彼らの姿を見ることができた。まだほんの子供とはいえ、二人の観客に見られているという意識がエドゥビヘスに毅然たる態度をとらせ、まるで舞台女優のような取り澄ました声を出すことを可能にしたのだろう。デル・ソラールは、もう三十年ものあいだこの出来事を思い出したことすらなかったが、いまや怖いくらい鮮明に蘇ってきた。もちろん、それが歪められた記憶である可能性は十分にあった。コルドバの両親の家へ戻ったとき、彼はさっそくこの出来事を父と母に報告したのだが、あるいはそのときにいくぶん戯画化されたイメージがつけ加えられ、そのまま彼の記憶に刻みつけられたのかもしれなかった。

◇◇◇

デル・ソラールは、本を抱えながら階段を下りてくる若者を二、三人つかまえ、管理人の部屋の場所を訊ねた。彼らのうちの一人が、軽く頭を傾けて一階の奥にある扉を指し示した。

管理人の前に腰を下ろしたデル・ソラールは、コーヒーカップを手にした男の姿を仔細に眺めた。ずんぐりとした体形で髪の毛が長く、肉づきのいい脂ぎった両頰には、御者によく見られるような濃い頰髯が蓄えられている。部屋の片隅では、小柄な女性が仕立台の上でガーネット色の布を裁断していた。デル・ソラールは、空いている部屋がないか教えていただきたいのですが、と切り出した。そして、自分には十歳の息子と七歳の娘がおり、子供たちが上階の廊下を歩き回るのは危険だから、できれば二階の部屋、それも広くてゆったりした部屋を借りたいのですとつけ加えた。つづいて、じつは子供のころ、この建物の中庭で遊んだことがあるのです、遊び友達がここに住んでいましてね、もう三十年も前の話ですが、月日の経つのは本当に早いものです、このあたりもだいぶ変わりましたね、あの頃はまだ、このすぐ隣に立っているあのぞっとするようなコンクリートの建物もありませんでしたからね、ミネルバ館もいまやあの建物に押し潰されそうなありさまですね、などと口にした。

「お友達がここに?」

「ええ。南米出身の子供たちでした。コロンビア人だったかウルグアイ人だったか、よく覚えていませんが。スペイン人やドイツ人の子供もいたようです。もうかなり昔の話ですよ」

管理人の妻は、いっときも手を休めることなく、布の大きさを測ったり、裁断したりしながら目を細め、驚いたような表情でデル・ソラールの顔をちらっと見た。

今度は管理人が話す番だった。ここへ来てからもう二十年にはなるだろう、ミネルバ館の門番をしていた姑が家主の女性に掛けあってくれ、ここで下働きの仕事をするようになった、次第に重要な仕事を任されるようになり、ついに管理人を務めるまでになった、長年ここに住みつづけていることもあって、もはや別の場所で暮らすことなど考えられない。しがない門番の娘として生まれた彼の妻は、管理人のような仕事とはおよそ無縁なのだが、手に職をつけたおかげで、仕立屋として働くことになった、という話であった。会話は次から次へと新しい話題に移っていった。デル・ソラールは、建築をテーマにしたある本のなかにミネルバ館のことが書かれていて、数枚の写真と一緒に建物の歴史が紹介されていることを話した。そして、歴史を研究している人間として、ぜひここに住んでみたいのだとつけ加えた。こういう建物には非常に興味を惹かれます、建物の前を通り過ぎる人なら誰でも、ここで起こった出来事のすべてを記録にとどめておきたいという誘惑に駆られるにちがいありません、デル・ソラールはそう言った。

「残念ながら、あなたのご希望に添うことは難しいでしょうな。上階の部屋ならまだなんとかなるかもしれませんが、なにせ狭いんですよ。あそこはだいたい若い人が借りますからね。彼らは一年か二年で出ていきます。反対に、広くてゆったりした部屋を借りる人は、なかなか出ていかないんです」管理人は、歴史家なら少なからぬ興味を抱くにちがいない有名人の名前をいくつか挙げた。「たとえばビリェガスさんですが、しょっちゅう騒ぎを起こすものですから、出ていってもらいました。まったくどうしようもない人でしたよ。手がつけられませんでした。彼がティフアナの役人の椅子に納まるなんて、いったい誰に想像できたでしょう。ほかにも面白い人たちがたくさん住んでいました。画家やジャーナリスト、女性拳闘家、作家、それに大勢の外国人たち。ところであなたが先ほどお話しになった建築の本ですが、何というタイトルですか?」

ミゲル・デル・ソラールは、その本はあくまでも建築学的な視点からミネルバ館について述べたもので、そこに住む人々の生活に焦点を当てた本は残念ながらまだ一冊も書かれてはいないようだ、といったことを話した。さらに、ミネルバ館の中庭で遊んでいた子供のころ、玄関ホール付近で発生した犯罪事件に関する噂話を何度か耳にしたことがあるのですが、と語った。

部屋の片隅で仕事に没頭していた管理人の妻は、このとき鋏を動かす手を止め、デル・ソラールの顔をじっと見つめた。

「ここではじつにいろいろなことが起こりました」管理人はむっちりとした指で頰髯を掻きながら答えた。「悲惨な事件ももちろんありましたよ。まあ、どこにでもある話ですが。それほど昔のことではありませんが、ある女中がヒステリーの発作を起こして死んでしまったことがあります。それから、これはもうだいぶ前のことですが、アメリカ人の女が屋上から飛び降りるという事件もありました。叫び声をあげながら服を全部脱ぎ捨てたかと思うと、びっくりして表へ飛び出した住人たちの目の前で、中庭へ飛び降りたんです。麻薬中毒患者だったとかいう話でした。あなたがおっしゃる事件というのはたぶんそのことでしょう」

デル・ソラールは首を横に振り、自分が話しているのは三十年前に起きた殺人事件のことであり、オーストリア人かドイツ人の若者が停車中の車から狙撃され、さらに二人の男が重傷を負ったのだと説明した。管理人は何も覚えていないようだった。デル・ソラールは、殺される直前に被害者の若者がミネルバ館で行われたパーティーに出席したこと、パーティーを主催したのは、当時もっとも名が知られていた女性のひとりであるデルフィナ・ウリベ、つまりあのルイス・ウリベの娘であったこと、といった事実をつけ加えた。

「なるほど」管理人は、その事件が起きたとき、自分はまだここの住人ではなかったが、姑から話を聞いたことがあると言った。そして、あれは恋愛関係のもつれから生じた事件で、ある女優に恋心を寄せていた将軍が、嫉妬のあまりドイツ人の若者の殺害を命じたのだと語った。「お前は何か覚えているかい?」管理人は妻に訊ねた。

「いいえ、何も」彼女は弱々しい声で答えた。

「家内はまだほんの子供でしたからね。あのころミネルバ館には上流階級の人たちが住んでいました。

ところがいまでは、もうおわかりでしょうが、つましい生活を送る人たちばかりです。たしかに悲しむべきことではありますが、痴情の果ての刃傷沙汰が起こる気づかいはありませんからね、その点では喜ぶべきことでしょう」

「みんな出ていってしまったのですか？」

「誰がです？」

「あなたのおっしゃる上流階級の人たちです」

「そうです。もう昔の話ですよ。彼らがここから出ていくと、今度はあまり裕福でない人々がやってきました。いわゆる下層の人たちです。この建物も、ご覧のとおりもうぼろぼろです。あのころの住人はもう誰も残っていません。もちろんバルモランさんは別ですがね。あの人も作家なんですよ。つい最近のことですが、あの人の顔写真が載った新聞記事を見ました。ミネルバ館に残っているのは、いまやバルモランさんとドイツ人の年配女性の二人だけです」

「それは、エンマ・ヴェルフェルさんのことですか？」

「彼女をご存知なんですか？　エンマお嬢さんは、そう、たしか十年前までお母様と一緒にここに住んでおられました。つい昨日のことのようです。噂によると、立派な邸宅へ引っ越されたそうです。それももっともな話ですよ。お母様はつい最近、たしか二年前に亡くなったはずです。ここに住んでいる女性というのは、まったく別の人ですよ。その人は私がここへ来る前からミネルバ館の住人でした。あなたはもちろん彼女のことをご存じないでしょう。あの人は誰にも会いたがらないのです。はっきり言って私たちは迷惑しています。彼女の部屋の前を通ると、いつもひどい悪臭がするんです。まったくここの住人たちにもほとほと手を焼きますよ。何かというと愚痴をこぼすんですからね。その人は身内の人間としか口をきかないんです。彼らがときどき食事を届けにくるんですよ。もうかなり前から、一日中部屋に閉じこもるようになって、いまでは階段の上り下りもままならない状態です。棺桶に片足を突っ込んでいるようなものですよ。あるとき階下の住人が、天井が湿っているといって文句を言ったことがあるんです。彼女の部屋の水回りを調べるために配管工に立ち入ってもらったんですが、部屋に入れてもらうまでが大変でした。彼女の息子さんと、家主の代理人として私が立ち会うことになりました。まったくひどい部屋でしたよ。ごみやがらくたで埋もれているんです。ときどき彼女の息子さんと称する別の人がやってくるんですが、息子さんといってももうかなり年配で、いつも酒臭いんですよ。何やら大きな包みを抱えてやってくるのですが、おそらく食べ物が入っているんでしょう。お孫さんが来ることもありますが、とにかく彼らは誰とも口をきこうとしません。それでも家賃だけはきちんと払ってくれます。払うものさえしっかり払ってくれればそれでまったく問題はないと家主は言うんですが、けっしてそんなことはありません。彼女にはほとほと手を焼いています。本当はもっとまともな人に入居してもらいたいところですが、あの悪臭が消えないかぎりまず無理でしょうね。ミネルバ館について詳しくお知りになりたければ、バルモランさんに一度会ってごらんなさい。あのドイツ人の老婆から話を聞こうとしても無駄ですよ。ドアを開けてくれるかどうかさえわかりませんからね」

デル・ソラールは、管理人の部屋を出るとき、鏡に映る女の姿にもう一度目をやった。不安と不信、そして恨みを含んだ目が彼の姿を追っていた。

第五章　アイダ・ヴェルフェル、娘と語らう

デル・ソラールは難なくエンマ・ヴェルフェルの家に上がりこむことに成功した。前日の朝にエンマに電話をかけた彼は、翌日の午後にはもう彼女の家に招かれていたのである。玄関の扉を開けてくれたエンマは、これといった特徴のない人物で、デルフィナ・ウリベのギャラリーでちらっと見かけたことがあった。大きな円眼鏡が顔の大部分を占めていたが、それはどことなくカマキリを思わせた。彼女の言葉遣いや立ち居振る舞い、あるいはその沈黙までが、何かにとり憑かれたような、殉教者のような雰囲気をただよわせていた。エンマが身につけている焦げ茶色のガウンも、儀式の際に女性信徒が身にまとう衣服を連想させた。大きな眼鏡を除けば、すべてが弱々しく、消え入りそうな印象を与えた。ところが、まったく予期せぬ瞬間に、どことなく薄汚れて黄ばんだ、干からびた皮膚に覆われた彼女の全身から激情がほとばしることがあった。彼女の年齢を推し量ることは難しかった。その華奢な体つきや人目を忍ぶような身のこなし、あどけなさが残る声色は年端のいかない少女のそれであったが、くすんだ肌の色や、ある種の厚かましさを感じさせる顔つき、あるいは眼鏡の奥の落ちくぼんだ冴えない色の目などは老婦人を思わせた。

エンマの家はコンデサ地区の狭い通りにあった。建物の正面《ファサード》は、街路と同じくこれといって特徴のないものだったが、家のなかに一歩足を踏み入れると、その印象はがらりと変わった。玄関ホールを横切ると広々とした部屋があり、そこには唯一目を引くものとして、ブロンズの胸像を戴いた黒大理石の円柱が据えられていた。天井から降り注ぐ幾筋もの光が胸像を照らし出していた。ふくよかな胸と両肩の上に、ヒヨコマメのような小ぶりの頭部が載せられ、どことなくクラナッハの絵画に登場する額の秀でた女性を思わせた。貴婦人の頭部には銀色の月桂冠が慎ましやかに置かれている。

「アイダ・ヴェルフェルの胸像です」小柄な女は勝ち誇ったように言った。

デル・ソラールは、降り注ぐ光の下に置かれた胸像、豊満な胸と肩を誇示し、たくましい生命力をみなぎらせた牡牛のような首のこの胸像のモデルが、目の前の子鼠のように小さな女、誇らしげにブロンズ像を仰ぎ見ている貧相な女の母親であるという事実がどうしてもうまく呑み込めなかった。

デル・ソラールは、ご紹介には及びません、じつはあなたのお母様には以前お目にかかったことがあるのです、もちろん個人的に親しくしていただいたわけではありませんが、と答えた。彼は、アイダ・ヴェルフェルの講演会に何度か足を運び、彼女の書いたエッセーを読んだことがあったのである。それだけでなく、ミネルバ館の伯父夫婦のところで暮らしていた子供のころ、中庭を取り囲む回廊をそぞろ歩くヴェルフェル母娘を見かけたことがあるような気もした。デル・ソラールは、挨拶代わりに新しい本の執筆計画について語った。そして、目下のところ一九四二年をテーマに選ぶつもりであり、ミネルバ館に関する記述がすべての出発点になるだろう、というのも、四十年代当時、あそこにはじつにさまざまな国籍の人たちが集まっていただけでなく、毛色も素姓も雑多な外国人たちに交じって、メキシコ革命にかかわった人々の家族や、反動勢力に属する人たちが一緒に暮らしていたからだ、と言った。

「おっしゃるとおり、ミネルバ館には世界中からたくさんの人々が集まってきました。でも、アイダ・ヴェルフェルという女性はこの世でたった一人の、かけがえのない人物としてひときわ輝いていました」

「もちろんです」デル・ソラールは、勝ち誇ったように語気を強めるエンマの勢いに気圧《けお》されながら答えた。「アイダ・ヴェルフェルさんはミネルバ館のなかでも特別な存在でした。少なくとも、知識人としては他に類をみない、傑出したお方でした。そこで、もしご迷惑でなければ、ぜひお話を伺いたいのです。お母様がメキシコへ到着されたばかりのころはどんなご様子でしたか？　お仕事をする上で理想的な環境を手にすることができたのでしょうか？」

「そうとも言えますし、そうでないとも言えます。こういうことは簡単には説明できません。ドイツ人移民についてお調べになれば、その理由もおわかりになるはずです。母は政治とは無縁の人でした。ことばに対する責務を忠実に果たすことが何よりも優先されるべきだと考えていたのです。人間存在のもっとも高次の表れともいうべきことばに対する責務です。この家に設置される予定の研究施設も完成間近です。未来の研究者たちが母の学問的功績から多大な恩恵をこうむる日も近いのです。あなたにもできるかぎりの便宜を図りましょう。ここにあるものをご自由に使っていただいて結構です。

図書室や資料室はもちろん、母が残した研究ノートなど、何でも揃っています。母は生前、普通の人なら何週間もかかるような仕事をたったの一日でこなしていました。そのようにして膨大な研究成果が後世に残されることになったのです。その分類作業もようやく終わりました。来年の三月十五日は、ちょうど彼女の生誕八十五周年に当たります。それに合わせて、娘としてできるかぎりの敬意を母に捧げたいのです。つまり、母の名を冠した文学研究センターをその日に発足させることが私の夢なのです。発足を記念して一冊の本を刊行する予定です」なかば目を閉じたエンマは誇らしげな表情を浮かべた。そして、よく通る穏やかな声でつづけた。「その本は、いわば追悼記念として刊行されるもので、彼女の業績を研究している人々にとっては思いがけない朗報となるはずです」

「未発表原稿を集めたものですか?」

「そうです。といっても、巷でよく見かけるような、未完の作品ばかりを集めた死後出版の類ではありません。ほかにも、たくさんの企画を考えているところです。ではさっそく、完成間近の研究施設をご案内しましょう」

二人が対面している大きな広間には、あの高名なスペイン文学研究者であるアイダ・ヴェルフェルの輝かしい胸像があるのみだった。建物の一階にはそのほかにもいくつかの小部屋があり、どの部屋にも膨大な蔵書が保管されていた。天井まで届く大きな本棚がしつらえられ、それぞれの部屋には仕事机が置かれている。

二階へ上がったデル・ソラールは、質素な生活のなかで研究に専念する生前のアイダ・ヴェルフェルの姿を思い浮かべた。この階のどこかに彼女の寝室や食堂、小さなキッチンがあるにちがいない。一番大きな部屋は書斎として使われていたらしく、テラスに面した窓からはシュロやアザレアが見えた。

「母の仕事部屋です。ご覧のとおり、生前の母に贈られたさまざまな賞や学位、叙勲のメダルや記念写真などが飾られています。といっても、母はこういうものにはまったく興味を示しませんでした。自身の学問的業績が社会に認められたり顕彰されたりすることなど、彼女にはどうでもよかったのです。こういうものにもし何らかの価値があるとすれば、それは、学問上の成果を世間に広く知らしめることに多少なりとも役に立つからだと考えていたのです。名声というものになにがしかの意味があるとすれば、それ以外には考えられないというわけです。あなたはどうお考えですか?」

「ええ、まあ、おっしゃるとおりでしょう」突然の問いかけにうろたえながら、デル・ソラールは答えた。

エンマは彼に椅子を勧めながら、仕事机の向こう側の大きな肘掛け椅子に腰を下ろした。一瞬だが、その姿は令名高きあのアイダ・ヴェルフェルの姿を彷彿とさせた。エンマは苦しそうに息を吐いた。椅子が高すぎて背筋を伸ばしていることが苦痛だったのである。エンマのなかの何かが、彼女を貧相な女性に、才女の誉れ高き母親に献身的に尽くすだけのみすぼらしい女性に見せていた。

「あなたは先ほど」、エンマの乾いた甲高い声は、できるだけ温かい印象を与えようと努めているように思われた。「母が成し遂げた学問上の業績に興味がおありだとおっしゃいましたね?」

デル・ソラールは、それについては多大なる興味と関心を寄せていることを強調した。「たとえば、スペインにおける諸教混淆《シンクレティズム》に関する研究が挙げられます。お母様はヌエバ・エスパーニャ[*23]にも研究の対象を広げられましたね」

「現代のメキシコももちろんそこに含まれます」エンマが応じた。「母の晩年の仕事の多くは、現代の諸問題を対象とするものでした。私は、母の講演記録や研究メモなどを可能なかぎり集めました」

「例の追悼記念の本のためにですか?」

「いいえ。じつはもう一冊、別の本を出そうと思っているのです。生前の母は二、三年ごとに必ず新しい作品を発表していましたから、こちらの本もいずれ日の目を見ていたはずです。独創的な思いつきが覚え書きふうに記された読み物です。追悼記念のための本となると、それなりに多くの問題を克服しなければいけません。口はばったいことを言うようですが、しかるべき敬意を捧げるのもけっして楽な仕事ではないのです」

「お母様は十分な敬意を表されるのにふさわしい方でした」デル・ソラールは、エンマの口ぶりに影響されたのか、にわかに熱っぽく語りはじめた。「私はお母様の著作を通じて、歴史の意味を、あるいはそれが不可能だというのなら、少なくとも歴史研究の意義を教えられたのです。私が初めてお母様の文章に接したのは、文芸付録に掲載されたティルソ・デ・モリーナに関するエッセーを読んだときです」

エンマはすかさず、それはきっと『ティルソをめぐる思索』のことでしょう、母がメキシコで最初に取り組んだテーマです、と言った。そして、彼女の母親がティルソの作品に魅了されていたこと、折に触れティルソの作品を参照していたこと、とはいえ、メルセス会修道士でもあったこの文人に関する彼女の見解が多くの点で従来の説とは相容れないものであったために風当たりも相当きつかったこと、といった話をした。

「私がそのとき読んだのは、ティルソ・デ・モリーナの女性嫌悪に関するエッセーでした」デル・ソラールは前日の午後、その文章が掲載された〈アメリカ・ノート〉の古い号を手に入れていた。アイダ・ヴェルフェルが定期的に寄稿していた雑誌である。デル・ソラールが〈アメリカ・ノート〉にあらかじめ目を通しておいたのは、ひとつにはエンマに会ったときの話題に困らないようにとの配慮からだったが、もうひとつは、デルフィナ・ウリベのところで例のパーティーが催された晩、アイダ・ヴェルフェルがティルソをめぐる論争の口火を切り、それが大きな騒動に発展したことを知っていたからである。

「まさにあなたのおっしゃるとおり、そのエッセーのなかでお母様は、著名な批評家がそれまで折に触れ展開してきた説を覆すようなことを述べられています。ベルガミンをはじめとする従来の研究者は、ティルソの作品の女性登場人物にみられる〈女らしさ〉を過度に理想化しています。ところがあなたのお母様は、ティルソが女性の登場人物に対して、恐怖と陶酔の入り混じった感情を抱いていると主張されたのです。つまり、自分を虜にする男に酷い仕打ちを加える冷酷な女性像をティルソが創造したというわけです。お母様によると、ティルソの作品世界は、性に関する悪弊に依然として染まっており、女性はもっぱら自分が手に入れた色男を骨抜きにする存在だということになります」

「よくお読みのようですわね」エンマが言った。「あのエッセーが発表されたころ、あなたはまだ子供だったはずじゃないかしら?」

「そのとおりです。しかし、その問題を扱った章が後年、ある雑誌に掲載されたのです」

アイダの娘は、もったいぶった落ち着いた口調で、母親が書いたあの本が旧弊な学者たちの不興を買ったこと、アイダは、そうした旧来の説に固執する学者たち、なかでもカール・フォスラーを軽蔑していたこと、といった話をしたが、込み入った事情についてはデル・ソラールにもよく理解できなかった。エンマの話によると、アイダは手垢にまみれた学説を繰り返すことにはまったく興味を示さず、自らの頭で考えることだけをつねに心がけていたということであった。何よりも独創的な思考を重んじていたのである。たとえば古典作家が有する現代的な意義や、彼らの作品のテーマおよび作品で用いられている言葉がどういう理由から、また、いかなる意味において現在も色褪せないのか、その理由を解明することが彼女にとっての最大の関心事だった。アイダによると、ある国の文学というものは、個々の作品の集積から成り立っており、それぞれの作品のなかで用いられている言葉は、下地となる物語の全体に鮮やかな光を投げかけるものである。そうした個々の作品こそがすべてであり、それらが一つひとつ積み重なることによって一国の文学が形づくられるのである。たとえ現在のわれわれには理解できない言い回しが出てきたとしても、それぞれの章句を味わうためにわざわざ注釈などに頼る必要はない。とはいえ、一方で死に絶えてしまう作品があることも事実である。ティルソやゴンゴラ、セルバンテスとて例外ではない。過去の作家、あるいは存命中の作家が書き残した最良の作品といえども、言葉が錆びついて硬直してしまう場合がある。ある作品が後世まで生き延びるのは、言葉によって生気を吹き込まれた真実のきらめきがそこに立ち現われているからにほかならない。文学研究者に求められるのは、作品のなかに秘められた真実のきらめきを見つけ出し、その光のもとで作品の構造や文体上の特徴、作者の心理などを吟味することである。

「おわかりかしら?」ここまで一気に話し終えたエンマはデル・ソラールに訊ねた。「あなたは文学の解釈をめぐる母の考えについてお知りになりたいんでしたわね?」

「ええ。しかしそれだけではありません。ご存じのように、一九三九年以降、ヨーロッパからたくさんの人々がメキシコへ押し寄せてきました。大戦が終わるまでメキシコにとどまった彼ら作家たちや思想家、科学者たちは、この国の文化に多大な影響を及ぼし、ある種の文芸復興ともいうべき状況をもたらしました。あなたはその時代の空気をじかに呼吸されたわけですから、私よりもよくご存じのはずです。もっとも、彼らのすべてがお母様のような才能に恵まれていたわけではありません。これは何も、彼らが知的な不毛状態に陥っていたということではなく、新しい感性やものの見方、学問上の手法などが積極的に導入され、それが未曾有の文化的活況を呈するようになるちょうど手前の段階に彼らが身を置いていたということです」

「アイダ・ヴェルフェルにとって私は娘以上の存在でした」小柄なエンマは、どうやらデル・ソラールの言葉にはそれほど注意を払っていないらしかった。「私は母の秘書であり、運転手であり、妹であり、そして何よりも、気心の知れた友人でした」

「そしてあなたはそれを誇りに思っていらっしゃる」

「母の知的好奇心はそれこそとどまるところを知りませんでした。彼女はいわば一日に三十六時間生きていたようなものです。文字どおり、何にでも興味をもってしまうのです。スペイン文学やメキシコ文学はもちろん、世界中の文学に関心を寄せていましたし、歴史や絵画、民族学、音楽、哲学、美食、旅行、等々、枚挙にいとまがありません。晩年にはいろいろな国を訪れていました。アメリカ合衆国では大学で講義を担当していましたし、スペインやブラジル、イスラエル、ブエノスアイレスで講演をしたこともあります。国際会議にも頻繁に顔を出していましたし、さまざまな学会やら研究機関やらの名誉会長も務めていました。晩年の母は、努力に見合う成果を手にしていました。この家も彼女の勤勉の賜物です。あなたはたしかスペイン黄金世紀[*24]に関する母の仕事にご興味をおもちでしたね。ティルソ・デ・モリーナのお話をされていましたから。黄金世紀の文学に寄せる彼女の熱意は相当なものでした。母が提起した独創的な考えをちゃっかり借用して、あたかも自説であるかのように振り回す研究者もいたくらいです。そのころすでに、母の最初の作品が古典的名著としての評判を確立していました。スペイン語のタイトルは『悪漢とその身体』というものです。聞くところによると、あるロシア人の学者が同じテーマで研究を行ったそうですが、それは母よりもずっとあとのことで、しかもラブレーを対象とするものでした。アイダは、悪漢の身体と内臓の果たす役割について論じたのです！　当時としては非常に斬新かつ衝撃的なテーマでした。人間の腸と文学の関係について論じると聞いただけで、旧弊な学者たちはみな眉をひそめたものです。一九一六年にライプチヒで出版されたあと、三三年に最初のスペイン語版が刊行されました。そのような本が女性研究者の手によって書かれたというだけで、当時は大変な騒ぎになったのです。しかしながら、スペイン語版はすでに八回も版を重ねていますし、いくつかの外国語にも翻訳されています」

「興味深いお話ですね。万事保守的だった当時のメキシコにおいて、そうした大胆なテーマを扱った本がどのように受けとめられたのか。当時の思想界全般に及ぼした影響についてもぜひ知りたいところです」

小柄なエンマは、デル・ソラールの前で初めて黙りこみ、しばし物思いに耽っている様子だった。やがて、記憶の薄暗い穴の底から明るい日差しを浴びた地上へ徐々に這い出るように、最初は口ごもりながら、そして次第に勝ち誇ったような甲高い声になって話しはじめた。

「これだけはぜひ知っておいていただきたいのですが、私たちがメキシコへやってきたとき、母はもはや無名の存在ではありませんでした。その数年前には彼女の著書がスペインやブエノスアイレスで出版されていましたし、その世界ではかなり名が知られていたのです。メキシコに落ち着くや否や、母は大学に招かれました。また、アルゼンチン生まれのスイス大使であるマダム・ドゥスィイは、ヨーロッパで母と知り合った誼《よしみ》から、外交官の妻たちを週に一度公使館に集め、母を演者に迎えて講演会を開きました。すると今度は、それに対抗しようと、ある銀行家の妻が発起人となって、メキシコの上流社会の婦人を聴衆とする特別講義が企画されました。講義のテーマは、〈人類を突き動かした書物〉というものでした。もちろん彼女たちの発案によるものです。まったくお笑い草ですわ。あのアイダ・ヴェルフェルが『ドン・キホーテ』や『純粋理性批判』、『カーマスートラ』を題材に文学や哲学の初歩を手ほどきするなんて。しかも、高慢で無知な奥様連を相手に！　講義の資料を準備するのはいつも私の役目でした。百科事典から抜き出した注釈をもとに簡単な講義ノートを作成するのです。そんなことのために母に貴重な時間を失ってほしくなかったのです。ほかに重要な仕事をいっぱい抱えていましたから。講義の日になると、一台の立派な車が母を迎えにきます。車に乗り込んだ母は、私が用意した原稿にざっと目を通します。美しく着飾った奥様方が多数居並ぶサロンに到着するころには、講義ノートの内容が完璧に頭の中に入っていました。母は生まれながらの女優と言いましょうか、まさに自然界が生んだ奇跡、天性の語り部でした。母の話に耳を傾ける人たちは、たとえそれがどんなにちんぷんかんぷんな内容であろうと、魔法にかかったようにうっとりと聞き惚れるのです。私も何度かその様子を目にしました。美しく着飾るしか能のない彼女たちは、まるで女神の祭壇にぬかずく尼僧のようでした。母が講義を引き受けたのは、けっしてお金のためなんかではありませんし、浅はかな知識欲を満たそうとする奥様連の社会的影響力に目が眩んだからでもありません。母は、彼女たちの空っぽの頭のなかに、多少なりともまともな考えを吹き込むことができるかもしれないと考えたのです。母はよく私に言いました。〈あんなおばかさん連中の頭のなかに少しでもまともな考えや向上心が芽生えたとしたら、そして、蔭口をたたくことにうつつを抜かし、夫を欺いたり友人を裏切ったりすることしか考えないような彼女たちが、読書を通じて少しでも自分を高めようと努力し、それまでの自分がいかに空疎な毎日を送っていたかを反省し、志の高い生活を送ろうと本気で心を入れ替えたとしたら、私がやっていることもまったく無駄ではないわけよ〉。母の言葉は、パイデイアに身を捧げるという彼女の理想をよく物語っていますが、不幸にしてそれは、私の与《あずか》り知らないことでした。母が親しみを込めておばかさん連中と呼んでいたご婦人たちは、母の講義が終わるとすぐに元の生活に、ということはつまり、風変りな帽子や最新の化粧クリーム、高価な香水などを必死になって買い求め、夜な夜な流行のナイトクラブに踊りに行くような、そんな生活に戻っていくのです」

「ところで、お母様は知識人や学者の世界には快く迎え入れられたのでしょうか？」

「すぐに親密な関係が築かれました。それも当然の成り行きです。一群の作家たちが——それもほとんどが若い人たちでしたが——母の周りに集まってきました。母は、この世で母だけが奇跡的に身につけている若々しさによって彼らを惹きつけたのです」

「まさにそのことについて私は詳しく知りたいのです」デル・ソラールが口を挟んだ。「少し前に私はどこかで読んだことがあるのですが、メキシコでは当時、ある学術的なテーマが盛んに論じられ、それがちょっとした流行になっていたようですね。『疑わしき真実』が上演された日にベリャス・アルテス宮殿で激しい論争が展開されたという記事を読んだこともあります。また、あなたのお母様がティルソ・デ・モリーナについて誰かと激しく言い争い、そのためにデルフィナ・ウリベのパーティーがめちゃくちゃになってしまったという話を聞いたこともあります。言い争いの相手が誰だったのか、そこまでは知りませんが。今ならとても、たとえば誰かがルイス・デ・アラルコンを批判したとか、あるいはティルソを過大に評価したからといって激しい論争が巻き起こるなんて考えられません。あのころのメキシコには、亡命者の存在に負うところが大きいのでしょうけれど、清新かつ濃密な知的雰囲気が保たれていたようですね」

「母が後世に残したものは、紙に印刷された本ばかりではありません」エンマは、それまでになく無愛想な口調で言い放った。彼女の口にした言葉が、自分がこれまで述べてきたことといったいどんな関係があるのか、デル・ソラールにはわかりかねた。「母が語る言葉もまた、その著書と同じように、教訓に富むものでした。母は、講義のなかで口にする天才的な思いつきを家に帰ってからじっくりと練り上げ、それをさらに展開したのです。この愛用の仕事机に座って」

「私の記憶が正しければ、先ほどお話ししたティルソをめぐる論争は、一九四二年十一月の出来事です。その晩は、ギャラリーのオープニングを飾ったフリオ・エスコベードの展覧会の成功を祝うために、デルフィナ・ウリベが自宅でパーティーを催したのです。それにしても、なぜそれほどの激論が闘わされたのでしょう? 私が想像するに、お母様の論争の相手は、メキシコへ渡ってきたばかりの鼻っ柱の強いスペイン人亡命者だったのではないでしょうか?」

「母はけっして他人に無用の論戦を仕かけたり、挑発的な言葉を発したりするような人ではありませんでした。そんなことはおよそ彼女の望むところではありませんでしたから。母は突然、気の触れた男に襲われたのです。あんなひどい乱暴狼藉を目にしたことは後にも先にもありませんわ。あの男は明らかに常軌を逸していました。私は事件が起こる前から、あの男のことをいつも〈狂人〉と呼んでいました。あの男がどんな乱暴を働いたか、あなたにはおそらく想像もつかないでしょう。あろうことか母に手をあげ、足蹴にしたんです。昔は作家になりたかったなんて言っていましたが、噴飯ものですよ。正真正銘の卑劣漢、どうしようもないごろつきです！」

「しかし、その男はなぜ、ティルソのことでそんなに激高しなければならなかったのでしょう？　いったい何が気に入らなかったのでしょうか？」

「あの男は明らかに正気を失っていた、ただそれだけです。紛れもない精神異常者です。まったく散々な夜でした。悪魔の存在を身近に感じたことがこれまでにあるとすれば、まさにあの夜がそうでした。パーティーの直後に男が一人殺され、負傷者が出たことはご存じかしら？」

「ええ。デルフィナの話によると、彼女の息子さんが怪我をされたそうですね」

「息子さんですって？　ああ、そうでした。まだほかにも怪我人がいたようですが。殺されたのは私たちがよく知っている若者でした。お父様はとても上品な方でしたわ」

「ところで、アイダさんに暴力をふるった男は武器をもっていましたか？」

エンマ・K・ヴェルフェルは上体をかすかに震わせたようだった。そして、悲しげに溜息を漏らした。

「その可能性は否定できません。もちろんはっきりしたことはわかりませんけれど。とにかく胡散臭い男でした。デルフィナは彼をパーティーに招待した覚えはないと言っていました。あの事件のせいでデルフィナはかなりのショックを受けたみたいです。申し訳なくて私の母に合わせる顔がないといった様子でした。そして、母もまた心に深い傷を負ったのです。母はしばらくのあいだ、あの事件を思い出すたびに木の葉のように震えていました。〈野蛮のはびこる世界からようやく逃げ出してきたというのに、これじゃ元の木阿弥ね〉、母はよくそう言っていました。本当は自分が銃撃の標的だったんじゃないかと考えることもあったようです」

「あなたがたはメキシコに着いたばかりだったのですか？」

「ええ。でも、誤解を招かないように言っておきますが、着いてからそれほど日が浅かったわけではありません。私たちがメキシコへやってきたのは一九三八年、つまりあの事件が起きる四年前でした。一九三三年にドイツを出国したのです。ずいぶんと込み入った事情があるように思われるかもしれませんね。ベルリンを出たのが一九三三年、ベラクルスに上陸したのが一九三八年です。といっても、まさか五年ものあいだ海上を当てもなくさまよっていたわけではありません。私の両親はアムステルダムに手ごろな家を見つけ、そこにしばらく住んでいたのですが、一九三八年、不意に何かを予感したのか、私を連れてメキシコへ向かったのです。幸いにして母は、著書や書きかけの原稿、愛着のある品々などを持ち出すことができました。ところが、私たちのあとから遅れてやってきた人たちは、ほとんど着のみ着のままの状態でメキシコにたどり着いたのです。たとえば、ラピスラズリでできたこの小さな黄金虫ですが」、彼女はそう言うと小さな物体を掌に載せ、それにはあまり注意を払わず、テーブルスタンドの光にかざした。「これは母にとって特別なものでした。母の同僚だったレイェス博士に言わせると、合理的心性と鋭い直観、あるいは魔術的心性の共存が、母に独特の魅力を付与していたのです」

「どうしてあなたのお母様は、メキシコに滞在しようと思ったのでしょう？　海外へ渡ったドイツ系移民の多くは、ある特徴的な傾向を示しています。つまり彼らの多くは、終戦と同時にヨーロッパへ戻っているのです」

「母の仕事にとって、言葉の問題は非常に重要なものでした。さまざまな資料や新しく刊行された書籍、特定のテーマを扱った出版物や雑誌などを読んだり、同僚研究者との付き合いや後進の教育など、仕事を円滑に進めるための理想的な環境を手に入れる必要があったのです。母にとって、たとえばオーストラリアに行くことに果たしてどんな意味があったというのでしょう?」

「べつにオーストラリアと言っているわけではありません。ただ、当時の状況を考えると、お母様のような方なら、たとえばブエノスアイレスとか、あるいはスペイン文学研究所を擁しているアメリカの大学へ行かれてもよさそうなものだと思っただけです。当時のヨーロッパでは、メキシコといえばじつにひどい国だと思われていたわけですから。石油の利権をめぐる黒い噂も飛び交っていましたし」デル・ソラールは、自分が望むような方向に会話をうまく導くことができないことに苛立ちを覚えながら、また、そこからどうやって抜け出せばよいのかわからないまま、思わず語気を強めた。「たとえば、ハインリヒ・マンやルカーチがメキシコへ亡命するというのならまだわかります。メキシコには当時、共産主義を標榜する有力な組織が存在していましたし、反ファシズムの論陣を張るドイツ語の新聞も発行されていましたから。私の理解するところでは、お母様は政治的な活動にはまったく関心をお示しにならなかったはずです」

「アイダ・ヴェルフェルは」、エンマは教え諭すような口調で話を引きとったが、それはまるで、高名なスペイン文学研究者である母の名前を正しく発音するための見本を示そうとしているかのようであった。「自分なりの信条をもった人でした。また、ひとりのユダヤ人として、海の向こうで起きている出来事を座視するに忍びない気持ちだったと思います。母に連れられて政治的な集会に参加したこともあります。母はそこで演説を頼まれました」

「まだよくわかりませんね」デル・ソラールは挑発するように、うんざりした口調で不平を洩らした。まるで、相手の話に突然興味を失ったような、そして、いますぐにでも会話を打ち切って、メモも取らず、自分が本当は何を知りたいのかさえ相手にいっさい明らかにせずその場を立ち去ろうとするような、そんな態度だった。「あなたがたはどうしてメキシコを滞在先に選んだのですか？　メキシコへの入国はきわめて難しかったはずです。あなたのご両親の知り合いの方でもいらしたのでしょうか？」

「つまりこういうことです」エンマは事務的な口調で応じた。「母はメキシコに大きな関心を寄せていたのです。書簡のやりとりをしていたメキシコ人作家も何人かいました。事実、母に宛てたアルフォンソ・レイェスの手紙が私の手許に残されています。ある小論のなかでレイェスは、皮肉を込めて、しかも、面白みに欠けるといっても過言ではないユーモアを交えながら、アイダ・ヴェルフェルによって見出されたピカレスク小説と消化器官の働きの密接な関係について論じています。母がメキシコに落ち着いてからは、二人のあいだの意見の食い違いも解消されました。母は、レイェスが試みた『わがシッドの歌』の散文訳を称揚する文章を船のなかで書き上げ、メキシコへ着いてからそれを発表しました。もっとも、散文に含まれるいくつかの重大な過ちを指摘することはあえてしませんでした。というのも、未知の国へ到着するや否や物議を醸すような真似はしたくなかったからです。レイェスについて母がどのように考えていたか、あるいはアメリコ・カストロやアマド・ネルボ、ダマソ・アロンソ、ブレナン、ソラリンデといった人物について母がどのような評価を下していたか、じきに明らかになるでしょう。書物や知人、訪れた国々をめぐる母の率直な意見もすべて公表される予定です。一般にはあまり知られていないカール・フォスラーの人物像なども明らかになるはずです。つまりこうして、さまざまな人物たちの偽らざる肖像が暴かれることになるのです。すでにお話ししたように、追悼記念に合わせて出版される本のなかには、それこそあらゆる話題が盛り込まれるのです。書物遍歴や交友関係、日常生活の記録など、すべてです」エンマ・ヴェルフェルの目は、にわかに天使のような純真さを帯びて輝いた。「生涯を通じて母を魅了してやまなかったさまざまなテーマをめぐる思索の軌跡が余すところなく示されるのです。ただひとつのテーマを除いては」

「メキシコでの生活をお母様が決意するに至った理由についてはまだ何も聞いていません。大学に招かれたからでしょうか？」

「なぜこの問題にこだわっていらっしゃるのか理解に苦しみますわ。ところで、母も私もヴェルフェル姓を誇らしげに名乗ったものですが、じつはこれは母の旧姓なのです。私の名前を記した表札をご覧になったかしら？　ヴェルフェルの前にKというイニシャルが置かれていますが、これは父から受け継いだものです。つまり私の正式な名前はエンマ・K・ヴェルフェルというのです。Kのイニシャルは、父方の姓の〈カリシュ〉からとったものです」エンマはここまで話すと、それまでずっと掌でもてあそんでいたラピスラズリの黄金虫をようやくテーブルの上に戻した。そして、孔雀石の箱に手を差し入れ、しばらく中を探っていたが、やがて数個のクリップを取り出すと、それをしげしげと眺め、再び箱の中にしまった。すると今度は、テーブルクロスの端を指先でまさぐりはじめた。時間稼ぎのつもりなのか、あるいは、彼女が先ほど口にした言葉が、その仕草と同様、さして重要ではないことをほのめかそうとしているようにもみえた。やがてエンマは、軽蔑を含んだ口調でつづけた。「父のカリシュはアレルギー研究の専門家でした。この病気において神経が果たす役割を研究していたのです。あるとき、国際会議に出席するためにメキシコを訪れたのですが、メキシコに研究所を構えていたハンガリー人の医師が父の理論に興味を示し、共同研究を持ちかけたのです。父はメキシコに強く惹かれました。その理由に関するつまらない憶測は控えますが、とにかくアムステルダムへ戻った父は、寝ても覚めてもメキシコの話ばかり、気候や果物、現地の人々や市場の光景、ホテルの窓から見える雄大な火山など、すべてが気に入ったようでした。将来を見通す能力に恵まれていた母は、共同研究の誘いを受け入れるように父を説得しました。といっても、それはじつに容易なことでした。アレルギー研究に没頭するカリシュ博士は、メキシコに骨の髄まで魅了されていたのです。結果的に父の決断は正しかったのです。というのも、それから数か月後に第二次世界大戦が勃発したからです。滞在が長期に及ぶことを見越して、私たちは身の回りの品をできるだけ多く持ち出しました。世の中には、矛盾した行動をとることによって独特のおかしみを誘う人がいるものですが、父もそうした人間のひとりでした。あれほどメキシコに夢中になっていたはずのカリシュ博士、活火山のとりこになっていたはずのカリシュ博士は、メキシコに到着してから数か月もたたないうちに、妻子を置いて家を出ていってしまったのです。母も私も、まるで申し合わせたように、そのことについてはひと言も口にせず、ただ黙々とメキシコ暮らしを続けました。この家がその何よりの証拠です」

「ヨーロッパへ戻られたのでしょうか?」

「父ですか? いいえ、違います。アメリカへ行ったのです。そして、ダコタの片田舎へ引っ込んでしまいました。本当は母にも一緒に来てもらいたかったようですが、そんなことをすれば、母は文化的な生活から引き離され、田舎に骨をうずめることになってしまいます。もちろん母は首を縦に振りませんでした。そして、その理由を懇々と説いて聞かせました。自分の夫はけっして才能には恵まれていないけれども、分別のある人間だと信じて疑わなかったからです。しかし、それは母が犯した数少ない過ちのひとつでした。父はある研究所に雇われ、アレルギーを抑えるワクチンの開発に専念するため、単身アメリカへ渡ったのです。当初は一年契約という話でしたが、結局そのまま居ついてしまいました。最初の一年はまめに手紙を寄こしてくれましたし、月末には必ずお金を送ってくれました。ところが、日がたつにつれ、帰国の予定を先延ばしするようになったのです。手紙も次第に間遠になりました。そんなある日、あれはたしか大戦直後のことですから、一九四六年ごろだったと思いますが、母に一通の封書が届きました。信じられないことに、いつの間にか離婚が成立していたのです。もちろん母は何も知らされていませんでした」

「お母様はさぞかし悲しまれたことでしょう」しばし訪れた沈黙を破るためにデル・ソラールはそう

言った。

「いいえ。それほどでもありませんでした。母にとって何よりもショックだったのは、それ以来、父からの音信がぱったり途絶えてしまったことです。私たちが父について知りえたことのすべては人づてに聞いたものです」

「お父様には二度とお会いにならなかったのですね？」

「ええ。しかし、ある賢人がいみじくも言ったように、歴史というのはじつによくしたものです。カリシュ博士は母の死後、ほんの数週間もしないうちにこの世を去りました。母とほぼ同時に他界するなんて、意味深長なめぐり合わせだとは思いませんか？　父は、皮膚の病を治すためと称して心理療法に手を染め、それで一財産築いたそうです。父にそんな知識があるとも思えませんし、考えれば考えるほど奇妙な話です。私たちがそのことを知らされたとき、母は思わず口走ったものです。ついにあの人の本性が現れたわね、いかさま師の本性がって。父はかなりの財産を母に残しました。それも結局、唯一の相続人である私が受け取ることになりました。でも、考えてみれば不思議な話です。母が死んだことを父は知っていたはずなのに、遺言状を書きかえようとしなかったのです。おそらく、そうするだけの時間がなかったのでしょう。もちろん本当の理由はわかりませんが。アメリカでは莫大な相続税がかかりますが、それでもかなりの財産を私は受け取りました。この研究センターを維持していくためには十分すぎるくらいのお金です。最初は受け取りを拒否しようかとも思いました。それほどお金に不自由していたわけでもありませんし。でも、あらためてよく考えてみたんです。これだけの財産があれば、母と幸せに暮らしたクエルナバカの家を売り払わなくても、しかるべき敬意を母に捧げるための出費が賄えるはずだって」エンマの表情がにわかに明るくなった。「つまり、母の最高傑作とも言うべき本を世に送るための費用です。先ほども言いましたが、それは母の全貌を余すところなく伝える作品となるはずです。この世のありとあらゆる事象、いいえ、それこそ森羅万象について母がどのように考えていたのか、すべてが明らかになるのです」

「それは日記のようなものなのでしょうか?」

「なかなか鋭いですね。当たらずとも遠からずですわ」エンマは嬉しそうに手をたたきながら、慌ただしく言葉を継いだ。「おっしゃるとおり、ある種の日記だと言えるかもしれません。でも、日記にはないものがそこにはあるのです。もちろん、お望みでしたら日記と呼んでいただいてもいっこうに構わないのですが、じつは、それは母によって書かれたものではないのです。ということはつまり、日記という表現形式につきものの自己検閲を完全に免れているということです。私は何年にもわたって、母が口にした言葉を書きとめ、彼女の人生において重要な意味をもつ出来事を記録しました。母はあるときそのことに気づきました。こういうことはとても隠し通せるものではありませんからね。以来、母はわざと大きな声で独白するようになりました。私にとってそれは本当にすばらしい仕事でした。生きる意味を与えてくれたからです。すべてはロッテルダムで汽船に乗り込んだ朝に始まりました。母は私の心痛を察したのでしょう。ヨーロッパを離れなければならないということが私にはどうしても理解できなかったのです。とても長旅を楽しむような心境ではありませんでした。それに、将来への不安もありましたからね。自分自身の将来というよりも、むしろ母の将来に対する不安です。ヨーロッパ以外の土地で暮らす母の姿を想像することがどうしてもできないのです。母はそんな私に、航海の最中の出来事をノートに書きとめることを勧めました。ちょっとした航海日誌というわけです。とはいえ、カナリア諸島やクラサオ島にいついつ上陸したとか、ハバナで目にした風景だとか、そんなことをいちいち書きとめることにいったい何の意味があるというのでしょう? それよりも、アイダ・ヴェルフェルが感じたことや考えたことを書き記すほうがどれだけ有意義だかわかりません。私にとって、母と行動を共にすることは、すべてに勝る学びの機会でした。こうして私は、一九三八年から母が他界するその日まで、彼女の身の回りで起こった重要な出来事をすべて記録したのです。その間じつに三十年です! もちろん、母がメキシコを留守にしているときや、自分の殻に閉じこもっているあいだは別ですが。母にはよくそんなことがありました。それほど長くは続かないのですが、いったんそうなると本当に大変でした。外の世界に対して完全に自己を閉ざしてしまうのです。そういうときの母は、ひたすら自己の内部に沈潜し、外界にむけて再び心を開く準備が整うまでじっとしています。そんな状態が何日か続くのですが、それに耐えることは、私にとってもけっして容易なことではありませんでした。でも最後には、日常的な出来事としてごく自然に受け入れられるようになりました。そんな私たちの関係がまったく理解できないという人もいたようです。冷酷な人間だといって母を責める人もいました。彼らには何もわかっていないのです。母は、ときには何週間も、ひと言も口をきかなくなり、むっつりと押し黙ったまま、不機嫌な表情を浮かべて私の前を行ったり来たりします。こちらの問いかけにも、ごく短い言葉を返すだけで、首をわずかに傾けるだけのときもありました。そうこうするうちに、母の頑《かたく》なな沈黙にも裂け目が生じ、蚕が繭を突き破って外へ出てくるように、徐々に自分の殻を抜け出し、自然と言葉を取り戻していきます。外の世界とのつながりを回復した母は、文学への情熱や学問による人類の救済、人生の隠された意味などの問題に再び目を見開き、押しとどめようのない言葉の奔流がまったく思いがけない瞬間に彼女の口から飛び出すのです」

エンマは、何かにとり憑かれたようにふらふらと立ち上がると、近くの書棚から分厚い書類の束を取り出した。彼女を手助けしようと腰を上げたデル・ソラールは、ひょっとすると事件の謎を解く重要な手がかりがそのなかに隠されているのかもしれないと考えた。二人がかりで取り出した書類の束は、二つの大きな柱となって机の上に並んだ。

「ここまで書き溜めるのはさぞかし骨が折れたでしょう」

「母が亡くなってからというもの、それこそ昼も夜も働き詰めでした。でも、もう慣れましたわ。メキシコ暮らしを始めたばかりのころも、毎晩のように夜遅くまで仕事をしたものです。一日の出来事をノートに記録したり、母が口にした言葉を残らず書き写したり。それ以外にも秘書としての仕事が山ほどありました。原稿をタイプライターで清書したり、校正をしたり、読書メモや講義ノートを作成したり、手紙の返事を書いたり、文字どおりすべてを任されていました。母の死後、残された原稿をタイプで打ち直し、校閲も済ませました。もちろん、アイダ・ヴェルフェルの文章に手を加えるなどという勇気は私にはありません。不要な箇所を削るだけの単純な作業です。そういったものをもれなく集めれば、より私的な内容の、ささやかな本ができあがるでしょう。もっとも、その本が出版されるころには、私はもうとっくにこの世を去っているでしょうけど。母は、私がそうした仕事に没頭していることを知ったとき、最初はあまりいい顔をしませんでした。〈あなたはもう何年ものあいだ私の行動を密かに監視していたのね〉と言って私を責めることもありました。しかし、時が経つにつれ私の仕事を理解してくれるようになりました。そして、母に会うためにわざわざカリフォルニアからやってきた大学教授とどんな会話を交わしたのか、過去の記録に当たって調べてほしいとか、エッセーや講演のなかで近々とりあげるつもりの特定のテーマについて、自分がこれまでどんなことを口にしてきたか可能なかぎり拾い出してほしいとか、そのようなことを私に頼むようになりました。とにかくいまの私には潤沢な資金があります。あとは原稿を印刷所へ回すだけです。作品のタイトルですが、はじめは『アイダ・ヴェルフェル、娘のエンマと語らう』というのを考えていました。でも、自分の名前を無理やり母の横に割り込ませようとする身の程知らずの所業だと言われるのも心外ですから、思い切って私の名前は省いて、『アイダ・ヴェルフェル、娘と語らう』にしようと思います」

「原稿は年代順に並べたのですか、それともテーマ別に分類されたのでしょうか？」

「年代順です。母の思考の軌跡や揺らぎ、あるいは修正の過程を読者が正確にたどれるようにという配慮からです」

ミゲル・デル・ソラールは、自分がいま行っている調査研究のためにもその本はたいへん役に立つにちがいないという感想を述べた。というのも、本のなかに盛り込まれることになる数々の貴重な情報のなかには、デル・ソラールがとくに関心を寄せている時代が含まれていたからである。彼は、原稿をちょっと見せていただくわけにはいかないでしょうか、せめて、銃撃事件が起こる直前にデルフィナのところで繰り広げられたティルソをめぐる論争の箇所だけでも拝見させていただけるとたいへんありがたいのですが、と切り出した。

「私の説明が悪かったようですわ」エンマは冷淡に答えた。「あれは論争ではなく、ひとりの狂人が引き起こした単なる暴力沙汰にすぎません。おそらく、ある種の人種差別的な感情がその根底に潜んでいたのだと思います」

「すると、ティルソの話とはいったいどういう関係があるのでしょう？」

「何の関係もありませんわ。たまたまティルソの作品が俎上に載せられただけです。ベートーベンの四重奏曲とか、テポソトランの教会祭壇にみられるバロック的な特徴についての論争でもよかったわけです。あるいはただ単に時候の話とか。ちょうど寒い季節が始まろうとしていましたからね」

「原稿を拝見するわけにはいかないでしょうか？　お許しいただけると大変ありがたいのですが。歴史研究者の立場からみても非常に興味深い話題なのです。パーティーには当時の社交界の花形が勢ぞろいしていました。政治家はもちろん、画家や作家も多数顔をそろえていました。正確な日付がお知りになりたければお教えしましょう。一九四二年十一月十四日です」

エンマはしぶしぶその日付が記されたページを探し出し、低い声で読みはじめた。

「当時の私はどうも細部にこだわりすぎていたようですわ。時とともに文章に厳しく、簡素を旨とするようになりましたけど」彼女は再び原稿に目を落とした。「おっしゃるとおり、私たちはたしかにデルフィナ・ウリベのパーティーに招かれました。最初は遠慮するつもりだったのです。それにしても、まさに混乱を極めた夜でしたわ！　このページの見出しにもあるとおりです。母はちょうどそのころ重度の結膜炎を患っていました。左目がひどく痛むと言って、ほとんど目が開かない状態でした。そこで私たちは、黒のビロードで眼帯のようなものをこしらえました。〈これではまるでエボリの貴婦人ね〉、母はお得意の冗談を口にしました。そして、娘の私にも眼帯をつけるように命じたのです。彼女にはそうした風変わりな趣味といいますか、人を茶化すようなところがあって、それは生涯を通じて変わりませんでした。私とは大違いです。母の美点の多くは、残念ながら娘の私には受け継がれませんでした。私は母に、眼帯ではなく顔全体を覆う厚いベールのついた帽子をかぶってはどうかと提案しました。母も最初は喜んで賛成してくれましたが、食事をするときにいちいちベールを持ち上げなければいけないとか、そのたびに醜く腫れ上がった左目が見えてしまうとか言って、結局その案を退けてしまいました。そういうわけで、私たちは二人して眼帯をしたままパーティーに出かけたのです。母は始終、気のきいた冗談を口にしていましたが、私はただ恥ずかしいばかりでした。眼帯の準備に手間取ったせいで、デルフィナのところへ下りていったときには、会場はすでにかなりの賑わいでした。私たちを出迎えたのはマルティネスという男でした。なんだかぞっとするような嫌なやつでしてね。その日の午後にミネルバ館にいた彼をつかまえて、母の目の調子がどうもよくないからパーティーには行けそうもありませんと言っておいたものですから、彼は私たちの姿を目にするとかなり驚いたようでした。母のような高名な来客を得て得意満面といった様子でした。マルティネスは、ソファーに座っていた先客を押しのけて私たちを無理やり座らせようとしました。それがあまりにも横柄な態度だったので、見ている私たちは冷や冷やさせられました。パーティーを取り仕切っているのは自分だと言わんばかりに、それこそわが物顔にふるまっているのです。私たちがソファーに腰を下ろすと、酩酊したひとりの若者が近づいてきました。すっかり顔なじみのような態度で、〈そうなのさ、ウェウェ〉と言いながら、母になれなれしく話しかけてくるのです。手元の原稿にもたしかにウェウェ Huehue と記されています。でも本当は Ueue と書くべきなのかもしれません。それとも Wewe かしら? ウェンセスラオ Wenceslao のように、Wと書いてUと読ませる場合もありますからね。いずれにせよ、私にもはっきりしたことはわかりません。〈そうなんだよ、ウェウェ、あのとき僕は、メキシコ人になることを決心しなければならなかったんだ。わかるかい?〉若者はきんきん響く声でそんなことを言うのですが、まるで腹話術師のようにお腹の底から響いてくる奇妙な声でした。〈ちょうどペレアスとメリザンドの二度目の幕間のときだった。指揮者はあのアンセルメさ。親父が僕に近づいてきて囁いたんだよ。君も知ってのとおり、あの虫酸《むしず》の走るような嫌な声でね、もう決めたって言うんだ。一家そろってメキシコへ帰ることにしたってね。したがってこの僕はメキシコ国籍を取得しなければならないというわけなんだ。ウェウェ、君もよく知ってるだろう、親父がどんなに傲慢な人間か。藪から棒にそんなことを言い出して、びっくりしている僕の顔を見ながらにやにや笑っているんだ。ウェウェ、信じられるかい? ドビュッシーの音楽の最中に、いきなりそんなことを言い出すんだから。僕はそのときはじめて、正真正銘のメキシコ人になるんだってことを、そして、メキシコ人というのが単なるあだ名ではなくなってしまうんだってことをはっきりと自覚させられたんだ。僕はすっかり気が動転してしまって、嘘でしょう？ と尋ねるのが精一杯だった。何が何だか訳がわからなくなってしまって、やけに悲しくて涙が出そうだった。嘘じゃないさ、われわれはメキシコへ行くんだ、鬼のように冷酷非情な父親が薄笑いを浮かべながらそう言うんだ。何ですって《コマン》？ たまらなくなって僕は思わず叫んだ。もちろん僕は、祖父母や父がメキシコの生まれだってことはよく知っていたさ。でもね、ウェウェ、頭では理解しているつもりでも、本当のところはよくわかっていなかったんだよ。僕の頭のなかでは、アンセルメやドビュッシー、ペレアス、あの魅惑的なメリザンドやトゥルニエがごっちゃになってぐるぐる回っていた。石ころだらけの殺伐とした風景がときたま見えるような気がした。幸いにして気を失うことだけはなんとか免れることができたけど、椅子にぐったり身を沈めたまま、最後まで上の空さ。気がつけばグラニーの車に乗せられ、自宅まで送り届けられていた。あのときもしウェウェがそばにいてくれたらと思うよ〉。母は、見知らぬ若者の話にじっと耳を傾けながら、同情に満ちた視線を注いでいました。若者は、ひと息いれてからさらに続けました。〈翌朝、僕は前日の嫌な記憶にうなされるようにして目が覚めた。君も知ってのとおり、僕は学校の友達からメキシコ人《ル・メキシカン》というあだ名で呼ばれていたんだ。僕はヨーロッパで生まれて、ヨーロッパで育った。イギリスでは寄宿生活を送った。それがある日突然、本当にメキシコ人になっちまうなんて。僕はさっそくその日のうちに、メキシコ領事館へ行って正式にメキシコ国籍を取得した。戦争のためにヨーロッパを離れなければならないという事情は十分に理解していたつもりだ。でもね、どうしても納得がいかなかったんだよ。それがいまはご覧のとおりさ〉。このときちょうどボーイが通りかかったのですが、若者はすかさずウイスキーのグラスに手を伸ばしました。それを一気に飲み干すと、何も言わずに席を立って向こうへ行ってしまいました。私たちの両側には、マルティネスのほかに、ミネルバ館に住むひとりの女が座っていました。いつもこそこそと何かを企んでいるような不気味な女でした。マルティネスは、ウェウェという名前がいったい何を意味するのか知りたがりました。〈本当はヴェルフェルと言うつもりが、うまく発音できなかったんでしょう〉、私がそう言うと、母は傍らから、〈いいえ、そうじゃないわ〉と口を挟みました。〈明らかに人違いよ。たまたまつい最近、人格の交換や隠蔽、混同についていろいろ調べる機会があったのよ〉。すると、隣に座っていた例の女が、〈あなたの講義に出席している知り合いから聞いたのですが、新しいご著書が出たそうですね〉と言って割り込んできました。母は嫌な顔ひとつ見せずに軽く頷きました。ところが、あのいかれたマルティネスは、ディアス政権[*25]で大臣を務めた人物を祖父にもつあの若者がどうしてあんなになれなれしく母に話しかけてきたのか、しかもなぜあんな奇妙な呼び名を口にしたのか、しきりに聞きたがるのです。マルティネスによると、〈ウェウェ〉と呼ばれる戦闘がかつて実際にあったそうで、そこにはなにか重大な秘密が隠されているにちがいないということでした」

「それにしても、マルティネスという男はどうしてその問題にしつこくこだわったのでしょう？　そもそもあなたがたはマルティネスとは親しかったのですか？」

「まさか」声を荒げたエンマは興奮のあまり顔を紅潮させた。「ただの顔見知りですよ。ミネルバ館に住んでいれば誰だってあの男と顔を合わせないわけにはいきませんでしたからね。あなたはたしか子供のころミネルバ館にお住まいだったということでしたね。あのころはたいへん立派な建物だったんですが、じきに傷みがひどくなりましてね。私たちがここへ越してくるころにはもう廃屋のようになっていました。たしかに昔は魅力的な建物でしたが、どことなく隠れ家のような雰囲気がありました。いかがわしい人間が集まる巣窟とでも言いましょうか。愚にもつかない連中やふしだらな輩も住んでいたようですが、とにかく怪しげな場所でした。マルティネスは四六時中、何かを嗅ぎ回るように建物のなかをうろついていました。ある日、先ほどお話しした例の女が建物の入り口のところで私たちを呼び止め、マルティネスを紹介したんです。彼女とはほとんど口をきいたことさえなかったものですから、ちょっと変だなと思いました。マルティネスはそれ以来、初対面の挨拶を済ませたのをいいことに、私たちのところへ頻繁にやってくるようになりました。そして、いろいろなことを聞き出そうとするんです。私たち親子のこと、ミネルバ館の住人のこと、母の講義に出席している生徒たちのこと、それこそ何でも知りたがるんです。あの男はいつも決まって、外交手腕にかかわる仕事に携わっているとか何とか言っていましたが、どういう意味なのかよくわかりませんでした。とにかく、品のかけらもない男でした。母も私も、マルティネスがミネルバ館の住人のことでいろいろ探りを入れていることを疑いませんでした。あそこには、私たちドイツ人をはじめ大勢の外国人が住んでいましたし、何といっても当時は戦時中でした。デルフィナ・ウリベは、ひょっとすると彼は警察関係の人間かもしれないと言っていました。母に対するあの男の慇懃な態度を思い出すだけでも鳥肌が立ちますわ。私はデルフィナが言ったことを母に伝えたのですが、それほど気にする様子はみせませんでした。きっとあの男のことを憎からず思っていたのでしょう。私はてっきり、女たらしの色男を気どったマルティネスのふるまいを母が毛嫌いしているものとばかり思い込んでいたのですが、実際はそうでもなかったようです。私が死んで灰になるころには、ひとりの女としての母の素顔が明らかにされることでしょう。いまはとても口にするわけにはいきませんけれど」

「とおっしゃいますと？」

「いまはまだ何とも申し上げられません。ただ、正直に言いますと、母はたとえマルティネスと親密な仲になったとしても、さほどの抵抗は感じなかっただろうと思うのです。あのときは私もまだ事態がよく呑み込めていませんでした。母は私を安心させるためか、心配することは何もない、マルティネスの質問に対してはただ素直に、思ったことを口にすればいいんだと言いました。隠し立てするようなことは何もない、後ろめたいことは何もないんだから、堂々としていればいいんだって。でも、母が何と言おうと、私はあの男を毛嫌いしていました。まるで自分の言いなりだといわんばかりの目で母を見るんですもの。とにかく落ち着きがなくて、一瞬たりともじっとしていないんです。話をしながら視線をそらしていたかと思うと、突然、馬のいななきのような笑い声を上げ、何かよからぬ現場を押さえたとでもいうように、勝ち誇った目で私を睨むんです。そんなとき、あの男はぞっとするような目をむき出しにして私の顔をのぞきこんだものです。本当に怖い思いをしましたよ。あの日のパーティーのときもそうでした。マルティィネスは妙に神経が高ぶっていたようです。お酒をかなり飲んでいたのでしょう。〈あなたがああいうお行儀のいい若者と懇意にしているなんてまったく知りませんでしたよ〉、咎めるような口調であの男は言いました。〈あなたが彼と再会されたことがご主人に知れたら、いったいどういうことになるでしょうな、ウェウェさん？　とにかく、あなたはヨーロッパでウェウェという名前で呼ばれていたわけですね？〉」

「それにしても、お母様はどうしてそんな名前で呼ばれたのでしょう？　ウェウェとはいったい何者なんです？」デル・ソラールはすっかり頭が混乱して訊ねた。

エンマ・K・ヴェルフェルは、手にした原稿に嬉々として目を走らせていたが、ややあって顔を上げた。今度もまたデル・ソラールの質問が耳に入らなかったらしく、時おり原稿に目を落としながら話しつづけた。

「ところで、私たちの横に腰を下ろしていた例の女が話をいちいち遮るものですから、マルティィネスは次第に苛立ってきました。そして、大仰な身ぶりを交えながら、奇妙な言葉をぶつぶつ呟きはじめたのです。要するに、出しゃばりなあの女のおかげで、マルティィネスの怒りが直接私たちの身に降りかかるのを未然に防ぐことができたのです。彼女はいまも健在です。彼女の息子が腐敗に手を染めていたことが最近明らかになりましてね。とにかく、いったん話しはじめると、もう誰にも止められないんです。メキシコ料理の素晴らしさについて一席ぶったかと思うと、その日の夜に出されるはずの料理についてあれこれしゃべりはじめるのです。少し前に台所を覗いて確かめたんだと言っていました。彼女の話によると、絶妙な味つけが施されたチリ唐辛子のクルミソースがけが夕食に供されるはずで、クルミの季節が終わろうとしているいま、それを味わうのは今日が最後のチャンスになるだろう、さもなければ来年の八月まで待たなければならない、ということでした。彼女はさらに、チリ唐辛子をたっぷり使ったメキシコ料理にはもう慣れましたかと母に訊ねました。あなたはもう母の書いたものをお読みになったことがあるということですからすでにご存じだと思いますが、アイダ・ヴェルフェルは類まれな機知に恵まれた女性でした。母は生まれながらに、あるいは豊かな教養を身につけたおかげで、禁忌《タブー》というものをいっさい認めませんでした。そうでなければ悪漢の身体について論じた本など書けるわけがありません。悪漢の身体とは、すなわち、胃袋、数メートルに及ぶ腸、そして、尾籠な話で恐縮ですが、排出器官としての肛門にほかなりません。そうしたことを含め、あらゆることを論じるだけの器量が母には備わっていたのです。そんな彼女のユーモアのセンス、あるいは言葉では言い表せない独特の魅力《シャルム》は、一見ばかげたことを口にするときに最もよく発揮されました。面白みのない質問を投げかけた女をぎゃふんと言わせるつもりだったのでしょう、母は、メキシコ料理にはもうすっかり慣れましたわと答えました。そして、なかでもチリ唐辛子は大好物です、でも食べすぎにはせいぜい気をつけなければいけませんわ、初めてチリ唐辛子を口に入れたときは、それこそ溶岩を流し込まれたのかと思いました、と言いました。さらに、よく通る声で、〈火のように熱いチリ唐辛子は、私たちの体を二度焼きつくします〉とつけ加えてから、先ほどの質問にまだ答えていなかったことをそれとなく詫びるように、マルティネスに軽く目配せしました。〈つまり、口に入れた瞬間だけでなく、出るときもまた焼けつくようにヒリヒリするのです〉。母がそう言うと、たちまち沈黙が訪れました。突然のことにみな呆気にとられたのでしょう。ところが母は、そうした状況を平然と楽しむことのできる人でした。すると驚いたことに、怒りに顔をひきつらせたマルティネスが、〈この下司《げす》女め！〉と叫び声をあげたのです。最初は何を言っているのかよくわかりませんでした。母も私も、どこかの田舎で使われるような隠語にはまるで馴染みがなかったのです。てっきり褒め言葉だと勘違いした母は、感謝に満ちた微笑みを返しました。それがますますあの男の怒りを煽ることになったのです。男は憤然と席を立つと、そのままどこかへ行こうとしました。ところがそのとき、先ほどのやんごとなき若者が、ウイスキーがなみなみと注がれたコップを手にして現れたのです。しゃんと背筋を伸ばして歩いていましたが、荒海を行く船上の水夫のように、足元がふらふらしていました。例のお腹の底から響いてくる笛のような声で、母にむかって再び〈ウェウェ〉と呼びかけるのです。〈はい、何でしょう〉、母は相手をからかうように、陽気に答えました。すると若者は〈ごめんなさい〉と言うのです。母の眼帯を見て狼狽したようでした。〈ごめんなさい〉、若者はもう一度繰り返しました。〈ウエンチョを見かけませんでしたか？　彼のことはもうご存知でしょう。少し前までここにいたはずなんですが〉。すると母は、〈みなさん、ご覧のとおりです。やはり人違いですよ〉と確信をもって言いました。〈ちょうどこの問題について詳しく調べていたところなのです。人格の混同は、スペイン黄金世紀の演劇、なかでも込み入ったプロットを特徴とする演劇作品を根底から支えているものです。とりわけティルソ・デ・モリーナの場合、これが極限にまで達しています。たとえば『フアン・フェルナンデスの菜園』

ですが、登場人物たちは、自分がいったい誰と話しているのか、じつはまったくわかっていないのです。偽りの名前やありもしない経歴を騙《かた》る人物が入り乱れ、誰ひとりとして本当のことを口にしません。まさに恐るべき仮面劇です。誰もが自分ではない別の人間を演じるのですが、それは本当の自分でないばかりか、ついさっきまで他者の前で演じていたはずの人物とも違うのです〉。真に関心のある問題について弁じ立てるときの母はじつに魅力的でした。話に吸い寄せられるように、彼女の周りには自然と人が集まってきました。母の弁舌はますます冴えわたりました。そして、怒りに顔をひきつらせ、奇妙な身ぶりを交えながら全身を震わせているマルティネスに気がつくと、相手の気持ちをなだめ、自分の話に引き込もうとするかのようにこう言いました。〈ねえ、マルティネスさん、ときどき私は、世界がフアン・フェルナンデスの菜園になってしまったような、つまり、世界中の人々が、お互いに誰が誰だかわからないまま、ときには自分自身が誰なのかさえよくわからずに、しかも自分がどういう運命の導きに従って生きているのかすらまったく知る由もなく、あてどなく地上をさまよっているのではないかと思うときがあるのです〉。すると、マルティネスはすかさず、〈自分がはたしてウェウェなのかそうじゃないのかさえよくわからずに、ということですかい？　世の中には、シオン賢者の議定書とやらを遵守するだけで満足する人間もいるんですよ〉とぶっきらぼうに答えました。ちょうどそのとき、料理を盛った皿が母のところに運ばれてきました。クルミソースがかかったチリ唐辛子に目をやった母は、うっとりした表情を浮かべました。私はいつの間にか眼帯を外していたのですが、母は相変わらず片目を黒い眼帯で覆っていたせいか、ちょっとした仕草までがどことなく滑稽な、人を茶化したような印象を与えるのでした。恨みを含んだマルティネスの挑発的な視線に気づいた母は、彼の気持ちをなだめようと努めました。彼がチリ唐辛子のクルミソースがけを辞退したのを見て、母は親しげにウインクしてみせたのですが、その顔はまるで相手を愚弄するような形に歪みました。そしてこう言ったのです。〈愛しのマルティネスさん、なぜお食べにならないのかしら？　さあ、勇気を出して！　口の中がヒリヒリするでしょうけれど、懐疑論者のようにこう考えてみてはいかがかしら。出るときに比べればましだって！〉母はいきなり大声で笑いはじめました。するとあの男は、信じられない行動に出たのです。当然立ち上がったかと思うと、母に猛然と襲いかかり、侮蔑的な言葉を喚《わめ》きちらしながら母の胸に何度も頭を打ちつけるのです。母が手にしていた料理が床にこぼれ落ちました。私は恐怖のあまり叫び声をあげました。あの男は絨毯にまき散らされたクルミソースを足で踏みつけながら母を何度も殴りつけるのです。母は何とかして起き上がろうとするのですが、そのたびにマルティネスに足蹴にされたり肩を小突かれたりして、床にへたり込んでしまいます。とにかく手がつけられませんでした。衆人環視のなか、すべてがあっという間の出来事でした。数人の男たちがマルティネスを取り押さえようとしばらく格闘していましたが、ついにデルフィナの兄のベルナルドが彼を部屋の外へつまみ出しました。母は時間をかけて徐々に落ち着きを取り戻していきました。するとあの酔っぱらった若者がまたやってきて母にこう呼びかけるのです。〈ウェウェ、いったいどこへ行ってたんだい？　どうかしたのかい？　髪も乱れているし、顔色がおそろしく悪いぞ。もう酔っ払っちまったのかい？　レダへ行きたくないなんて言わせないぞ。そんなことは絶対に許さないからな！〉

たちまち若者は別室へ連れていかれました。母はすぐにでも帰りたい様子でしたが、気分が落ち着くまでしばらく休んだほうがいいとか、トイレで顔を洗ってからデルフィナの寝室で横になったほうがいいと言われて、その場に引きとめられました。母がメキシコであんなひどい目に遭ったのは後にも先にもあのときだけなのですが、やはり大変なショックを受けたようです。私たちの横に腰を下ろしていた例の女は、帰り際に、マルティネスの前で病気のことは絶対に口にしないほうがいい、さもなければ自制心を失って何をしでかすかわからないから、と言いました」

「いったい何の病気のことです?」デル・ソラールは尋ねた。

「おそらく精神錯乱のことでしょう。その女はエドゥビヘスという名前でした。私たちはどうしても彼女のことが好きになれませんでした。パーティーの何日か前だったと思いますが、彼女に通訳を頼まれたことがあるんです。パーティーの夜に殺されたあの若者と話がしたいということでした。これはまた別の話になりますが」

「マルティネスはその後どうなったんですか?」

「部屋から追い出されたあとも建物の周りをうろついていたみたいです。そうこうするうちに、今度は別の騒動がもちあがりました。泥酔したひとりの将軍が画家のエスコベードを侮辱したんです。それがまた大変な騒ぎでした。そのとき私はたまたま窓の外に目をやったのですが、マルティネスが回廊にたたずんでいるのが見えたような気がしました。あれは確かにマルティネスだったと思います。しばらく口笛を吹いていたようですが、またどこかへ行ってしまいました。一方、部屋に残っていた品の悪い女たちが何やら大声で歌いはじめました。その数分後に例の発砲事件が起こったのです。まったく散々な夜でしたよ。それからしばらくのあいだ私たちはすっかり気がふさいでしまって、とくに母は不安に苛まれる日々を過ごしました。しかし、不幸中の幸いとでも申しましょうか、母はあの日を境に、マルティネスを好意的な目で見ることをやめました」

「あの男に再びつきまとわれるようなことはなかったんですね？」

「ありませんでした」エンマは時計に目をやると、驚きの声をあげ、目の前に広げた原稿を急いで片づけはじめた。そして、もう大学へ行かなければならないのでこれで失礼しますわと言いながら、慌ただしく外出の準備をはじめた。

デル・ソラールは、エンマと一緒に階段を下りながら、ミネルバ館の最上階にドイツ人の女が住んでいるということですが、あなたはそれについて何かご存知ですかと訊ねた。エンマはなかば上の空で、いったい誰のことなのかさっぱりわかりません、あそこにはメキシコ人やドイツ人をはじめ大勢の外国人が住んでいますからね、と答えた。

二人は急ぎ足で外へ出た。エンマは大急ぎで小型のフォルクスワーゲンに乗り込むと、エンジン音を轟かせて走り去った。

第六章　ああ、あの男か！

デル・ソラールはクルス・ガルシアを前に、目下新しい本の執筆に向けて準備を進めていることを告げた。一九一四年をテーマにした前作に引きつづき、今回は一九四二年に焦点をあてた本を書くつもりである。どんな出来事をどのような順序で扱うかによっておのずから出来事そのものの性質が見えてくるような、そんな作品に仕上げたいと思っている。デル・ソラールは、そうした作業が見かけほど単純なものではないことを強調した。当時の時代背景に関する豊富な知識はもちろん、人目を引く派手な事件と日常的な瑣事にかかわる平凡な出来事の両者をほどよく組み合わせながら筆を進めていく高度な技術が求められるだろう。数値的データと詩の融合である。その日のデル・ソラールはとりわけ上機嫌というわけではなかった。『一九一四年』の出版が大幅に遅れていたからである。タイトルページの印刷はすでに終わっているはずなのに、なぜこうも出版が延び延びになっているのか。デル・ソラールは、製本が遅々として進まないことに苛立ちを覚えていた。さしあたりこれで満足してくれと言わんばかりに、間に合わせに製本された粗末な仮綴じ本を三冊渡されただけだったからである。デル・ソラールが気のないそぶりで仮綴じ本を手に取る様子を眺めていたクルス・ガルシアは、表紙にはさらに念入りな加工を施す必要があるだろう、セピア色の表紙の全面を覆うように、サパティスタ[*26]がかぶる帽子《ソンブレロ》のイラストがびっしり印刷され、表紙の上部には黒い文字で著者名が、その下には〈一九一四年〉のタイトルが大きな字体で記されることになるだろう、と説明した。デル・ソラールはつまらなさそうに表紙に目をやっていたが、クルス・ガルシアのアイデアに賛同する気にはとてもなれなかった。表紙の裏側の短い紹介文にざっと目を走らせたデル・ソラールは、表紙を埋めつくすサパティスタの帽子《ソンブレロ》が本の内容にそぐわないだけでなく、むしろそれを真っ向から否定するものだという意見を口にした。彼がその本のなかで試みたのは、メキシコ革命にかかわった複数の派閥（そこにはさまざまな色合いの政治的主張が含まれる）が、一九一四年という時点でいかにして歴史の表舞台に登場し、対立抗争を繰り広げるようになったのかを論じ、そうした勢力がじつはディアス政権時代に胚胎したものであり、抗争の力学を通じて次第に頭角を現すようになったことを示すことであった。同時に、制度的革命を志向する勢力が、依然として潜在的な動きにとどまっていたとはいえ、一九一四年の時点ですでに主流派を形成しつつあり、それがよきにつけあしきにつけ現在まで連綿とつづくメキシコ政治の伝統を形づくることになった経緯にも触れたつもりであった。

　デル・ソラールの話におとなしく耳を傾けていたクルス・ガルシアは、君がいま言ったことは結局のところ、一握りの学者や歴史の専門家にしかわからないことで、一般読者が考える一九一四年というのは、あるいは一七年や二二年でも構わないが、ひとえにサパティスタたちのかぶる帽子《ソンブレロ》や弾薬帯によって象徴されるのだ、と反論した。君の本に登場する人物たち、つまりそこには立憲主義者やいかさま政治家も含まれるわけだが、彼らは確かに歴史上重要な人物だ、それは認めるよ。彼らなくしてその後のメキシコ社会の発展はありえなかったわけだからね。しかしだよ、彼らといえどもあのころはまだ帽子《ソンブレロ》をかぶった一般大衆のなかに完全に埋もれていたんだ。当時のメキシコ社会を象徴するものといえば、あのディエゴ・リベラが微妙なニュアンスを切り捨てて公教育省の壁一面に描いた[*27]一般大衆の姿なんだよ。君も知ってのとおり、画面の片隅には猛禽《もうきん》の嘴《くちばし》を思わせる鉤鼻の上に金縁眼鏡を載せ、イギリス製のゲートルを巻きつけた白人の男が描かれている。ところが、画面の大半を埋めつくすのは、びっしりと描きこまれた貧しい農民たちの姿だ。まさにあれなんだよ。いまでもメキシコといえばそうしたイメージをまっさきに思い浮かべるヨーロッパ人は少なくないだろう。現代的な服装を身につけた貧しい農民たちの群れというわけさ」

おそらくクルス・ガルシアの言うことは正しいのかもしれない、デル・ソラールはそう考えた。しかし、どうしても賛同する気にはなれなかった。この場合、「正しい」というのはまったく別の意味においてであって、彼が本のなかで論じたかったこととは何の関係もない。とにかく、商業的な宣伝効果を狙った表紙のデザインは、彼の意図を完全に裏切るものであった。とはいうものの、一九一四年に関してクルス・ガルシアが述べたことは、一概に否定するわけにもいかない。彼が言うように、その年は何よりもまず、農民がかぶる帽子《ソンブレロ》や弾薬帯、野営地、白昼の銃撃戦、地下活動などによって象徴されるのであり、数々の陰謀が渦巻く時代であったのだ。貧しい大衆がひしめくなか、少数の男たちが秘密裏の会合を開き、理想的な社会の実現にむけて政治的なビジョンを熱く戦わせていた時代である。残念ながら、彼らが打ち出したビジョンの多くは単なる机上の空論に終わり、国家変革の夢はもろくも潰え去った。要するに、救える余地があるように思われたものを救うことができなかった人間や政治思想が入り乱れていた時代だったのである。

「艶出しの加工を施せば」、退屈な議論を打ち切るように、クルス・ガルシアが言った。「表紙の印象もだいぶ変わるよ。より中立的なイメージに近づくだろうしね」

そう言われても、デル・ソラールの目には、何ともさえない、みすぼらしい本にしか見えなかった。誰かに献本するのもあまり気が進まない。それでも、デルフィナ・ウリベには一部を進呈するつもりだった。一九一四年に起きた数々の出来事にデルフィナの父親が深くかかわっていたからである。ルイス・ウリベ氏はカランサ派の有力な論客として活躍した。ほかにも、デル・ソラールが関心を寄せている新しいテーマ、すなわち、一九四二年に関する質問をデルフィナにぶつけるための格好の口実が得られるにちがいないという計算も働いていた。

「じつはいま、新しい本を書こうかと思っているんだ。一九四二年に関する本なんだが、前の作品よりも現在に近い時代を扱うことになるという点で、僕には興味深い仕事になりそうなんだ」デル・ソラールは、クルス・ガルシアに会うなりそう言った。

「一九一四年の次は一九四二年か。君は年次報告の専門家にでもなろうというのかい?」

「それも案外悪くないかもしれないな。少なくとも実際の役には立つからね。でも、そういうものにはまったく興味がないんだ。じつは三部作のようなものを考えているんだよ」デル・ソラールは、そのとき初めて頭に思い浮かんだことを口にした。「メキシコ現代史を画する三つの時代を取り上げるわけさ。つまり、国としての方向性が定まっていく過程で節目となる三つの年に光を当ててるんだ。なかでも一九四二年というのは興味深いテーマだよ。枢軸国への宣戦布告、国際社会のなかでメキシコが占めていた位置、メキシコシティを席巻したコスモポリタニズムの風潮、あらゆる社会部門を巻き込むかたちで進められた国家による国民統合の動きなど、刺激的な話題には事欠かない。公の舞台へのカリェス[*28]の復帰やデラウエルタ派に対する恩赦の布告もこの年の出来事だ。また、ポルフィリオ・ディアスの支持者たちがパリから帰国し、さまざまな政治思想を奉じる亡命者たちがヨーロッパから続々と押し寄せたのもこの時代だ。亡命者のなかには、トロツキストもいれば（トロツキーの未亡人が当時まだメキシコにとどまっていたか調べてみる必要があるね）、ドイツの共産主義者やオランダ、デンマークのユダヤ系金融業者もいた。ほかにも世界中から革命家や命知らずの冒険家たちがやってきた。まさに混沌とした時代だったんだよ。たとえばエゴン・エルヴィン・キッシュについて君は何か聞いたことがあるかい？　僕はたまたま先日、ほんのちょっとした偶然から、彼が第一次大戦から第二次大戦にかけての中央ヨーロッパで重きをなした人物であることを知ったんだ。ほかにも、資本を保護するためのさまざまな政策がメキシコの新たな経済モデルを生み出しつつあったという点で見逃せない時代だと思うな」

「いま流行《はや》りの経済学や社会学の手引書みたいな口ぶりだな。勘弁してくれよ」

「それまで一つにまとまっていた極右勢力と財界が二つの並行する勢力として別々の道を歩みはじめ

たのもその頃だよ。グアダラハラに住む年寄りの金持ち連中は相も変わらず日雇労働者たちを焚きつけては、農民指導者たちの耳を切り落とさせていた。ところがその息子たちは何をしていたかというと、はるばるメキシコシティまで出向いて、カロル二世がマグダ・ルペスクと踊るのをひと目見ようと、上流階級が集まる〈カザノヴァ〉へ頻繁に顔を出していたというわけさ。ほかにも、細かく拾い出して分類し、詳細な検討を加えなければならない話題が山ほどあるんだ。じつを言うと、ようやく手をつけはじめたばかりなんだがね」

「一年以内に仕上げてくれればいいさ。構想はほぼ固まっているようだからね。四二年の次は三七年か、あるいは二二年か六五年でもいい、せいぜい気に入った年を選んで本を書いていくことだね。その手の本はそれなりに売れるから心配はいらない。写真に釣られてついつい買ってしまうんだよ」

デル・ソラールは再び本の表紙に目をやったが、見れば見るほど魅力に欠けるものに思われた。考えてみれば、一九一四年は彼にとってあまりに遠くかけ離れた時代であった。デル・ソラールは、一九四二年にすっかり心を奪われている自分にあらためて気がついた。それと同時に、この時代に関する有力な証言を手に入れるという当初の目論見が現在のところまったく実を結んでいないことに思い至った。ミネルバ館の銃撃事件をめぐる謎の解明は完全に暗礁に乗り上げていた。過去の資料をもう一度洗い直し、当時をよく知る政治家や財界人、新聞記者に面会を申し入れ、インタビューの内容を記録するなどして事件の真相を徹底的に究める必要があるだろう。デル・ソラールはいまさらながら、エンマ・ヴェルフェルの支離滅裂な長広舌に何時間も付き合わされて母親の思い出話を延々と聞かされたり、さっぱり要領を得ない伯母の繰り言に辛抱強く耳を傾けたりしたことがまったく無意味であったことを思い知るような気がした。そして、目下構想中の三部作を単なる年次報告のようにしか考えていないクルス・ガルシアの神経も疑わざるをえなかった。デル・ソラールは、まだ真意が伝わっていないようだね、と言った。そして、年次報告を書くつもりなどまったくないこと、三部作の最後を飾る作品のテーマとして、まだはっきりと決めているわけではないが、政治的に重要な年である一九二四年か一九二八年を選ぶつもりであること、これら三冊をもって当面の仕事に区切りをつけようと考えていること、といった話をした。最後に、面白みのないアイデアだと言われようが、あるいは一九四二年にはとくに興味がないと言われようが、それはそれで仕方がない、その気になれば話に乗ってくれる出版社を見つけることだってさほど難しくないだろう、もちろん執筆の決意がいよいよ固まった暁にはということだが、などとつけ加えた。

「おいおい、ちょっと待ってくれ。これだけははっきり言っておくが、むろん僕にだって興味はあるさ。まず第一に、一九四二年というのはわが青春時代とぴったり重なる。それだけでも大いに好奇心をそそられるというものだ。メキシコで暮らすようになってからちょうど三年が過ぎようとしていたな。当時は法律を勉強していたんだ。こちらが望まなくても、有力者を父にもつ僕には明るい未来が約束されていた。ちょうど法学部の一年目を終えるころだ。僕はそのころ詩を五つか六つ書いていた。頼むから笑わないでくれよ。当時の雑誌を探せばきっと見つかるはずだ。まったくひどい代物さ。くれぐれも探し出そうなんて気は起こさんでくれよ。妻と知り合ったのもちょうどそのころだ。いや、もう少しあとだったかな。あのころのメキシコシティは、もちろんいまほど大都会じゃなかったけれど、わくわくするような街だったよ。毎週のようにどこかで新しい店がオープンするんだ。〈シロス〉なんて、それこそ大変な賑わいだったよ。夜の歓楽街の思い出をつづるだけでも、立派な装丁の本に仕上げるだけの価値はあるね。サパティスタの帽子《ソンブレロ》とも弾薬帯とも無縁のメキシコってわけだ」

「いずれ準備が整ったら、君にインタビューを申し込むつもりだから、そのときはよろしく頼むよ。

ところで、バルモランという男を知ってるかい？」

「バルモランって、ルベン・バルモランのことか？」

「いや、ペドロ・バルモランだ」

「ああ、あの男か！　もちろん知ってるさ。それにしても、ルベンなんて名前、いったいどこから思いついたんだろう？　たいした男じゃなかったよ、あのペドロ・バルモランってやつは。そいつがどうかしたのか？　以前は新聞記者をやっていたらしいが、それほど有能じゃなかったはずだ。とにかくつまらん男さ。なにかと問題の多いやつだから、せいぜい気をつけたほうがいいぜ。君の本にあまり役に立つとも思えないがね」

「噂によると、バルモランは、珍しい資料や稀覯本の類を売っているそうだね。なかなか面白そうじゃないか。僕はぜひとも当時の文献や印刷物などを手に入れたいと思っているんだ。シナルキスモ[*29]関係のビラとかもね」

「バルモランにはもう何年も会ってないな。以前はよくここへも顔を出したもんだが。きっと身体の調子がよくないんだろう。あのころすでに歩くのも大儀そうだったから、おそらくいまごろはぼろぼろの体を引きずっているんじゃないかな。ところで、僕にはもう以前のような収集癖はないんだ。懲りたんだよ。信じちゃもらえないかもしれないが、絵画だって久しく買ってないんだ」

ミゲル・デル・ソラールは、ぜひバルモランを紹介してほしいと頼んだ。本を探している知り合いが近くに住んでいるからとか何とか言ってもらえればいい。さっそくそちらへ伺いたいと言っているんですが構わないでしょうか、とでも聞いてくれないか……。クルス・ガルシアはあまり気が進まないようだったが、デル・ソラールは執拗に食い下がった。あの偏屈なバルモランは知人の紹介がなければけっして人に会おうとはしないという噂をかねがね耳にしていたからである。さっそくクルス・ガルシアの秘書が電話で面会を申し入れた。先方からは、それでは半時間後に訪ねてきてほしいという返事であった。デル・ソラールは急いで立ち上がると、『一九一四年』の仮綴じ本三冊を小脇に抱えた。

デル・ソラールはミネルバ館に到着すると、通りを挟んで建物の正面にある小さな広場へ行き、たったひとつしかないベンチに腰を下ろした。彼は頭のなかで、少年時代の記憶の断片をつなぎ合わせようとした。そして、当時の自分が、ほかの人にはわからないかすかな異変の兆候を敏感に察知していたことに思い至った。それがいったいどういうものであったのか、いまとなっては思い出せない。デル・ソラールは、少し前に読んだ報告文書の内容を素直に受け入れることができなかった。そこには、車に乗っていた男が、タクシーと間違われたというだけの理由で外国人の若者に発砲したという、じつにお粗末な見解が並べられていた。ひょっとすると自分は、ほかの人間が思い出そうとしない事実、あるいは思い出すことが憚られるような事実をすでに知っているのかもしれない、デル・ソラールにはそんな気がするのであった。そして、埋もれた記憶を丁寧に掘り起こそうと努力した。しかしながら、断片となって一気に押し寄せてくるあまたのイメージは、互いに入り乱れ、あるいは矛盾し、あるいは激しくぶつかり合うばかりで、彼が知りたいと望んでいるもの、すなわち、ピスタウアーの死とその継父アルヌルフォ・ブリオネスの死を結びつける糸を浮かび上がらせることはなかった。デル・ソラールは、伯父夫婦と一緒に暮らした数か月間の記憶をたぐり寄せながら、どんな些細な出来事であれ、それらがすべて戦争に関連したものであることを知って驚いた。大人たちが交わす会話、仲間たちと遊んだ中庭、連合国軍とドイツ軍の戦闘。そして、わくわくするような灯火管制の思い出。暗闇のなか、伯母のエドゥビヘスはよく娘のアンパーロに、ろうそくの光のもとでショパンのおさらいをするように言いつけた。悲しげでロマンチックなショパンの調べが、部屋を包み込む暗闇にぴったり合っているという理由からである。暗がりのなか、デル・ソラールは、街を襲う爆撃や建物の崩壊、炎に包まれる廊下や階段、気絶したアンパーロを抱きかかえて階段を駆け下りる自分の姿などを想像しては、ひとり甘美な愉悦に浸っていた。ほかにどんな思い出があるだろう？　アルヌルフォ・ブリオネスが夫と別れたばかりのアデーレと結婚していた事実が発覚したときの家族の動揺。アデーレの元旦那が突然メキシコに姿を現したこと。ミネルバ館に住むすべての外国人に敵意と不信を抱いていたブリオネス兄妹。伯母のエドゥビヘスから聞かされたデルフィナ・ウリベやヴェルフェル母娘をめぐる噂話。バルモランに対する彼女の蔭口と中傷。毎日のようにアルヌルフォ・ブリオネスのところを訪れる来客たち。アルヌルフォの黒眼鏡、おぼつかない足どり、銀の柄のついた杖、薄汚れた口髭、不潔な歯並び、そして、影武者のようにぴったりと彼に寄りそう痩せぎすの男。ブリオネス兄妹は何かにつけ激しく言い争っていたが、デル・ソラールにはその理由がよくわからず、二人のあいだに飛び交う言葉の断片を理解するのが精一杯だった。彼らは大声でどなり合うこともあったが、たいていは低く抑えた声で、まるで陰謀を企んでいるかのようにひそひそと話し合っていた。そんなある日のこと、ついにエドゥビヘスの怒りが爆発し、離婚した女を家に引きずりこんだと言って兄を激しくなじりはじめたのである。

いつものように二人の話し合いが長々とつづいたあと、デル・ソラールを含め三人の子供たちがエドゥビヘスに呼ばれ、アントニオの部屋に集まったことがあった。エドゥビヘスは子供たちに、バルモランという男は堕落した危険な人物だからけっして口をきいてはいけない、挨拶をされても絶対に返事をしてはならないなどと言い聞かせた。デル・ソラールはまた、伯母のエドゥビヘスがミネルバ館の住人たちの物真似をはじめ、その滑稽な姿を見てアンパーロと一緒に笑い転げ、それにつられて伯母も思わず噴き出した愉快な場面を思い出した。

デル・ソラールは、無数の記憶の断片が脳裏に押し寄せてくるのを感じた。ところが、自分がいったいどのようにしてコルドバの両親のもとへ送り届けられたのかまったく覚えがなかった。両親が迎えに来てくれたのかもしれないし、別の誰かに手を引かれてコルドバへ向かったのかもしれない。伯父のディオニシオが付き添ってくれたのかもしれないし、あるいは誰かにバス乗り場まで送ってもらい、その場で運転手に託されたのかもしれない。十歳といえばもう立派に一人旅ができる年ごろである。

◇◇◇

デル・ソラールは手にしたノートに何やら走り書きすると、ベンチから腰を上げた。そして通りを横切り、ミネルバ館へ足を踏み入れた。入り口の案内板の前に立った彼は、バルモランの部屋番号を確かめると、最上階へ向かった。

デル・ソラールを迎えたのは、六十がらみの猫背の男であった。やつれた顔に、短く刈り込んだ頭髪、貧相な体には不似合いなほど大きな頭部が目を引いた。男の身体は、どことなく干からびたぼろ布を思わせた。事実、鼻の上には、紐の結び目のような瘤が付着している。右半身はまるで奇形の見本市といった様相を呈していた。醜く歪んだ右足の先端が内側へ向けて湾曲しており、硬直した右手は胸の上、ちょうど心臓のあたりに固定されていた。やせこけた身体なのに、腹部がなぜか洋梨のように膨らんでいる。ぼろ布のような男の風体は、何よりもまず不潔な印象を与えたが、最初の数分が過ぎるころには、その印象はきれいに拭い去られていた。というのも、男が身につけている服装は、確かに田舎ふうの野暮ったさを感じさせたが、こざっぱりした清潔なものだったからである。家のなかもきれいに整頓されていた。デル・ソラールは、ミネルバ館の最上階の部屋はもう少し狭いものと想像していたが、思ったより広々としていた。男の不自由な体から発散される陰鬱な、ちぐはぐな雰囲気に彼はまず注意を引かれた。

男と対面しながら、デル・ソラールは終始苛立たしい、不愉快な思いを味わわされた。事件に関する話を何としてでも聞き出さなければならないという切実な思いがなければ、およそ耐えられなかったにちがいない。誇大妄想や鬱積した挫折感、恨みなどを含んだ繰り言が延々とつづくかと思われた。男の独白はどこまでもわざとらしい調子を帯びていて、それが聞く者に不快感を与えた。話しながらさまざまに顔を歪めたり、目配せしたり、ひと呼吸置いたり、沈黙を挟んだり、あるいは左手を絶えず神経質に動かしたりしながら、次に発する言葉の重要性をあらかじめほのめかそうとしているらしかったが、いざ口をついて出る言葉はどれもみな陳腐極まりないものばかりだった。時おり、リフレインのように同じ台詞が繰り返された。私こと、ペドロ・バルモラン、タンゴや魅惑的なワルツ、軽快なリズムのマンボを歌いもすれば踊りもするこのペドロ・バルモランは、老いというものをまったく知らず、年をとることもありません。自分の年齢を忘れてしまうこともしばしばですし、世をすねたことなどけっしてなく、日々幸せに暮らしております。ところが、その言葉とは裏腹に、彼ほど見事に老いを体現した人間はそうそう見つからないだろうし、苦渋や恨みがたくさん詰め込まれた薄汚い頭陀袋のようなものになりさがってしまったことは誰の目にも明らかだった。

デル・ソラールは、持参した『一九一四年』をバルモランに示しながら、目下とりくんでいる調査の目的やその意義について、そして、なぜ一九四二年をテーマに本を書こうと決心したのか、その経緯を簡単に説明した。さらに、クルス・ガルシアに強く勧められて、参考文献に関する有益な情報を得ようとバルモランの家まで足を運んだこと、メキシコの極右勢力に関する基本文献やクリステーロの乱を題材にした小説、あるいは、教会関係者の手によって広められた政治小説などを手に入れたいと思っていること、といった話をした。最後に、かつてバルモランが文学とジャーナリズムの分野において幅広く活躍していたという話を人づてに聞いたことがあるとつけ加え、あなたがお書きになったものをぜひ拝見したいものです、と言った。

バルモランは、愛想がいいというよりはむしろ、とらえどころのないへりくだった態度で相手の話にじっと耳を傾けていた。最初のうちは、あくまでも商売上の顧客としてデル・ソラールを遇そうとしているようだった。バルモランは、近日中に文献目録を作成しましょう、そうすればどんな本がどれだけの価格で入手できるか一目瞭然ですから、と言った。そして、書棚がぎっしり並べられた奥の部屋へデル・ソラールを招き入れた。居住スペースを除けば、家の内部はすべて仕事用にきちんと整理整頓されていた。陳列されている本には塵や埃ひとつなく、床や家具の上に放置されたまま黄ばんでしまった新聞紙の類も見当たらない。バルモランが秩序を重んじる人間であることは明らかだった。彼は、十九世紀の挿絵が付され、それほど趣味がよいとも思えない装丁が施された数冊の豪華本――ヨーロッパ人によるメキシコ探訪記――をデル・ソラールに示しながら、愛書家たちのためにこうした書籍を特別に拵《こしら》えるのが現在の自分の仕事だと説明した。そして、クルス・ガルシアが彼のことを対等の仕事仲間とは認めず、しがない古本屋の主人として見下していることについて、しきりに愚痴を並べはじめた。どうやらバルモランは、まだ若かった時分、といっても、自分ではいまも相変わらず若いつもりでいるようだったが、生計を立てるために珍しい書籍の売買、とりわけメキシコの歴史を扱った古い書物の売買を手がけたことがあるらしかった。その仕事はいまも副業としてつづけているという話であった。

バルモランはさらに、ジャーナリストとしての自らの仕事について語りはじめた。おもに文学の話題に関する記事を書いており、同時代の出来事について論じることはほとんどないということだった。自分はクルス・ガルシアが言うようなタイプのジャーナリストではないし、かつてそうであったためしもない、とはいえ、ジャーナリストが作家に劣るとはけっして思わないし、いかなる職業であれ、また、それがどんなに取るに足らないものであれ、尊敬に値するかけがえのない職業であることに変わりはないのだ、バルモランはそう語った。

「どんな職業であれ、尊重されるべきなのです！　文学にかかわる仕事もそうです。もちろん、それを職業と呼んで構わなければ、ということですが。残念ながら、文学者と称する人間の多くはその名に値しない者ばかりです。彼らは自分の仕事を心の底から愛していません。新聞や雑誌に自分の顔写真が掲載されることだけを望んでいるのです。つまり、名声だけが目的なんです。私は、自分の職業を書類か何かに記さなければならない場合、間違っても作家とか編集者なんて書きません。堂々と胸を張って書籍商と記すことにしています。この職業は私にとって、この上なく尊いものなのです。書籍商をやっている人間は、商売仲間のことをけっして恨んだりはしないものです。ところが、作家と呼ばれる連中は違います。仲間を蹴落とすためとあらば、それこそ何だってやりかねません。ライバルをこき下ろし、ありとあらゆる罵詈雑言や侮蔑の言葉を投げつけます。見下げはてた所業としか言いようがありません。連中は人々から恐れられています。新聞の文芸欄を担当している記者や雑誌の編集者をはじめ、出版関係の人間はみな戦々恐々としています。怖くて仕方がないんです。この私が取るに足らない書籍商だとクルス・ガルシアは言っていませんでしたか？　しがない古本屋の主人だってね！　やつの声が聞こえるようですよ。そもそも私はジャーナリストなのでしょうか。いや、そうではありません。では物書きか。それもやはり違います。もちろんクルス・ガルシアは、私という人間を見誤っているわけではありません。根っからの臆病者であるあの男は、自分が経営する出版社の評判が傷つけられることを極度に恐れているのです。まったくお笑い草です。私はいつも独立独歩の人間としてやってきました。これまでさんざん手痛い攻撃にも遭ってきましたし、暴力による身の危険にさらされたことさえあります。おかげでこのありさまですよ。でも、私はけっして打ちのめされたりはしませんでした。いまもこうして仕事を続けています。近いうちに、死んだように鳴りをひそめていたここ数年のあいだに構想を温めてきた作品を発表するつもりです。私を痛めつけた連中を見返してやるんです」

「いったいどんな本をお書きになっているんです？」

「どんな本ですって？　つまり、私の書いている本がどんなジャンルに属するのかをお知りになりたいわけですか？　この際、ジャンルなんてどうでもいいではありませんか。私は本を書いている、ただそれだけです。そして、愛書家のための本をせっせと拵《こしら》えている。そんなことをしながら、私はたしかに生きている。私にとっては生きることこそ、何よりも大切な営みなのです。私は是が非でも、世界中の人間を笑いものにしてやるつもりです」

ここまで一気に話し終えると、バルモランはハイエナのような笑いを爆発させた。そして、いきなり部屋を出ていったかと思うと、数冊の雑誌を抱えて戻ってきた。それらはいずれも二、三十年前に刊行されたものだった。そのなかにはあの『放蕩息子』も含まれていた。バルモランが指し示した目次には、彼の名前が記された論文や書誌データが並んでいた。

「あなたと同じように私も」、デル・ソラールはたったいま思いついたというように、そして、相手の意見に賛同するような口ぶりで話しはじめた。「特定のグループに属することなく執筆に専念してきました。外国暮らしを選んだ理由もそこにあります」

「なるほど。で、アメリカ暮らしはそんなにいいものですか?」書籍商は相手の顔をじっと見据え、顔を醜く歪めながら訊ねた。「栄養満点のコーンフレークを食べればたちまち頭がすっきりするというわけですかな?」

バルモランの声がにわかにとげとげしくなってきたことに気づいたデル・ソラールは、まともに取り合わないほうが賢明だと思った。そこで、何事もなかったかのような落ち着いた口調で、アメリカではなくイギリスに住んでいること、向こうの大学でメキシコ史の授業を担当していることなどを説明した。

「だからといって自分が他人よりもすぐれているとか、とくに恵まれているなどと思ったことはありません」デル・ソラールはさらに続けた。「事実そんなことはないわけですから。ただ、神経をすり減らす心配のない平穏な環境に身を置いたことは結果的によかったと思っています。でも、今後はメキシコに腰を落ち着けるつもりです。そして、できることなら、大学での仕事を可能なかぎり減らして、少しでも多くの時間を執筆に費やすことができればと考えています。新しい本の執筆が正式に決まれば、メキシコに腰を据えて仕事に専念しなければなりません。古い資料を漁ったり、当時の新聞に目を通したり、関係者から話を聞いたり、やらなければならないことは山ほどあります。空いている部屋がないかどうかミネルバ館の管理人に聞いてみたのですが、残念ながらすべてふさがっているとのことでした。あなたはだいぶ前からここに住んでいらっしゃるのですか?」

「だいぶ前からなんてものじゃありません。それこそ生まれてからこのかたずっとミネルバ館で暮らしてきたような気がします。この部屋に入る前は、同じ階にある狭いアパートメントを仕事場として使っていました。ここが空くとすぐに越してきたんです。なにしろ本というやつは、雨後の筍のように果てしなく増殖していくものですからね。そもそも私は、ボヘミアンのような生活とはいっさい無縁の人間です。無秩序というやつがどうも苦手なのです。いずれここも手狭になる日が来るでしょう」

そう言うと、バルモランはいきなり立ち上がった。そして、左手を芝居気たっぷりに持ち上げ、額をぴしゃりと叩いた。「コーヒーをお出しするのを忘れていました。すっかり煮詰まってしまったにちがいありません。いま作りなおします。それともお酒のほうがよろしいですか? といっても、テキーラかラム酒ぐらいしかありませんが」

二人はラム酒のボトルを一本空けてしまった。三杯目に手をつけるころから、バルモランはしきりにくだを巻きはじめた。「これまで私はじつに不当な扱いを受けてきました」、彼は何度もそう言った。「さんざん痛い目に遭わされてきたんですよ。驚くべき重大な秘密を握っているのがいけなかったようです。やつらは私を徹底的に痛めつけたと思っているようです。そいつらはいったい何者かですって？いい質問ですな！　もちろん社会全体ですよ。得体のしれない蛸のような怪物が八方に手を伸ばしてこの私を打ちのめそうとしたんです。マフィア、筋金入りの体制順応主義者、思いあがった作家たち、こういった連中です。みんなで寄ってたかって、この私から輝かしい青春時代まで奪い去ろうとしたんです。でも、そうはさせませんでしたよ。アリとキリギリスの寓話じゃありませんが、何が起ころうと、私はこうして辛抱強く、精力的に仕事に打ち込んでいます」

バルモランに手渡された雑誌の目次に目を走らせながら、デル・ソラールは訊ねた。「お見受けしたところ、あなたはメキシコの象徴派にご興味がおありのようですね。残念ながら、彼らの活動についてはほとんど知られていませんが」

「世に知られていないという点では、ロマン主義の詩人やモデルニスモの作家たちにしたって同じことです。メキシコではすべてがそんな状態なのです。何かについて知りたいという気持ちがないんですな。どこを見ても怠惰な連中ばかり、真面目に勉強する人間なんていやしません。そんな人間が仮にいたとしても、彼らに明るい未来が約束されることはまずありません。それがこの国の現実なんです。まったく嘆かわしいかぎりですよ」

　時おり激しい怒りの発作にとらえられるバルモランを適当にあしらいながら会話を運ぶことはそれほど困難ではなかった。デル・ソラールは、相手の話に逆らわず、できるだけ相槌を打つように努めた。しかし、モラ博士をとりあげた自分の処女作について話そうとすると、気難しいバルモランはまったく耳を貸そうとしなかった。それどころか、お願いだから私の話を聞いてほしい、これ以上同情のまなざしを注ぐのはやめてほしい、といった思いを、支離滅裂な身ぶりを交えながら必死になって訴えようとしているようだった。デル・ソラールは、下手に逆らうととんでもないことになると思った。とはいえ、相手の話に黙って耳を傾けていることは耐えがたい苦痛だった。バルモランはしきりに手を振り動かしていた。絶えず身をくねらせ、腕を高く持ち上げたかと思うと、いきなり口を閉ざし、長い沈黙に沈んだ。前方へ突き出した腕はせわしなく小刻みに震え、まだまだ自分には言いたいことがある、自分はある重大な秘密を握っており、それを聞いた者は驚きのあまり息をのむだろう、といったことをほのめかそうとしているようだった。

　デル・ソラールは、聞かなくてもいいような話にまで付き合わされた。バルモランには二度の結婚歴があり、いずれも失敗に終わったこと、浅ましい恋愛も一再ならず経験したこと、いろいろな商売に手を染めたこと、羽振りのよい生活を送った時期もあるが、文筆をあきらめなければならないほど生活に窮したこともあったこと、といった話である。それでもデル・ソラールは、会話を巧みに操って、自分が本当に知りたいと思っている話題にバルモランの注意を促すことに成功した。ところが、ミネルバ館の薄汚い部屋に長いあいだ引きこもっているドイツ人の女について話を聞こうとすると、バルモランはにわかに心を閉ざしてしまった。

「私は何も知りません。彼女とは言葉を交わしたことすらありませんし、そもそも私にはどうだっていい話です。誰だって自分の好きなように生きる権利がありますからね。それともあなたは悪臭を放つ女がお好みですか？　もちろんあなたの勝手です。各人の権利は尊重されてしかるべきですからね。ベニト・フアレス[*30]に栄光あれってところですかな」

デル・ソラールは、バルモランからうまく話を引き出すためには、とりわけ伯母のエドゥビヘスを悩ませている奇妙な物語について口を割らせるためには、慎重に事を運ばなければならないと肝に銘じた。何といっても相手は、その醜い体を棘に覆われた鎧で固めているのである。少しでもやり方を間違えれば、話を聞き出す絶好のチャンスを失ってしまうことになるだろう。「現在はどのようなものをお書きになっているのですか？」「いろいろです。詩のほかにも、風変わりな人物を扱った評伝に取り組んでいます。奇矯なふるまいによって社会から排斥された人々の生涯に光を当てたいのです」会話は自然と、東洋の苦行僧のような最期をナポリで迎えたという去勢されたメキシコ人の話題に及んだ。デル・ソラールの胸は高鳴った。去勢された男といえば、もしや放蕩三昧の生活を送ったというエドゥビヘス・ブリオネスの大伯父のことだろうか？

「去勢された男ですって？　もしやそれは去勢された詩人のことですか？」期待を込めてデル・ソラールは訊ねた。

「いいえ、違いますよ。私が言っているのはソプラノ歌手のことです。ある意味においては詩人だったと言えるかもしれませんがね。正真正銘のソプラノ歌手ですよ。彼を堕落させ破滅に導いたある強欲な男爵夫人が、そういう触れ込みでローマの社交界に売りこんだのです。去勢されたソプラノ歌手としてね。少なくとも当時はそう喧伝されました。メキシコのナイチンゲールよりもすばらしい美声の持ち主というわけです。きわめて興味深い話ですよ。一見したところ、メキシコ干渉戦争*31とその後の帝政時代を象徴する出来事に思われるかもしれませんが、じつはその奥には、もっと深い意味が隠されているのです。しかしまあ、この話はやめましょう。これ以上お話しするわけにはいきません。とにかくその男は、死の間際になって、あるイタリア人修道士を相手に、自らの人生についてすべてを語ったのですが、それを書きとめた修道士は、どうやら自分の手で新たな逸話を書き加えたようなのです。そのようにして書き上げられた回想録は、その他の書物と一緒にメキシコへ送られました。それをこの私が手に入れたというわけです！」バルモランはなかば叫ぶように最後の言葉を口にしたが、それは馬のいななきか、屠殺に怯える豚の鳴き声を思わせた。「たしかに私の手元にあったのです。カンカンのリズムでひたすら陽気にポルカを踊ることもできるこの私の手のなかに。ところが、不幸にして何者かに盗まれてしまいました。三百ページのうち、難を免れたのはわずか四十ページにすぎません」

「盗まれたページはどこへ行ってしまったのでしょう？」

「知る由もありません」男は苛立ったように声を荒らげた。「それにしても、あなたはよほど好奇心の強いお方だ。当時はいろいろなことが言われていました。ただ一つ明らかなのは、とにかくその四十ページ分の手稿は助かったということです。私はそれを、古い文献の解読を専門とするある女性に見てもらいました。私は彼女を信頼していたのです。ところが実際は金儲けのことしか頭にない悪徳商人でした。著名なエキスパートであるはずの彼女は、回想録の真価を見抜けなかったばかりか、社会的な見地からも文学的な見地からもおよそ価値のない怪しげな代物だと言ってはばからないのです。もちろんそこまではっきりと断言したわけではありませんが、もって回った言い方で、時おり気をもたせるような称賛の言葉さえ挟みながら、じつは心の底でばかにしていたのです。ちなみに彼女はこのミネルバ館に住んでいました。回想録に記されているのはイタリア語ではないと言うのです。そうです、彼女は間違いなくこのミネルバ館の住人でした。まったくとんでもない食わせ者でしたよ。本当は無知なくせに、有能な文献学者の看板を掲げて世の中を渡っていくだけの才覚は持ち合わせていたのです。盗難を免れた手稿は安全な場所に隠してあります。家中を隈なく探しても容易には見つからないはずです。言うまでもありませんが、こういう場合、人はいくら用心してもしすぎることはありませんからね。このとおり、私は右腕と右足が不自由な身体なのです」バルモランはそう言うと、咎めるような、嫌悪に満ちた視線を右半身に注いだ。「私がこうなってしまったのも、もとはと言えばあの回想録のせいなんです。しかし、たとえどんなに痛めつけられようとも、あれだけは絶対に手放すつもりはありません。そして、いつの日かあれを本にして発表するつもりです。こんな私でも、人さまに誇れるものがあるとすれば、それは固い意志と粘り強さです。不撓不屈《ふとうふくつ》のバルモランというわけですよ。くじけそうになってもけっしてあきらめませんでしたから。いまに世間をあっと言わせてみせますよ」

「それにしても、そこまでして回想録をつけ狙う人物とはいったい何者なのでしょう？　去勢されたソプラノ歌手の子孫でしょうか。彼はいつ死んだのですか？」

「一八九六年、ナポリで息を引き取りました。衰弱、精神錯乱、梅毒、孤独のなかで死んだのです。誰にも看取られることなく、最後はネズミに骨を齧られるありさまでした」

「その後、回想録が出回ることを阻止しようとする人間が現れたわけですね？」

「ようやくわかっていただけたみたいですね。さっきからそのことをご説明申し上げてきたつもりです。歴史家のあなたにしては少々鈍すぎやしませんか？」

「しかし、いったい誰が、何のために？」

「問題の核心はまさにそこにあるわけですが、私にもわかりかねます。厳密に申しますと、それが誰なのかについてはおおよそ察しがついているのですが、動機となるとどうも……。この問題についてはもう何度も考えてみたのですが、いまだに決定的な答えを見出すにはいたっておりません」

ミゲル・デル・ソラールの頭は次第に混乱してきた。バルモランの言う去勢男は、どうやら伯母のエドゥビヘスの大伯父にあたる人物ではないらしい。両者の行動の軌跡には明らかな食い違いが見られるし、ナポリで死んだというのも初めて聞く話である。東洋の苦行僧のような最期を迎えたソプラノ歌手は、どう考えても伯母が話していた人物、すなわち、死ぬまで奥の部屋に幽閉されていたという気の触れた人物と同じとは思えない。

「おそらく」、デル・ソラールは思い切って口を挟んだ。「去勢男の家族や親類の者たちが、回想録が出回ることを恐れたのでしょう」

「親類ですって？　いったい何の話をしているんです？　あの哀れな去勢男にどんな家族や親類がいたというのでしょう？　彼は、タラウマラかアパッチか、とにかくインディオの風貌をもつ人間でした。身なりもそうです。インディオについて私は詳しくは知らないのですがね。いずれにせよ彼は、サン・ルイス・ポトシに住んでいたころ、二人組の男女にかどわかされたんです。おかげで彼の将来はめちゃめちゃです。二人組のうち、一人はさるオーストリア人男爵の未亡人で、いつもよからぬことをたくらんでいるような女でした。もう一人はフランス人の中尉で、この二人が示し合わせて、彼をメキシコシティへ連れ去り、しばらくのあいだ人目につかないところにかくまっていたのです。その後、去勢男は男爵夫人によってヨーロッパへ送り込まれます。彼の不思議な人間性についてお話しするのは差し控えましょう。とにかく神秘的なところのある人物でした。おそらく世界を救うことだってできたはずです。ところがどうでしょう、まことに運の悪いことに、邪悪な二人組の手中に落ちてしまったのです。ローマ法王だったら彼を救い出すこともあるいはできたかもしれません。残念ながら、状況を敏感に察知する直観力も寛大さも法王は持ち合わせていませんでした。これ以上はもう勘弁してください。少ししゃべりすぎたようです。ただ、家族や親類はこの際なんの関係もないということだけははっきりさせておきましょう。考えてもみてください。去勢男の身内のインディオたちは、きっと字も満足に読めないような人たちで、いまから一世紀以上も前に彼の行方を見失っているのですよ」バルモランはここで頭を後ろへそらし、もみあげを指で撫でまわしながら、調子外れの声を出した。「もうこの話はおしまいです！　話題を変えましょう」ところが、しばらく時候の話をしていたかと思うと、再び長々とした独白へ戻っていった。「ある時期、私は悪夢のような日々を過ごしていました。このミネルバ館は、あえて大げさな言い方をするならば、地獄のなかの地獄と化してしまったのです。つまり、内密の聞き込みや待ち伏せ、陰謀などが渦巻く不吉な場所です。匿名の手紙も数えきれないほど舞い込みましたが、いまもそれと同じことが起こっています。三十年たっても現実はまったく変わっていないのです。この階のすぐ近くの部屋に住んでいたときのことですが、ある日、外出先から戻ってみると、室内がひどく荒らされていました。床には本が散乱し、家具がめちゃめちゃに壊されていました。ベッドのマットレスも、三流映画などでよく見るように、ずたずたに切り裂かれていましたし、大切に保管していた文書類も跡形もなく消えうせていました。あのサン・ルイス生まれの去勢男の回想録も、完成間近の論文も、その他の覚え書きも、みんな持っていかれてしまったのです。先ほども言いましたように、回想録は四十ページだけ助かりました。あばずれ女に預けておいたものです。それ以外はぜんぶ盗まれてしまいました。イエズス会士によるタラウマラ山地での伝道活動に関する覚え書きをはじめ、貴重な資料や原稿など、すべてです。おかげで、学位を取得するチャンスを失ってしまいました。しばらくは落胆のあまり何も手につかなかったほどです。それでも、徐々に元気を取り戻していった私は、とにかく希望を捨てず、前向きに生きていこうと心に決めました。

絶望するにはまだ早すぎる、陽気に楽しくやっていこうって。連中は私を完全に叩きのめしたつもりだったのかもしれませんが、それは大きな間違いです。再び論文を書きはじめることは、やつらの勝ちを認めるようなものです。私は、自分でも驚くほどの気力を発揮して、難局を乗り切りました。けっして音をあげることなく、ますます意気軒高であることを連中に見せつけてやったのです。以来、私はずっと若々しい学生のままです。年もとらず、いつまでも変わらず元気です。もちろん最初のころは、どのように身を処すべきかわかりませんでしたし、恐怖に怯える毎日でした。連中は、部屋を荒らすだけでは満足せず、私の命を狙うようになったのです。私は銃で撃たれました。あやうく一命はとりとめましたが、このとおり、右腕と右足の自由を奪われてしまったのです。ちくしょう！」

「それはずいぶん前のことなのでしょうか？」

「お望みなら正確な日付をお教えしましょう。一九四二年の十一月十四日です。その日を境に私の人生は大きく変わりました。文字どおり一変したのです。ときどき、カレンダーをじっと眺めている夢を見ることがあります。ちょうど一九四二年十一月十四日の日付のところが円形の炎に囲まれている、そんな夢です」

バルモランは、悪魔にとり憑かれたような表情を浮かべながら、その日付を何度も大声で繰り返し、杖の先を床に打ちつけた。

「じつは、今度新しく書こうと思っている本のタイトルが〈一九四二年〉なのです。ウリベ氏の娘さんにも会ってきました。デルフィナ・ウリベです。たぶんあなたもご存じでしょう。ギャラリーを経営しています。彼女にも本の執筆計画について話を聞いてもらいました。私はその本のなかで、メキシコが枢軸国側に宣戦布告した年に焦点を当て、当時の緊迫した国内情勢について論じるつもりです。どうか笑わないでください。デルフィナの話によると、彼女のところで開かれたパーティーの直後に銃撃事件が発生し、彼女の息子さんが大けがをされたそうですね。デルフィナもまた、その日を境に人生が一変したと語っていました。興味深いことに、あなたとまったく同じ言葉を口にしたのです」

バルモランはかなり酔いが回っているようだった。目を剝《む》いて相手の顔をじっと見据えていたかと思うと、やにわに杖を床に突き立て、体を左右に揺らしながらゆっくりと立ち上がった。まるで全身を電流が走っているかのように、ぶるぶると小刻みに震えていた。デル・ソラールは一瞬、バルモランに襲われるのではないかと思った。狂人が思わぬ力を発揮して暴れ回ることはそれほど珍しくないからである。

「つまり、あなたはデルフィナ・ウリベのお友達というわけですかな?」甲高い声でバルモランは訊ねた。

「顔見知りといったほうがいいでしょうね。デルフィナの姪と親しいものですから」デル・ソラールは落ち着き払って答えた。「デルフィナは若いころ、非常に魅力的な女性だったそうですね。いまでもその面影は残っています。パーティーの直後に発生した銃撃事件によって彼女の息子が重傷を負い、その後しばらくして息を引きとったという話です。デルフィナは、あのパーティーを出発点に本を書いてみてはどうかと助言してくれました。私が解明したいと思っている問題のすべてが、あのパーティーのなかに余すところなく凝縮された形で示されているからです。当時のメキシコ社会のさまざまな矛盾がそのままパーティーのなかに持ちこまれ、摩擦と接触を繰り返すうちに大爆発を引き起こしたというわけです」

デル・ソラールの話は、バルモランを落ち着かせると同時に、苛立たせたようでもある。できればその話題に触れたくない、しかし触れずに済ますわけにもいかない、そんな相反する思いに引き裂かれているようにもみえた。あれほど苦労して立ち上がったはずなのに、再びくずおれるように椅子に身を投げ出したバルモランは、次のように話しはじめた。

「デルフィナの姿がありありと目に浮かぶようですよ。メキシコ革命の中心人物、まさに花形女性というわけですな！　彼女の一族の歴史がそのままメキシコの歩みを象徴しているのです。デルフィナの父親は時代の赫々《かっかく》たる日輪ともいうべき名士でした。ただ、これだけは言わせてください。デルフィナという女性がもし何かを体現しているとすれば、それはまさに彼女という人間そのものにほかなりません。底知れぬさもしさ、権力欲、果てしない欲望、そういったものです。私がかつてどれほど彼女と親しかったか、あなたにはきっと想像もつかないでしょう。私には人を見る目がなかったのです。他人の善意や誠実さを信じて疑わないというのは、人生に素直に向き合おうとする若者がよく陥る過ちです。若さというものは何よりも寛大さを特徴とするものですからね。ありもしない美点をむやみに探し出そうとするのです。私はあのヴェルフェルに対してもそうでした。いまから三年か四年ほど前に、デルフィナの家に夕食に招かれたことがあるのですが、彼女に会ったのはそのときが最後です。

サン・アンヘルの彼女の自宅はもうご存知ですか？　まるで霊廟のような邸宅です。建物全体に染《し》み入った氷のような冷たさは、まさに屍肉と化した女主人にぴったりでした。四、五人ほどいた招待客もみな死人のような匂いを発散させていましたよ。白い手袋をはめたボーイが給仕係として立ち働いていましてね。会食者たちはみな意味不明の言葉をぼそぼそと囁き合っているんです。まるで儀式か何かのように、しきりに口を動かしているんですが、その目的はただひとつ、意味のあることをいっさい口にしないということです。デルフィナは私の仕事についていろいろと尋ねるのですが、本当は、私がいくら稼ぎ、どんな種類の絵なら買わせることができるか、そういったことを探るのが目的だったようです。あるいは、私を食事に招いたのが正しい選択だったのか、それとも取り返しのつかない過ちだったのか、それを見極めたかったのかもしれません。何でもかんでもお金の話に結びつけようとする彼らの態度はじつに我慢ならないものでした。ある画家の話をしていたかと思うと、これこれしかじかの絵は何百万ペソで売れたとか、リベラの作品には何十万ドルの値がついたとか、ニューヨークの競売でタマヨの絵がいくらで落札されたとか、すぐにそんな話になるのです。私は、食卓につくや否や小エビ料理や肉料理の値段をいちいち給仕係から告げられるのではないかと思ってひやひやしたくらいです。スープ以外のものは喉を通りませんでしたよ。すると、ついさっき初対面の挨拶を済ませたばかりの男がいきなり〈ねえ君〉と話しかけてきたんです。広告代理店に勤めているというその男は、〈ところで、ペドリート君、もし毎日鶏肉入りのピラフが食べたければ、ぜひ弁証法的になるべきだね。つまり、これとあれと、二つのことを同時にやらなければならないってわけさ。僕は君をに鶏肉を加えるように要求する義務が生じるわけだからね〉などと言いながら、ことあるごとに〈ねえ、総合《ジンテーゼ》の側に加えてやってもいい。そのかわり心したほうがいいぜ。誰かがピラフを注文したら、それ君〉とか〈ねえ、ペドリート君〉と気安く呼びかけてくるんです。私は席を立って、気分がすぐれないのでこれで失礼します、何かが胃にもたれたのかもしれません、おそらくみなさんのおしゃべりがよくなかったのでしょう、と言ってやりました。さらに、これまでいろいろな機会に鶏肉入りピラフをふるまわれてきましたが、そのたびに、糞《くそ》ピラフを食べているような気にさせられたものです、と吐き捨てるように言いました。すると、私の隣に腰を下ろしていた、蝶ネクタイを締めた闘牛士にそっくりな、皺だらけのやせこけた女が、私を嫌な目で睨むのです。ほかの人たちは私の言葉が聞こえないふりをしました。私は隣の女に、トイレはどこにあるのか訊ねました。もう我慢できない、早くしないと爆発しそうだと言ってね。どこまでも体面を重んじるデルフィナは、やおら立ち上がると、私の腕をとって広間へ行きました。そして、よろしければ車でお送りしましょう、と言いました。そのとき、彼女もまた私のことをペドリートと呼んだのです。そんなことはかつて一度もなかったことです。私は思わず彼女に、〈デルフィナ、私はもう立派な大人なんだ、そんな呼び方はしないでもらいたいな〉とつっけんどんに答えました。さらに、われわれは共通の過去によって、それも、この上なく悲惨な過去によって固く結ばれていた時期もあったけれど、所詮その程度の仲だったのだ、あんな連中と一緒に食事を楽しめるわけがないし、料理だってまずくて仕方がない、と言ってやりました。それ以来、デルフィナとは二度と顔を合わせていません。これでもかつては無二の親友だったんですがね。

ところで、彼女もミネルバ館の住人だったことはご存知ですか？」

デル・ソラールはそれにには答えず、穴の開いたような虚ろな目で相手の顔をじっと見つめた。バルモランはそれを驚きの表情と受けとめたようであった。そして、満足げに目を見開き、さまざまな形に顔を歪め、いよいよ重大な事実を告げるときが来たとでもいうように、芝居気たっぷりに左手を前へ突き出し、それを激しく揺り動かしながら、相手の時ならぬ発言を制するようなそぶりを見せた。

「そうなんです。これはまぎれもない事実です。一九四二年、やんごとなきデルフィナ・ウリベはこのミネルバ館に住んでいたのです。彼女がそのことをあなたに話さなかったとしてもべつに不思議ではありません。どこの馬の骨ともわからない連中に交じって暮らしていたというのは、彼女にとってはいわば不名誉なことですからね。ここは、サン・アンヘルの彼女の自宅や、同じく彼女がクエルナバカに所有しているという宏壮な屋敷とは比べものにならないほどみすぼらしいところです。クエルナバカの敷地には、きっと〈土地は耕す者の手に〉、あるいは〈土地と自由〉といった名前がつけられているにちがいありません。ところで、問題のパーティーが開かれたのは、このミネルバ館の二階でした。ちょっと信じられないかもしれませんが、デルフィナも私も、まったく同じ事件についてあなたにお話ししているわけです。一九四二年十一月十四日を機に、われわれの人生はまさに一変したのです。私の場合は好ましい方向に、彼女の場合は非常に悪い方向にですが。不吉な事件が次々と持ちあがったパーティーでした。もちろんそのすべてがデルフィナのせいだというわけではありません。パーティーがお開きになってわれわれが表へ出ると、例の銃撃事件が発生し、外国人の若者が一人犠牲になり、デルフィナの息子とほかならぬこの私、メキシコ国歌を歌って踊ることも辞さないこの私が負傷したのです。私のほうがひどい怪我でした。弾丸が脊椎を貫通したのです。九死に一生を得た私は、おかげで半身不随になってしまいました」

バルモランは、悦に入ったように相手の反応をうかがっていた。すっかり悲劇の主人公になりきったつもりで、その顔には得意げな表情さえ浮かんでいた。やがて、事件発生の数か月前からミネルバ館の住人が互いに不信の目を向け合っていたという話をはじめた。ドイツの利害に密接にかかわっていた一家の存在が住人の不安をいっそう掻き立てていたが、彼らの周辺には怪しげな人間が出没していたということであった。バルモランは、一家と接触を試みたこともあるが、それは大きな過ちだったと言った。とりわけゴンサロ・デ・ラ・カーニャという名の堕落した三流詩人を大伯父にもつ頭のおかしな女と近づきになろうとしたことをいまでも後悔しているようであった。この詩人については、二、三の断片的な、しかも互いに矛盾する情報しか手に入れることができなかったとバルモランは語った。

「言ってみれば未熟な象徴派詩人ですよ。根っからの悪人だったのが、次第に角がとれておとなしくなっていったようです。濃厚なココアが注がれたカップの中で溺れかかっているボードレールってとこですかな。ところで、私はそのとき鼻先で扉をぴしゃりと閉められましたよ。あの女は、文学とはまったく無縁な、無知蒙昧と不寛容が支配する環境のなかで育てられたにちがいありません。それ以来、私は誰かに監視されているような感じにつきまとわれるようになりました。つまり私は、排斥の対象としてつねに狙われる立場にある呪われた作家の運命を背負うことになったのです。ある朝、弁護士と称する怪しげな人間が私のところへやってきました。邪悪な雰囲気を漂わせた下司野郎で、あとで気づいたのですが、ミネルバ館の住人はみなそいつのことを〈狂人〉と呼んでいました。男は、こちらが口を開く前に、私がミネルバ館のどういった人たちと親しくしているのか、なかでも、騙《かた》りの名手ともいうべきあのヴェルフェル女史とはどんな関係なのか、矢継ぎ早に質問をぶつけてきました。私と近づきになるために、男はじつに些細な、もっともらしい口実を用意していました。知り合いの娘がちょうど大学の卒業論文を書いているところなので、それを手助けしてくれる人を誰か紹介してくれないかと言うのです。私の稼ぎについてもそれとなく探りを入れてきました。あなたは毎晩遅くまで仕事をしているようですが、そんなことをしたってたいした収入は得られないでしょう、と言うのです。それがいかに公正さを欠いたことか、私に同情するようなことまで口にしました。世の中には労せずして安楽な暮らしを手に入れている人間がたくさんいるというのに、あなたはじつに不憫なお方だ、というわけです。まったく嫌なやつでした。同情を匂わせるようなわざとらしい態度にも我慢がなりませんでした。私は元来、不潔な人間が大嫌いなのですが、そいつの黄ばんだ汚らしい歯を見ているだけで気分が悪くなりました。男の臭い息が顔に吹きつけられるたび、吐き気のあまり気を失いそうになりました。私は、自分は学位を取得するために目下勉強している身であり、他人の論文の面倒を見るような余裕はとてもないと答えました。〈ええ、もちろんわかっていますよ〉。そいつは共犯者のような曖昧な笑みを浮かべてそう言いました。〈噂によると、あなたはある有名な性的倒錯者の生涯に関する資料をお持ちのようですね。いずれ公表されるおつもりだということですが〉。私は、相手がいったい何の話をしているのか皆目見当がつきませんでした。それで仕方なく、自分が学位論文で扱おうと思っているテーマ、すなわち、ロマン主義がメキシコに及ぼした影響について簡単に説明しました。すると男は、〈おっしゃるとおり、自国を逃れて外国で身を売るようになった倒錯者の生涯を世間に公表するなんて、まことにロマン主義的な行為だと言うべきですな〉と言うのです。私には何のことやらさっぱりわかりませんでした。何か重大な思い違いをしているにちがいないとは思いましたが、それがいったいどういうことなのか察しがつかないのです。それでも次第に、私にも事情が呑み込めてきました。男が話題にしているのは、例の去勢男のことにちがいない、その謎に満ちた驚異的な生涯を描いた本を私が執筆していて、それを公にするつもりであることを知っているにちがいない、と思ったのです。それでもなお、男がまったく別の話と混同しているのではないかという疑念は晴れませんでした。私は思いきって、ひょっとするとあなたは去勢男のことを言っておられるのでしょうかと聞いてみました。〈おとぼけになっても無駄ですよ〉。相手のなれなれしい口調に私はますます腹が立ちました。男はさらに、問題の原稿を高値で買い取りたいと言っている人物がいる、仲介料として半額を渡してくれれば、自分が話をまとめてやってもよい、と言いました。私は、そんな馬鹿げた取引に応じるつもりはない、どんなに大金を積まれてもあれだけは絶対に手放すつもりはないと言ってやりました。当時の私は、この世には奇跡の実現を阻む永遠の陰謀が存在すること、救済の神秘を徹底的に破壊する物質的な力が存在することがまだよくわかっていませんでした。まあ落ち着いてください。そんな顔はしないでくださいよ。いずれ私の本が出版された暁には、すべてが明らかになるでしょう。ところで、私の言葉を聞くと男はようやく出ていきました。しかしそれ以来、匿名の電話や手紙をはじめ、ありとあらゆる手段を使って私を苦しめようとする陰謀がはじまったのです。ある日の午後など、ボクサーふうの二人の男がスペイン広場のど真ん中で、酔っぱらいのふりをしながら私に襲いかかりました。私は何とか逃げおおせました。ところがその後、後生大事にしまっておいた例の手稿がついに盗まれてしまったのです。詳細は省きますが、その日、私は巧妙な誘いにおびきだされてクエルナバカまで出かけました。それが罠だとわかり、怒りに身を震わせながら急いで帰宅すると、家中がすっかり荒らされ、手稿が持ち去られていたのです。あの〈狂人〉とは、デルフィナのところで開かれたパーティーの席で再び顔を合わせました。そいつはヴェルフェル母娘のそばにぴったりくっついて、私に話しかけられるのを避けている様子でした。ところがしばらくすると、知り合いと立ち話をしていた私のところへやってきて、出し抜けにこんなことを言うんです。〈あなたもまったく馬鹿なことをしましたね。もしあのとき私の忠告に素直に従っていれば、いまごろはあなたも私も大金を手にしていたはずです〉。それを聞いた私は、全身が石のように硬直しました。まさかそんなことを言われるなんて思ってもいませんでしたからね。あの男はすぐにどこかへ行ってしまいましたが、次の瞬間、大柄なアイダ・ヴェルフェルを狂ったように殴りつけていたんです。私はデルフィナの兄のベルナルドと一緒にやつを抑えつけようとしたのですが、なにせ人が多いですし、次から次へと招待客がなだれ込んでくるものですから、混雑に乗じて逃げられてしまいました。私は急いで廊下や階段のあたりを探してみたのですが、男の姿はどこにも見当たりません。中庭にも下りてみたのですが、影も形もないのです。どこかの部屋に紛れ込んでしまったのか、あるいは奥まった場所にでも隠れてしまったのでしょう。男の姿を再び目撃したのは、もう日が暮れてすっかり夜になったころでした。部屋にいるドイツ人の若者にむかって、回廊へ出てくるようにしきりに合図しているんです。それを見た私は、いまこそ決着をつけるときだ、たとえどんな結果に終わろうとも構うものかと心のなかで呟きました。なにせあの頃の私は屈強な若者でしたし、相手は見るからにひ弱そうな男です。絶対に白状させてやる、盗んだ手稿をどこへやったのか、今日という今日こそはっきりさせてやる、それがだめでも、とことん痛い目に遭わせてやるぞ。ちょうどそのとき、リカルドが通りかかりました。デルフィナの息子のリカルドです。留学から帰ってきたばかりのようでした。私はリカルドに、一緒についてきてくれと頼みました。証人となる人物がどうしても必要だったのです。リカルドと私は急いで建物の外へ出ました。あの〈狂人〉は建物の前の広場にいました。一方、ドイツ人の若者は停車中の車へ向かって走っていったのですが、その直後に銃声が響きました。私の印象では、銃弾はいくつもの方角から飛んできたようでした。われわれはてっきり死んだものと思われたようです。私は合計三度の手術を受けました。銃弾の一つが脊髄を貫通し、もう一発が骨盤を粉々に打ち砕いたのです。奇跡的に一命はとりとめましたが、再び歩けるようになるまでにはかなりの時間がかかりました。私はこれまで何度も大きな挫折を経験してきましたが、自分を裏切ることだけはけっしてしませんでした。絶望のあまり世をすねたこともありません。いずれ〈世にも恐ろしいメキシコの去勢男〉を主人公にした物語が日の目を見ることになるでしょう。もちろん手稿の内容がすべて盛り込まれるわけではありませんが、本質的な部分はしっかり残されるでしょうし、それをもとにして可能なかぎり物語の全体像を復元するつもりです。ローマでの不運な初舞台の際、口さがない連中は、彼の歌声を聞くだけで耳がおかしくなるという噂を広めました。まったく哀れな人物です。最後は東洋の苦行僧のような境遇にまで身を落としたんですからね。彼が世の注目を浴びるには依然として機が熟していなかったのでしょう。世間に打って出るのが少々早すぎたのです。息を引きとったとき、その死に顔があまりにも醜く歪んでいたせいで、誰も近づこうとはしませんでした。ついには鼠の餌食になってしまったのです」

もう午前四時に近かった。バルモランは新しい瓶を開けようと立ち上がったが、デル・ソラールがそれを制した。バルモランの話は、その足取りと同じように、堂々めぐりを繰り返していた。少し前にしゃべったことをそのまま反復することもあった。バルモランは、デル・ソラールを玄関まで送りながら、必要な文献を探しておきましょうと約束した。ぜひもう一度おいでください。またゆっくりお話ししましょう。バルモランの声色や身ぶり、酔いが回った敗残者のような目つきには、哀願の気持ちが込められていた。一九四二年についてまだまだお聞かせしたいことがあるんですよ。これまで誰にもしゃべったことがないようなことをね。あなたには特別にお教えしますから、近いうちにおいでください。そうだ、明日はいかがですか?

第七章　『ファン・フェルナンデスの菜園』にて

「私の祖父はベラクルスの新開地で食料品店を経営していました。正確に言いますと、熱帯地方のさびれた片田舎にあるみすぼらしいおんぼろ雑貨屋です。私の父はそこで生まれ育ちました。私も若いころ二、三度、そこへ行ったことがあります。とにかく寂しいところでした。いまもそれは変わらないと思います。来年は、父の生誕百周年に合わせて、ベルナルドとマルと私の三人で訪れるつもりです。噂によると〈ウリベ町〉という名前になるそうですわ」ある日曜日の午前、デルフィナはクエルナバカの邸宅の庭園に佇みながらそんな話をした。「近所にはきれいな水が湧き出る泉がありましてね、カワウソがたくさん棲《す》んでいました。家には、近くの牧場から譲ってもらった皮で作ったベッドカバーがありました。遺跡から発掘された土器のかけらなども置いてありましたよ。それがベルナルドの将来を方向づけることになったのです。私も父に頼めばそういうものをもらえたのかもしれませんが、兄と違って、先スペイン期の遺跡や絵画にはまったく興味がありませんでした。当時の私は文学少女だったのです。土器のかけらは、もしかするとトトナカの遺跡から出土したものだったのかもしれません。もっとも、タヒン遺跡まではかなりの距離がありましたけどね。私にはよくわかりませんわ。ベルナルドに聞いても、毎回違う答えが返ってくるんです。ところで、若いころの私は、スノビズムの病に侵されていたのですが、それがどれほど根の深いものだったか、あなたにはとても想像がつかないでしょう」デルフィナはここで乾いた笑い声を洩らした。「自分のギャラリーを持つようになり、いろいろな画家と付き合うようになってから、私はようやく現実世界に引き戻されたわけです。私は父に心底甘えていましたし、父もまたそんな私を大切に扱ってくれました。父が私に買い与えようとしたものに比べれば、私が駄々をこねておねだりしたものなど取るに足らないくらいです。何といっても私は一人娘でしたから。兄が四人いましたが、現在も達者なのはベルナルドと私の二人だけです。私は恵まれた幼少時代を送りましたが、自分のなかに革命家の血が流れていることをはっきりと意識していました。父が歩んできた波乱万丈の人生に思いを馳せるたびに胸が高鳴ったものですが、それはいまも変わりません。勉学に熱意を注いだ父、二十世紀初頭のさびれた片田舎を飛び出した父、ハラパで教員として働きはじめたころの父、その後、弁護士を開業した父。あなたは歴史がご専門ですから、私よりもよくご存じのはずですわね。父はたびたびメキシコ革命の思い出を語ってくれました。自ら武器をとって戦う決意を固めたときのこと、馬に乗って国中を駆けめぐったこと、革命の嵐が吹き荒れるなかいくつもの協定が結ばれたこと、そして、投獄の体験。そんな話を聞かされるたびに、自分もまた父とともに幾多の苦難を乗り越えてきたような気持ちになり、馬の背にまたがってシエラ・マドレを行軍したり、父と一緒に獄舎につながれている場面を想像したものです。亡命時代の私は、ますます急進的な考えにとりつかれるようになりました。さまざまな政治集会や学生討論会、労働組合の集まりにも参加しました。しかしその一方で、私は権力というものに、たとえば大臣や将軍、ときには大統領が顔をそろえる豪勢な夕食会に象徴されるような、権力の華々しいイメージにも惹かれていました。私は心の底で、メキシコで一、二を争うエレガントな着こなしの、人目を引く魅力的な女性になりたいと願っていました。たとえば、ポルフィリオ・ディアスの腹心たちから、あなたと踊ることだけをずっと夢見てきましたと告白されたり、父がルビンシュタインを食事に招いたときの話や、ピカソ展を見にパリへ出かけたときの思い出話を得々として彼らに語り聞かせたりする自分の姿を思い浮かべることさえありました。そうかと思うと、そのお洋服はどこで仕立てたのですかと聞かれた私が、これは正真正銘のスキャパレリですのよと答える場面を夢想することもありました。私はイギリスとフランスで文学の勉強に打ち込みました。おかげで外国語にも堪能になりましたし、旅先でいろいろなところを訪れる機会にも恵まれました。離婚してからはずっとニューヨークに住んでいました。当然のことながら、豊かな教養を身につけた進歩的な女性としての自負が私にはあったわけですが、それでもひそかに、古き良き時代の美風を守りつづける女性たちへの羨望の念を禁じえませんでした。たとえばエドゥビヘスがそうです。経済的に余裕のない生活を送りながらも、かつてお母さまや伯母さまたちが身につけていた古い衣装にうまく手を加えるなどして、パリやローマの貴婦人にも劣らない見事な着こなしを物にしていました。あれが本当の品位というものなのでしょうね。エドゥビヘスとの付き合いはそれほど長くはつづきませんでしたが、かなり親密なものでした。私たちは二人とも、ミネルバ館のなかでも最上級の、それも隣同士のアパートメントに住んでいたのです。

毎朝きまって、私のギャラリーに彼女から電話がかかってきます。午後になるとエドゥビヘスが迎えに来て、一緒にお茶を飲んだり、ときには私の車で市内をドライブしたり、ミネルバ館の私の部屋で長々とおしゃべりを楽しんだりしました。夕食の時間が近くなると彼女は自宅へ戻り、私は夜の外出に備えて身支度をはじめます。あるとき私は、エドゥビヘスを仕事仲間に迎えてはどうかと考えました。彼女の幅広い人脈が私の仕事にもきっと役に立つだろうし、ギャラリーに出入りする画家や政治家、外国人の顧客の相手は私が務め、銀行や名家の得意先との取引を彼女に任せればいいと考えたわけです。ところが、彼女の無知たるや、思わず目をそむけたくなるほどでした。無分別な点にかけてもエドゥビヘスの右に出る者はいません。あのときもし本当に彼女を仕事仲間に加えていたとしたら、それこそ取り返しのつかないことになっていたでしょう。私たちの関係はたしかに親密なものでしたが、それは真の友情と呼べるものではありませんでした。友人同士の対等な付き合いではなく、法外な要求を伴う、ある種の病的な、歪んだ関係だったのです。エドゥビヘスは、現代絵画については何も知らないようでした。そのかわり、骨董品店に入った彼女が無数のがらくたの中から壺の一つを選び出すと、それがたちまち立派な芸術作品に変貌してしまうということがよくありました。彼女は当時、生活に窮しているようでした。お兄さんのアルヌルフォが大金を手にしていたのとは対照的です。ところが、エドゥビヘスの家を訪れるものは誰でも、彼女が趣味のよい着こなしをしていることに気づかされるのです。そんな彼女と一緒にいることは、けっして楽なことばかりではありませんでした。ある日、私彼女のわがままな言動に我慢できず、ついに怒りを爆発させてしまったこともあります。

たちは一緒にグアダラハラへ行くことになっていました。彼女の伯母さんが売りに出すという家具を見に行こうということになったのです。ところが出発の直前になって、電車の切符の手配も荷造りもすべて済んでいるというのに、じつに些細な理由を持ち出してグアダラハラへは行かないと言い出したのです。私は、自分でもどうかしていると思うくらい激高しました。それ以来、彼女とはすっかり険悪な仲になってしまいました。私は彼女の兄のアルヌルフォを蛇蝎《だかつ》のごとく嫌っていました。でも、彼女の前ではそれを口に出さないようにしていました。ところがエドゥビヘスは、あるときから挑発的な態度をとるようになったのです。最初は、どうせ無知な女のすることだから気にすることはないと思っていたのですが、次第にそうも言っていられなくなりました。おそらく彼女は、私が裕福な生活を送っていることがどうしても我慢できなかったのでしょう。わざわざニューヨークまで出かけて高価なコートや帽子を買いあさる私が許せなかったのです。ちょうどそのころ、私の父がある新聞に連載コラムを発表するようになりました。私はそれが嬉しくて、エドゥビヘスにもその話をしたんです。父はコラムのなかで、石油の国有化政策に対するそれまでの批判的な見解を撤回するような意見を述べていました。エドゥビヘスは、私の話を聞くなり、いきなり侮蔑的な言葉を吐いたかと思うと、きっとお兄さんに吹き込まれたにちがいない意見を一方的にまくしたてたのです。私たちが束の間の友情を楽しんでいたほんの数か月前の夏には、お兄さんのことを旧弊な人間だと言ってばかにしていたはずなのに。あなたはご存じかどうか知りませんが、そのころ敵国の資産への介入を目的とする委員会が発足しました。議長はドン・ルイス・カブレラが務めました。私の父も委員会のメンバーに加わるように勧誘されたのですが、体調不良を理由に辞退しました。父の病気はすでに周知の事実だったはずです。ところがエドゥビヘスは、悪意に満ちた言葉で父の決断を非難したのです。彼女なりに気のきいた意見を口にしたつもりだったのでしょうが、実際はおのれの愚かさを露呈するものでしかありませんでした。彼女は、話したいだけ話すと、一方的に電話を切ってしまいました。そのころにはもう、エドゥビヘスとはときたま電話で話をする程度でしたし、お互いの行き来もほとんどなくなっていました。それなのになぜわざわざ彼女をパーティーに誘ったのかあなたは不思議に思われるかもしれませんね。卑劣な人間と言われるかもしれませんが、私は彼女を愚弄するために、ただそれだけのために、パーティーに誘ったのです。私がどんな社交生活を営んでいるか彼女に思い知らせてやろうと思ったのです。当代きっての知識人や芸術家たち、亡命先から戻ってきた人たち、あるいは、戦火の拡大とともに次第にメキシコに多数押し寄せるようになっていたヨーロッパの貴族たち、または自称貴族たち、そういった人々が勢ぞろいした華やかなパーティーの様子をありありと見せつけてやろうとしたのです。エドゥビヘスは、招待客の身分や肩書を聞くだけですっかり舞い上がってしまいました。そういうものにはとりわけ弱いのです。しかしながら、そうした不純な目的のために開かれたパーティーがそもそもうまくいくはずがありません。まさに暴力が暴力を呼んでしまったのです」デルフィナはここで笑みを浮かべようとしたが、思い直してすぐに真顔に戻った。「私は、エドゥビヘスの無知を衆目にさらし、ミネルバ館のみならず、メキシコ中の笑い者にしてやろうと目論んだのです。この私と張り合おうとするとどんな目に遭うか、とことん思い知らせてやろうと思いました。その結果があの惨劇だったというわけです。そして、この私だけが手痛い罰を受けることになったのです。事件の数週間前に私はギャラリーのオープンを祝うパーティーを開いたばかりでした。いまにして思えば、あれと同じことを私のアパートメントで繰り返しても仕方がなかったのです。そもそもフリオ・エスコベードの展覧会の成功と私の息子の帰国を同時に祝おうという思いつきからして大きな間違いでした。それに、息子のリカルドにとって、自分の帰国祝いの席に教育大臣や国立博物館の館長までが顔を出すことにいったい何の意味があったというのでしょう? もっと違うかたちのパーティーを企画するべきだったのです。あるいはいっそのこと、そんなものはやらなければよかったのです。リカルドの生活が落ち着いたら、自然とそうした集まりも開かれていたはずですから。また、フリオ・エスコベードにとっても、あのパーティーはまったく無意味だったにちがいありません。パーティーの出席者のほとんどは、すでにギャラリーで彼と顔を合わせていたわけですから。パーティーには、フリオのごく親しい友人だけが集まるはずでした。私たちはもともとそのように計画していたのです。ところが、当日は予想をはるかに上回る人数が押し寄せました。それでも最初のうちは、国内の融和を象徴する催しに見えないこともありませんでした。戦時中のメキシコでは、国民の統合をめぐる問題が盛んに論じられていましたから。それを成し遂げるための参謀本部がにわかに私のアパートメントに出現したような趣でした。ところが、それはとんだ思い違いだったのです。あんなひどいパーティーは後にも先にも経験したことがありません。まず手始めに、アイダ・ヴェルフェルが気の触れた男に殴られました。それから、女優のマティルデ・アレナルの庇護者を自任していたトルネール将軍が、フリオ・エスコベードに乱暴を働こうとしました。フリオがマティルデを侮辱する絵を描いたというのがその理由です。あなたはマティルデの舞台をご覧になったことがありますか？　一度もないですって？　無理もありませんわね、あなたはまだ子供だったんですから。彼女は悪い人間ではないのですが、少々頭の鈍い女でした。マティルデと結婚したトルネール将軍は、彼女が舞台へ復帰することをけっして許そうとしませんでした。観客として劇場へ足を運ぶことさえ固く禁じたようです。普段は温厚な人柄だというもっぱらの評判で、私のことを娘のように愛していると公言していたあのトルネール将軍が、その夜はとんでもない騒ぎを引き起こしたのです。フリオを殴りつけようとしたんですよ。恐ろしい！　そして、騒動の最後を締めくくるように、あの銃撃事件が起こってしまったんです。若者が一人殺され、私の息子が瀕死の重傷を負いました」

「バルモランの話ですと、あなたの息子さんは、談判に押しかけようという彼の付き添い役を引き受けたということですが」デル・ソラールはようやく口を挟むことができた。

「バルモランですって？　あなたはもう彼に会ったのですか？　それならもうおわかりでしょうけれど、あの男は少々頭がおかしいんです。もうだいぶ前から、ありもしないことを口走るようになりましてね」

ミゲル・デル・ソラールは、バルモランに会ったときの様子を手短に報告した。そして、バルモランがしきりに、秘密の文書を手にしていることが敵に知られてからというもの、執拗な攻撃にさらされるようになったと話していたことを伝えた。すなわち、十九世紀に生きたメキシコ人の歌い手にして去勢男に関する文書である。

「あの男はまだそんなことを言っているの？　エドゥビヘスに踊らされているだけだということがわからないみたいね。そんな文書に興味を抱く人間がいるとでも思っているのかしら？　おそらく誰かがバルモランに復讐しようとしているんです。そして、その本当の動機を隠そうとしているんです。あるいは、問題の文書を不当な手段で手に入れたバルモランの不在を狙って、元の所有者が留守宅に侵入し、それを奪い返すついでにほかのものも一緒に盗んでいったのかもしれません。いずれにせよ、バルモランの言っていることは根も葉もないでたらめです。そもそもリカルドは、バルモランのことをよく知らなかったんですよ。付き添いなんか引き受けるわけがないではありませんか？　それに、バルモランはいったい何のために階下へ下りていったんでしょう？　そのことについて何か話していませんでしたか？」

「アイダ・ヴェルフェルを殴りつけたマルティネスという男が、事件の数日前にバルモランのところへやってきて、去勢男の生涯を記した文書を買い取りたいと言っている人がいると告げたそうです。ということはやはり、ある種の人々にとっては価値のあるものだったのでしょう。さらにマルティネスは、バルモランの部屋に侵入して盗みを働いた人間が誰なのか知っているようなことをパーティーの席で口にしたそうです。マルティネスは、アイダ・ヴェルフェルに乱暴を働いたあと、あなたの家から追い出されました。ところがバルモランによると、マルティネスはその後、回廊に姿を現し、ピスタウアーをおびき出したそうです。そのときバルモランは、おそらく酔いの勢いも手伝って、マルティネスに本当のことを白状させようと思ったのです。自分の書斎を荒らしたのがいったい誰なのか、洗いざらい吐かせるつもりだったのでしょう。盗まれた書類のなかには書きかけの学位論文も含まれていたそうです。建物を出るとき、たまたまあなたの息子さんとすれ違ったバルモランは、付き添い役をその場で頼んだというわけです。マルティネスとの話し合いの場に証人として立ち会ってほしかったようです」

「あの男の言うことなんて、信じるだけ無駄ですわ。手の施しようのない虚言症を患っているんですからね。生まれてからこのかた、ずっとそうなのです。長い時間をかけてそんな話を練り上げているうちに、自分でもそれを信じるようになってしまったのでしょう。リカルドは、病院のベッドに横たわりながら、自分はピスタウアーに付き添いを頼まれたのだと言っていました。スペイン語がほとんど話せなかったピスタウアーは、リカルドに頼み込んで、タクシーの運転手に自宅までの道順を説明してもらおうと思ったようです。二人はその晩に顔を合わせたばかりでした。ちょうど同じ年頃で気が合ったのでしょう。彼らが表へ出ると、停車中の車からいきなり銃弾を浴びせられたのです。リカルドはそのとき、バルモランが後ろにいることにさえ気づきませんでした。バルモランも負傷したはずですが、そのことについては何か話していませんでしたか？　それが原因で彼は体の自由を失ったばかりでなく、精神に異常をきたしてしまったのです」

「あるいはこうは考えられませんか？　つまりあの事件は、当時結成されたばかりの接収委員会によって資産が没収されることを恐れたグループが引き起こしたものであり、不利益を被ることを未然に防ごうとしてあのような凶行に及んだのだと？　あなたのお父さまに警告を発するためにお孫さんの命を狙ったのかもしれません」

「安っぽいドラマみたいなことを言わないでください。断じて違いますわ！　これだけははっきりさせておきますが、あの銃撃事件は父とは何の関係もないのです」

「なぜそう断言できるのでしょう？」

「理由は簡単です。つまりそれが紛れもない真実だからです。当時、私の父が重い病を患っていたことは誰もが知っていました。ほんの数週間前には生死の境をさまよっていたのです。幸運にも一命はとりとめましたが、依然として予断を許さない状態が続いていました。新聞でも報じられたように、それが原因で父は、敵国資産接収評議会――それが委員会の正式名称でした――のメンバーに加わることを辞退したのです。すでにお話ししたように、議長はカブレラ氏が務めました。ところが私の知るかぎり、彼の子供や孫が銃撃されたという話はついぞ聞いたことがありません。殺し屋たちがアルヌルフォ・ブリオネスの継子のピスタウアーを待ち伏せしていたことは明らかです。事実、犯行グループのなかの一人がわざわざ車から降りてとどめの一撃を加えているのです。バルモランと私の息子のリカルドは流れ弾に当たっただけで、けっして犯人に命を狙われていたわけではありません。もし私の父に警告を発するつもりなら、なぜわざわざブリオネスの継子を殺さなければいけなかったのでしょう？　それよりも以前からドイツ人と密接な関係があったあのブリオネスの継子を？　ところで、パーティーから追い出されたマルティネスが再び姿を現し、ピスタウアーを建物の外へおびき出したなんて、バルモランはひと言も私に言いませんでした。変ですわね」

「ひょっとするとそれもバルモランの作り話かもしれませんね」デル・ソラールは、顔を合わせた瞬間から熱に浮かされたようにしゃべりつづけるデルフィナを前に、さすがにうんざりしてきた。

「あの男の虚言癖については、私は誰よりもよく心得ているつもりです。その最初の被害者だと言っても過言ではありません。でも、あるいは本当のことを口にしないともかぎりませんわ」デルフィナは辻褄の合わないことを口にした。「バルモランはほかにどんな話をしましたか？」

デル・ソラールは、事件に関するバルモランの発言を繰り返した。いったんは追い出されたはずのマルティネスが再び姿を現したこと、彼に呼び出されたオーストリア人の若者がすぐに表へ出てきたこと、バルモランがデルフィナの息子に証人として立ち会ってほしいと頼んだこと……。

「さあ、庭へ出て花の手入れでもしましょう」こんな話はもうたくさんだと言わんばかりに、デルフィナは相手の話を遮った。

二人は一緒に連れ立って庭の向こう側の窪地から小川のほとりへ下りていった。デルフィナの手には剪定鋏が握られていた。取り乱しているようには見えなかったが、どことなく放心したような表情を浮かべていた。川べりのベンチに腰を下ろした彼女は、デル・ソラールにも座るように促した。そして、間に合わせに作られた小さな堰《せき》に石を積んでいた若者を呼び寄せて剪定バサミを手渡すと、台所へ行ってウイスキーのグラスを二つもってくるように、それが済んだら極楽鳥花の手入れをするように言いつけた。

「私はコーヒーで結構です」デル・ソラールは思いきって口にした。

「まだお酒を飲む時間ではありませんが、でもこう暑いと、それも許されるんじゃないかしら」デルフィナはそう言うと、相変わらず険しい表情を浮かべながら、最初の会見を切り上げたときの冷淡な口調を思い起こさせるような、そっけない口調で話しはじめた。「おそらくあの事件の謎はけっして解明されることはないでしょう。私の息子は、銃撃で片方の肺に穴を開けられました。二十二歳を迎えたばかりの若さでこの世を去ったのです。治療に専念したのですが、二度と回復することはありませんでした。そして、身体障害者のような生活を余儀なくされたのです。ですから、本来ならまずこの私が事件の解明を強く望んでしかるべきでしょうし、犯人がまだ生きているとしたら、厳正な法の裁きを彼らが受けることを何よりも願うのが当然のことなのでしょう。でも、私はとくにそれを強く望んでいるわけではないのです。過去の事件を掘り返すことにいったい何の意味があるというのでしょう？　私の父は、政治の世界で一度敗北を喫した者は、苦い過去には目をつぶって、心機一転新しいことに挑戦するべきだとつねづね言っていました。あの事件はもう過去の話です。それなのになぜいまごろになって、わざわざ蒸し返す必要があるのですか？　そんなことをしても無駄だということは火を見るよりも明らかなのに」

「あなたは本気でそう思っていらっしゃるのですか？」

「あなただってそうでしょう」

「そんなことはありません。というより、自分でもよくわからないのです。私はただ、過去のある時期についていただけなのです。最初にお話ししましたが、一連の報告文書に目を通したことがすべての始まりでした。かつてメキシコで暗躍した外国人工作員の動向を記録した報告文書のなかに、当時あなたが住んでいたミネルバ館を舞台にした事件の概要が記されていたのです。おこがましくも犯罪捜査の真似事にうつつを抜かしていることは十分に承知しています。あなたにもこうしてご迷惑をおかけすることになってしまいました。あの報告文書を読んだとき、私はあなたのお名前をうっかり見逃してしまいました。犠牲者のなかにあなたの息子さんがいたことを完全に失念していたのです。しかし、もし仮にそのことを覚えていたとしても、やはりこうして、ご迷惑をも顧みずあなたのところへ押しかけていたと思います」

「正直に話していただいて嬉しいですわ。しかし、先ほども言いましたように、私の息子の死はあくまでも流れ弾による偶然の事故なのです」デルフィナは苛立ちを隠しきれない様子だった。まるで聞きわけのない子供に厳しく言い聞かせるような口調だった。「あなたがお読みになった報告文書のなかで〈それらの事件〉として扱われているのは、ピスタウアーの殺害と、それからもうひとつ、エドゥビヘスの兄のアルヌルフォが死亡したことを指しているのでしょう」

「あなたもやはりアルヌルフォは殺されたのだとお考えですか?」

「もちろんです。その件はとっくの昔に解決されたはずです。私の父は、下手に騒ぎ立てないほうが賢明だと言っていました。事件の謎を解く手がかりはすべて捜査当局が握っているという話でした。もしアルヌルフォが本当に殺されたのだとすれば、犯人は間違いなく罰せられたはずです」

「アルヌルフォは確かに殺されたわけですよね？　あなたはたったいま、ピスタウアーとアルヌルフォ・ブリオネスの二人は殺害されたのだとおっしゃったじゃないですか」

「不適切な表現でしたわね。そのとおりです。殺人が犯されたわけですから、そこには当然犯人がいたわけです。彼らはしかるべき方法で罰せられたはずです。三十年後のいまになってあの事件を掘り返してみても、何の意味もないでしょう。もちろん私は、誰かをかばっているわけではありません。ただ、事態はかなり紛糾していたということを言いたかったのです。当時はいくつもの利害が複雑に絡み合っていました。ブリオネスが出入りしていた闇の世界には、かなり危険な人物も潜んでいたようです。追いつめられると何をするかわからない連中です。ちなみに私は、どんなときにも冷静沈着でいられる人間だと自負しています。われを失ったり、物事に動じたりすることはほとんどありませんからね」デルフィナはここまで話すと、息を深く吸い込んだ。彼女の目はきらきらと輝いていた。なにか重大な打ち明け話を切り出すためのきっかけを探しているようにもみえたが、直前になって思いとどまったようである。「そうです、いくつもの利害が錯綜していたのです。うさん臭い連中も紛れ込んでいたようですわ。先ほどあなたがおっしゃっていたマルティネスという男ですが、彼はあなたの伯父さんの部下として働いていました」

「誰ですって？」

「あなたの伯父さんのアルヌルフォ・ブリオネスさんです」

「厳密に言うと、ブリオネスは私の伯父ではありません。エドゥビヘスはたしかに私の伯母に当たる人ですが、それでも義理の親類関係にすぎません。つまり、エドゥビヘスの夫のディオニシオが私の母の従兄弟に当たるのです」

デルフィナは思わず笑い声をあげた。いつものように乾いた耳障りな声である。

「あなたのお話はまったく愉快ですわ。ブリオネス家とはなるべくかかわり合いになりたくないとでもいうような言い方なんですもの。こういうことにかけては私のほうがずっと寛大ですわね。ところでマルティネスのことですけど、私と彼とは顔見知りの間柄でした。ある重要人物の使者としてギャラリーにたびたびやってきたのです。マルティネスによると、その人物は、世間に顔が知られるのをあまり好まなかったようで、別の人に贈るための絵を探しているとのことでした。その人もやはり著名な人物だということでしたが、名前を明かすわけにはいかない、私にはその権限が与えられていないから、とマルティネスは言っていました。私にはどうでもいい話ですから、そのまま黙っていましたが、マルティネスはやや当てが外れたような、当惑した表情を浮かべました。おそらく彼は、思わせぶりな態度をとれば私が自然と好奇心を掻き立てられ、上顧客として彼を扱うようになるにちがいない、うまくいけばこの私を意のままに操ることも不可能ではないと思ったんでしょう。いずれにせよ、マルティネスがこの私に何を期待していたのか、いまだによくわかりません。彼が絵画について無知であることは少し話せばわかることです。試みにいくつかの絵を見せたのですが、まったく関心を示しませんでした。それどころか、絵画とは何の関係もない個人的な質問を投げかけてくるのです。この薄気味の悪い男はひょっとすると私を誘惑しようとしているのではないかと思ったほどです。マルティネスは、話をしながらしきりに腕を振り動かしていましたが、それが話の内容にまったくそぐわないのです。とにかく不愉快な男でした。伏し目がちに話していたかと思うと、いきなり相手の目をじっと見据えるのです。まるで催眠術をかけようとするみたいに。私の父は、大臣の座を射止めたその翌日にはそそくさと荷物をまとめて亡命の旅に出るといったような、浮き沈みの激しい生活を送った人です。しかも、私が生まれ育ったのはまさに激動の時代でした。小さいころからそうした環境のなかで育ってきたおかげで、鋭い直感が自然に身についたのです。第六感とでも言いましょうか。ですから、話しはじめて五分もしないうちに、マルティネスが邪悪な人間であること、誰かの手下として動いているらしいことなどを見抜いてしまいました。世の中には自分ひとりで行動することのできない人間がいるものですが、彼はまさにそういったタイプの男でした。私はギャラリーの女性スタッフにマルティネスの応対を一任すると、あくまでも平静を装って別れの挨拶を済ませ、そのまま仕事部屋に戻りました。そして、正午までは何があってもけっして邪魔をしないように秘書に言いつけました。ところが、マルティネスは蛭《ひる》のように執念ぶかい男です。そのあとも何度かギャラリーにやってきました。そして、いつの間にか女性スタッフとも親しく口をきくようになっていたのです。のみならず、当時私が住んでいたミネルバ館でも、マルティネスの姿を時おり見かけるようになりました。あの男は、何かと口実を設けては私に近づこうとしましたが、私はまともに取り合わないように用心しました。ときには横柄な態度を装って、私と彼とでは生きている世界が違うこと、彼のことなどまったく恐れていないことなどをそれとなくわからせようとしたこともあります。私は、兄のアンドレスが全幅の信頼を寄せている運転手に頼んで、マルティネスの行動をそれとなく監視してもらいました。その結果、彼がブリオネスの下で働いていること、ヴェルフェル母娘やバルモラン、門番の女からしばしば話を聞き出そうとしていること、エドゥビヘスのところに足繁く通っているらしいことなどがわかりました。エドゥビヘスのアパートメントにはアルヌルフォの仕事部屋があったのです。私はアイダにくれぐれも用心するように警告したのですが、彼女はまったく聞く耳をもちませんでした。自分の真っ白な胸元に目を奪われている典型的なラテン男だと高をくくっていたようです。その結果はご存知のとおりです。アイダはマルティネスにさんざん殴られ、そのせいでマルティネスはパーティーから追い出されました。それにしても、あの男がパーティーに紛れ込んで広間のソファーに悠々と腰を下ろしているのを見たときは、本当にびっくりしました。彼は誰からも招待されていなかったはずです。すでに大勢の人が集まっていました。まさかそんな状況のなかで騒ぎ立てるわけにもいきません。本当はすぐにでもつまみ出してもらいたかったんですが。一九四二年十一月当時、ミネルバ館がはたしてどのような場所だったのか、いずれおわかりになるでしょう。いつも雑多な人間が出入りしていました」

二人はウイスキーのグラスを手にしていた。デルフィナは軽食とコーヒーをもってくるように言いつけた。相手が何を所望するかなどまったく意に介していないようだった。彼女はしばらく黙り込んでいたが、昔の思い出に浸っているようにも見えた。そして、ハンドバッグから美術雑誌を取り出すと、新しく発表された絵画の写真が掲載されたページを開いた。デル・ソラールもぼんやりと本に目を走らせていたが、デルフィナはウイスキーのグラスを手にもったまま立ち上がると、庭師のところへ歩み寄って何やら相談をはじめた。二人は川べりの小道を歩きながら、身ぶりや手ぶりを交えてしきりに話し込んだり、小さな黄色い花をつけた蔓性植物を指でつまんだりしていた。彼らはやがてデル・ソラールの視界から消えたが、しばらくするとデルフィナだけがベンチに戻ってきた。髪の毛一本乱れることなく、スカートには皺ひとつなく、化粧もまったく崩れていない。どんなときでも完璧な身だしなみを保つすべを心得ているようだ。その顔にはどこか思い詰めたような表情が浮かんでいたが、それは、庭を彩る華やかな色彩と見事な対照をなしていた。タコスが盛られた皿やティーカップ、コーヒーポットなどがすでにデル・ソラールの前に並べられているのを見て、少なからず驚いた様子だった。デル・ソラールに飲み物を勧めながら、デルフィナは再び口を開いた。

「あなたは小説家ではなく歴史家です。だからこそ私はこうして、普段はあまり口にしないようなことを安心してお話ししているのです。私は人を見る目をもっていますから」デルフィナは、上品な笑みを浮かべながらつづけた。「私の第六感は依然として健在です。個人的な不幸について語るのは気が引けるのですが、息子のリカルドの死は、それまで経験したことがないような悲しみを私にもたらしました。程なくして今度は父が死にました。私は二人の死に責任を感じています。もちろん、彼らの死の直接の原因がこの私だという意味ではありません。父と息子は、私がこの世でいちばん愛した人たちです。私が愛した唯一の人たちといっても過言ではありません。そんな彼らを裏切ってしまったような気がするのです」

デル・ソラールは、デルフィナの話にじっと耳を傾けていた。彼女の声はどこか中性的な響きを帯びていた。言葉の端々に力が込められることはあっても、心の動揺を奥深くに押しとどめようとする気持ちが強く働いていることがうかがわれた。

デルフィナは五人兄弟の末っ子で、一人娘だった。父や兄たちはデルフィナを溺愛した。彼女はそのことによって絶対的な安心感を得ると同時に、がんじがらめにされたような不自由な思いにも悩まされた。一人で出歩くことは絶対に許してもらえなかった。遊び友達の顔ぶれや出歩く場所、門限などが厳しく制限された。映画館や劇場、パーティー会場の入り口には必ず一台の車が待機し、お付きの運転手が彼女の帰りを待っていた。そういう家庭環境に育ったデルフィナは、二十歳になる前に結婚した。ところが、新婚生活はうまくいかなかった。夫のクリストバル・ルビオは、このうえなく粗暴な人間だった。デルフィナの自由を束縛し、彼女をことあるごとに苦しめ、好きな本を買うことさえ許さなかった。のみならず、デルフィナの日記を盗み読み、卑劣な哄笑と破廉恥な冗談を交えながら彼女を責め苛んだ。結婚後すぐにデルフィナは子供を身ごもった。夫にとってデルフィナは、いわば自分にとって都合のよい高価な商品にすぎず、そのことを隠そうともしなかった。デルフィナがどうしても許せなかったのは、夫のそういう態度だった。クリストバル・ルビオにとって彼女は、あくまでも自分に仕えるだけの便利な女であった。結婚生活も三か月目を迎えるころ、ついに耐えられなくなったデルフィナは両親のところへ行き、実家に戻りたいと言い出した。ところがクリストバルは、どうしても彼女との別居を認めようとはしなかった。そこで、デルフィナの家族は仕方なく、家の奥にある小部屋を彼に使わせることにした。かつてガレージだった小部屋で、粗末な使用人部屋のようなところだったが、自尊心をかなぐり捨てたクリストバルは、そこで寝起きすることを受け入れた。夫婦の交渉は完全に途絶えてしまった。男の子が生まれると二人はすぐに出生届を出し、そして別れた。デルフィナの兄と父が離婚手続きを進めることになり、彼女は単身ニューヨークへ渡った。従姉妹のロサの夫がそこで商売を営んでいたのである。デルフィナはロサの家に身を寄せ、そこで二年近くを過ごした。ロサには九歳か十歳になる息子ガブリエルがいた。再び勉学の意欲を掻き立てられたデルフィナは、演劇や音楽会、画廊をはじめ、さまざまな催しに顔を出すようになり、多忙な生活を送るようになった。それこそ、結婚を決意したときに彼女が心の底から望んでいた生活だった。人生の墓場に埋もれてしまうのではなく、自分という人間の可能性を最大限に追求する生活である。一九二六年、デルフィナはメキシコへ帰国した。ところがその直後、カリェスと袂を分かった父に連れられて亡命の旅へ出た。七年間のヨーロッパ滞在を経てデルフィナは再びメキシコへ戻り、母がサン・ラファエルに所有していた家に落ち着いた。一九三四年当時、夫と別れた女性が一人暮らしをつづけることは、何かと世間の噂の種となった。それでもデルフィナは意に介さず、幅広い人脈を着々と築いていった。彼女は、さしたる努力をすることもなく、洗練された女性としての魅力を増していった。彼女の都会的な言葉遣いには、独特のなまめかしさが備わっていた。やがて母が他界すると、重度の腎臓病を患っていた父も日に日に衰弱していった。それでも父は、仕事の関係でチアパスとグアテマラへ出かけたが、帰宅したときにはすでに深刻な真菌症に罹っていた。医師の見立てによると、頭皮の全体が微小な菌類に侵されているということであった。最初は、心配するほどの症状も現れず、すぐに完治するものと思われたが、やがて悪性の病気であることが判明し、身体の組織の隅々まで菌に侵されていることがわかった。病状が次第に悪化するなか、かかりつけ医のムニョス氏は、熱帯病の治療で知られるイギリスの病院を紹介した。デルフィナはさっそく父と一緒に船に乗りこんだ。生まれて初めて父と二人だけで長旅に出ることになったデルフィナは、幼少のころからの夢が叶って喜びもひとしおだった。生前の母と同じように、デルフィナは父のことを〈先生〉と呼ぶようになった。ロンドンに到着するや、父はすぐに入院した。デルフィナは毎日のように病院を訪れ、父を見舞った。そんなある日、大使館主催の夕食会に招かれたデルフィナは、そこで思いがけずクリストバル・ルビオと再会した。じつに久方ぶりの対面で、ほとんど相手の顔を忘れかけていたほどであった。「あのときはまったくどうかしていたんです」デルフィナはそう語った。独身時代の彼女は、きわめて冷静な判断によってクリストバルを夫に迎えようと決心したとき、相手の表面的な魅力に惹かれていただけであった。整った顔立ち、趣味のよい服装、そつのない会話運び、ただそれだけだった。ところが、久しぶりにクリストバルとの再会を果たしたデルフィナは、その夜、千々に乱れる心を抱えたままホテルへ戻った。やがて二人は、観劇や踊りに出かけるようになり、それから一週間もたたないうちに、クリストバルはデルフィナをヴェネツィア旅行に誘った。すっかり恋の虜となっていた彼女はどうしても断ることができなかった。しばらく父のもとを離れるための口実をデルフィナはいろいろと考えたが、結局、学生時代の友達に会うためにイタリアへ行くことになったと嘘をついた。父は何も言わなかった。

デルフィナを責めるどころか、ここしばらく彼女が病院へ姿を見せなかったことについても不平らしきことはいっさい口にしなかった。ただひとつだけ娘に言ったのは、これ以上私のことを先生と呼ばないでくれ、悲しくなるから、ということであった。クリストバルとの旅行から戻ってきたデルフィナは、身も心もぼろぼろだった。パリでは、クリストバルが突然、十年以上も昔の話を蒸し返し、あのとき俺は、お前やお前の家族からさんざんひどい目に遭わされたんだなどと言いながら、まるで遺恨を晴らすかのように彼女をとことん責め立てた。二人は結局ヴェネツィア旅行をとりやめた。クリストバルと別れたデルフィナは、取り乱したまま父の待つ病院へと急いだ。デルフィナは病室へ入るなり、これ以上父を一人にしておくことに耐えられなくなって急遽帰国の予定を早めたのだと説明した。父はやはり何も言わなかった。それ以降、父との関係が再び元に戻ることはなかった。父はその後、リカルドの死につづいて他界することになる。メキシコへ戻ったデルフィナは、再び父と顔を合わせるようになった。彼女は週に一度か二度、父の家で食事をするようにしていた。ところが、父は次第に、病気を口実にして娘に会おうとはしなくなり、リカルドが銃撃されたあと久しぶりに顔を出すまでは、まったく姿を見せなかった。一方、デルフィナの兄のところへは相変わらず足を運んでいたようである。父は、ギャラリーのオープニング・セレモニーには必ず出席すると約束したが、直前になってデルフィナに電話をかけ、身体の具合がどうもよくないからパーティーには行けないだろうと伝えた。

デルフィナは以上の話を、慎重に言葉を選びながら、ゆっくりと落ち着いて語った。まるで他人事のような話しぶりだった。しかしデル・ソラールは、そこに強い思い入れが込められているのを見逃さなかった。それは、はじめから他者の理解など期待していないような、行くあてのない感情であり、彼女のすべてがそうであるように、ひたすら内部にむかって沈潜していく思い入れだった。

「あなたはその数日間というもの、自分がいったい何をやっているのかわかっていたのですか?」デル・ソラールは突然目が覚めたように訊ねた。

「人生最大の汚点です」相手の質問には答えず彼女は再び話しはじめた。「パリへの逃避行、それが最悪の結果をもたらしたのです。その報いをいまも受けつづけているような気がします。メキシコへ戻ったとき、リカルドはすでに十四歳の誕生日を間近に控えていました。十四歳と言えば思春期の真っただ中です。私はコロンビア人の男性と知り合い、結婚の可能性についても考えるようになりました。長くつづいた一人暮らしにもさすがに飽き飽きしていたのです。ところがリカルドは、ある種の事柄については頑として聞く耳をもたないという難しい年頃に差しかかっていました。彼はさんざん甘やかされて育ったのです。私をはじめ、両親も、私の兄たちも、乳母も、みんなで彼を甘やかしたのです。リカルドはいっときも私のそばを離れようとせず、このままではいつまでたっても独り立ちできないのではないかと心配したくらいです。嫉妬心も強く、私に対して乱暴な口をきくようになりました。そのころ、私たちは大きな不幸に見舞われたばかりでした。いま思い出しても悲しくなります。私がニューヨークで世話になった母の姪のロサが死んだのです。ロサと息子のガブリエルがお互いに深く傷つけ合う様子を思い起こすと、とても怖くなります。哀れなロサは、未亡人となってからというもの、無分別なことばかりするようになりました。手元に残った大金を手にしてメキシコに落ち着いたのですが、それから三年か四年が過ぎたころ、彼女に求婚者が現れたのです。息子のガブリエルはそれこそ気も狂わんばかりになりました。母の一挙手一投足に目を光らせ、彼女を脅すようなことを口にするようになったのです。たまりかねたロサが泣き崩れると、彼女の足下に身を投げ出して喚き散らす始末です。ついには自殺未遂まで引き起こしました。求婚者はすっかり嫌気がさし、ロサとの激しい口論の末、結婚話は立ち消えになりました。ロサはその話を私にぶちまけました。はじめから結婚なんてうまくいくはずがなかったのだ、本当は心の底から結婚を望んでいたわけではない、ただ成り行きに身を任せただけだ、ということでした。ガブリエルのためにも父親がいるほうがいいだろうと考えたこともあったようですが、結局、ガブリエルがそれを望まなかったのです。ロサは、結婚話が雲散霧消してせいせいしたと言っていました。でも私は、それを鵜呑みにすることはできませんでした。彼女は熱に浮かされたようにしゃべりつづけました。目がらんらんと輝き、何かにとり憑かれたように手を大きく振り回すのです。しばらくするとガブリエルがロサを迎えに来ました。ガブリエルは心底嬉しそうな顔をしていました。尊大さと謙虚さが入り混じった彼の態度からは、晴れて手にした勝利をひけらかすことなく、それでいて幸せな気分を隠そうとしない様子がうかがえました。二人は気分を一新するためにヨーロッパへ旅立つことになり、数日後にベラクルスからシェルブール行きの船に乗るんだと言っていました。私たちはどうしても長旅に出る必要があるのよ、二人とも神経がすっかり参ってしまったから、ロサはそう言いました。それから数年間というもの、二人の姿を見かけることもほとんどありませんでした。彼らは二、三度メキシコへ里帰りしましたが、そのときは本当にびっくりしました。ロサは骨と皮ばかりにやせこけていましたし、どうもモルヒネをやっていたみたいです。どす黒い大きな隈が目の周りにできていて、とても信じられないような形相でした。機械のようにぎこちない夢遊病者のような身ぶりは、まるで操り人形のようでした。いつも息子の話ばかりして、息子と一緒に過ごした時間がいかに幸福であったか、二人の未来がいかに輝かしいものであるか、息子がどれほどすぐれた能力と繊細な感受性の持ち主であるか、外国暮らしがどんなにすばらしいものか、そんな話を延々と繰り返すのです。そのときたまたまラジオからタンゴが流れていたのですが、ロサはいきなり立ち上がると、ラジオのボリュームをあげ、一人で踊りはじめました。体が二つに折れるのではないかと思われるほど上体を大きく後方へ反らせたかと思うと、再び起き上がり、大きなステップを踏んで黙々と踊りつづけるのです。完全に気が狂ってしまったとしか思えませんでした。曲の終わりを見計らって私はつかつかとラジオへ歩み寄り、電源を切りました。ロサは再び私の隣に腰を下ろすと、またぞろ息子の自慢話をはじめるのです。自分はガブリエルのおかげで、滞在先であるヴェネツィアの魅力を満喫することができた、ジョルジョーネやクリベリ、ティツィアーノの作品を心行くまで鑑賞することができたのも、ヴェネツィア出身の音楽家の手になるバロック音楽をこよなく愛することができたのも、そして、あのストラヴィンスキーの音楽を心の底から楽しむことができたのも、すべてガブリエルのおかげだと言うのです。彼らは、近所を散歩するストラヴィンスキーの姿を目にしたことがあったそうです。ロサが話しているあいだ、ガブリエルはいつものように神妙な面持ちで控えていました。母の話に恭しく耳を傾けていましたが、時おり、僕の話なんかどうでもいいからお母さんの話をしてくださいよと口を挟みました。ところが、ガブリエルがいなくなると、ロサは自分の恋愛遍歴について得々と語りはじめるのです。あるいはまったくの作り話かもしれません。とにかく、イタリアのジゴロを相手に来る日も来る日もタンゴを踊ったとか、ドイツ人の若者たちに強烈な性の悦びを味わわせてもらったとか、スーダンの黒人が彼女の体を豹のように隈なく舐めまわしたとか、そんな話をいつまでもつづけるのです。彼女の話は次第に、聞くに堪えないほど破廉恥の度を加えていきました。そして、話の途中でいきなり立ち上がったかと思うと、蓄音機にフォックス・トロットのレコードをかけ、一人で踊りはじめたのです。左腕を宙に伸ばし、右手をお腹の上にぴったり載せたまま、陶然と踊りつづけました。再び椅子に腰を下ろした彼女は、太ももに発射された粘っこい体液や、彼女いうところの、メキシコでの真の発見の数々、すなわち、運転手や軍人、門番、左官たちとの逢い引きなど、淫らな打ち明け話をはじめるのです。ある朝、ガブリエルから電話がかかってきました。ロサが重い病気に苦しんでいて、もう長くはないだろうということでした。私は急いで彼女の家に駆けつけました。ガブリエルはすっかりうろたえていました。ロサの奇矯な振る舞いの原因ともなったガブリエルを、私はどうしても憎むことができませんでした。退廃的なロサに比べると、ガブリエルはそれこそ純真さや健気さ、そして何よりも健やかな精神を宿しているように思われたのです。ロサはほとんど口もきけない状態で、死が間近に迫っていることは誰の目にも明らかでした。周りにいる人たちが誰なのかさえわからないようでした。医者は、もう手の施しようがないと断言しました。私が病室へ入ると、ロサは上体を起こしました。げっそりとやせた青白い顔のなかで、目だけが恐ろしい光を放っていました。そして、息子のガブリエルの姿を認めると、いきなり彼にむかって毒づきはじめたのです。本当にぞっとするような光景でした。ガブリエルは微動だにせず母親の言葉に耳を傾けていましたが、常軌を逸したすさまじい憎悪の噴出に大きな衝撃を受けているようでした。ありとあらゆる卑猥な言葉、口にするのも憚られるような、聞くに堪えない悪口雑言が次々と浴びせられました。そしてついにロサは息を引き取りました。私にとっては人生でもっとも痛ましい出来事のひとつです。私はガブリエルを兄のベルナルドの家に連れていきました。ガブリエルはそこで放心したように何日かを過ごしたあと、再びイタリアへ旅立ちました。その後の彼の消息についてはよく知りませんが、ごくまれに耳にする噂話はどれも眉をひそめるようなものばかりでした。おそらくガブリエルは、自ら命を絶つつもりだったのでしょう。実際に彼は、数年後に自殺を遂げました。そういうことがあったものですから、私がコロンビア人の恋人と出歩くようになってリカルドがしばしば癇癪を起こすようになると、きれいさっぱり別れようと決心したのです。同じような悲劇が繰り返されるのを恐れたからです。もちろんロサと私は違いますが、用心するに越したことはないと思ったのです。その後、私はリカルドをカリフォルニアへ留学させました。年に一度か二度、再会する機会がありました。私は思いきって再婚したのですが、夫婦生活は長くはつづきませんでした。しかし、それはリカルドとは何の関係もありません。まだほんの子供だったリカルドは、やがて立派な若者に成長しました。私の父はリカルドをとてもかわいがっていました。私がカリフォルニアまで出かけていってリカルドに会うこともあれば、反対にリカルドが長期休暇を利用して私たちに会いにくることもありました。留学を終えたリカルドが帰国したのは一九四二年のことですが、そのとき彼は二十歳を目前に控えていました。もう立派な大人です。建築家になるんだと言っていました。もし生きていれば、いまごろはちょうど五十歳です。信じられません。五十歳のリカルドなんて、とても想像できませんわ。私はいまだにリカルドを失ったショックから立ち直っていません。このまま一生立ち直れないのではないかと思うことさえあります」デルフィナはにわかに語気を強めた。「誰がリカルドに発砲したのか、そんなことはどうだっていいじゃありませんか？　先ほども言いましたが、あれは単なる事故だったのです。運命の馬鹿げたいたずらですよ。ときどき思うのですが、あれは病気の父を旅先の病院に置き去りにした私への罰だったのかもしれません。あるいは、留学のために息子を外国へ行かせたことに対する罰だったのかもしれませんわ。リカルドがこの私をもっとも必要としているときに、私は非情にも彼を突き放したのです。それも、エメラルド色の瞳のコロンビア人の男と思う存分愛し合いたいがために。結局その彼も、私の望む男ではないことがはっきりしたわけですが。しかし、すべてはリカルドのためだったのです。ロサの身に降りかかったような不幸が再び繰り返されることを何としてでも避けたかったのです。リカルドは感受性が強いうえに、私のそばをいっときも離れようとはしませんでした。リカルドを外国へやらなければ、たとえ私が幸福を手に入れたとしても、反対にリカルドは大きな不幸を背負いこむことになったはずです」

このとき召使がやってきて、招待客が集いはじめたことを伝えた。デルフィナはようやくわれに返ったようだった。二人は同時に立ち上がり、坂を上って一同のもとへ向かった。テラスにはすでに大勢の招待客たちが集まっていた。デルフィナの義姉のマルをはじめ、同じくデルフィナの二人の姪、ベレス家の人びと、フリオ・エスコベードとその妻ルスの姿が見えた。デルフィナは彼らに次々と頬を差し出して挨拶のキスを交わし、新しく買ったばかりの植物を指さしながら立ち話をはじめた。

やがて食事が運ばれてきた。ミゲル・デル・ソラールは、できればエスコベード夫妻と話がしたかったが、遠く離れたテーブルに座を占めた二人は、食事の時間が終わる前に早々と退席してしまった。デル・ソラールは自分に割り当てられた部屋へ引き下がり、書棚からディケンズの『我らが共通の友』を取り出して数時間ほど読み耽った。彼は、アイダ・ヴェルフェルの顔をそれとなく思い浮かべながら、ティルソ・デ・モリーナの『ファン・フェルナンデスの菜園』について娘のエンマが語ったことを思い出した。作品の登場人物たちはみなことごとく身分を偽り、絶えざる人格の分裂を経験し、あたかもそれが他者と共存する唯一の方法ででもあるかのように、摩訶不思議な仮面を被っている。それと同じことがディケンズの小説についても言えた。人格の簒奪《さんだつ》や偽りの名前、架空の経歴などが横行する世界。デル・ソラールは、初めてデルフィナの家に食事に招かれたときのことを思い出した。彼女はそのとき、ヴィクトリア朝時代の小説における人格の分裂をテーマとした自らの論文について語ったのだった。隠匿や仮面、アイデンティティの撹乱といったテーマである。なぜこういったことがつねに問題になるのか？　それはいったい何を示唆しているのか？　偽りの自分を演じているのは果たして誰なのか？　このとき部屋の扉がノックされ、夕食の準備が整ったことが告げられた。キッチンにはマル・ウリベとデルフィナの姪のロサリオがいた。ほかの人たちはみな帰ってしまったようである。肝心のデルフィナは、疲労と頭痛を訴えて一足先に自室へ引きとったということであった。食事のあいだ、デル・ソラールはほとんど口を開かなかった。彼もやはり疲れていた。マルとロサリオの二人は税金をめぐる話題に花を咲かせていたが、デル・ソラールには何のことやらさっぱりわからず、興味もわかなかった。

夕食のあと、デル・ソラールは再び部屋へ引き下がった。さっそくディケンズの小説の続きを読みはじめたが、いつの間にか数時間の眠りに落ちていた。デルフィナにはすでに、翌朝メキシコシティへ発つことを伝えてあった。家族で食事をしたあと、日曜の午後を子供たちと一緒に過ごすつもりだった。デルフィナに聞いておきたいことはまだほかにもたくさんあった。たとえば、ミネルバ館の管理人が話していた、最上階の部屋に蟄居しているドイツ人老婦のことである。おそらく彼女は、メキシコへ亡命してきたドイツ人のなかの一人なのだろう。ということは、ミネルバ館を舞台とした数々の陰謀の生き証人でもあるはずだ。このことについてデル・ソラールに訊ねられたデルフィナは、何のことやらさっぱりわからないというような無愛想な笑みを浮かべ、次のように答えた。

「あそこにはもう三十年も足を踏み入れていないというのに、誰が住んでいるかなんてわかるはずがありませんわ。ほんとうに何も知らないのです。せいぜい私に言えるのは、あそこを居心地の悪い場所にしてしまった人間がたしかにいたということです。失礼ですが、あなたは話を聞く相手を間違えていらっしゃるようですわ。私に関心があるのは、ギャラリーとそこに出入りする画家たち、それに、ごく親しい友人たちや家族の幸せと健康、それだけです。そのほかのことはいっさい何も知りません。

エドゥビヘスにお聞きになったらいかがかしら？　彼女なら、誰がどこに住んでいるとか、どこでどんな仕事をしているとか、何でもよく知っているはずです。私には関係のない話です」

デルフィナと別れたミゲル・デル・ソラールは、メキシコシティへ車を走らせた。ハンドルを握りながら、隠し立てするようなデルフィナの態度や、彼女の身に染みついたエゴイズム、他人にけっして心を開こうとしない内向的な性質などを思い浮かべ、そんな彼女がなぜクエルナバカで週末を過ごすように自分を誘ったのか不思議に思った。親類の二人の女を除けば、そんな恩恵に浴したのは自分だけである。私的な話をじきじきに打ち明けるためだろうか？　それとも、いかめしい冷淡な外見にもかかわらず、かつてその全身を熱い血潮が流れ、燃えたぎる情熱に胸を焦がしたことがあったことを伝えたかったのだろうか？　父、息子、取るに足らない二人の夫、親しい友人たち。デルフィナはなぜ、三十年前の夜に彼女のアパートメントで起きた事件について固く口を閉ざそうとするのだろう？どうして、これ以上の詮索は無用だと断言するのか？

美しい春の陽光が降り注ぐなか、デル・ソラールはハンドルを握りながら、今回の遠出が無駄足に終わったこと、出口の見えない迷路に迷い込み、錯綜した枝葉に手足を絡めとられるばかりで、肝心の森が一向に見えてこないことを自覚しないわけにはいかなかった。

それでも、ただひとつだけはっきりしていることがあった。それは、メキシコシティへ帰り着いたらすぐ、イギリスの大学に手紙を書き、辞職の意思を伝えるつもりだということであった。大学との契約を解消し、これから先は故郷のメキシコにとどまって仕事に専念しようと心に決めたのだ。二時間後、家の正面玄関の前に立ったデル・ソラールは、デルフィナのふるまいがじつは周到な計算にもとづくものだったのではないか、つまり、ミネルバ館の事件から手を引くように促した彼女の言葉はけっして本心から出たものではなかったのではないかという疑念にとらわれていた。意図的なはぐらかしによって、かえってこちらの好奇心を刺激しようとしたのではないか。そして、真相を追い求める自分にそれとなく導きの糸を与え、エドゥビヘスの家族関係のなかに事件の謎を解く鍵が隠されていることを暗にほのめかしたのではないだろうか。

第八章　あるディーヴァの肖像

「私が上流階級のご婦人方を対象とするアイダ・ヴェルフェルの連続講演に参加したのはほんの二、三回なのですが」、ルス・エスコベードは不確かな記憶を掘り起こすように話しはじめた。「ハプニングを目撃したことが何度かありました。もちろん私の体験談は、夫のフリオのそれとは一致しません。というのも、女性を前にしたときのアイダは、男性を前にしたときの彼女とは別人だったからです。女性のなかには、アイダを崇拝している人もたくさんいました。アイダの講義はある種の儀式を思わせるものでした。サロンに姿を現した彼女は、中央にしつらえられた椅子に腰を下ろすと、おもむろに周囲を見回します。そして、かすかな笑みを浮かべて何度か軽くうなずくと、居並ぶ聴衆はみな、知の女神が発する神々しい光に打たれたような心持ちになります。ねえ、フリオ、私の言い方は間違っていないかしら？　あら、まあ！」ルスは調子外れの声でミゲル・デル・ソラールの注意を促した。「私の話に興味がないときはいつも上の空なんです。死ぬまであんな調子なんじゃないかと思って心配になるときもあるんですよ」

「何をぶつぶつ言ってるんだい、ルス」

「何でもないわ。こっちの話よ。で、並み居る聴衆に気品のある一瞥を投げかけると、アイダはまず自分の近くに座っている人に向けて語りかけます。わざわざ声を張り上げるまでもなく、会場は次第に水を打ったように静まりかえります。彼女の存在や身のこなし、服装、そして娘さんに接するときの態度など、すべてが私には現実離れしたものに思われたものです。聴衆の視線が自分に注がれていることを見てとると、彼女は徐々に声を高め、さまざまな逸話を披露します。〈ここで、幸いにも私が実際に経験することになったある出来事をお話ししたいと思います。場所はミュンヘン、主人公は南米のある国の領事です。名前は伏せておくことにいたしましょう〉」

「ルス、また例の話かい？　冗談じゃない。もう聞き飽きたよ。お願いだから勘弁してくれ。それに、話し方もだんだんまずくなってくるようだ」

「〈みなさん〉」、ルスは動じることなくつづけた。「〈南米のある国の領事さんが主人公です。私の午前の講義が終わるころ、彼は毎日のように大学の近くにある食堂へやってきては、質素な食事をとるのです。そして、いつも必ず、よく響く声でビールを二杯注文し、ゆっくりと味わいながら飲みはじめます。いつも二杯のビールを同時に注文するのです。最初の一杯を飲み終えると、きわめて慎重な手つきで二杯目にとりかかります。二杯のジョッキが目の前に並んでいないとどうも落ち着かないようなのです。ある日私は、思いきって話しかけてみました。《領事さん、いったいどういうわけなんでしょう？　なぜ一度に二杯のビールを注文するのですか？　まず一杯目のビールを飲んで、飲み足りなければ二杯目のビールを注文する、それが普通のやり方じゃないかしら？　お腹がいっぱいになって、二杯目のビールが欲しくないときだってあるんじゃございません？　あるいは、ビールの代わりにジュースやライン産の上質の白ワイン、香ばしい一杯のコーヒーが飲みたくなるときだってあるでしょうに》。すると領事さんは、びっくりしたような表情を浮かべてしげしげと私の顔を見るのです。まるで私が、何か口にしてはいけないことを口にしてしまって彼の機嫌を損ねてしまったとでもいうように。ところがその日を境に、われらが領事さんの人生は一変したのです。じつに興味深いことです。つまり彼は、自分の行動を冷静に反省し、詳細な検討を加えるようになったのです。夏であろうと冬であろうと、毎日欠かさず二杯のビールを同時に注文するのはいったいなぜなのか、また、なぜそうする必要があるのか、新鮮な驚きをもって自らに問いかけるようになったのです。はたして彼は二杯のビールを飲み干すという行為そのものに悦びを感じていたのか。それは本人にもわからないようでした。そうした習慣的な行為は、じつは日常生活のあらゆる局面に及んでいるのではないか。いまこそそうした無自覚な態度をあらためて、どちらか一方を選択することを学ぶべきではないのか。そして、一方を選択するたびにその理由をよく吟味する必要があるのではないか。その作業を地道に繰り返すことによって初めて、自身の内部に眠っているはずの人間性を取り戻し、まっとうな人生を送ることができるようになるのではないか。こうしたことに思い至った領事さんの前には、新たな人生の展望が開けたのです……〉。アイダが語るこうした逸話は」、ルスはさらにつづけた。「私にはとるに足らない余談にしか思えなかったのですが、会場を埋めつくすご婦人方はみな彼女の話にうっとりと聞き惚れ、感動のあまり全身を小刻みに震わせている人もいました。彼女たちはきっと、知恵の女神であるミネルバの化身ともいうべきアイダが寓話や比喩を巧みに用いて深遠な真理を解き明かし、知の核心にじかに触れる様子を目の当たりにして、えもいわれぬ喜びに浸っていたのでしょう。アイダは、有閑マダムの知的好奇心を満足させ、ゴンゴラやゴンサロ・デ・ベルセオの作品を読む楽しさを説き聞かせながら、かなりの額の報酬を手にしていました。おもしろいのは、ある種の内臓の機能とそれが及ぼす影響という問題に対する彼女の並々ならぬ関心――もちろんそれは文学に限られたものでしょうが――のために、すべてが台無しになってしまう危険がつねにあったということです。腸やその働きを少しでも連想させるような言葉を誰かが口にしようものなら、アイダはそれにすっかり心を奪われてしまうのです。彼女の高笑いが屋外の歩道にまで聞こえてくることも珍しくありませんでした。それこそ彼女にとっては堪《こた》えられない喜びだったのでしょう。晩年のアイダがもっとも心を許していた人物は、大学の同僚のレイェス氏でした。二人は有名な諺や格言などを気ままにもてあそんでは、大声で笑い転げていました。レイェス氏もアイダに劣らず機知に富む人物だったようです。〈いや、違うな、アイダ。おならでお天道さまに蓋はできない、というのはどうだい?〉。二人の言葉遊びはとどまるところを知りませんでした。〈こきがいのある屁などありはしない〉と一方が言えば、他方が〈糞《くそ》を垂れるものは惜しみなく与える〉とやり返す、あるいは二人そろって〈馬はけつの穴を肥えさせる〉と唱和する。アイダはそうしたたわいのない語呂合わせに夢中になり、少しでも水を向けられると、すかさずお気に入りの文句を口にするんです」

「だから言ったじゃないか。くだらない遊びにわれを忘れる大きな子供なんだよ、アイダって人は」

フリオが大きな声で口を挟んだ。「アイダはそういう人だったよ。しかし、それだけでないのも事実だ。彼女という人間を正確に定義することは難しい。いかなる言葉をもってしても不十分なんだ。彼女が書いた作品の出来にもむらがあるしね。晩年はマンネリズムに陥っていたな。独創的な考えは完全に影を潜めていた」

「あの日の夜」、ルスが引きとった。「アイダは娘さんと一緒に変な格好でパーティーに現れたわね。どんな格好だったか覚えてる、フリオ?」

「あのときはとにかく人が多かったからな。招待客ばかりでもなさそうだったし、誰が誰だかわからないほど込み合っていたよ。まったく散々なパーティーだった。誰かがあらかじめ、あちこちにダイナマイトを仕かけていたとしか思えないね。最初の一発がまさしくアイダの手のなかで炸裂したというわけさ。あれはわれわれの目を楽しませるための見世物だったのか、それともただ単に騒動を引き起こすために仕組まれたことだったのか、いまだによくわからないね。最後の大爆発がまたすごかったな。例の銃撃さ。一人が命を落とし、数名が負傷した。アイダが巻き込まれた暴力沙汰はいま考えてもぞっとするが、どこか滑稽なところもあったね。さしずめ銛に突かれた巨大な鯨といったところだったな。とにかく驚いたね」

夫妻がアイダ・ヴェルフェルについて語りはじめたのはまったくの偶然によるものだった。そもそもデル・ソラールがエスコベード夫妻とこうして話をすることになったのは、次のような経緯によるものだった。

デル・ソラールはここ数年、画家のフリオとはまったく顔を合わせていなかった。結婚したばかりのころ、妻のセシリアの伯父の家で、デル・ソラールはしばしばフリオの姿を見かけたことがあった。クエルナバカのデルフィナの家に食事に招かれたとき、デル・ソラールが座った席からは、日の光を燦々と浴びたフリオの顔が正面からはっきりと見えた。もう六十五歳にはなっているはずだったが、少なくとも二十は若く見えた。デル・ソラールは、フリオの重厚な顔立ちや威厳のある控え目な物腰から、ファドの歌い手を連想した。クエルナバカのまぶしい陽光に照らされて、フリオの青白い肌と骨ばった体つきが否応なくデル・ソラールの目を引いた。清潔な服装に身を包んだフリオは、田舎の別荘でくつろぐ紳士といった風情だった。リンネルのズボンとジャケットのところどころに目立たないしわが寄っている。ルスをはじめ同じテーブルの人たちと言葉を交わすフリオを眺めながら、デル・ソラールは、猛禽《もうきん》類を思わせるある種の偏執的な獰猛さがその目のなかに宿っていることに気づいた。しかしながら、フリオの所作や立ち居振る舞いには、そのような性質をうかがわせるようなものはまったく認められなかった。残忍さをたたえた目を別にすれば、彼はいたって温和な表情を浮かべていたが、その対照性の奥にはたしてどのような感情が隠されていたのだろう。デル・ソラールはそのとき、かつてセシリアがフリオの絵について述べたことを思い出したが、それはまさに、デル・ソラールがフリオの表情のなかに見出したものを見事に言い当てていた。フリオの絵にみられるディオニソス的な世界は、ある種の辛辣な野性味が加わることによって、独特の震えのようなものを生み出し、それが彼の絵を単なる装飾性から救い出していたのである。

食事が終わり、エスコベードに挨拶をしようと立ち上がったデル・ソラールは、夫妻がすでに退席してしまったことを知らされた。数日後、彼はエスコベードに電話をかけた。じつは数年前にお会いしたことがあるのです、と切り出したデル・ソラールは、最近までイギリスに滞在していたこと、妻のセシリアに先立たれたこと、これからはメキシコに腰を落ち着けるつもりであること、一九四二年をテーマに本を書こうと思っていることなどを話した。そして、先日クエルナバカのデルフィナ・ウリベ宅であなたをお見かけしたのですが、途中でお帰りになってしまったみたいですね、もしご迷惑でなければ、当時のメキシコ絵画についてだけでなく、あの頃のメキシコシティの様子についてもお話を伺いたいのですが、と言った。デル・ソラールは、本の執筆計画の詳細については適当に言葉を濁した。

数日後、デル・ソラールはコヨアカンを訪れた。フリオの自宅にはありとあらゆる物が所狭しと置かれていた。それらの意外な取り合わせが個々の品々を物珍しいものに見せていた。修道院の建物を思わせるシンプルなデザインの古い家具や、ごく素朴な作りのものから凝った細工のものまで、きらきらと輝く珍しい飾り物がにぎやかに並べられていた。小ぶりの民芸品や、光沢のある珠、巨大なボヘミアガラス、何色もの色鮮やかな時代物の金物類を満載した荷車、バロック風の天使、プエブラのタラベラ焼き、それに、フリオ自身が描いた見事な絵画の数々……。

挨拶をしようとフリオに歩み寄ったデル・ソラールは、相手の顔を間近に見て驚いた。クエルナバカで目にしたはずのあの引き締まった顔、ナイフでそぎ落としたようなシャープな輪郭、イスラム・

ポルトガル風の重厚さを漂わせた精悍な顔つきはいまや見る影もなかった。デル・ソラールが目にしているのは、むしろそれとは正反対のものだった。締まりのないたるんだ顔には、実際の年齢どころか、それをはるかに上回る老いの痕跡がはっきりと刻まれていた。フリオは焦点の定まらない視線を泳がせながら、まるで入れ歯がぐらぐらしているみたいに、不明瞭な言葉を発していた。

「あれは真の芸術運動でしたよ。大いなる真実にインスピレーションを得た芸術運動です」フリオは話しはじめた。「壁画運動にかかわった芸術家たちとは違って、われわれは国外に出ることがほとんどありませんでした。名が知られるようになり、少しばかりお金が入るようになってから、ようやく海外にも足を伸ばすようになりました。あのころはとにかく情報が少ない時代でしたから、必死になって見聞を広めようとしたものですよ。二十年代と三十年代、それに四十年代初頭までのメキシコ絵画を支えていたものは、揺るぎない信念と遊びの精神、それに、安易な自己満足の否定でした。われわれはとにかく好奇心が旺盛でしたよ。これだけは自信をもって言えるのですが、あれはまさしくメキシコ絵画の黄金時代でした。われわれは絵を描くことを純粋に楽しんでいたのです。もちろん喧嘩もしましたがね。まったくいい時代でしたよ」

「まったくそのとおりね」ルスが口を挟んだ。やせた小柄な彼女は、中国風のブロケードの服を身にまとっていた。「それこそひもじい生活で、まとまったお金がたまたま手に入っても、好きに使えたためしがありませんわ。溜《た》まったつけが山ほどありましたからね。家賃はたったの四十ペソか五十ペソだったんですが、それさえ払えないこともありました。でも、とにかくあのころは楽しかったですわ。

毎晩のようにお酒を飲んで、どんちゃん騒ぎをして」

「当時のメキシコ絵画が残した最大の功績は……」、フリオは、妻が話しているあいだ自分の考えを整理していたのか、ここで強引に割って入った。「正確に言うと、功績と呼ぶべきなのか単なる偶然と呼ぶべきなのかわからないのですが、視覚的な現象に絵画以外のさまざまな面から光を当てようとしたことです。政治はそれほど重要な要素ではありませんでした。その点でわれわれは、前の世代の芸術家たちとは決定的に異なっています。われわれの世代にとっては、詩こそすべての出発点をなすものだったのです。文学的なインスピレーションに支えられた視覚芸術ということになるのでしょうが、才能のある芸術家にあってはつねに、すぐれた絵画作品として結実しました。あなたは一九四二年にご興味をお持ちだということでしたね？　私の記憶が正しければ、タマヨの〈月に吠える犬〉が描かれたのはたしか一九四二年でしたね？　画家というのは現実世界に身を捧げようとするとき、それをひとつの謎に変えてしまうものです。このことはいまの時代によりいっそう当てはまります」

「古き良き時代ですわ！」ちょうどこのときコーヒーカップを手に書斎へ戻ってきたルスが、皮肉と酔いの入り混じった声を漏らした。「私はやっぱりあの時代が好きですよ。コスモポリタニズムが流行する前のあの時代が」ルスはコーヒーカップをデル・ソラールに渡しながら、再び落ち着いた口調で話しはじめた。「フリオが昔のテーマを取り上げるようになったことが私には何よりも嬉しいのです。この人が最近描いたものを初期のころの作品と比べてみれば、ほとんど何も変わっていないような印象を受けるはずですわ」

「何だって？　そんなふうに感じるのはお前だけじゃないのかい？　私が何も変わっていないだって？　冗談じゃない。よくもそんなことが言えたもんだ。そもそも自分で自分の作品について語ることほど馬鹿げたことはない。自分の作品について一番よくわかっていないのは、じつはそれを描いた当人なんだ。距離が近すぎるのさ。自分がかつて描いたものと現在描いているものとでは、当然違っているように見えるものだ。過去を振り返るなんて、私にはとてもできない。もちろんそうしようと思えばできないこともないが、そんなことをしたって無意味だよ。私に言えるのはただひとつ、見事な作品が出来上がることもあれば、そうではないときもあるってことだ。理由は自分でもよくわからないがね。いずれにせよ、作品を描いた当人には、それについて云々する資格はないんだ。デル・ソラールさん、描いた当人である私でさえ的外れなことしか言えないんですから、その妻にいたっては推して知るべしですよ。私はこれまで、もちろんはっきりと意識したことはありませんが、さまざまな可能性を試してきました。といっても、今日は抽象画を描こうとか、表現主義で行こうとか、現代のゴヤになってやろうとか、そういうことを意識しながらキャンバスに向かったことは一度もありません。そんなことは愚かな連中の考えつくことです。芸術作品というものは、もっと別の領域から生まれてくるものなのです。結果的に私は、初期のころに取り上げたいくつかのテーマに再び回帰したというわけです」

「だからさっきそう言ったでしょう。あなたが回りくどい言葉で長々としゃべったことを私はひと言で言ってあげたのよ」

「なぜそんなにむきになるんだい、ルス？　私が言いたいのはそんなことじゃない。いいかい、私はもう三十年前のような天真爛漫な絵は描けないんだ。あのころと同じような絵をいまも相変わらず描きつづけていたとしたら、あとには死んだ絵しか残らないよ。たしかに昔の絵といまの絵では、それほど大きく変わっていないように見えるかもしれないが、それはあくまでもたゆまぬ努力や忍耐を積み重ねてきた結果なんだ。ほかの画家が描いた作品を鑑賞したり、さまざまな本を読んだり、自分自身の自由を手に入れるために試行錯誤を繰り返したり、そういうことを経たあとではじめていまの絵にたどり着いたんだよ。けっして生易しいことじゃない。ところで、デル・ソラールさん、あなたにちょっとお見せしたいものがあるのです」フリオはそう言って立ち上がり、扉のほうへ歩いていったが、ノブに手をかけるわけでもなく、数歩後ずさりしたかと思うと、今度は大きな書棚に近づいた。ところが、本に手を伸ばそうともせず、書斎の中央に突っ立ったまま、デル・ソラールとルスのほうに顔を向けた。足を大きく広げ、口をぽかんと開いたまま首を一方へかしげたその姿は、まるで誰かの指示をおとなしく待っているかのようだった。

「何を馬鹿みたいに突っ立ってるの？　カタログを探してるんでしょう？　一番下の引き出しに入っているのをもう忘れたの？」そう言うと、ルスは低い声でデル・ソラールに囁いた。「ご覧のとおりです。こう言ってもなかなか信じてくれない人もいますけれど、フリオがああなってしまったのも、みんなデルフィナのせいなんです」

「まあいいさ」そう言いながらフリオは再び椅子に腰を下ろした。「デル・ソラールさんは絵画がとくにお好きというわけじゃないんだから。当時の出来事をいろいろとお知りになりたいんでしたね？今度お書きになる本は、絵画に関する話題だけを扱うわけではないんですよね？」

「ええ。もちろんそれは重要なテーマではありますが」デル・ソラールは、銃撃事件の関係者から話を聞き出すためのお決まりの前口上を、その場に応じて適度に手を加えながら繰り返した。その際、例の報告文書、すなわち、国家の枠を超えた複雑な背景を有すると思われるミネルバ館の事件に関する報告文書について念入りに説明することを忘れなかった。そして、デルフィナのところで開かれたパーティーの直後に銃撃事件が起こったことをつけ加えた。

フリオとルスの二人は、子供のように目を輝かせながらデル・ソラールの話に聞き入っていた。

「私も何か引っかかることがあって、デルフィナとも話したことがあるんです」ルスが口を開いた。「いわゆる虫の知らせというやつです。当時、私はよくミネルバ館に出向いていました。親しい友達が何人か住んでいたものですから。あのころのミネルバ館は、隣人が何をしているのか手にとるようにわかる数少ない場所のひとつでしたわ。もちろん下町の共同住宅であれば、そんなことはとくに珍しくもないわけですが、ミネルバ館もやはりそうだったというのは、考えてみれば不思議な話です。なにせあそこは高級集合住宅だったんですからね。五階か六階建ての建物で、すてきな中庭がありました。どの住居へ行くにも、必ず中庭を取り囲む回廊を通らなければいけない構造になっていました。ガラスをふんだんに用いた明るい建物でしたわ。あるときは一人で、またあるときはフリオと一緒に、何度もそこへ足を運んだものです。メキシコ人の住人はむしろ少数派で、スペインやその他の国々からやってきた亡命者たちのほかに、外交官も何人かいたようです。あるとき、仲のいい友達のひとりが、ミネルバ館のなかでも上等のアパートメントを手に入れたのです。彼女は私と同じルスという名前でした。ルス・ケルベスです。いまごろはどこで何をしているのやら、さっぱりわかりません。とても上品なハンガリーの女性で、生物学者でした。メキシコで何年か暮らしたあとどこへ行ってしまったのか、よく覚えていません。たぶんコスタリカだったと思います。友情なんてあっという間に消えてしまうものですね。彼女とは毎日のように顔を合わせて楽しくおしゃべりをしました。どんな本を読むべきか、どんな服を着ればいいのか、胃腸炎と鼻炎にはどんな薬が効くのか、それこそ何でも相談したものです。それなのに、生きているのかどうかさえわからないなんて。彼女のことを思い出すたびに、いまでも溢れんばかりの愛情が身内に湧いてくるというのに、まるで亡霊のように実体がないのです。もう長いあいだ、彼女のことを思い出すことさえありませんでした。きっとまだどこかで生きているにちがいありません。ルスは若い身空でメキシコへやってきました。彼女が政治に関してどのような信条を抱いていたのか、それは知りません。おそらく自由主義の信奉者だったのだろうと思います。幼い息子さんと二人で暮らしていたルスは、誰に対してもびくびくしていました。本人の弁によると、ヨーロッパを出るためにさんざん苦労したそうです。必要な書類をそろえるために大金をつぎこんだと言っていました。彼女はここメキシコで、文字どおりゼロから出発したのです。ミネルバ館には当時、スペイン人亡命者が何人か住んでいたのですが、彼らはよく大声で議論を戦わせていました。私はそれを聞くのがことのほか好きだったのですが、彼女はすっかり怯えてしまいました。

白熱した論争にわれを忘れて怒声を浴びせあう彼らが彼女にはどうしても理解できなかったのでしょう。〈ルス、そんな調子では、いまに気が変になってしまうわよ〉、私はよくそう言って心配したものです。外国人であれメキシコ人であれ、とにかく誰に対しても疑心暗鬼なのです。なお悪いことに、ドイツ人とかかわりがあるらしいひとりの男がよくミネルバ館の回廊に姿を現しました。見たところ、落ちぶれた政治家といった感じの人物でした。クリステーロの乱の首謀者という前歴の持ち主で、しばらくのあいだ国外へ逃れていたそうです。頻繁に出入国を繰り返しているようでした。ルスはそれこそ戦々恐々といったありさまでした。彼女の話によると、その男は、彼女の義兄がハンブルクの領事館でビザの発給を受けられないようにするために、裏から手を回したということでした。あのころは事態が恐ろしく込み入っていました。たとえばその男は、あるユダヤ人のメキシコ入国を阻むために陰で忙しく立ち回る一方、自分の妻のドイツ人女性がかつて結婚していた男――彼もユダヤ人です――のためにいろいろと便宜を図ってやったのです。当時はドイツを出国してメキシコへ入ることはほぼ不可能な時代でした。ルスは、亡命者の多くがそうであったように、いろいろな事情に通じていたはずです。誰に用心しなければいけないか、いざというときに誰に助けを求めるべきか、そんなこともちゃんと心得ていたはずです。とにかく彼女は、恐怖に怯える毎日を送っていました。そんな彼女がメキシコを後にしたのは、アイダ・ヴェルフェルがメキシコへやってきてからのことです。アイダのためにミネルバ館の部屋を斡旋したのは、たしかルスだったと思います。私は最初、ルス・ケルベスが白昼夢に脅かされているだけなのではないかと思っていましたが、実際におかしなことがミネルバ館で起こっていることがわかってきたんです。単なる思い過ごしかもしれませんが、とにかくそのことをデルフィナにも話してみました」

「デルフィナ・ウリベのところでパーティーが開かれたとき、エーリヒ・マリア・ピスタウアーというオーストリア人の若者が射殺されたのですが、アイダ・ヴェルフェルもパーティーに出席していたようですね。そのときに彼女は、過激な反ユダヤ主義者に襲われたということです」

「念のために申し添えておきますが、あのパーティーはフリオのために開かれたものです。おっしゃるとおり、アイダ・ヴェルフェルは頭のいかれた男に暴行されました。そして、なお悪いことに、嫉妬に駆られた別の男がフリオに喧嘩をふっかけたのです。パーティーの主役であるはずのフリオにあんな真似をするなんて、信じられませんわ」

デル・ソラールは、このあたりで一度、話を整理しておかなければならないと考えた。ルスの話によると、アルヌルフォ・ブリオネスの妻はかつてユダヤ人の男と結婚していたということであるが、もしそれが事実なら、殺された若者もやはりユダヤ人ということになる。いずれにせよ、さらに詳しい情報を集め、人間関係や状況を整理し、関係者からあらためて話を聞き、曖昧な部分をはっきりさせなければならない。デル・ソラールは、今回の調査のそもそもの出発点となった問題――戦時下のメキシコにおける外国人活動家の動向――について、ほとんど何も解明できていないことを認めざるをえなかった。依然として調査に本腰を入れていなかったことがその主な原因であったが、『一九一四年』が無事出版された暁には、いよいよ本格的な調査に乗り出すつもりだった。公式文書を徹底的に調べ上げ、当時の政府関係者や著名人など多数の人々から話を聞かなければならない。さしあたり、体系的な調査に着手する前の準備期間だと思って気楽に構えているしかないだろう。パーティーや衣装、さまざまな噂話に関するたわいのないおしゃべりに耳を傾けておくことは、いずれ本格的な調査に着手する際、喜びや嫌悪、反感、共感などの感情が複雑に入り組んだ壮大なドラマの一端を明らかにするうえできっと役に立つにちがいない。

「デルフィナがギャラリーをオープンしたとき、われわれはすでに彼女とは二十年来の付き合いでした」フリオが口を開いた。「もちろん困難な時期もありましたよ。およそ人間関係というものにはそうした困難がつきものです。ルスにもたびたび言い聞かせるんですが、たとえどんなことが起ころうと、デルフィナと喧嘩別れすることだけは絶対にいけません。すでにご存じかと思いますが、彼女はいま辛い思いをしています。もちろん、誰もが辛い思いをするものですが、彼女の場合、人一倍の苦労をいつも背負い込まされているのです。デルフィナとは古い付き合いですが、友情というものはときに一生の重荷となることがあります。これればかりは仕方ありません。彼女はまったく同情に値する女性ですが、われわれはあるがままの彼女を受け入れるようにしています。いまはニューヨークで開く展覧会の準備に忙しいようです。アメリカの画廊と提携したのです。なかなか悪くない画廊です。ところが、彼女の絵の選び方ときたら、信じられないくらい気まぐれなのです。もし展覧会に名前をつけるとすれば、〈気まぐれ賛歌〉とか〈ナンセンス頌〉というのがふさわしいでしょう。絵画を展示するときは、当然のことながら、作品の取り合わせという問題を無視するわけにはいきません。もちろん、ある作品がほかの作品よりも優れているとか劣っているとか、そういった話ではありません。好ましくない取り合わせというものが必ずあるのです。どんな作品と一緒に並べられるかによって、その絵は生きもすれば死にもするのです。ジョーゼフ・アルバースは、絵画における配色の問題について同じことを言っています。絵というのは、ただ単に並べればそれでおしまいといったものではないのです。おのおのの絵は、自らをもっとも引き立たせてくれる作品の隣に置かれるべきなのです。そうでないと、その絵はたちまち輝きを失ってしまいます。デルフィナはもう三十年もギャラリー経営に携わっているというのに、そんな当たり前のことすらわかっていないのです。クエルナバカであなたはお気づきになりませんでしたか？　彼女はそのことについて私と話し合うのを避けているようでした。だからわれわれは途中でお暇《いとま》したのです」

「おかげでデザートを食べそこなったわ。あそこのデザートは最高なのに」

「もしあのまま帰らなかったら」、フリオが遮った。「私はきっとデルフィナの気に障ることを口にしていただろうね。ルスにはかねがね言っているのですが、デルフィナと衝突するような事態だけは絶対に避けなければいけません。デルフィナ本人は認めたがらないかもしれませんが、彼女が私たちにとって重荷であることは確かです。もうどうでもよくなるときがあるんですよ」

「デルフィナの話によると、彼女はギャラリーのオープンに際して、わざわざあなたの作品の展覧会を催したということですが」ミゲル・デル・ソラールは、話を本筋に戻すためにそう言った。

「彼女はそんなことを言っているんですか？　ルス、聞いたかい？　たしかに展覧会を開いてくれたのは事実です。それにしても、私が有名になれたのはすべて自分のおかげだと言わんばかりの口ぶりですね。私はすでに画家として二十年以上のキャリアを積んでいたんですよ。つまり……。ああ、そうでした！　自分がさっき何を探していたのかいまようやく思い出しましたよ」フリオはそう言って立ち上がり、クルミ材の仕事机に歩み寄ると、小さな引き出しのなかから一通の手紙を取り出した。「今年は、私が画家としてデビューしてからちょうど五十年目を迎えます。祝典のためのスピーチを頼まれているんです。生まれて初めて自分の作品が展覧会に出品されたとき、私はまだ十七歳にもなっていませんでした。ですから、あのとき私の展覧会を開いてくれたからといって、とりたてて彼女に感謝しなければならない理由はないはずです。私はすでにそこそこ名の知れた画家だったわけですし、むしろ私のほうこそデルフィナに感謝されてしかるべきでしょう。年端のいかない娘のころから私はデルフィナのことをよく知っています。だからこそ私は喜んで自分の名前を貸したのです。もちろん彼女は、展覧会を成功させるために心をこめて念入りに準備をしてくれましたが」

「デルフィナは異性関係においてつねにやっかいな問題を引き起こしました」ルスが口を挟んだ。「つまり、どんな男性も必ず一度は彼女のことを好きになってしまうのです」

フリオは、馬鹿な話は聞きたくないとでもいうように、わざとらしく両手で耳をふさいだ。

「例のパーティーは展覧会の成功を祝うために開かれたんですね？」デル・ソラールは、ルスの発言による気まずい沈黙を打ち破ろうとして訊ねた。

「まあ、そういうことです」フリオの声は落ち着きを取り戻していた。「デルフィナはそれよりも前に、ギャラリーのオープンに合わせて別のパーティーを催しました。大盤振る舞いの賑やかなパーティーでしたよ。ですから今度は、ごく親しい友人だけを集めた内輪のパーティーにしようということになったんです」

「デルフィナの息子さんの帰国祝いを兼ねていたそうですね？」

「たしかにデルフィナは最近そんなことを言うようになりました。パーティーの悲劇的な結末を際立たせるためにそんな話を思いついたんでしょう。いまでは彼女自身がそれを信じ込んでいる始末です。愛する息子を喜ばせるための心づくしのパーティーというわけです。まったく哀れなものです。本当は、親しい友人たちを招いて夕食やお酒を楽しもうとしただけなのに。展覧会が無事成功し、絵もほとんど売れましたから、私たちはすっかり気をよくしていたのです。ギャラリーの経営もうまくいきそうでしたし、デルフィナにそれだけの才覚が備わっていることは誰の目にも明らかでした。私たちはそれこそ馬車馬のように働きましたよ。デルフィナは会場の準備に忙しく、私は絵のことにかかりきりでした。ですから、展覧会が無事に終了したとき、友人たちを呼んで祝杯を上げようということになったのです。デルフィナの息子のリカルドがちょうどそのころ帰国したばかりでした。デルフィナは本当に嬉しそうでした。自慢の息子をみんなに紹介するんだと言っていましたよ。幼くしてサンフランシスコ近郊の学校へ送られたリカルドは、たくましい若者に成長してメキシコへ戻ってきたのです。デルフィナは自慢げに息子の話をしていましたが、それももっともなことです。頭がよくて感じのいい若者でしたからね。じつは、長期休暇でメキシコへ戻ってきたときに彼の肖像画を描いたことがあるんです。そういえば最近あの絵を目にしませんが、どこへ行ってしまったんでしょう。言うまでもありませんが、リカルドの死はデルフィナに大きな悲しみをもたらしました。その年は彼女にとって不幸な出来事が重なりました。リカルドの死の数か月後に今度は彼女の父がこの世を去ったのです。彼女は父親を心底愛していました。デルフィナはもう駄目になってしまうのではないかと私たちはずいぶん心配しましたが、見事に立ち直りました。デルフィナのことを深く知るようになればおのずとわかることですが、彼女には驚くべき動物的な強さが備わっています。あなたもご存じのように、彼女は下品な言葉を耳にすることにも耐えられないような、しとやかで繊細な女性に見えますが、じつは鉄のような強靭さを持ち合わせているのです。その年に私たちは、デルフィナを無理やりニューヨーク旅行へ誘ったのですが、私たちの心配をよそに、彼女は何でも貪欲に吸収しようとしました。それこそ水を得た魚のように、ニューヨークの街中を精力的に動き回りました。あの街にはかつて何度か滞在したことがあるという話でした。私たちは彼女を元気づけようとしてわざわざニューヨークまで連れていったんですが、逆に私たちのほうが彼女に元気をもらったようなものです。もちろん、デルフィナはやっとの思いで、神経をすり減らしながら毎日を過ごしていたはずです。そのせいで恨みっぽくなったことも否定できません。なにせ大変な不幸を味わったわけですからね。新聞は卑劣にも、彼女の悪口を大々的に書き立てました。そういうわけですから、大抵のことは大目に見てあげないといけません」

「ところで、パーティーは、内輪の人間の集まりというわけにはいかなかったようですね」

「そうなんです。いつの間にか関係のない人たちまでが紛れ込んでいましたよ」ルスが話を引きとった。「それが最初の異変の兆候でした。パーティーを台無しにするために誰かがこっそりと引き入れたのでしょう。最初に姿を見せたのはボンボン姉妹でした。当時人気を博していたデュエットの二人組で、どちらもまるまると太って、おまけに上品ぶっていました。今日では実力のある歌手としての評価が定まっているようですね。私も実際にそのとおりだと思います。彼女たちのレコードを聴くと、感動のあまり息ができなくなるほどです。とはいえ、それはあくまでもあとになってからわかったことで、そのときは何とも品のない歌い手にしか思えませんでした。それも致し方のないことでしょう。彼女たちの衣装ときたら！　パステルカラーの派手なピンクと青の服を着て、おまけに黄金のスパンコールには蝶の刺繍が施されているのです。私がデルフィナのところで最初に目にしたのはこの二人でした。広間の中央のソファーに並んで腰かけているんです。私は一瞬、場所を間違えたのかと思いました。蘭の花を肩のところに挿して、薄絹のベールがついた風変わりな帽子をかぶっていました。きっと誰かがこっそり二人を招き入れたのでしょう。彼女たちはいたって上機嫌で、ファンに取り囲まれてちやほやされていました。いまさら、これは何かの間違いですからどうぞお引き取りくださいなんて言うわけにもいきません。ほかにもパーティーに紛れ込んだ人たちがいたようですが、あのマティルデ・アレナルもそのひとりでした。当代きっての悲劇女優を自任していたあのマティルデ・アレナルです。彼女はトルネール将軍を伴ってやってきました。二人はのちに結婚することになりますが、陰の実力者としての評判が高かった将軍は、真の大物なのかそれとも単なる見かけ倒しなのかはっきりしないというタイプの人間でした。パーティーの最中に彼はフリオに喧嘩をふっかけてきたんです。この話はもうご存知かしら？」

「きわめて漠然としたことしか聞いていません」

「それでは私がお話ししましょう。まずは誰がその場に居合わせたかですが……」

「アイダ・ヴェルフェルとその娘さんですね」デル・ソラールが合いの手を入れた。

「そのとおりです。二人は正式に招待されたのです。問題は、パーティーをぶち壊すためにこっそり呼び集められた人間が交ざっていたということです。アイダはわれわれ全員がよく知る人でした」

ミゲル・デル・ソラールは、つい先日娘のエンマに会ったこと、母親のアイダがパーティーで見せたふるまいについてエンマがよく思っていないらしいこと、といった話をした。エンマが自分の母親について、取るに足らない話を延々とつづけたせいで、彼女がはたして才女の誉れ高き女性の話をしているのか、それとも知恵の足りない愚かな女の話をしているのかよくわからなくなるほどであった、ということもつけ加えた。

「アイダはその両方を兼ね備えた人物でしたよ」フリオが言った。「彼女はそれこそ何でも入ってしまう袋のような人でした。才能、強欲、規律、洗練、寛大さ、卑俗さ、それらすべてです。そういうものを全部兼ね備えていながら少しも破綻をみせない人間なんて、そうざらにいるものではありませんよ。われわれはアイダから多くのことを学びました。読書の喜びや思考することの大切さを教えられたのです。彼女には、周囲の人間を根本から変えてしまう不思議な力が備わっていました」

「それでも私には、彼女が人騒がせな人間にしか思えないことがありましたよ。この点ではデルフィナと同じ意見です。たしかにアイダは、自分が興味を抱いたテーマに精通していましたし、それをとことん追求する美点を備えていました。これは事実です。ただ、少々厄介な人物であったことも否定できませんわ。フリオはある時期、何があっても彼女の講演には必ず顔を出すようにしていました」

「それはもちろんアイダの講演を聞くためですが、その姿をじかに拝んでみたかったんです。アイダは天性の役者でした。彼女がその大柄な体をけっして持て余していなかったことも特筆に値します。特注のコルセットを身につけていたのかどうか、さすがにそこまでは知りませんが、彼女の外見からは、どこかしらゴシック的な息吹が伝わってきました。あの白鯨のような巨体がいまにも空高く舞い上がるのではないかと思えたくらいです。アイダが発する言葉に耳を傾けることは、そして何よりも、その姿をじかに仰ぎ見ることは、私にとって大きな喜びでした。彼女の肖像画を描こうとしたこともありますが、うまくいきませんでした。デッサンをはじめるや、実物を戯画化するもの、あるいは矮小化するものがどうしても絵のなかに入り込んでしまうんです。私が描きたいと思っていたものは、もちろんそんなものではありませんでした」

「思い出したわ！　海賊よ！　海賊の扮装をしてパーティーに現れたんだわ！　黒い眼帯をつけてね！」南米のある国の領事に関するエピソード、すなわち、二杯目のビールをめぐるやりとりを通じてアイダがその人生を一変させてしまったミュンヘン駐在のある領事に関するエピソードをルスが披露したのはこのときである。

「私は、まさか女優のアレナルとその未来の夫であるトルネール将軍がパーティーにやってくるなんて思ってもいませんでした」手にしたノートにせっせと落書きをしていたエスコベードがルスの話を遮って言った。「私はアレナルを夢に見たこともあるんですよ。まったく恐ろしい夢でした！　私はきっと彼女のことを恐れていたのでしょう。肖像画の件は本当にばかばかしい話です。デルフィナと私がなぜあんなことに巻き込まれなければいけなかったのか、いまだによくわかりません。アレナルの愛人と称する男――トルネール将軍とは別の男です――がある日デルフィナのところへやってきて、アレナルの肖像画を描いてくれる画家をぜひ紹介してほしいと頼んだそうです。その男はどこにでもいるような、つまらない遊び人でした。デルフィナはさっそく私に白羽の矢を立て、前金を渡してくれたのです。まさか自分が面倒な事態に巻き込まれることになるなんて、そのときは想像もしませんでしたからね。どうやらその男は、マティルデ・アレナルを大々的に売り出すキャンペーンを計画していて、そこそこ名の知れた画家に彼女の肖像画を描かせ、それをマティルデ本人に進呈しようと考えていたようです。といっても、私的な贈り物としてではなく、メキシコ国家の名において、しかるべき人物の手を介して贈呈される手筈になっていたようです。メキシコのおもだった貴顕紳士から寄付を募り、必要な経費はすべてそこから賄われることになっていました。男はさっそくめぼしい有力者のリストを作成しました。キャンペーンの主宰者を自任していた彼は、集められた資金の一部を自分の懐に収めようと考えていたにちがいありません。私ははじめから、それが常軌を逸した計画であることを見抜いていました。やがて、手紙が頻繁にやりとりされ、マティルデ・アレナルの崇拝者たち

――そこには、メキシコでも指折りの名士たち、銀行家、新聞社の社長、学者、作家、実業家たちが名を連ねていました――が費用を出し合って一枚の肖像画を彼女に贈る計画がもちあがっていることが新聞で大きく報じられました。その派手な宣伝に私はほとほと嫌気がさしました。この私がいったい誰なのか、私がこれまでどんな絵を描いてきたのか、そんなことなどつゆ知らない新聞記者たちが次々と私のところへ押し寄せてきて、なりふり構わずインタビューを申し込むんです。ろくでもない雑誌に私の顔写真が掲載されたこともありました。一方、ご当人のアレナルは、肖像画について質問されるたびに毎回違った画家の名前を口にする始末です。この私がいったい誰なのか、まったく知らないようでした。彼女もやはり心の底では侮辱されたような気持ちだったのでしょう。上流社会に名の知れた高名な画家に肖像画を描いてもらいたかったはずです。事実、彼女は私の前でいやいやポーズをとり、こちらの注文にはまったく耳を貸そうとせず、描きかけの絵をしょっちゅう覗きこんではいろいろと文句を並べました。たまりかねた私はついに仕事を途中で投げ出したくらいです。そのころすでに、資金を提供した有力者たちがおそるおそる抗議の声を上げはじめていました。なかには、新聞のインタビューに答えて、いったい何がどうなっているのかさっぱりわからない、寄付の申し出に応じた覚えはまったくないと言明する者もいました。あるいは、絵が競売に付されるものとばかり思っていたのに、実際はそうではないことを知らされ、返金を求めて騒ぎはじめた者もいました。マティルデの愛人の男は、彼女との仲がすっかり冷え切っていたのをいいことに、集められたわずかな寄付金を手に姿をくらましてしまいました。一方、私は、どうすればよいのかわかりませんでした。

マティルデ・アレナルは心のなかで快哉を叫んだことでしょう。有力者たちからそっぽを向かれ、愛人のさもしい根性をいやというほど見せつけられたはずなのに、それほど落ち込んだ様子は見せませんでした。結局、私が描いた肖像画には破格の安値がつけられたんですが、彼女はそれを買い取るつもりはないと宣言しました。せいぜい二千ペソかそんなところです。ほんのはした金ですよ」

「契約はこうして立ち消えになりました」ルスが語気を強めた。「醜いいがみ合いだけがあとに残ったのです。マティルデとその愛人の関係は言うに及ばず、この二人がさらにフリオとデルフィナに恨まれることになりました。ところが、フリオとデルフィナの友情だけはその後も変わることなくつづいたんです。二人で話し合った結果、フリオは前金を返さなくてもいいことになりました。マティルデの身勝手な行動にさんざん悩まされたことに対する当然の報酬というわけです。肖像画はフリオが引き取り、モデルの女性がマティルデ・アレナルだとわからないように手を加えることになりました」

「こうして私は再び絵筆をとり、描き直しをはじめたんです。出来上がった作品には〈ディーヴァ〉というタイトルをつけました。当然のことながら、マティルデとの類似を完全に消し去ることは不可能でした。それでも私は、ある種の異様さをたたえた風貌を強調するというやり方で、できるだけ彼女の痕跡を消し去ろうと努めました。その結果、聖なる異形の人物像ともいうべきものが出来上がったんです。完成した絵のなかにアレナルの姿を認める者は誰もいないだろうと私は思いました。ところが、有名女優の不幸を書き立てることに血道を上げる某三流新聞が、この私に対する悪巧みを考えついたんです。描き直された肖像画の写真を紙面に掲載し、これはある有名女優を愚弄した作品であるというコメントを添えたのです。おかげで私は、じつに不愉快なことに巻き込まれる羽目になりました。アレナルの崇拝者であるトルネール将軍とのいさかいもその一つです。将軍は、正真正銘のディーヴァたるアレナルを連れて、デルフィナのところへ乗り込んできたんです。あの騒動は本当に馬鹿げたものでしたよ。将軍に口汚くののしられた私は、負けずにやり返そうと思いました。天下の将軍とまともにやり合うなんて、もちろん自殺行為に等しいわけですが」

「いったい誰が彼をパーティーに招待したのでしょう?」

「小男のゆすり屋です」エスコベードはためらうことなく答えた。「パーティーの数日前に新聞沙汰を引き起こした男です。そのころ私は、毎日のようにギャラリーに顔を出しては、そこからほど近いデルフィナの家にも立ち寄っていました。私たちは二人とも、展覧会の準備やらギャラリーの運営にかかわる雑務やらで、いろいろと忙しかったんです。デルフィナは、絵画を購入する際に私の助言を求めることがよくありました。いったいどのようにしてあのゆすり屋がギャラリーに入りこむようになったのか、いまだによくわかりません。とにかく私は、ギャラリーの女性スタッフと親しげに口をきくあの男の姿を何度か見かけたことがあったんです。うさん臭い男でしたよ。ある日、彼は私のところへ近づいてくると、にやにや笑いながら不愉快なお追従を並べはじめました。ギャラリーの絵はすべて床に置かれ、壁に立てかけられていました。ちょうど展覧会の準備をしているところだったんです。男は私に、ある有力者が近いうちにギャラリーに顔を出すことになるだろう、オープニング・セレモニーが無理でも、展覧会の開催期間中に、それもなるべく早い時期に訪れることになるだろう、と言いました。男はどうやら、絵画の購入を計画しているその有力者に頼まれて、適当な作品を探しにきたようでした。そして、いろいろな絵を物色するうちに、あの〈ディーヴァ〉に目がとまったというわけです。私は、男の話を聞きながら、次第に苛立ってきました。絵画の話をしながらも、私が何か裏の意味を汲むのを期待しているような、そうやって秘密のメッセージを私に伝えようとしているような、そんな様子がありありとうかがえたからです。それがどんなメッセージだったのか、それはのちに明らかになります。とにかく嫌なやつでしたよ。男は数日後に再びギャラリーにやってきて、今度は露骨に、マティルデ・アレナルの肖像画の話を持ち出しました。私は言下に、彼女の肖像画などここには一枚も置いていないと答えました。そして、男が目をつけた〈ディーヴァ〉は残念ながら売り物ではなく、ギャラリーのオーナーと話し合った結果、当分のあいだここに保管しておくことに決まったのだと言ってやりました。男は、肖像画をめぐる顛末について、不十分ながらいろいろと耳にしているようでした。たいした事件でもないのに、なぜか必要以上にこだわるのです。おおかた、ギャラリーの女性スタッフから肖像画が描かれた経緯を聞き出し、資金集めが頓挫した件についてあることないこと書き立てた新聞記事の類を読みかじっていたんでしょう」フリオはここで一息入れると、過去の思い出に浸るように、あるいは当時の出来事をまざまざと頭に思い浮かべるように、しばし口を閉ざした。そして、デル・ソラールのほうに向き直り、やぶから棒に訊ねた。「ところで、あなたは狩猟はおやりになりますかな？」

「なんですって？」デル・ソラールは訳がわからず聞き返した。

「狩りをされたことはありますか?」

「子供のころに少しやったことはあります。父が働いていたコルドバ近郊の製糖所で……。もうずいぶん昔の話ですよ。粗末な銃を使って撃ちました」

「野原で?」

「建物の敷地です。テラスからツグミを狙ったこともあります。川のほとりへ出ることもありました。本格的な狩猟とはとても言えませんよ」

「そりゃそうでしょう。たとえば山の中や禁猟区で銃を構えてじっと狙いを定めていると、獲物がそばにいることを肌でひしひしと感じるものです。猟犬が鼻を鳴らし、五感が研ぎ澄まされ、全身に緊張が走ります。何とも言えない瞬間です。ぜひ狩猟をおやりなさい。あの独特の緊張感はめったに味わえるものではありません。絵を描いているときに、似たような感覚に襲われることがごくまれにありますよ」

「いったい何の話をしているの?」ルスが割って入った。デル・ソラールは、ルスが不安に満ちた声を上げるのをはじめて耳にしたような気がした。「トルネール将軍との一件について話していたんじゃないの?」

「もちろんわかっているさ。さっきまであのゆすり屋の話をしていたはずだが、そいつの名前がどうしても思い出せないんだ。まあ、この際名前なんかどうでもいいんだがね」

「もしかするとマルティネスじゃないですか?」

「そうです。そのとおりですよ。よくご存じですね？　まさかマルティネスの知り合いだったわけではないですよね。失礼ですが、お歳は？」

「マルティネスの話を最近よく耳にするものですから」

「そのマルティネスという男は、有力者に私の絵を買わせることに成功したら、仲介料をよこせと言うんです。そういうことはギャラリーのスタッフに相談してほしいと私は答えました。するとマルティネスは、憎悪や不信、軽蔑が入り混じった表情を浮かべて私のことを睨みつけました。ところで、私は若いころ頻繁に狩猟に出かけたものですよ。あのころはまだ学生でした。ビクトリオ・マントゥアと一緒にワステカ地方まで鹿狩りに出かけたこともありますし、ベラクルス南部でピューマを追いかけたこともあります。ここ数年はすっかりご無沙汰ですがね。いずれあなたに銃のコレクションをお見せしますよ」

ミゲル・デル・ソラールは次第に苛立ちを募らせていった。ルスが耳元で囁いた。

「こんな話は早くやめさせてくださいな。このまま放っておいたら、いったいどうなってしまうことやら……」

「それで、マルティネスは仲介料を寄こせと言ってきたわけですね？」

「ああ、そうでした。どうかご心配なく。妻の言うことなど気にしないでください。自分が何を話しているのかちゃんとわかっていますから。で、そういう話でしたらデルフィナさんにご相談くださいと言ったんです。ところがあの男はどこまでも執拗に食い下がるんです。先ほど私は、獲物を間近にしたときのわくわくするような感覚についてお話ししましたが、あの男が感じていたのもまさにそれだったのでしょう。私にはすぐにわかりましたよ。まったく驚きました。ウサギの匂いを嗅ぎつけた猟犬、獲物がすぐ近くにいることを察知したハンターのような気持ちを味わっていたにちがいありません。そうやってこの私をつけ狙っていたんです。マルティネスは、汚れた馬のような歯をむき出し、時おり口ごもりながら、誰かに盗み聞きされていないか確かめるようにそっと周囲をうかがっていました。そして、とり憑かれたような目で私をじっと見つめるんです。私は少なからず動揺しましたよ。なにせ相手は気の触れた男ですからね。それにしても、やつの狙いはいったい何だったんでしょう？私もかなり神経質になっていたことは否めません。ああいう人間を前にすれば誰だって、なにか自分がよからぬことをしでかしてしまったんじゃないかというような、まるで呼吸をすることさえはばかられるような、意味のない不安に襲われるものです。あなたは『罪と罰』を読んだことはありますか？主人公の青年は、懺悔の瞬間になって、ほとんど面識のない金貸しの老婆を殺したことを認めてしまいます。マルティネスは、作り笑いを浮かべながらにじり寄ってきて私の腕をとると、〈とりあえず仲介料の一部をいただいていきましょう。けっしてご迷惑はおかけしませんよ〉と囁くんです。どういうことなのか私にはさっぱり訳がわかりませんでした。私がそう言うと、マルティネスは、〈あなたはじつに慎重なお方だ。しかし、おとぼけになっても無駄ですよ。人を傷つけるのがいったいどういうことなのか、つまり、淑女の背中にナイフを突き立てるような真似をするとどういうことになるのか、わざわざ言うまでもないでしょう。たとえ女優の真似事をしているような女といえども、やはり淑女であることに変わりはないわけですからね。絵の取引価格はもう決まっているはずです。カタログをこの目で見たんですから間違いありません。さしあたりその半分もいただければ結構です。ある軍人がその女性の身を守ることに熱心でしてね。まだおとぼけになるつもりですか。私だってその気になれば、肖像画に描かれた女性、つまりあのディーヴァが私の妹だと公言することだってできるんですよ〉。私はそれを聞いて思わず噴き出しました。この男はきっと喜劇でも演じているつもりなんだろう、それにしても見事な演技だ、そんなふうに思ったんです。とにかく、あの男は私に警告を発するためにわざわざやってきたのです。デルフィナがその場に姿を現したときもまだ笑いが止まりませんでした。ルス、たしかお前も一緒だったはずだが?」

「冗談じゃないわ。私まで巻き込まないでちょうだい。いまの話はみんな初耳よ」

「もう何度も話したじゃないか」

「私じゃなくて、デルフィナに話したんでしょう? 私が知っているのは、そのマルティネスという男がアイダを絞め殺そうとした人物にほかならないということよ」

「べつに絞め殺そうとしたわけじゃないさ。頭突きを食らわせたんだよ。ベルナルド・ウリベが止めに入らなければ、やつは間違いなくアイダを殴りつけていただろうね」

「あの男は本当に殴ったのよ。この目で見たんだもの、間違いないわ。アイダの豊満な胸めがけて頭から突っ込むところをね。おまけに彼女を足蹴にしたのよ。どうしてあんな真似をしたのかさっぱりわからないわ」

「ところで、あのときデルフィナが首尾よく姿を現してくれなかったら、私は間違いなくマルティネスに襲われていただろうね。私はてっきり、お前も一緒にいたものとばかり思っていたよ。ところでデル・ソラールさん、私が大声で笑ったものだから、やつはすっかり逆上したようです。青ざめた顔がぴくぴく痙攣していました。そして、押し殺した声で、二、三日猶予を与えるからよく考えておくように言いました。それからちょうど三日目にマルティネスから電話がありました。もちろん私はまともに取り合いませんでしたよ。するとある日の夕刊に、私が某女優を侮辱するような肖像画を描いたという記事が写真入りで掲載されたのです。マルティネスとはその後、デルフィナのところで開かれたパーティーの席で再び顔を合わせました。それだけでも十分に不愉快なのに、なんとあのマティルデ・アレナルとトルネール将軍の姿も見えるのです。本当に参りましたよ。というのも、その何日か前の新聞の芸能欄に、私を中傷するような記事が載ったからです。肖像画の写真には、あのマティルデ・アレナルこそ〈ディーヴァ〉のモデルにほかならないとする解説が添えられていました。そういうことがあって、パーティーの夜、酔ったトルネール将軍が私を挑発するという一幕があったんです。私も黙ってはいませんでしたよ」

「こう見えても、この人だってやるときはやるんですよ」ルスはそう言うと、いかにも嬉しそうに笑った。

「その後の成り行きについてはよく覚えていません。気がついたときには、デルフィナの兄たちをはじめ、大勢の人がわれわれ二人を取り囲んでいました。すると、教育省に勤めていたある友人が、私の腕をつかんで台所へ引っぱっていき、取り乱している私をなだめようとしました。広間からは何やら大声で言い争う声が聞こえてきました。やがて、ルスのピアノに合わせてボンボン姉妹が歌いはじめました。銃声が鳴り響いたのはまさにそのときです」

「私はときどき思うんですが、そして、この点ではフリオの意見に賛成なのですが、あの騒動は私たちの注意を引きつけておくためにわざと仕組まれたものではないでしょうか。そのあいだに階下ではあの若者が射殺されたというわけです」ルスが意見を述べた。

「そんなことわかるもんか！　世の中には、どれほど考えてもいっこうに埒が明かないことが山ほどあるものさ。デル・ソラールさんにはすっかり長居をさせてしまったようだ。デル・ソラールさん、タマヨの〈月に吠える犬〉が発表された年の出来事について、結局たいしたお話は何もできませんでしたね。ところで、アグスティン・ラソ[*32]についてはどのようにお考えですか？　彼は一流の芸術家でしたし、友人としても申し分のない人物でした。あのカルドサは、ラソの絵はすなわち謎の探求であるとどこかで書いています。その年、つまり一九四二年にラソが展覧会を開いたかどうか、残念ながら私にはわかりません」

そんなことを話しながら、フリオはそわそわと落ち着きがなく、デル・ソラールが帰り支度をはじめるのを今か今かと待ちわびている様子だった。そして、「片づけなければならない仕事がたくさんありましてね。舞台関係の仕事なんですが……」と口にした。彼は、フリオ・カステリャノス[*33]の勧めによって舞台装飾を手がけるようになっていたのである。この方面の仕事にかかわるのはじつに二十五年ぶりだということであった。久しぶりの仕事にわくわくしているようだった。今度お目にかかるときはぜひ当時のメキシコ絵画について、とりわけ二人の偉大な画家、フリオ・カステリャノスとマリア・イスキエルド[*34]についてお話ししましょう、ファン・ソリアノはもちろん、マヌエル・ミシェルやオルガ・コスタの作品についてもあらためて見直す必要があります、彼らはみな、一般の人が考えているよりもはるかに独創性に富む世代を形成していました、メキシコで活躍した画家の多くは、少なくとも生涯に一度は舞台芸術に携わったことがあるんですよ、たとえばゲルソですが、彼はモーツァルトの『ドン・ジョバンニ』のために見事な舞台装飾を手がけました、ほかにもさまざまな事例について検討してみる必要がありそうです……。ここまで一気にまくしたてると、フリオはデル・ソラールの手を握り、急いで書斎へ引き返した。ルスが玄関先までデル・ソラールを見送った。

「フリオはここ何週間もずっとあの調子なんです」別れ際にルスがこぼした。「とにかく落ち着きがなくて、いつもばたばたしているんです。デルフィナにぜひお伝えください。彼女の強情一徹なやり方がフリオをああいう人間にしてしまったんだと。とてもまともとは言えませんよ！」

第九章　愛のパレード

「まず最初にはっきりさせておかなければならないのは、われわれはまさに時代の転換期に身を置いているということだ。エドゥビヘス伯母さんがいくらやけっぱちな態度に出たとしても、彼女にとって何もいいことはないだろうね。たしかにいまは大変な時期かもしれない。それは認めるよ。しかし、それほど悲観することもないいんじゃないかな。君の前でこんなことを言うのも気が引けるが」、彼はアンパーロに片目をつぶってみせた。「アントニオはけっして聖人君子なんかじゃない。われわれはこの際、余計な幻想などきれいさっぱり捨て去って、事実をありのままに見つめるべきなんだ。さもないと馬鹿を見ることになるよ」

ミゲル・デル・ソラールは子供のころからデルニィのことをよく知っていた。デルニィは親類の伯父たちに特別にかわいがられていた。デル・ソラールとは血のつながりはなかった。もう五十歳に近いはずである。心地よいローションの香りを漂わせたデルニィは、灰色と緑色の小さな格子縞が入ったウール地のジャケットを身につけ、くすんだ緑色のズボンを穿いている。デル・ソラールとは十も年が違わなかった。デル・ソラールは九歳のころ伯父夫婦のところへ預けられたが、デルニィはすでにそのころ大学で法律を勉強していたか、あるいはこれから勉強をはじめようというときであった。そんなこともあって、当時はかなりの年齢差があるように思えたものである。彼らは久しく顔を合わせていなかった。とはいえ、デル・ソラールは、親類の家などでデルニィの姿を偶然見かけたり、親しい作家や政治家、哲学の専門家が集まる会合の席に、どういうわけかデルニィが顔を出しているのを目にすることもあった。

デル・ソラールは、伯母のエドゥビヘスをつかまえようといろいろ手を尽くしたが、なかなかうまくいかなかった。そもそも彼女が電話に出ることはほとんど期待できなかったし、ごくまれに受話器をとることがあっても、長々とした愚痴話に付き合わされるのが落ちだった。アントニオは完全に行方をくらまし、法のお尋ね者として当局に追われる身になっていた。事実、警察関係者は、資産総額の見積もりや銀行口座の開示、訳のわからない文書の話などを持ち出してはエドゥビヘスを終始悩ませていた。彼女にとってはこのうえなく不名誉なことであり、自尊心にかかわる由々しき問題だった。顔見知りに出くわすたびにいちいち釈明しなければならないのが面倒だったので、外出も控えるようになった。口先だけの同情を寄せられるのも閉口だった。一日中家に閉じこもっていれば神経がささくれ立ってくるのはよくわかっていたが、そうしないわけにはいかなかった。頻繁に出歩く生活がすっかり身についてしまった彼女にとって、それはけっして容易なことではなかった。デル・ソラールは数週間前に彼女に会ったとき、一九四二年のミネルバ館の事件に関する話を聞き出そうと思ったが、有力な手がかりがまったく得られず途方に暮れてしまった。まさに未踏の原野を手探りで進むようなものだった。ほかの関係者からも話を聞き終えたいま、もう一度エドゥビヘスに会うことができれば、それなりの収穫が得られるかもしれない。ところがエドゥビヘスは、面会を可能なかぎり先延ばしにしようとしているようだった。デル・ソラールは、従姉妹のアンパーロと話をしていると、少年時代の情熱が再び胸中に蘇ってくるのを感じた。そんなとき、ついさっき電話でそっけない扱いを受けたことさえきれいに忘れてしまうのだった。アンパーロは、デル・ソラールの初恋の相手だったのである。九歳のころの思い出である。彼女は電話で、日常生活のこまごましたことや母親の精神状態について、デル・ソラールに長々と話して聞かせたが、正直なところ、彼にとってはどうでもいい話だった。エドゥビヘスの家族のなかで、彼が親密な感情を抱くことができたのはアンパーロだけだった。

母親のエドゥビヘスにとって、アンパーロはときに疎ましい存在だった。アントニオよりも二つか三つ年上の彼女は、片方の手がもう一方の手よりわずかに小さいという身体的欠陥の持ち主だった。デル・ソラールは、伯父夫婦のところで暮らすようになってから何日もたたないうちにそのことに気づいたが、そのきっかけを作ったのは伯母のエドゥビヘスだった。アンパーロは子供のころから、片腕にマフラーを巻きつけたり、小さいほうの手をさりげなくポケットに忍ばせたりして、自らの欠陥をうまく隠すすべを身につけていた。デル・ソラールは、彼女の手を実際にその目で見たときのことをよく覚えていた。その日、たまたま虫の居所が悪かった伯母のエドゥビヘスは、アンパーロの小さな手について嫌味を言いながら、それを覆い隠していたハンカチをいきなり払いのけたのである。このときデル・ソラールは、眩暈《めまい》のような感覚に襲われた。まるで、ハンカチが取り去られたその瞬間、デル・ソラールの目の前でアンパーロの手が実際に縮んでしまったような、そんな不思議な錯覚に陥ったからである。

それから九年か十年が過ぎたころ、デル・ソラールは大学へ進学するためにメキシコシティへ戻ってきた。昔と同じように、再びアンパーロと会うようになった彼は、共通の友人と遊んだり、パーティーや日曜日のコンサートに一緒に出かけたりした。デル・ソラールは、歴史を勉強するように彼女を説き伏せ、いっときは同じ大学に入るというところまで話が進んだが、結局、伯母の反対に遭って実現しなかった。

デル・ソラールが結婚してからは、二人が顔を合わせることもほとんどなくなった。お互いに別々の人間関係を築くようになったからである。妻のセシリアは、エドゥビヘスとその子供たちがどうしても好きになれなかった。デル・ソラールは、ごくまれにアンパーロに出くわすこともあったが、以前とは違って嫌味な女性になっていることに気づかされた。うぬぼれが強く、何かというと気取った口調で、かつて一族が享受していた名声をしきりに懐かしむようなことを口にするのである。お高くとまった横柄な態度にも我慢がならなかった。彼女とは絶対に顔を合わせたくないというセシリアの気持ちもわかるような気がした。とはいえ、アンパーロの心にある種の変化が芽生えはじめたことも事実だった。おそらく、弟のアントニオが世間から白い目で見られるという不運が、彼女を柔軟で物わかりのいい、飾らない人間にしたのだろう。セシリアはあるとき、アンパーロはきっとあなたとの結婚を望んでいたのよ、お母さんのエドゥビヘスも当然それを後押ししたでしょうし、結局あなたが私と結婚したことで、二人の夢はもろくも潰え去ってしまったんだわ、だからアンパーロはあんなにとげとげしい態度であなたに接したのよ、と言った。デル・ソラールは、そんなふうに考えたことは一度もなかった。

やがて、二人の間のしこりが解け、以前のような関係が取り戻されると、アンパーロは再びデル・ソラールに電話をかけるようになった。彼女の話によると、母親のエドゥビヘスは、疲れた神経を休めるため、そして、自分が置かれた状況を正面から受け止める心の準備を整えるため、メキシコシティを離れたということであった。世界が自分を中心に回っていることをつゆ疑わないエドゥビヘスの揺るぎのない自信が、ここへきて一気に崩れ落ちたのである。かつての親友ララ・パラシオスが、昼と夜を問わずエドゥビヘスに電話をかけ、あるときは自分の声で、またあるときは別人の声を装って、彼女を侮辱したり、卑劣な冗談を口にしたり、挑発的な高笑いとともに、アントニオが告発されていることについて不躾《ぶしつけ》なことを言ったりした。じつは、二人の関係は以前からうまくいっていなかった。何年も前に敗訴の判決が出されたある事件をめぐって、ララはアントニオにうまく後始末をつけてもらいたかったのだが、結局何もしてくれなかったと言ってエドゥビヘスに不満をぶちまけたことがあったのである。アンパーロによると、エドゥビヘスはプエブラ近郊の別荘にいるということであった。大切なのは、とにかく彼女を落ち着かせることであり、そのあいだに電話番号を変えておけば、中傷電話に悩まされることもなくなるだろう、という話であった。

ある日、デル・ソラールは、自分の留守中にアンパーロが訪ねてきたことを母から知らされた。デル・

ソラールの子供の顔が見たいと言うので会わせてみると、たいへん喜んだそうである。子供たちも終始ご機嫌だったという話であった。あとで連絡してほしいということだったので、さっそくその日の夜に電話をかけた。アンパーロは、今度の日曜日にデルニィ・ゴエナガの家でちょっとした昼食会があるんだけど、あなたも誘っておくように頼まれたの、と言った。彼のことは覚えている？　子供のころよく遊びに行ったじゃない。いまは広告会社の社長さんの椅子に収まっているみたいよ。毎週日曜日にお客さんを招いて食事をすることにしているらしいわ。

食事に招かれたデル・ソラールは、デルニィの政治談義に耳を傾けていた。デル・ソラールは、数年前に母と交わした会話を思い出した。イギリスからの帰途、ノートル・ダムで講演を行うためシカゴに立ち寄ったときの話をしていたデル・ソラールにむかって、母は、ノートル・ダムといえばかつてデルニィ・ゴエナガが学んだところであり、その輝かしい経歴、何年もたたないうちに築き上げた富、財産を適切に運用する能力、豊富な人脈など、どれをとってもデルニィは申し分のない人物であると手放しで称賛したのである。こういう話を聞かされるたびに、デル・ソラールは、本の執筆や講演、博士号の取得、学術的な名声の確立など、自分がこれまで成し遂げてきたことが母にとってそれほど価値のあるものではないことをあらためて思い知らされるような気がした。人は、それなりの財産を築かないかぎり、人生の落伍者になる危険とつねに隣り合わせの生活を強いられることになる、というわけである。

デルニィの屋敷は、いかにも資産家が住むのにふさわしいものだった。コロニアル様式の家具や、古い時代の絵画から現代絵画まで、すべてがほどよい調和を醸し出していた。全体として、時代がかった古いものがさりげなく上品に強調されていたが、だからといって新しいものがなおざりにされていたわけではなく、その価値を正当に見定めるだけの審美眼をこの家の主人が備えていることは明らかだった。ただし、それはあくまでも、たとえばコロニアル様式の彫刻に添えられるべきアクセサリーのようなものであり、そうした古い時代の彫刻は、当家の祖先がメキシコに居を定めた時代に遡るものであった。

友愛に満ちた抱擁と満面の笑みをもってデルニィに迎えられたデル・ソラールは、少し意外な感じがした。それほど親しくデルニィと付き合った覚えがなかったからである。デルニィの妻のエロイサは、デル・ソラールの頬に挨拶のキスをした。どうやら親類だけの集まりのようだった。デルニィ夫妻、夫妻の息子でまだ二十歳そこそこのアルトゥーロ、アルトゥーロの恋人、エロイサの従兄弟にあたる男性、身内の誰かの未亡人らしき若い女性、それにアンパーロとミゲルを加えた八人が食卓についた。会話の主導権を手放そうとしないデルニィが時おり語気を強めることを除けば、終始なごやかな雰囲気のなかで食事が進んだ。

デル・ソラールはデルニィに、それにしてもずいぶん久しぶりじゃないか、君がノートル・ダムへ行く前からずっと会っていなかったからね、と言った。するとデルニィは、何か言いたげな表情で相手の顔を見返した。デル・ソラールは、自分の経歴について相手がよく知っていることに驚いているのだろうと思った。

「いや、違うかな」デル・ソラールは訂正した。「たしか君が帰国したとき、僕らは一度会っているね。ちょうどエレラ・ロブレスが大学を卒業した日だ。そうだ、間違いないよ。君はその直前にメキシコへ帰ってきたばかりだったんだ。ドゥランゴ通りにあるばかでかい家でパーティーが開かれたじゃないか」

「ああ、そうだったね。あいつのお祖父さんの家だったな。ところで、ぼくがアメリカに留学したことを誰から聞いたんだい？」

「君じゃなかったかな。そう考えるのがいちばん自然じゃないか。あるいはアンパーロだったかもしれない。いや、エドゥビヘス伯母さんだったかな。いずれにせよ、親戚のなかの誰かだよ。でも、やっぱり君自身の口から聞いたような気がするな」

デルニィはデル・ソラールにグラスを手渡すと、そのまま彼の腕をとって広間の奥へ歩いていった。ガラス・テーブルの上には美しいブロンズ像が置かれていた。

「これは去年買ったものだ。いちばん新しい掘り出し物さ」デルニィは、先ほどよりも穏やかな口調で話しはじめた。そして、ふと思いついたように言った。「あれからいろいろなものを買ってみたんだが、これほど素晴らしいものにお目にかかったことは一度もないよ。ぼくはこれを見た瞬間、心の底から気に入ってしまったんだ。ギャラリーを出て数ブロックも歩かないうちに、これはどうしても引き返さなくてはいけない、あの見事なブロンズ像のない生活なんておよそ考えられないと思ったわけさ。ベニン・ブロンズは、その類まれな表現力において他の追随を許さないからね。気に入ったかい？」

「もちろんさ！　ぼくはロンドンとウィーンでベニン・ブロンズをいくつか見たことがある。じつはいまから二年前に……」

「いいかい」、デルニィは不躾《ぶしつけ》に相手の言葉を遮った。「ぼくは仕事の関係でよくニューヨークへ出かけるんだが、少しでも暇があれば必ずギャラリーを回ることにしている。気に入った作品があれば買って帰ることもある。若いころはよく、シカゴの芸術センターに通いつめて何時間もそこで過ごしたものさ。冬の日曜日は何といってもあそこがいちばんだからね。当時ぼくは、シカゴから一時間ほどのところにある学校に通っていた。ノートル・ダムで勉強したことは一度もないよ。どこからそんな誤解が生じたのか理解に苦しむね。おそらくアンパーロが君に話すときに間違えたんだろう。ぼくの父もよく言っていたが、女というのはとかく物事を取り違えて覚えるものだからね。ぼくが通っていたのは、イエズス会系のカレッジで、シカゴからそれほど離れていなかった。おそらくそのあたりに誤解の原因があるのだろう。ぼくを含めてメキシコ人が何人か勉強していたよ。端的に言って、教育や学問のレベルはノートル・ダムとそう変わらなかった。そこはやはりイエズス会さ。ところが、君も知ってのとおり、この手のカレッジというものは、社会的信用性という点において普通の大学にはとてもかなわない。あえて言わせてもらえば、ノートル・ダムの学生は、この社会的信用を手に入れるために高い学費を払っているようなものなのさ。有名なスポーツチームを擁しているのも理由のないことではないんだ」

デルニィはここで話題を転じ、いまから四年前の一九六八年、メキシコ・オリンピックが開催されている時期に目にしたというベニン・ブロンズについて語りはじめた。その後、二人は他の会食者たちのところへ戻り、展覧会やコンサート、映画の話に花を咲かせた。デル・ソラールは、彼らの博識に感服させられた。ロンドンで開かれた展覧会にしても、イギリスに滞在していたデル・ソラールでさえ一度も見る機会がなかったというのに、ほかの人たちはみな、ロンドンはもちろんニューヨークやパリ、メキシコシティなどの巡回展を見に行っていた。いずれも海外経験が豊富な教養人であり、洗練された趣味の持ち主だった。デルニィは、われわれはけっして取り返しのつかない時間を、つまり、その場かぎりの一過性の時代を生きているわけではないなどと話していた。

どうやらデルニィは悲観論者ではないようだった。この世には永遠につづくものなど何もないというのが彼の持論だった。アントニオはきっと戻ってくる。もちろん自分の犯した過ちはちゃんと償わなければならないだろうがね。不明朗な会計が問題になっているのであれば、彼自身が堂々と申し開きをするべきだ。たとえそれが部下の犯した過ちであってもね。

「われわれは前の大統領が残した恐るべき負の遺産に苦しめられているんだ」デルニィはつづけた。「ぼくがこんなことを言うと君はおそらく変に思うかもしれないがね。しかし、われわれはいまこそ真の現代人に生まれ変わるべきなんだよ。そして、物事の結果を正確に予見するすべを学ばなければならない。こう言ったからといって、ぼくはなにも過激論者に宗旨替えしたわけじゃない。前の政権がわれわれにいったい何を残したのか、あらためて言うまでもないだろう。それを多少なりとも和らげるためにぼくはあえてこんな言い方をしているんだ。イギリスに移り住んだ君の決断はまさに正しかったわけさ。この国の騒動もまさかあそこまでは及ばないだろうからね。われわれは、しかるべきときに自らの立場をしっかりと表明できるように、いまから心の準備を整えておく必要がある。これだけは確信をもって言えるんだが、われわれは、とにもかくにも必要不可欠な存在なんだ。空虚な言葉が乱れ飛ぶこの一九七三年においても、連中はわれわれなしにはとてもやっていけないんだ。文化というものが一朝一夕にできあがるものではないこと、洗練された趣味や嗜好といったものが一般大衆とはおよそ相容れないこと、少なくともこれら二つを機械的に結びつけることなど不可能であること、これだけは連中も認めざるをえないわけだからね。いつの日か状況が変わることを祈るしかないね。きっとそうなるさ。でもね、ミゲル、それまでにしなければいけないことがたくさんあるんだ。たとえば北部の人間を見てごらん。彼らは以前に比べるとはるかにいい暮らしをするようになっている。昔は買い物といえばサン・アントニオをはじめ国境沿いの町へ出かけるのが普通だった。ところがいまじゃ、飛行機でニューヨークまで飛んでニールセンの歌う〈エレクトラ〉を聴いたり、ミュージカルを鑑賞したり豪勢な食事を楽しんだりしている。どんちゃん騒ぎだって厭わない。そして、翌日の朝にはもう自宅に戻っているってわけさ。朝の十時には涼しい顔をして仕事に励んでいる。それはごく最近になってから見られるようになったことで、彼らはあくまでも例外にすぎないと君は言うかもしれない。そのとおり。しかし、そういった連中は着実に増えている。アントニオは賢い男だ。おまけにどんなときにも冷静さを失わないという美点を兼ね備えている。いまは自分が置かれた状況を真正面から受けとめるしかないってことは十分にわかっているはずだ。彼ならきっと大丈夫だよ。自分を磨くために読書に専念し、社会復帰に備えて心の準備をしていることだろう。彼が支障なく社会生活を営むことができるように、仲間たちも協力を惜しまないはずだ。しかしそのためにも、アンパーロ、まずは君のお母さんが落ち着くことだね」

つづいてデル・ソラールが、エドゥビヘスに会ったときの様子を話した。メキシコ革命の勃発以来ブリオネス家に加えられてきた不当な迫害についてしきりに嘆いていたこと、アルヌルフォ・ブリオネスの継子であるピスタウアーが殺されたのも、アントニオを政界から追放しようとする動きがあるのも、どちらもブリオネス家に対する嫌がらせにほかならないと固く信じ込んでいるらしいこと、といった話である。

「アンパーロには申し訳ないが、あえて言わせてもらおう」デルニィは芝居がかった調子で口を開いた。「物事を冷静に、論理的に考えるというのはエドゥビヘス伯母さんがもっとも苦手とするところだ。ピスタウアー殺害事件とアントニオに対する逮捕命令とは何の関係もないね！」

「たしかにあなたの言うとおりかもしれない。冷静に物事を考えることがママにはできないことも確かよ。でも、ママの言い分にも一理あるんじゃないかしら。考えてみれば、これまで何年かに一度、必ず大きな不幸が家族に降りかかってきて、そのたびにママは打ちのめされたわ。これは紛れもない事実よ。私自身、子供のころから実際に体験してきたからよくわかるの。ピスタウアーが殺されたのも、アルヌルフォ伯父さんが死んだのも、どちらもアントニオの問題とは何の関係もないのかもしれない。でも……」

「アンパーロ、弁証法というのはドイツ観念論が生み出したもっとも偉大な発明だ」デルニィはいきなり学者のような口ぶりで語りはじめた。「弁証法の真の創始者はヘーゲルであって、一般に信じられているようにマルクスではない。この点はとくに重要だ。弁証法という言葉を耳にしただけで拒絶反応を示す人もいるようだが、それはその人が無知だからであり、政治的な誤解を極度に恐れるからだ。この二つは結局同じものなんだけどね。われわれは観念というものをけっして恐れてはならない。これがぼくの信念であり、理論であり、行動原理だ。弁証法はヘーゲルが生み出した観念だ。定立《テーゼ》、反定立《アンチテーゼ》、総合《ジンテーゼ》。単純明快な話さ。テーゼとはすなわちポルフィリオ時代であり、アンチテーゼとはすなわちメキシコ革命だ。では総合《ジンテーゼ》とは何か？　それはわれわれすべてなんだ。いや、すべてじゃない。まだその段階には達していない。総合《ジンテーゼ》とは要するに、不幸な時代を生き延びてきたわれわれと、われわれの戦列に加わった同志たちのことだ。われわれは好むと好まざるとにかかわらず、国民統合の理念を体現した新しい存在なんだ。言い換えれば、いまこのテーブルを囲んでいるわれわれこそ、まさしく総合《ジンテーゼ》を構成しているんだよ」

　このとき、どこからともなく奇妙な物音が聞こえてきた。耳鳴りのような不快な音である。金髪の巻き毛を短く切りそろえたアルトゥーロの恋人が、口にコップを当てていた。奇妙なうなり声はどうやらそこから漏れ聞こえてくるようであった。すると突然、コップのなかの飲み物が彼女の口元からこぼれ落ちた。うがいでもしているのだろうか？　それともコップの縁を噛んで遊んでいるのだろうか？　横にいるアルトゥーロがこらえきれずに大声で笑い出した。それと同時に、彼女がくわえているコップのなかの液体がテーブルクロスの上に勢いよく飛び散った。当人もついに我慢できなくなり、狂ったように笑いはじめた。それを合図に、周りにいる人たちが一斉にがやがやとおしゃべりをはじめた。アンパーロがひときわ大きな声を張り上げて、アメリカ人と一緒にソチミルコに行ったときの逸話を披露した。ひとりのアメリカ人がへべれけに酔っぱらってしまった話をすると、全員がどっと噴き出した。デルニィは、二人の若いカップル、とりわけ息子のアルトゥーロを憎々しげに睨みつけていた。

「ねえ、デルニィ」真顔に戻ったアンパーロが話しかけた。「近いうちにママと話してみてくれないかしら。あなたの言うことならママもちゃんと聞くのよ。アントニオに対する迫害が弁証法的な過程の一部をなしていることを知ったら、ママもきっと安心するでしょうから」

「世の中には、非常に抽象的に見える現象が存在する。ところが目を凝らしてよく観察してみれば、独自の真実がそこに隠されていることが鮮明に見えてくるはずだ。ぼくはなにも弁証法の話にこだわるつもりはない。しかしだね、たとえばさっき名前が挙がったアルヌルフォ伯父さんについてよく考えてごらんよ。あるいはぼくの親父でもいい。彼らにしてみれば、ぼくらはみな罪深き人生を送っているようなものなんだ。ところが彼らは、現象というものをその全体性において、つまりその過程のなかで捉えようと努力したことは一度もないんだよ。この全体性こそ、ある人は認めたがらないかもしれないが、弁証法的な過程と呼ばれるものなんだ。われわれはみな、やり方はどうであれ、ともかくも政府に協力している。こんなことは彼らの時代にはとても考えられなかっただろう。体制に真っ向から反対していたんだからね。とても受け入れられるものじゃないさ。でもね、熱くなりすぎて正常な判断力を失い、取り返しのつかない過ちを再び犯してしまったとしたら、それこそ元も子もないと思うんだ。いまはとにかく冷静さを失わず、暴風雨が過ぎて太陽が顔を出すのをじっと待っているしかない。われわれはさしあたり洗練された教養人のイメージを政府側に提供する。彼らはそれを何よりも必要としているんだからね。その見返りに、政府はわれわれにもろもろの便宜を与える。こうした持ちつ持たれつの暗黙の関係が、結局はわれわれ全員を利するというわけさ」

ミゲル・デル・ソラールは、デルニィの開陳する哲学などに興味はなかった。それよりも、一九四二年に関する話を早く聞きたかった。当時、ミネルバ館の伯父夫婦のところに頻繁に立ち寄っていたデルニィは、アルヌルフォ・ブリオネスの書斎に立ち入ることを許されていた数少ない人物のひとりだった。デル・ソラールは、「昔と違っていまは歴史への積極的な関与が求められている時代なんだってぼんやり感じることもあったよ」と切り出した。そして、アルヌルフォ・ブリオネスがときおり妹のエドゥビヘスをつかまえて、彼女の夫のディオニシオが大学で教えていることを裏切り行為だと言って手厳しく非難するところを何度か目撃したことがあるといった話をした。何かといえばすぐに文句をつけたがるアルヌルフォの偏屈な性格は、デル・ソラールにとってはつねに大きな謎だった。

「アルヌルフォは」、デルニィは話を締めくくるように言った。「あの黒眼鏡によって外界から隔てられているんじゃないかとぼくはよく思ったよ。あのころは無力な、足元の覚束ないよぼよぼの老人にしか見えなかったが、じつはたいへんな有力者として人々から恐れられているということをあとになって知ったんだ。とても信じられなかったけれどね。時代というものは変われば変わるもんさ。君がアルヌルフォに初めて会ったとき、彼はすでに視力を失いかけていたんだ。とても気に病んでいたよ。アルヌルフォとぼくの親父は従兄弟同士だったが、兄弟のように仲がよくてね。親父のほうが一回り年上だったはずだ。ぼくは親父がだいぶ年をとってから生まれた子供なんだ。上に六人の兄がいたが、いずれも若くして死んでしまった。ところがこのぼくは病気というものをしたことがない。末っ子《ル・デルニエ》にして唯一の生き残りってわけさ。親父とアルヌルフォの二人は、毎週日曜日になると、テオティワカン近くの農場でぼくらに軍事教練を施した。いざというときのために準備おさおさ怠りなく、というわけさ。肉体的な鍛錬のほかに軍人としてのモラルや心構えなども徹底的に叩き込まれた。あの二人がまだ生きていたとしたら、きっと時代錯誤も甚だしい過去の亡霊とみなされただろう。純粋なるテーゼというわけさ！」

「アルヌルフォ伯父さんはとくにあなたを気に入ってたみたいよ」アンパーロがからかうように言った。「きっと自分の後継者にしようと考えていたのね。つまり、あなたを真の十字軍戦士に鍛え上げたかったのよ」

「テーゼの後継者というわけかい？　たしかに伯父さんの理論に心を動かされたこともあったよ。伯父さんは世界がさまざまな危険に脅かされていると考えていた。死に絶える寸前の信仰心、炎に包まれた幸せな家庭、汚された信条。いまこそ身命を賭してそれらを救わねばならない！　ダンツィヒに死す！　というわけさ。いまじゃとても考えられないがね。なにせ国家の尊厳とか、階級や人種の責務なんてことを大真面目に唱えていたんだから。当時でさえ時代錯誤の感を免れなかったよ。それでも、われわれの耳にはなかなか勇壮に響いたものさ。伯父さんたちはおそらく、後の世代の人間がどんなことを望んでいるのか何もわかっていなかったんだろうね。運動の中心人物だったにもかかわらず、アルヌルフォ・ブリオネスはいわゆるリーダーの器じゃなかった。その資質が欠けていたんだね。だから本人も、あまり表立った行動はしないようにしていたよ。もちろん視力を失ったことも大いに関係があるだろう。それを隠そうとしてことさら尊大に振る舞ったことが、伯父さんに対する人々の信頼をさらに損なうことにもなった。ぼくの印象では、自分ひとりの世界にひたすら閉じこもるようになってからは、味方よりも敵のほうが多かったような気がするな。強い反感や憎しみを抱く連中もいたようだしね。結局アルヌルフォは、途中から軍事教練に姿を見せなくなってしまった」

「軍事教練の参加者たちは、いわば過激な右派勢力を形成していたということなのかな?」

「まあそんなところだろう。鉄の規律のみが国家を救うという信念に貫かれた連中さ。ファランへ主義[*35]に近かったと言えるかもしれない。ユダヤ人に好意的なアメリカに不信感を抱いていた。いまも言ったように、アルヌルフォには指導者としての資質が欠けていた。何よりもその声がいけなかった。うつろに響く耳障りな声さ。ある日、軍事教練のあとで演説をぶったことがあるんだが、ぼくはそれを仲間に聞かれるのが恥ずかしくてね。何を言っているのかわからないんだ。演説にはおよそ向かないタイプさ。おなじ言葉を何度も繰り返したり、しょっちゅう吃《ども》ったり、まったく聞いちゃいられなかったよ。アルヌルフォはもっと別の方面で才能を発揮するべきだったんだ。交渉とか折衝とかでね。かつては有能な論客として鳴らしたこともあったという噂だった。いずれにせよ、伯父さんは当時すでに時代に取り残されているようなところがあった。アルヌルフォがもしぼくらの政治的立場を知ったとしたら、はたして理解してくれたかどうか怪しいものだね」

すでに日が暮れかかっていた。一同は庭を散策した。若いカップルはここで別れを告げた。デルニィはミゲルを書斎へ招いた。

「君に会えて本当にうれしいな」デルニィが口を開いた。「君の本はなかなかの評判らしいな。ぼくも何か本を書こうと思うときがあるよ。さっき話したようなことを詳しく論じた本とかね。残念ながら、まだその機は熟していないようだ。何を書くにしても反動主義者の烙印を押されてしまうだろうし、父についてあれこれうるさいことを言う連中もいるだろう。それに、書き手であるぼく自身の社会的立場がそれを許さないということもある。ぼくはけっしてひとりで働いているわけじゃない。自分の考えを公にしたがために仕事仲間が迷惑を被るようなことだけは絶対に避けなければいけないんだ」彼はここで一息入れた。「カレッジに通っていたころ、ぼくは思慮分別こそ最大の美徳にほかならないということを学んだ。ぼくが通っていた学校は、たしかにノートル・ダムとは違って有名フットボールチームがあるわけじゃなかったけれど、困難な状況を乗り越えるために必要な知恵をすべてそこで身につけることができたような気がするよ。それで十分だとは思わないか？」

ミゲルはただ黙って頷いた。そして、教育というものが有する実際的な効用について月並みな意見を述べたあと、帰る前にもう一杯コーヒーをもらえないだろうかと訊ねた。

ミゲルの望みは快く受け入れられた。熱烈に迎えられたといってもよかった。

デル・ソラールは、一九四二年について詳しく調べてみようと思っていることを打ち明けた。それは微視的な視点からの歴史へのアプローチになるはずであった。デル・ソラールはできるだけ控え目な調子で、当時、アルヌルフォ・ブリオネスの継子が殺されたミネルバ館の事件について、ある政府系機関がドイツ人活動家の関与を疑っていた事実を明かした。そして、アルヌルフォの前歴や思想背景などを考えると、彼がドイツに肩入れしていたことはほぼ確実であり、したがって政府の見解は的外れなものであろうとつけ加えた。

「ところが最近になって」、デル・ソラールはつづけた。「殺された若者がユダヤ人の血を父方から受け継いでいたこと、そして、彼の実の父親の身の安全のためにアルヌルフォ・ブリオネスが奔走していたらしいことがわかったんだ。何か変だとは思わないか?」

「いいかい、ミゲル。あのころぼくはまだ若かった」デルニィが答えた。その声は再び落ち着きを取り戻していた。デル・ソラールと二人きりになったいま、芝居がかった台詞はもはや必要ないとでもいうように。「たしか十六歳か十七歳だったと思う。世間知らずもいいところさ。なにせ無菌消毒された脱脂綿にくるまれて、試験管のなかで大事に育てられたようなものだからね。いまの十歳の子供のほうが、結婚したときのぼくよりもよっぽど賢いくらいだよ。何か変なことが起きているらしいということは漠然と感じていたがね。奇妙な重苦しさに包まれた時代だったよ。君はまだ幼かったから、宗教的迫害についてはまったく覚えがないだろう。当時はどの家庭にもその影響が及んでいた。われわれは十字架に磔にされたキリストの肉の一部、いまわの際のキリストの心臓に流れこむ一滴の血というわけさ。大戦の勃発と同時に、さまざまな権益が危険にさらされた。アルヌルフォ伯父さんが当時どんなことにかかわっていたのか、残念ながらそこまではわからない。伯父さんはファレス通りに事務所を構えていた。ドイツに鉱物資源を輸出するための会社だよ。実入りもなかなかのものだったらしい。実質的には事務所のスタッフがすべてを取り仕切っていた。船積みや海上輸送、通関手続きにかかわるすべての業務さ。伯父さんは毎日昼まで事務所にこもって仕事をしていた。宣戦布告のあと会社は閉鎖されたが、伯父さんは相変わらず事務所に通いつづけた。そして午後になると、ミネルバ館のエドゥビヘス伯母さんのところへやってくるんだ。伯父さんの仕事部屋がそこにあったからね。ぼくはよく親父に頼まれて、伯父さんに手紙を届けにいったものさ。伯父さんはそこで来客の応対をしたり、書簡をしたためたり、ほかにもいろいろな仕事をしているようだった。ある日の夜、ぼくは緊急の用事を言いつけられた。ぼくの親父は一日中、アルヌルフォ伯父さんと連絡をとろうといろいろ手を尽くしたみたいだけど、伯父さんの居場所がどうしてもわからずに焦っていた。そこで、市内のある住所をぼくに教え、いまからすぐにそこへ行って伯父さんに手紙を届けてほしいと言うんだ。途中で公設質屋へ立ち寄って、誰かに尾行されていないかよく確かめろと言われた。誰にもつけられていないことを十分に確認してから、指示された場所へ行けというのさ。目的地はブラジル通りにあるみすぼらしい建物の三階だった。ところが、いざそこへ着いてみると、打ち捨てられたような時計屋があるばかりだった。ぼくはすぐに引き返そうとしたんだが、そのとき店の奥に座っていた老人が片眼鏡を外しながら、何か用かねと声をかけてきた。ぼくが伯父さんの名前を告げると、老人は座ったままの姿勢で、隣の事務所にそういう名前の人がいるかどうか聞いてきてあげるから、そのましばらく待っていなさいと言って、ぼくの名前を訊ねた。老人はすぐに戻ってくると、ついてきなさいと言って手招きするんだ。ぼくは老人のあとについて、いくつかのドアが見える廊下へ入った。どことなく非現実的な、恐ろしい夢にでも出てきそうな場所だった。ぼくらはドアのひとつを通り抜けて奥の階段を上っていった。すると、書類が散らかった事務机の前に伯父さんが座っているんだ。そこはミネルバ館の伯父さんの仕事部屋にそっくりだった。暗い色調の重厚な家具、白い薄手の紗で覆われたガラス扉のついた黒い書棚、蝿の糞で汚れた鏡、暗緑色の小さな覆いをかけられた電球。どことなく薄汚れた、殺風景な部屋だった。今日という今日まで、ぼくはその部屋を思い出すことさえなかったんだが、いまこうしてあらためて思い返してみると、なんだか寒気を覚えるよ。ぼくは伯父さんに手紙が入った封筒を渡した。伯父さんはさっそくそれに目を通すと、急いで破り捨てた。そして、誰にも尾行されなかったかと真顔で訊ねるんだ。ぼくは大丈夫ですと言って頷いた。すると伯父さんは、帰ったらお前のお父さんに、心配することは何もない、すべてはうまくいっている、噂話なんかに振り回されるな、近いうちに自分はメキシコシティを出るつもりだと伝えてほしい、と言うんだ。そして、わざわざメモする必要はないから、いま言ったことを口頭でそのまま繰り返してくれればいい、とつけ加えた。伯父さんは時計屋の主人を呼ぶと、その場でぼくに別れを告げた。時計屋の主人は、ぼくをさっきとは違う扉から、来たときとは別の通りへ送り出してくれた。ぼくはそのまま家へ飛んで帰り、伯父さんからのメッセージを伝えた。親父は、これでようやく肩の荷が下りたといったような安堵の表情を浮かべていた。そして、あの事務所のことは誰にも口外するな、今回は事情が事情だったから、やむを得ずお前に危険な仕事を引き受けてもらったが、もう二度とあんなことを頼むつもりはないし、その必要が生じることもないだろう、と言うんだ。お前の帰りを待ちわびていた二時間というもの、私は人生でもっとも長く辛い時間を過ごした、しかしいずれお前にもわかるときがくるだろう、親父はそんなことも言ったよ。ところが、ミゲル、ぼくにはいまだによくわからないんだ」

「いま君が話してくれたことは、ピスタウアーが殺されたあとのことかい?」

「そうだ。アルヌルフォ伯父さんが殺される直前のことだったと思う。ぼくの親父が手紙やメモ類を焼き捨てていたころだよ」

「アルヌルフォ伯父さんがじつは殺されたんだということはみんなすでに知っているようだけど、ぼくはつい最近までそのことを知らなかったんだ」

「僕の家では誰もがそう考えていたよ。ピスタウアーの埋葬が済んでからというもの、ぼくの親父とアルヌルフォ伯父さんはすっかり疎遠になっていた。ぼくがアルヌルフォ伯父さんに届けたあの手紙が、ある意味において二人の和解を促したんだ。とにかく、ぼくが伯父さんに手紙を届けたのは、伯父さんが殺される直前のことだったよ」

「いったいどうして伯父さんは殺されなければならなかったんだろう?」

「伯父さんの結婚問題が関係していたんだと思うよ。でも、これはあくまでもぼくの直感にすぎない。

アデーレは美しい女性だった。伯父さんにはもったいないくらいさ。まさか伯父さんのような老いぼれに本気で惚れていたとは思えないね。考えてもみてくれ。目はほとんど見えないし、おまけにニンジンのような赤い色の蔓をつけた老人だぜ。おそらく金目当てか、ドイツを出るために便宜を図ってもらおうと伯父さんに近づいたんだよ。二人がメキシコへやってくるなりアデーレの前の亭主が現れるなんて、どう考えても変じゃないか」

「アデーレの前の亭主というのは、メキシコでは誰のところに身を寄せていたんだい？」

「わからないな。ただ、アルヌルフォ伯父さんとアデーレのところじゃないことは確かだね。そんなことが許される時代じゃなかったから。前の亭主がその後どうなったか、それもよくわからない。もともとは医者だったらしいが、まだ生きているとすればおそらく八十に近いんじゃないかな」

「アデーレは？」

「とにかく美人だったよ。日曜日に一緒にスポーツクラブへ行ったことがあるんだが、息子の横で汗を流す彼女の姿はほれぼれするほど美しかったな。まだ四十にはなっていなかったはずだ」

「彼女はその後どうなったんだい？　メキシコにとどまったのか？」

「いや、違う。ただ、どこへ行ってしまったのか、それはぼくにもわからない。エドゥビヘス伯母さんならきっと何か知っているだろう。アデーレは、息子が殺されたあと、すぐにでもメキシコを引き払いたかったみたいだけど、パスポートかビザの関係でアメリカへの入国を認められなかったんだ。それでしばらくのあいだエンセナーダに滞在していたらしい。でも結局はメキシコシティへ戻らなければならなくなった。アルヌルフォ伯父さんが殺されたのはちょうどそのころだよ。アデーレがメキシコを出たのはそのあとのことだ。たしかブラジルへ行ったんじゃなかったかな」

「ミネルバ館に年老いたドイツ人女性が住んでいるんだ。メキシコへ来てからずっとそこにいるらしい。誰とも口をきかないそうだけど、彼女がひょっとしてアデーレだとは考えられないかい？」

「アデーレはミネルバ館に住んだことは一度もないよ。ポランコ地区にある立派な屋敷に住んでいたはずだ。いずれにしても、彼女がメキシコを後にしたことは間違いないよ」

女中がコーヒーを運んできた。デルニィの話しぶりからは、先ほどまでの演説口調がすっかり影をひそめていた。いまやデル・ソラールが相対しているのは、事件の謎の解明に一役買ってくれる、感じのいい善良な友人にほかならなかった。デル・ソラールは二杯目のコーヒーに口をつけた。

「ところで君は、アデーレの最初の亭主に会ったことはあるのかい？」

「墓地で一度見かけたよ。言葉は交わさなかったけどね。君はひょっとすると、アルヌルフォ伯父さんの知らないところでアデーレが前の亭主とひそかに通じていたとでも考えているのかい？」

「ありえないことではないだろうね」

「たしかに、アルヌルフォ伯父さんは、あの美人の奥さんには目もくれなかった。二人で仲よく暮らすかわりに、秘密の仕事場を転々としていたよ」

「ところで君は、デルフィナのパーティーには行ったのかい？」

「とんでもない！　なにせ大学を卒業するまで家の鍵を持ち歩くことさえ禁じられていたくらいだか

らね。まるで子供扱いさ。まあ、実際に子供だったんだけどね。それに引きかえ、うちの息子はご覧のとおりさ。つまらない娘をしょっちゅう部屋に連れ込んでいる。音楽を聴いているのか、おしゃべりをしているのか、それとも何かよからぬことにうつつを抜かしているのか、ぼくも妻も、そんなことにはいっさい興味がない。アルトゥーロはすでに自分の世界をもっている。ぼくらはそれを尊重しているわけさ。ぼくの若いころにはおよそ考えられなかったことだ。寝室に女の子を連れ込もうものなら、それこそ親父から大目玉をくっただろうね」

「デルフィナとはいまでも付き合いがあるのかい？」

「ああ。そこにあるマリア・イスキエルドの食器戸棚は、数年前に彼女のギャラリーで買ったものだ。そのときに買った絵も何点かこの家に飾ってあるよ。デルフィナもやはり、われわれとは違った意味において、総合《ジンテーゼ》の側に属していると言えるだろうね」

「何だって？」デル・ソラールは聞き返した。

「さっきぼくが話した弁証法的総合《ジンテーゼ》のことさ。デルフィナは、われわれとは異なる社会階層の出身だ。ところが、君も見てのとおり、彼女はわれわれの側に属するようになったんだ。彼女を同志として扱わないことはいまじゃとても不可能だ。つまり彼女は、時代という障壁を乗り越えて見事に総合《ジンテーゼ》を成し遂げたんだよ。ぼくは彼女と話をしたり、一緒に食事をしたりすることがとても気に入っている。われわれは同じ仲間なんだ。こんなことを言っても、おそらくぼくの息子や、息子が付き合っているあの小娘にはとても理解できないだろうけど、デルフィナとぼくは、いわばひとつの規範を共同で作り上げたんだ。彼女のような人たちが幅のある人間性を獲得することができるようにね。ぼくはね、一部の頑迷な人間とは違って、階級というものをそもそも信じていないんだよ。ぼくがかかわっている広告業界の仕事っていうのはじつにいろいろなことを教えてくれる。古臭い考えにこだわっている暇なんてないんだ。うかうかしているとあっという間に耄碌《もうろく》してしまう」

「君は覚えているかどうかわからないけど、ぼくはあのころミネルバ館に住んでいたんだよ」

「ぼくはパーティーには行かなかった」デルニィは相手の言葉を遮った。「でも、もちろんあの事件については逐一知ることができたよ。どの新聞も大々的に取り上げていたからね。ぼくの家でもあの事件の話でもちきりだった。埋葬式は内輪の者だけを集めてひっそりと行われた。母親のアデーレは姿を見せなかったが、ドイツ人の実の父親が来ていた。誰も彼に話しかけようとはしなかったがね。連れの男が一人いたようだ。いまもそのときの様子がはっきりと目に浮かぶよ。二人とも着古した黒革のコートを着ていた。メキシコではもう誰も着ないような代物だった。遺族からは、アルヌルフォと妹のエドゥビヘス、それに、ぼくと親父の四人が参列した。アルヌルフォ伯父さんに影のように付き従っている護衛のような男もいたな。形式ばかりの地味な埋葬式だったよ」

「君の家では事件についてどんなふうに話していたんだい？」

「ぼくの親父の話によると、殺された若者は、デルフィナの家でかなり酒を飲んでいたらしい。デルフィナの息子と、それからもうひとり、作家と称する怪しげな男が一緒にいたということだ。この男は、いかがわしい世界に出入りしているごろつきだったらしいがね。どうやらそいつが、殺された若者とデルフィナの息子を外へ誘い出したみたいだ。彼らは表へ出ると、一台の車を呼びとめ、無理やり乗り込もうとしたらしい。ところが、車に乗っていた連中が身の危険を感じてすかさず発砲したというわけさ。アルヌルフォ伯父さんは、事件の衝撃ですっかり元気を失い、ふさぎこんでしまった。奥さんのアデーレも、メキシコにはもう住みたくないと言い出す始末さ。そんなこんなで、伯父さんは死ぬまで気が休まらなかった。さっきも言ったように、ぼくの親父とも疎遠になってしまったしね。最後の最後になってようやく二人は仲直りしたんだけど。伯父さんが死んだその日に、二人はロペス通りにあるレストラン〈マノロ〉で夕食を共にしたんだ。いや、ひょっとするとルイス・モヤ通りだったかもしれない。君は覚えているかい？　とにかく、伯父さんはアデーレの出国に必用な書類をすべてそろえていたみたいだ。ぼくも一緒にレストランへ行くことになっていたんだが、直前になって親父から、お前は家に残っていろと言われた。よくは覚えていないが、何か緊急の用事を言いつけられたんだと思う。あの日は親父にとっても人生の終わりを意味した。自分にはもはや敗北しか残されていないことを悟ったんだよ。以来、政治にもいっさい関わろうとしなくなった。終日家に閉じこもって読書や祈りに没頭する毎日だった。アルヌルフォ伯父さんの死が結果として親父の死を早めることにもなったんだね」

「アルヌルフォ・ブリオネスの死とその継子の死は、どこかでつながっている可能性があるね。これはほぼ間違いないと思う。エスコベードによると、デルフィナのところで持ちあがった一連の騒動は、パーティーの参加者の目を欺くための何者かによる自作自演だということだ。そのあいだに階下ではピスタウアーが射殺されたというわけさ」

「ピランデッロの戯曲や『羅生門』のように、真相をめぐる解釈は十人十色ということだな」デルニィは博識をひけらかすように言った。「ぼくの考えでは、パーティーの騒動は単なる偶然の産物だよ。エドゥビヘス伯母さんもその場にいたはずだ。ところで君は、アルヌルフォ伯父さんに影のごとく付き従っていた殺し屋が最初の騒動を引き起こした張本人だったってことは知ってるかい?」

「マルティネスだね?」

「そうだ、あのマルティネスだよ。君はやつのことを覚えているのか?」

「いや、そういうわけじゃないけど、最近、マルティネスの名前をよく耳にするものだからね」

「周囲の人間からは疎んじられていたよ、あいつは役立たずのろくでなしだってね。たとえばデルフィナだが、呼ばれもしないのに勝手にパーティーにもぐり込んだと言って、いまだにあの男が許せないみたいだ。そりゃ誰だって腹が立つさ。おまけにあいつはパーティーに来ていたご婦人に暴力をふるったんだからね。ぼくは個人的には乱暴者のマルティネスをなかなか愉快なやつだと思っていたんだが、まあ、そんな好意的な見方をする人間はぼく以外には誰もいなかったよ。ぼくはあの男とは親しかったんだ。やつはアルヌルフォと一緒に軍事教練にも顔を出していたよ。ミネルバ館でもよく見かけたものだ。デルフィナの言うことはまったくもって正しいよ。つまり、マルティネスは俗悪を絵に描いたような人間だってことだ。この点にかけては誰もあいつにはかなわないね。自分では弁護士だって言ってたけど、小学校を卒業したかどうかも怪しいものさ。それでもなかなか的を射たことを口にすることもあったな。ブリオネス兄妹の気取ったしゃべり方にも影響されていたみたいだが、どことなくやくざ風の口ぶりだったよ。そんなマルティネスのことを、アルヌルフォ伯父さんは父親のような慈愛に満ちた態度で、〈助言者〉とか〈相談役〉と呼んでいた。あの男がいったいどんなことを伯父さんに助言していたのか、皆目見当がつかないがね。とにかく、どうしようもない人間だったことは間違いない。個人的にはなかなか愉快なやつだと思っていたがね。すっかり二枚目を気どってね。自分は色男にして人扱いのうまい人間としてこの世に生まれてきたんだなんて言っていたよ。〈色男にして人扱いのうまい人間だよ、ゴエナガ君。そして何を隠そう、黄金の杖を手にした、正真正銘のパレードの先導者ってわけさ〉、あの男はいつも得意げにそう繰り返していた。ところがあるとき、〈この住人は相変わらずぼくの真価を見抜いてはいないようだね〉と悲しげに呟くんだ。〈まあ、それも致し方のないことだけどね。ぼくは生まれつき自己宣伝が苦手なんだ。でも、結果的に馬鹿を見るのは彼らのほうだよ〉。ぼくとマルティネスはそのとき、エドゥビヘス伯母さんのアパートメントの玄関のすぐ外に立っていた。マルティネスは片手でぼくの腕をつかみ、もう片方の手で大きく円を描きながら建物全体を指し示してこう言うんだ。〈ぼくはね、世界に喜びと平和をもたらすためにこの世に生まれてきたんだ。ミネルバ館の住人を見てごらんよ。みんなそれぞれに深刻な秘密を抱えていて、そのために不幸な生活を送ることを余儀なくされている。そして、憎しみや恐怖、猜疑に満ちた目をお互いに向け合い、激しくいがみ合っている。ぼくはそんな彼らを幸せにすることができるんだ。その見返りに、彼らはそれぞれのやり方で、それぞれに可能な範囲で、ぼくに報酬を支払う。女性であれば、もっと別の方法で、つまり、もう少し個性的でなおかつ情愛に満ちたやり方でお礼をしてくれればいい。それに報いるべく、ぼくは彼らの生活に調和を導き入れるのさ。人扱いのうまい人間としてこの世に生まれてきたのもまったく無意味じゃなかったわけだ。当人の気づかないうちに悩みを解消してあげることだってできるんだよ。たとえば日曜日に、トロンボーンや大太鼓などを持ち寄って、ミネルバ館の住人がひとり残らず集まって、みんなで一斉に音楽を奏でながら回廊をパレードするんだ。つまりこれこそ愛のパレード、調和を寿《ことほ》ぐ行進というわけさ。先導役を務めるのはもちろんこのぼくだ。世界はいま、救いのない状況に陥っている。ほんのはした金のために醜い争いが繰り広げられているありさまだ。これじゃ狼の群れと何ら変わりはないよ。連中はそんな生活に満足しきっている。けっして自分を変えようとはしないんだ〉ってね」

「ぼくがこれまでマルティネスについて聞かされてきたことはどれもみな好意的なものではなかったよ」

「あの男は、自分には女を惹きつける生来の魅力が備わっていると思い込んでいたんだ」デル・ソラールの言葉には耳を貸さずにデルニィは話しつづけた。「君には信じられないかもしれないが、それはあながち見当外れな思い込みとばかりも言えなかった。エドゥビヘス伯母さんなら、マルティネスが実際にどんな仕事をしていたのか知っているはずだ。アルヌルフォ伯父さんが自分の右腕として重宝していた男だからね。ドイツに連れていったことも一度や二度はあったはずだ。あの正真正銘のパレードの先導者をね。マルティネスの最大の楽しみのひとつ——というより、ほとんど習慣と化していたんだがね——といえば、ハンブルクやベルリンでの派手な女遊びの思い出をぼくに語り聞かせることだった。やつの話に耳を傾けるのは本当に愉快だったよ。なにしろ、あのころぼくはまだ童貞だったし、信心深かったからね。マルティネスの話を聞いていると、なんだか見てはいけない深淵を覗き見てしまったような、強烈な硫黄の薫りを胸いっぱいに吸い込んだような、禁断の快楽をもたらしてくれる毒素に全身を浸したような、何ともいえない不思議な感覚に襲われたものだよ。好色本を盗み読むときの快楽に近いと言ったらいいのかな。とにかくあの男は、ドイツでのアバンチュールの思い出をたっぷり聞かせてくれたよ。お相手はいつも成熟した肉づきのいい女と決まっていた。年の若い細身の女の子には興味がなかったみたいだね。〈年老いた雌鳥のほうがいい出汁《だし》が取れるというものさ〉とか、〈この世で脂肪の塊に勝るものはないね〉とか言いながら、嬉しそうに舌なめずりするんだよ。ところがあの男には深刻な悩みがひとつあった。痔に悩まされていたのさ。〈これこそわが肉体に刻まれた非情なる聖痕というわけだ〉、彼はよくそんなことを言っていた。それを恥ずべきことと考えていたのか、ひとりで薬局に入ることもできないんだ。代わりに薬を買いに行くように頼まれたこともあったよ。四六時中しかめ面をしているマルティネス、自惚れが強く、コンプレックスの塊のようなマルティネスをぼくの親父は毛嫌いしていた。礼儀をわきまえない生意気なやつだってね。親父がどんな人間だったか君もよく知ってるだろう？　それを考えると、なぜぼくをカレッジへ通わせたのか、どうしてすぐ近くの大学へ通わせてくれなかったのか理解に苦しむよ。人間心理の謎というやつだね。ノートル・ダムに息子を通わせなかったのはなぜなのか？　親父は、マルティネスとアルヌルフォの親密な関係がどうも気に入らなかったみたいだ。もちろんぼくは、マルティネスから愉快な話をたっぷり聞かされていたことについては黙っていたよ。ところで、親父とアルヌルフォ伯父さんがレストランで一緒に食事をしていると、マルティネスが突然やってきて、アデーレがベリャス・アルテス宮殿から出てきたこと、階段を下りる途中でハイヒールの踵が折れてしまって難儀していることをご注進に及んだんだ。そして、伯父さんにむかって、私がご自宅までアデーレさんを車でお送りしますからご心配には及びません、その前にあなたと少しお話がしたいそうです、と言ったそうだ。レストランから百メートルも離れていないベリャス・アルテス宮殿の隣の駐車場のところで、伯父さんが来るのを待っているということだった。ぼくの親父は、レストランに残って伯父さんの帰りを待つことにした。ところが、いつまでたっても伯父さんが戻らないので、待ちくたびれて先に帰ってしまったんだ。その直後、帰宅した親父の耳に、伯父さんが死んだというニュースが飛び込んできたというわけさ。ディオニシオ伯父さんが電話でそう伝えたらしい。アルヌルフォ・ブリオネスは夜の八時半ごろ、フアレス通りを横断中に車に轢かれた、それが最初にもたらされた情報だった。つまり、その日は日曜日で、オペラの上演が終わると……」ここでデルニィは一息入れた。デル・ソラールは彼の顔をじっと見つめていた。もう先ほどまでのデルニィはどこにもいなかった。弁証法について熱っぽく語っていたデルニィ、国を危機的状況から救ってくれるはずの社会的総合《ジンテーゼ》について熱心に弁じ立てていたデルニィ。彼は何かに心を動かされたようだった。デル・ソラールにじっと見つめられていることに気づいたデルニィは、突然、うつろな笑い声をあげ、こんなことを言った。「黄金の杖を手にしたパレードの先導者さ！　あんな面白い人間にはめったにお目にかかれるもんじゃないよ。生まれながらのルドルフ・ヴァレンティノってわけさ。あの男がぼくに伝授してくれた女性誘惑術をぜひ君にも聞いてもらいたかったね。あいつが馬のような歯をむき出しながらそれを実践していたかと思うと、まったく愉快だよ。少なくともあの男は、女性の気を引き、自分の言葉にうっとり耳を傾けるように仕向けるすべを心得ていた。これだけは間違いない。ぼくは実際に、マルティネスが女性従業員やウェイトレス、女中なんかを口説いているところを目撃したことがあるんだからね。女たちは、マルティネスの言葉につい聞き惚れてしまうんだ。そんな彼がどうしても我慢できないことがひとつだけあった。それは、完全に手なずけたと思っていた女から公衆の面前で侮辱されること、つまり、自分の身体に刻まれた聖痕、あの忌まわしき痔疾を笑いものにされることだ。それをやってしまったのがアイダ・ヴェルフェルだったわけさ。デルフィナのところで開かれたパーティーの最中にマルティネスが逆上して乱暴を働いたのもそのせいなんだよ。彼は赤恥をかかされたんだ。みんなが見ている前で丸裸にされ、恥ずべき部分を白日のもとにさらされたような気分だったんじゃないかな。羞恥心のあまりあいつはマントヒヒみたいに猛り狂ったよ。ところで、あの事件の数日前、エドゥビヘス伯母さんからぼくに電話があった。伯母さんはなぜかひどく怯えていたよ。何か不吉なことが起こるにちがいないという予感に悩まされているみたいだった。重大な裏切り行為がどうのこうのって言ってたよ。そして、アルヌルフォの命が危ない、忠実な盲導犬のようにふるまっているあのマルティネスは、じつはアルヌルフォを崖から突き落とそうと目を光らせているんだなんて口走ってね。伯母さんは、どうやらぼくがマルティネスと立ち話をしているところを何度か見かけたことがあったらしいんだな。それで、何か変わったことはなかったかとしきりに訊ねるわけさ。ぼくはマルティネスとどんな話をしたのか教えてあげたよ。もちろん女遊びの件は伏せておいたけどね。ということはつまり、マルティネスから聞かされた話の大半は割愛せざるをえなかったということだ。ぼくは伯母さんを安心させるために、例の聖痕の話をしたんだ。店員に知られるのが恥ずかしいばっかりに、ぼくに薬を買いに行かせたこともね。その次に伯母さんに会ったのは、それから何日かたってから、つまりピスタウアー殺害事件のあとのことだ。事件についてどう考えているのか、いろいろと話してくれたよ。伯母さんの話によると、アイダ・ヴェルフェルはどうやらマルティネスの秘密を知っていたらしい。知っていながら、わざわざ公衆の面前で彼を愚弄するようなことを口にしたらしいんだ。香辛料の摂取とそれが排泄器官に及ぼす甚大な影響にかこつけてね」

二人はここで同時に笑い声をあげた。上階にいるエロイサが大きな声で、ニュースが始まるから二人とも上がってきなさいよと呼びかけた。彼らは一緒に夕食をすませると、セザール・フランクのシンフォニーを鑑賞した。デル・ソラールが初めて聴くバルビローリ指揮の楽曲で、素晴らしい演奏だった。やがてデル・ソラールは暇《いとま》を告げ、アンパーロをコヨアカンまで送っていった。アンパーロは、楽しい時間を過ごすことができたみたいで何よりだわと言った。ようやく家に帰りついたころには、デル・ソラールはぐったりと疲れきっていた。

デル・ソラールは、こんな遅い時間まで長居が許されるのはメキシコぐらいなものだろう、デルニィはこちらが思っていたよりも感じのいい人間だ、一連の事件をめぐる謎はじつはそれほど込み入ってはいないのかもしれない、などと考えた。いずれにせよ、もう一度エドゥビヘス伯母さんに会って話を聞いてみなければならない。〈パレードの先導者〉たるマルティネスとブリオネス家との関係はいったいどのようなものだったのか？　そもそもあの男はどこからやってきたのか？　彼はいまどこで何をしているのか？　アルヌルフォ・ブリオネスに忠実に仕えていた彼は具体的にどのような仕事を任されていたのか？　考えてみれば、このマルティネスという男は、デル・ソラールがこれまで話を聞いたすべての人たちの回想に登場する重要人物であった。ゆすり屋、卑劣漢、最低の色男……。デル・ソラールは、おぼろげな記憶のなかに、馬のように長い歯をした痩せこけた男、縞柄の黒い服を身につけ、顔の半分ほどを覆い隠すつば広帽をかぶった男の面影がぼんやり浮かび上がってくるような気がした。色男にして人扱いのうまい人物、マルティネス！　愛のパレードの偉大なる先導者、マルティネス！

第十章　世にも恐ろしいメキシコの去勢男

「これは世にも珍しい物語です。気どった言い方をすれば、いとも珍妙なお話です。この世の中には暗闇のなかで生きることを強いられた人間がいるものです。人類の苦悩の嘆息！　手放さざるをえなかった精神的渇望。救いのときはついにやってこなかったのです。広大な宇宙空間のなかには（それは天空や地球といったものとはおのずから別のものです）、われわれが生きるこの世界に統合されるべき領域が存在します。統合が成し遂げられたとき、両性具有者が現れ、あるメッセージをわれわれにもたらします。リンガがその生成エネルギーを宇宙全体にあまねく行き渡らせるのです。宇宙的条件が十分にそろわなければ、自然界を舞台とした壮大な実験は再び失敗に帰することでしょう。騙《かた》りは何物をも生み出さないのです。これは私の持論です。フォン・レーベンタウ男爵夫人や見目麗しいジロー中尉をはじめ、どいつもこいつもとんだ食わせ者ばかりです。それとも、彼ら自身が言うように、いっぱしの役者だったのでしょうか？　とんでもない！　下等な三文役者、国内外の悪党をかき集めた厚かましい人間どもの集団です。恥さらしもいいところです。〈世界の放蕩者たちよ、来たれ！〉。こんなスローガンをやつらは自分の額に刻みつけたのです。そして、みんなで寄ってたかって、崇高な計画を台無しにしてしまったのです。誰も救いなんか求めていませんでした。ところであなたは、メキシコ帝政期の演劇界を率いたのがあのホセ・ソリリャだったという事実をご存知ですか？　こいつは失礼しました。歴史家のあなたにこんなばかなことを聞くなんて、どうかしています。嘆かわしいことですが、今日では誰もが知的好奇心を失っています。これまでの人生で知りえたごくわずかなことさえきれいさっぱり忘れ去ろうと努めているありさまです。そうやって老いへの道を一歩一歩進んでいくわけです。忘却と老衰、健忘と衰弱への道です。こういう人たちの頭のなかでは、さまざまな観念が入り混じり、見分けがつかないくらいごっちゃになっています。権力者たちはわれわれが健忘症に陥るのを望んでいます。人類とは何か？　放心した老人性痴呆症患者の群れにほかなりません。私は彼らの仲間に加わるつもりは毛頭ありません。私はいつまでも若さを失わず、新鮮な記憶を保ちつづけるのです。永遠の少年、それがこの私、バルモランなのです。はい、先生！　私はつい昨日まで、青色のリュックを背負い、赤い大きな風船玉を手にした少年だったのです。少年はその後どうなったか？　ご覧のとおり、輝くばかりに新鮮な記憶を保持したまま、豊かな過去からのメッセージと、同じく豊かな現在のメッセージをしっかり受けとめようとしています。いまも仕事に没頭する毎日です。私の部屋の書棚には、公証人が書き残した資料が保管されているのですが、あるとき私は、そのなかに驚くべきものを発見しました。フォン・レーベンタウ男爵が書き残した遺言状です。べつに金になるようなものではありませんが、そこにはなんと男爵夫人の洗礼名が記されていたのです。パルミーラ・アグリア、ナポリ出身の女性です。たしかに、彼女がナポリ以外の出身だなんて、ちょっと考えられません」

ここ何日かのあいだ、バルモランからたびたび電話がかかってきた。驚くべきニュースをお知らせしたいので至急ご連絡をいただきたいという伝言が残されていた。デル・ソラールはさっそくバルモランに電話をかけ、会見の日取りを決めた。デル・ソラールの都合により約束の期日が何度か延期された。メキシコにとどまろうと決心したデル・ソラールは、大学へ復職するための煩雑な手続きを開始したが、それが予想以上に時間と労力を要することがわかったからである。約束の日の午後、再度の延期を申し入れたデル・ソラールは、受話器の向こうのバルモランがいつもより苛立っていることに気づいた。いつでもお好きなときにお越しください、私はべつに重要人物でも何でもありませんからね、お時間のあるときにお立ち寄りいただければそれでいいんです、どうしても無理だというのなら仕方ありません、またいずれということにしましょう、私もけっして暇な身分ではありませんからね、蔵書の見積もりやら何やらで結構忙しいんですよ、どうも未亡人というやつにはかないませんな、夫の死後に残された膨大な蔵書を買い取ってもらおうと私を書斎に案内するんですが、壁一面の書棚を埋めるのは、安物の小説をはじめ価値のない代物ばかり、ネズミの餌食となる以外に何の役にも立たないような紙屑の山なんですからね、そんなものに大金を払えと要求するんです、強欲にもほどがありますよ、いったい自分を何様だと思っているんでしょう、まるで殉教者気どりです、愛する夫の蔵書が国外に流出するのを黙って見ているわけにはいかないから適当な値段で引き取ってもらいたいというわけです、テキサスへもっていけば二倍の値段で買い取ってくれることは間違いない、しかしこれほど貴重な財産を国外へ持ち出すに忍びない、とこう言うんですな。ほかにも、印刷所へ顔を出して本の仕上がりを確かめたり、やることがたくさんあるんです、ゴドーを待ちながら、なんて気楽に構えているわけにはいかないんですよ、明日の午後五時に間違いなく私のところへ来ていただけるのであれば、なんとか時間を割いてお会いしましょう、でもこれが最後です、先日あなたにお越しいただいたとき、たいへん興味深くお話を伺いました、それで、何かお役に立ちそうなものはないかと思っていろいろ漁ってみたのですが、面白いものが見つかったんです、でも、もし気が変わって、そういうものには興味がないとおっしゃるのであれば、それはそれで致し方ありません、私の努力も水泡に帰すわけですが、そんなことはこれまでにもたびたびあったことです、「その件はもう結構」とひと言お断りいただければそれでいいんです、われわれの仕事というのは元来そういうものですからね、この手の苦労はつきものです、忍耐あるのみですよ……。

こうしてついに待ちに待った会見が実現したのである。ところが実際に会ってみると、デル・ソラールは少なからぬ失望を味わうことになった。電話でしつこく訪問の誘いを受けたデル・ソラールは、きっとバルモランは何か新しい情報を手に入れたにちがいない、エーリヒ・マリア・ピスタウアーが銃撃され、バルモランとデルフィナ・ウリベの息子が重傷を負ったあの事件の謎を解明する決定的な手がかりが今度こそ得られるにちがいないという期待に胸を膨らませた。バルモランをはじめとする事件の関係者が、過去の記憶を丁寧に掘り起こし、出来事の一つひとつを根気よくつなぎ合わせていけば、あのときいったい何が起きたのか、そして、誰が何のために殺人を命じたのかがおのずから明らかになるはずだ、デル・ソラールはそう信じていた。事件から長い歳月が経過していることも、こうした作業を困難にするどころか、むしろ容易なものにしてくれるだろう。ごくわずかな努力を傾けさえすれば、つまり、過去の記憶を蘇らせ、ばらばらになった断片をつなぎ合わせていけば、そして、安易な謎解きの誘惑に陥る危険を避けることができれば、必ずや真相は明らかになるであろう。アルヌルフォははたしてどのような利害にかかわっていたのか？　なぜ彼は市内のあちこちの事務所へ出かけては外部からの連絡を受け取っていたのか？　自分の継子が殺された事件の解決を願って警察に強く働きかける代わりに、妻と一緒にアメリカへ逃れようとしたのはなぜなのか？　いったいどうして、大の親友であり従兄弟でもあるアロルド・ゴエナガと仲違いし、死の直前になって和解したのか？　そもそも、なぜアルヌルフォは殺されなければならなかったのか？　ところがバルモランは、そうした謎を取り巻くもろもろの状況を仔細に検討するという努力を完全に怠っていたようであった。電話で得意げに話していた「新しい発見」というのは、結局のところ、ドイツ大使館が資金援助していた国家社会主義を標榜する雑誌『舵』が二冊――どちらも損傷が激しかった――と、労働者問題を扱った教会関係のパンフレット、それに、ハリスコ州で刊行された、クリステーロの乱を題材にした二冊の小説にすぎなかった。

バルモランがこれらの出版物を単なる口実として利用していることはデル・ソラールの目にも明らかだった。そして、この点についてはデル・ソラールもまったく同じであった。要するに、彼らは二人とも、そのような印刷物などこの際どうでもよいと思っていたのである。バルモランはただ自分の仕事について話せればそれでいいと思っているようだった。彼は、あたかもそそっかしい息子の行動に目を光らせる父親のような態度でデル・ソラールを迎えた。まるで、毅然とした手綱さばきによって息子を正道に引き戻さなければならないという決意を内に秘めているかのようであった。バルモランは、いかめしい表情で――それがあくまでも本心からのものではないことを暗にほのめかしながら――デル・ソラールにワインを勧め、「われわれの美しい友情が早くも消え去ってしまったのではないかと思って心配していましたよ」と、それとなく相手を責めるようなことを口にした。私は先日あなたにお会いした瞬間、ついに魂の兄弟――こんな手垢のついた言葉を使うことをお許しください、でもこの場合、それがぴったりなのです――にめぐりあえたような気がしたのです。そうです、魂の兄弟です！　私という人間に備わる永遠の若さをごく自然に受け入れてくれる人ですよ。まさに得がたい存在です。デル・ソラールさん、あなたが偽りの栄光をむなしく追い求めるような人でないことは明らかです。偽りの栄光というものは、偽りの台座に居座りつづけようとするあまり、それを追い求める人々のなかに息づいているはずの人間的なものを根絶やしにしてしまうのです。あなたはけっしてそんな人間じゃない。だからこそ、あなたはいまこうして、赤ワインのグラスを片手に、ペドロ・バルモランの前に座っていらっしゃる。そして、魂の兄弟のすぐそばにいるという安心感に浸っておられる。

バルモランは、先日のデル・ソラールとの会見以来、メキシコ人去勢者の数奇な運命の物語にかかりっきりになっていた。それこそ寝る暇も惜しんで文章を練り、推敲に推敲を重ねていた。ここ何年ものあいだまったく手をつけていなかった仕事である。「ほかの用事で忙しかったものですから」、バルモランは慌ててつけ加えた。彼は疲れを知らぬ働き者を自任していた。事実、その勤勉ぶりは、メキシコではすでに見られないものとなっていた。三十年前ならきっと彼の名前を一躍有名にしたにちがいない仕事、途中で投げ出されていた仕事が、長い休眠からようやく目覚めたのだとバルモランは説明した。それは、やりがいがあると同時に、ある種の人々の憎しみを買う仕事でもあった。事実バルモランは、そのために暴漢に襲われたり、脅迫されたり、半殺しの目に遭ったりした挙句、ついには半身不随になってしまったのである。彼はその後しばらくのあいだ、ごくまれに筆をとるだけだった。はじめのころは溢れんばかりの熱意をもって、とり憑かれたように執筆に没頭したが、次第に情熱を失い、テーマに対する興味も薄れ、ついにはまったく顧みなくなってしまった。何といっても手稿の大部分が失われてしまったのだ。データや日付の不備は如何ともしがたかった。しかし、よく考えてみれば、オリジナルの手稿といえどもけっして信憑性のあるものとは言えなかったはずである。第一に、物語の主人公である去勢男は、すぐれた記憶力の持ち主ではなかった。それに、モレリという名の聖職者が、自然界が生み出した恐るべき怪物ともいうべき去勢男から、その死の直前に話を聞き出し、それを書き記すにあたって、多分に想像を交えながら数々の逸話をでっち上げたことはほぼ間違いなかった。たとえばモレリは、メキシコ皇帝夫妻がサン・ルイス・ポトシを訪れたときの様子について詳しく語っている。それによると、サン・ルイス・ポトシの大聖堂で神への賛歌《テ・デウム》を高らかに歌い上げた去勢男は、皇帝夫妻のみならずその場に居合わせた聴衆から熱狂的な喝采を浴び、その日の夜、群衆の肩に担がれて市内を練り歩き、レーベンタウ男爵夫人――ナポリ生まれのアグリア――の待つ宿へ送り届けられたということである。モレリが去勢男の物語る思い出話に耳を傾けたとき、彼はすでにナポリの波止場で托鉢僧のようにやせ衰え、死を間近に控えていた。日がな一日食事の場面を夢想していること、故郷ではいつも鳥肉を食べていたことなどを語りはじめた去勢男に、どんな種類の鳥を食べていたのかとモレリが訊ねると、彼はグアホローテとソピロテの名を挙げながら、前者はメキシコの七面鳥であり、後者は一種の鷹であるが、カリブ海地域ではヒメコンドルの名で知られていると説明した。モレリが、そんなはずはない、ソピロテの肉はとてもまずくておよそ食べられたものではないと反論すると、相手は、おっしゃるとおりです、じつはソピロテの肉を食べたことは一度もありません、もっぱら小鳥の肉を口にしていましたから、と応じた。「たとえばどんな小鳥を?」と再び訊ねられると、イヌワシやグアホローテ、それにソピロテなどです、と答える始末。会話の体をなしていないことは明白で、それは言葉の違いによる意思の疎通の困難を示すと同時に、哀れなソプラノ歌手の精神の衰弱や知能の著しい低下などを物語るものでもあった。モレリが多くの言葉を費やして詳細に描き出しているこうした出来事――サン・ルイスで執り行われたテ・デウムの儀式や去勢男の歌声に対する称賛の嵐、それを祝うための大々的な祝宴――は、じつはすべて作り話なのである。メキシコ皇帝夫妻がサン・ルイス・ポトシを訪れたというのも事実ではない。ハプスブルグ家のマキシミリアン皇帝が実際に足を運んだ近郊の町といえばグアナフアトとモレリアであり、両者ともサン・ルイスからは遠く離れている。皇帝の妻カルロタは夫の旅行に同伴することはなかったが、クエルナバカにはよく出かけたということである。また、去勢男がメキシコから逃亡するにいたるスキャンダラスな経緯を考えると、たとえメキシコ皇帝の随員としてであれ、彼が再び故郷の土を踏んだことはまず考えられない。

デル・ソラールは、バルモランの独白のなかに突然去勢男の話が紛れ込み、それがいつしか話題の中心を占めるようになったことに戸惑いを覚えた。そして、慎重に言葉を選びながら、モレリの手になるオリジナルの手稿について詳しい説明を求めた。するとバルモランは、会話の最初のころに見せた横柄な態度に戻って、軽蔑のまなざしをデル・ソラールに注いだ。バルモランの歪められた唇はどことなく鶏の肛門を思わせた。つづいて、重要な儀式を執り行おうとするかのように片手を相手のほうへ差し出しながら、おもむろに語りはじめた。

「先日お会いしたとき、あなたがこの話に少なからぬ興味をお持ちになっていることを知りました。現実に人の命が奪われたのです。オーストリア人のエーリヒ・マリア・ピスタウアーと、ルイス・ウリベの孫にあたるリカルド・ルビオです。不肖この私、サン＝サーンスの死の舞踏をつま先立ちで踊ることもいとわないこの私も、ご覧のとおり不具にされてしまいました。この物語は、まる一世紀ものあいだ、歴史の表舞台に躍り出ようともがき苦しんでいたのですが、それが果たされることは結局ありませんでした。ところが、不思議なめぐり合わせによって、不肖この私が、数々の困難を乗り越えてそれを後押しすることになったのです。問題の回想録が書かれたとき、哀れな去勢男はほとんど言葉を発することができない状態でした。モレリが詳しく報告している鳥の一件などは――彼は間違いなく大食の罪に染まっていた修道士です――、去勢男がどのような精神状態に置かれていたかを如実に物語っています。彼は、過去の記憶のみならず、それを第三者に伝える言葉さえ失っていたのです。別の語り手としてパルミーラ・アグリア、すなわちフォン・レーベンタウ男爵夫人が登場しますが、彼女はナポリで再び以前の境遇に身を落とし、港の酒場を切り盛りするようになりました。老男爵と知り合う前の生活に戻ったわけです。聖職者モレリは、サン・ルイス・ポトシで初めて男爵夫人と去勢男の二人に出会い、まったくの偶然から晩年の彼らに再会したと述べています。そして、男爵夫人がもともと、船乗りをはじめ下層の男たちを相手に体を売る商売に携わっていたことを明言していますす。つまり彼女は、メキシコが占領されていた機に乗じて一財産築こうと思い立ったものの、結局は元の生活に舞い戻ったというわけです。メキシコもとんだ災難に見舞われたものです。彼女は、それこそ骨身を惜しまず去勢男のために尽くし、おのれを犠牲にしたのです。私は再び筆をとることを決心しました。この一大壮挙を最後までやり遂げなければいけないと思ったのです。奇跡の歌い手ともいうべき去勢男の謎に満ちた人生を世人に広く知らしめなければいけないと。ちょうどそのころ、私はミネルバ館の管理人の奥さん――私のよき理解者であり、世間の荒波から私を庇護してくれる天使のような人です――を通じて一通の手紙を受け取りました。匿名の手紙でしたが、三十年前の銃撃事件の直前にも同じような手紙をたくさん受け取ったことがあります。また、ほんのひと月ほど前からは、似たような匿名の手紙が毎日私のところへ舞い込むようになりました。私が手にしている猥褻文書を世間に公表したらただではおかないという内容の脅迫状です。文面は毎回違うのですが、言っていることはだいたいいつも同じです。〈けっして思い通りにはさせないぞ〉、最初に届いた手紙の冒頭にはそう書いてありました。あとは支離滅裂な侮辱の言葉が延々と書き連ねてあるだけです。私もさすがに慣れましたよ。そうした唾棄すべき言葉を目にするたびに、私の青春もまったく無駄ではなかったと思えるのです。あの恐るべきメキシコの去勢男の物語を完成させるために自分はこれまで生きてきたんだと。私はこの人物についてあなたによく理解してもらうためにあえて大げさな物言いをしましたが、じつはそれだけではまだ不十分なのです。つまり、いいですか、彼は世界を救えたかもしれないんですよ。私はいまでもそう確信しています。〈そうだとも、思いどおりにやってやるからな!〉、私は何度も心のなかで叫びました。そして、その日の昼過ぎにはもう執筆にとりかかっていました。書きかけの原稿を隠し場所から取り出してざっと目を通し、いまに至るまで休みなく働いています。遅くとも三か月以内には完成する見込みです。あとは印刷所へ原稿を送るだけです。誰が何と言おうと、あの去勢男の物語がついに日の目を見ることになるのです。はじめは〈メキシコ第二のナイチンゲール〉の名で、のちに〈アステカの托鉢僧〉という名で旧世界に知られたあの去勢男が、新たな生命を得て生き返り、その姿をわれわれの前に現すのです」バルモランはまるで予言者のような口ぶりで、しきりに手を振り、顔をさまざまに歪めながら夢中になって話しつづけた。その様子は、聞き手に絶対的な沈黙と忍耐を要求し、「話はこれからいよいよ佳境に入りますから、どうかご静粛に」と懸命に訴えているようであった。「私は休むことなくペンを走らせました。お望みなら適当な箇所を読んでさしあげましょう。もちろん読者への不意打ちが用意されている結末部分はご勘弁願いますが。お読みになればあなたもきっと驚かれるはずです。人間存在がいかに悪魔的な相貌を呈しうるものなのか、いかに際限のない不条理や狂気に翻弄されるものなのか、それらが余すところなく示されることになるのです。すべては見せかけにすぎません。宇宙はやがて、天と地をともに含みこむ一元的な空間に変容するはずです。それはほんの一瞬の出来事かもしれません。しかし、まさにその瞬間に、救いが訪れるかもしれないのです。では、その瞬間が訪れるのを待ち望んでいる存在とは？　はたしてそれは本当にやってくるのか？　いや、こいつは失礼しました。すっかり脇道へそれてしまったようです。話を元に戻しましょう。生硬な文体が目につく箇所があることは事実です。ほかにも少なからぬ欠陥が認められるはずです。しかし、推敲を重ねることによって、より完成度の高いものに仕上がるでしょう。とにかく最後まで書き終えることが重要だったのです。私の仕事はついに完結したのです」

「オリジナルの手稿の残りのページがどこへ行ってしまったのか、あなたはご存知ですか？」

「え、何？　私、わからない。私、それ、知らない。チャ・チャ・チャ、踊ります」

「盗まれたページのことですよ」

「お言葉ですが、ホラティウスさん、商人根性丸出しのあなたの人生哲学よりもはるかに興味深いことがこの世の中にはたくさんあるんですよ。私は、あの去勢男の人間性についてはっきりとした考えをもっています」バルモランは目を閉じ、恍惚とした表情を浮かべながら叫んだ。「彼の身体的特徴についても、私は確固たる見解をもっているのです！　お読みいただければすべてが明らかになるはずです。私は作品に付した短い序文のなかで、もう何年ものあいだオリジナルの手稿が狙われ、一部が盗まれてしまったこと、そして、物語の注解者であるこの私の生命までもが脅かされ、匿名の脅迫状が現在も送りつけられていることなどを明かすつもりです。そこからどんな結論を導き出すかは読者の自由です。去勢男の生涯を世間の目に触れさせまいとする動きがあるのはなぜなのか？　きっと読者諸賢は私の提示する結論に納得してくれるはずです。それは単なる憶測や仮説ではありません。正真正銘の事実なのです」

「とおっしゃいますと？」

「まあ、お待ちください。焦りは禁物です。このまま気楽におしゃべりをつづけましょう。私はぜひとも、まず最初にあなたに読んでいただきたいのですよ。原稿は近いうちに印刷所へ送ることになります。その前にぜひ目を通していただきたいのです。このたび私が完成させた作品は、あのモービー・ディック女史[*36]に預かってもらったおかげで盗難を免れたオリジナルの手稿にもとづいています。彼女はその真価が見抜けなかったばかりか、それは偽物であるとさえ断言しました。そこに書かれているイタリア語がきわめて不正確なものであり、イタリア語の影響を受けたお粗末なスペイン語だと言うのです。一方、ラファエル・J・サンタンデール博士の見解はまったく異なるものでした。謙虚な人物にして勤勉な古文書学者でもあった氏の功績は、今日ではもはや誰にも顧みられなくなっていますが、私はオリジナルの手稿の一部をあるとき彼に見てもらいました。やんごとなきヴェルフェル贅肉女史によってその信憑性が疑われた手稿について、忌憚のない意見を聞かせてもらうためです。氏は、それがたいへん貴重な文献であることを請け合ってくれました。手稿は補遺として作品のなかに含まれる予定です。去勢男と男爵夫人の二人からじかに話を聞いた聖職者モレリに敬意を表するためです。それ以外の部分はすべて、物語の注解者であるこの私が創作したものです。完成した作品は、不肖この私、疲れを知らぬチャ・チャ・チャの踊り手でもあるこの私の名義で発表されることになります」

「ところで、少し気になることがあるのですが……」

「モレリが直接話を聞くことのできなかった人々についてお知りになりたいというわけですな？　結構です！　心配はご無用、彼らの足跡についても可能なかぎり調べておきましたから。もうひとりの主人公ともいうべきジロー中尉、とるに足らない悪党にしてたちの悪い男爵夫人の愛人でもあったこの男は、軍隊から脱走したあと、共和派軍が勝利を収め市民生活が旧に復するまでのあいだ、どこかに身を隠していたようです。そして、ベラクルスで商売を営むある金持ちの女と結婚し、近所の倉庫にかくまわれていたのです。昔の相棒である男爵夫人とよりを戻そうなどとは夢にも思わなかったでしょう。以前のような放浪生活からはきっぱり足を洗うつもりだったでしょうし、去勢男と男爵夫人のその後の人生を考えてみれば、その決断は正しかったと言わざるをえません。おそらく彼は、献身的な妻の愛に支えられて、幸せな人生をまっとうしたのではないでしょうか。商売上のよき指南役として、誰に信用貸しを行うべきか、どんな商品を扱い、どのように商売を拡張していくべきか、そんなことを妻に助言しながら、安定した生活を築いていったにちがいありません。あるいは、それとはまったく反対に、妻の商売を破滅に導き、次々と奥さんをとりかえては派手な夫婦喧嘩を繰り返し、ついにはメキシコを飛び出してマルティニク島かグアドループ島へたどり着き、同じ言葉を話す人々のあいだで暮らすうちにマラリアなどの病気に罹り、次第に耳も聞こえず目も見えなくなって廃人のようになり、狂気の発作にとらわれて息を引き取った彼の死骸が、鼻をくんくん鳴らしながら懸命に地面を掘り返している豚どもにずたずたに食いちぎられるという悲惨な最期だったのかもしれません。彼がどんな人生を送ったのか、結局誰にもわからないのです。ただひとつだけ確かなことは、伊達男のジロー中尉が二人の仲間とヨーロッパ行きを共にしなかったこと、そして、そのおかげで二人が行き着いた悲惨な末路を免れたことです。少なくともモレリの手稿を読むかぎり、そのことは疑いをいれません」

　好奇心に目を輝かせたデル・ソラールを前に、バルモランはあらためて物語の概略を語った。陽気な仲間たちからなる一団がサン・ルイス・ポトシを訪れた際、パルミーラ・フォン・レーベンタウが劇団を立ち上げることを思い立ち、それを隠れ蓑に派手な賭事や恋愛沙汰に手を染め、羽振りのいい農場主や鉱山主からとことん絞りとってやろうと画策したこと。イギリス人の鉱山技術者と一緒に人気のない教会を訪れた男爵夫人が、その地方に特有の建築様式であるメキシコ・バロックの基礎をなす逆ピラミッド形の支柱について詳しい説明を受けていると、どこからともなく美しい歌声が聞こえてきたこと。その妙なる歌声に耳を澄ませていた夫人が、歓喜のあまり思わず「天使よ《C'est un ange》！」と叫び、「ああ、天使の翼に触れてみたい、その燃えるような瞼に口づけしたい」とうわ言のように口走ったこと。神秘的な陶酔感に包まれ、忘我の境をさまよっていた夫人は、興奮のあまり、いまだ荒削りな所作が目立つ「黄金の美声」の持ち主がついに聖歌隊席から下りてきたときも、その見習い修道女の醜い容貌

——モレリによれば、怪物的とでも称すべき醜悪さ——がまったく目に入らなかった。「これほど美しい天使に出会えるなんて！」、そう叫ぶ夫人の横で、イギリス人技術者は当惑の表情を浮かべ、少女の垂れ下がった唇となかば閉じられた瞳を嫌悪のまなざしで見つめていた。その両目があまりにも離れていたため、人間の顔というよりは猪を連想させた。

「ボヘミアの黄金の天使たち、私の故郷イタリアの天使たちに勝るとも劣らない美しさだわ。もっとあなたの声を聞かせてちょうだい。メキシコの天使よ、どうか歌ってちょうだい。あなたの僕《しもべ》であるこの私がこうして跪《ひざまず》いてお願いしているのだから」音楽に明るくないイギリス人技術者は、おぞましい天使を仰ぎ見ながら涙にかきくれる貴婦人の姿を目にして感銘を受け、その日の夜、取引所の仲間たちに、この世のものとは思えぬ美しい歌声を耳にした自身の体験を物語り、音楽の素養に恵まれたレーベンタウ男爵夫人（じつはそれは大きな誤りで、夫人が知っている楽曲といえば、ナポリのタランテッラやごく単純な旋律のアリア、それに、いくつかの舞踊曲くらいのものであった）が、跪いたまま滂沱《ぼうだ》の涙を流し、甘美な歌声に聞き惚れていたことを話した。

翌日、サン・ルイスの町はその話でもちきりだった。知らないのは当の天使だけで、運命的な人生の転機を迎えつつあることなど思いもよらなかった。若き去勢者は、自身の身体的特徴を法衣の奥に隠しながら、修道生活を送っていた。年老いた修道女からクリスマス祝歌やモテットの手ほどきを受けたのもそのときのことである（晩年には、「それ以外にも小鳥の肉を食べることを教わりました」と回想することになる）。その日の昼下がり、いつものように、老修道女が奏でるオルガンの悠長な音色に合わせて発声練習をしていると、教会の内部がたちまち金の袖口飾りや羽飾り、サーベル、チュニックふうの豪華な衣装、きらびやかな宝石などを身につけた大勢の人々で埋めつくされた。非の打ちどころのない衣装に身を固めた紳士淑女たちのなかには、フランス人将校やメキシコ人将校をはじめ、アロサメナ大司教が管轄する教区内の人々の姿も見えた。最初のモテットが終わると満場から割れんばかりの拍手が沸き起こったが、曲が終わるたびにそれが繰り返された。大司教が合図を送ると、歌い手は居並ぶ聴衆に一礼した。すると、感極まった男爵夫人が駆け寄ってきて彼女を抱きしめ、そのまま礼拝堂の脇へ引っぱっていった。二人はそこで何やら言葉を交わしていたが、少女は、男爵夫人の話をなんとか理解することができたようである。栄光を夢見る夫人の気持ちが、言葉の違いを越えて相手にも自然と伝わったのだろう。

その晩、宿に落ち着いた男爵夫人とジロー中尉は、話し合いの末、二人で協力することを申し合わせた。いまだ興奮冷めやらぬ夫人は、ついに幸運の女神が私たちにほほ笑んでくれたのよと幾度も繰り返した。「運命の導きによって私たちはあの宝物を手に入れたのよ。あの奇跡の歌声の持ち主は、じつは去勢された若者なの。うら若き少女でもなければ、見習い修道女でもないのよ。北部の山あいの村に住んでいた先住民の若者で、幼いころに男性としての機能を奪われたの。彼を引き取って音楽の手ほどきをした修道女を除けば、この秘密を知っているものはごくわずかよ」「で、どうしてお前が知っているんだい?」、無精者の愛人がこのときもっともな質問をぶつけた。「少し込み入った事情があって、話せば長くなるんだけど、メキシコシティでマダム・アルテアガに会ったとき、彼女からこの話を聞いたの。でも、まさかこんなに早くご当人に出会うことになるなんて思ってもみなかったわ」

つづけて彼女は、今後の計画について話しはじめた。〈メキシコのナイチンゲール〉をヨーロッパで大々的に売り込む計画である。その音楽的な才能はもちろん、異国情緒あふれる風貌も評判を呼ぶにちがいない。男爵夫人は、愛人がなぜ歌い手の醜い容貌をとりたてて問題にするのか理解に苦しんだ。そして、それが結局は自分自身にも跳ね返ってくるのを承知の上で、ジローは女のことが何もわかっていないのだという結論に達した。彼女は、歌い手のなまめかしさや天性の魅力を効果的に引き出すための衣装について早くも腹案を練りはじめた。さらに愛人と協力して、召使を買収し、サン・ルイスの門衛所の役人や荷物の運搬に携わる男たちを甘言を弄して丸めこむなど、計画の実現に向けて着々と準備を進めた。そしてついに、世話役の老修道女のもとから歌い手を連れ出すことに成功し、ジローの配下に頼んで、人目を欺くために兵士の扮装をさせた歌い手をメキシコシティまで送り届けた。一方、男爵夫人とジローはさらに何日かサン・ルイスにとどまり、歌い手が忽然と姿を消してしまったことを知って大いに嘆き悲しむふりを装い、もっともらしく涙まで流しながら、あの黄金の美声の持ち主を探し出して無事に送り届けてくれた者には報酬を与えようとまで言い出した。二人ともなかなかの役者だった。その後メキシコシティへたどり着いた彼らは、郊外の一軒家に歌い手をかくまい、男爵夫人は毎日のように、貴重な戦利品を手に入れた喜びをかみしめながらそこへ出向いていった。年老いた声楽の女教師がオペラのレパートリーを教え込むために雇われ、若者を世界的に有名な歌手に育て上げるというパルミーラ・フォン・レーベンタウの夢はますます膨らんだ。男爵夫人にとってはまさに、甘美な夢に思う存分浸ることのできる至福の時間であった。恋に目がくらんだ女ピグマリオンともいうべき彼女は、歌い手の全身をうっとりと眺めながら、ローマやパレルモ、ヴェネツィアやウィーン、あるいはセビリアやストックホルムの一流劇場の舞台に立つ彼の姿を思い浮かべた。その夢を実現するためにも、まずはしっかりと準備を整えておく必要がある。ところが、〈サン・ルイスの奇蹟〉の音楽的素養は、クリスマス祝歌やモテットを歌うのが精一杯という程度のものであった（そしてもちろん小鳥の肉を食べることだ、モレリならそう付け加えるだろう）。基本的な音階の発声もままならず、その所作にも優美さが欠けていた。文字どおりすべてを最初から教えこむ必要があった。男爵夫人の望みはただひとつ、自分がようやく手に入れた掘り出し物をできるだけ早く〈ノルマ〉や〈夢遊病の女〉に変身させること、いまだ一握の土塊にすぎない若者を、モンテヴェルディのあのえも言われぬポッペアに作りかえることであった。夫人は、それほど長い時間はかからないだろう、せいぜい数か月の辛抱だと考えていた。ただそのためには、干からびた植物のように生気を失った歌い手を鼓舞し、日々休むことなく、昼も夜も練習に専念させる必要があった。ところが、肝心の当人は、男爵夫人の熱意や楽観主義などどこ吹く風といった調子で、一日中ベッドでごろごろしながら居眠りをしたり、甘いもの（あるいは小鳥の肉）を頬ばったりすることを好んだ。おそらくパルミーラ・フォン・レーベンタウは、もはやその年では味わえないきらびやかな舞台芸術の世界を、歌い手の活躍を通じて追体験したかったのだろう。彼女にとっての唯一の関心事は、彼の非凡な才能を全世界に知らしめることであった。男爵夫人はすっかり彼に夢中になっていた。ジローは、彼女の常軌を逸した熱意に眉をひそめた。メキシコシティで歌い手に再会したときから、中尉は自分たちの計画が失敗に終わることを確信していた。声学の教師として雇われたカラーラは、「あの子はせいぜいサーカスに売られるのが落ちね」と、遠慮なく自分の意見を口にした。中尉は、歌い手を大々的に売り出すという無謀な計画から足を洗うことを決意したが、それだけでは満足せず、愛人への態度を豹変させた。卑劣な手段を使って彼女をゆすりはじめたのである。フォン・レーベンタウ夫人の人となりについてはいろいろなことが言われていたが、とりわけ強情一徹な人間として知られていた。派手な生活を送る一方で去勢男に歌のレッスンを受けさせ、逃げていった恋人の気を引くために、あらゆる機会をとらえては金儲けに走った。ジロー中尉は次第に要求をエスカレートさせていった。歌い手に暴力をふるい、男爵夫人を悪しざまにののしり、二人の関係について嫌味を言い、ついには彼らのことを、ときには陽気な口調で、ときには邪悪な笑みを浮かべながら、「去勢おんどりとその連れ合い」と呼ぶようになった。酒に酔った勢いで、〈サン・ルイスのナイチンゲール〉に乱暴を働くこともあった。たまりかねたパルミーラは（さすがに鷲《アグリア》というだけのことはある）、二、三の重罪を犯したという廉《かど》で中尉を訴え、自分は動かぬ証拠を握っているのだと申し立てた。ところが、第三者を通じて逮捕の可能性を事前に知らされた中尉は、そのまま行方をくらましてしまった。面倒な男を厄介払いすることに成功した男爵夫人は、歌い手に衣装を着せ、質入れした宝石を請け戻し、ヨーロッパ行きの乗船券を手に入れた。結局のところ、モレリによってあれほど詳細に描かれたサン・ルイス・ポトシへの凱旋はなかったのであり、活気に満ちたサン・ルイス・ポトシの町を皇帝夫妻が訪れたことも、夫妻の前で去勢男が美声を披露した事実もなかったのだ。フランスへたどり着いた男爵夫人は、現地の新聞を通じて、奇蹟の歌い手がついにヨーロッパに上陸したことを大々的に宣伝した。当時、メキシコ帝国は、崩壊の瀬戸際にあるかと思えば次の日には持ち直すといった不安定な情勢に揺れていた。そこからもたらされるニュースはどれも世間の注目を集めることになり、豊かな想像力と資力に恵まれ、狡知にも長けていた男爵夫人は、そうした風潮にうまく乗じることができたのである。そんな彼女が最後に身を持ち崩すことになるのも考えてみれば不思議な話である。夫人はさっそく、女物の衣装を着せたり、あるいは伊達男の格好をさせるなどして歌い手を外へ連れ出した。オペラを鑑賞するために劇場を訪れると、好奇に満ちた視線が二人の上に注がれた。新聞のインタビューに対する受け答えをあらかじめ男爵夫人から教え込まれていた歌い手は、おおよそ以下のように語った。目下、方々から出演の依頼を受けているが、パリで歌を披露することはいまのところ考えていない、というのも、記念すべき第一声は父なる神に捧げることを心に誓ったからであり、そのためにはまずバチカンの礼拝堂を訪れなければならない、自分は歌を通じて、メキシコ帝国のとこしえの繁栄と、偉大なる皇帝夫妻の幸運を神に祈ろうと思う……。二人はついにローマに足を踏み入れた。彼らが熱狂的な歓迎を受けたことは言うまでもない。去勢男は見事な変貌を遂げていた。その醜怪な風貌はある種の神々しさをたたえ、まるで原初の世界からやってきた色鮮やかな鳥や肉感的な蘭の花、あるいは天地創造の初日につくられた生き物が、羽飾りやサテン、金襴の衣装、鬘、豪華な装身具などによってきらびやかに飾り立てられているといった趣だった。去勢男の小さな目は、冷たい光を放ちながらいつものようになかば閉じられ、派手な衣装や装身具の数々を小馬鹿にするように眺めていた。それは、自分という人間を引き立てるにはあまりにもお粗末な代物だと言わんばかりの表情だった。自分がこの世に生きているだけで、あるいは、朝になれば片腕を持ち上げ、香水入りの浴槽に身を沈めるというただそれだけの行為でさえ、人類に与えられた神の恩寵にも等しいと不遜にも思い込んでいるようであった。こうして彼は、すっかり堕落してしまったのである。そんな人間に世界を救えるはずがないことは明らかだった。たとえ天と地の神秘的な合一が果たされることがあっても、人類の救済という壮大な企図が挫折を余儀なくされていることは疑う余地がなかった。このままでは救いの時が訪れることはけっしてないであろう。

記念すべき晴れの舞台を翌日に控えた晩、役人たちが宿を訪れ、歌い手を夕食に招待した。男爵夫人にはご遠慮願いたいという申し出であった。できればあなたにもお越しいただきたいのですが、あいにく夕食会が催される広間は女人禁制となっているのでございます、彼らはそんなことを口にした。ほんのささやかな、形式的なもてなしにすぎないので、そう長くはかからないだろうということだったが、歌い手は翌朝遅くまで宿に戻らなかった。その晩、男爵夫人は一睡もできなかった。彼女は、夜が明けるとすぐに教皇庁に問い合わせの手紙を送った。ところが先方からは、歌い手を夕食に招待したこともなければ、一夜の宿を提供したこともないという返事だった。男爵夫人は、もしや誘拐されたのではないかと不安になり、警察へ通報した。二人の取調官がやってきて夫人の話に熱心に耳を傾けたが、やがて品のない目つきで、たちの悪い冗談を口にした。「ああ、それにしてもかわいそうなのは去勢男たちですよ。あの不運から逃れることはおそらくできないでしょうな」時計の針が十時を指すころ、一台の馬車が宿の前に止まった。歌い手は目も当てられないありさまだった。よれよれの服を身にまとい、ビロードの胸当ては嘔吐の跡で汚れ、目は赤く充血し、顔は青白く、片方の靴がなくなっていた。自分がいまどこにいるのかさえわからない様子で、玄関口へ入るなり気を失って倒れ込んでしまった。宿の人たちは、肩に担がれて部屋に運び込まれた歌い手を、首筋を氷で冷やしたり、水浴をさせるなどして介抱した。アグリアは、ヒステリックな叫び声をあげながら彼を口汚くののしった。午後六時近く、盛装に着替えた歌い手は、運命の瞬間を迎えるべく劇場へ向かった。ところが、待ちに待った第一声が発せられた瞬間、場内に戦慄が走った。音楽をこよなく愛するキオリア枢機卿は、耳の鼓膜が破れそうだと言わんばかりに慌てて両耳をふさぎ、礼拝堂から走り去った。この恐るべき出来事について教皇にご注進に及ぶつもりであることは明らかだった。聖職者モレリは、歌い手が発した声はおよそ聞くに堪えず、カラスの群れが突然礼拝堂に飛び込んできたかと思われるほどのものであったと書き記している。一方、当の歌い手は、白目を剝きながら絶唱するばかりで、周囲の喧騒にはまったく気がついていないようだった。ついには宮廷オーケストラの指揮者までが逃げ出すという始末、憤慨の囁きが場内のあちこちから漏れ聞こえてきたが、さすがに場所柄をわきまえてか、怒声を浴びせる者はいなかった。聴衆が受けたショックは相当なものであった。歌い手は相変わらず何が起こっているのかまったくわかっていないようであった。彼は伴奏なしで再び声を張り上げようと身構えたが、周囲の人間がそれを許さなかった。数人の屈強な男たち——アグリアはそのなかに、前日の晩、歌い手を迎えにきた役人の顔を認めたような気がした——が舞台に駆け上り、その腕を乱暴につかんだかと思うと、ハンカチを無理やり口のなかへ押し込み、もがき苦しむ彼を舞台から引きずりおろして礼拝堂から追い出してしまった。男爵夫人と歌い手の二人は、しょんぼり肩を落としたまま広場を横切り、宿に引き返した。熱狂的な拍手喝采もなければ取り巻きの人間もいなかった。バラの花一輪差し出そうとする者さえいなかった。二人が目にしたのは、さかんに拳を振り上げ、怒りをあらわにしながら罵声を浴びせる人々の群れだった。広場の近くで馬車を拾った彼らは家路を急いだ。翌朝の新聞はこぞって彼らの悪口を書き立て、世にも恐ろしい歌声への警戒をくれぐれも怠らないように呼びかけていた。いわく、「聞くに堪えない恐ろしい歌声であり、聴衆の身に重大な危険を及ぼすものでさえある……」、云々。のみならず、あの恐ろしい歌声を耳にしたひとりの妊婦が衝撃のあまり流産の危機に見舞われたことが報じられていた。時あたかもマキシミリアン皇帝がメキシコで銃殺されるという事件が起こり、哀れな去勢男に対する人々の怒りがさらに燃え広がった。ほかならぬ皇帝に捧げられたはずの第一声が、偶然とはいえ、結果的に皇帝の処刑という不運な結末を招いてしまったからである。こうして受難の物語がいよいよ大詰めを迎えることになる。

「恐るべき物語ですね!」

「そのとおりです。しかし、私が本当にお話ししたいのは、この物語が有する秘教的な側面です。それこそ真に重要なことなのです。この物語が有する現世的な側面は、言ってみれば逸話や陰口の類にすぎません。それに引きかえ宇宙的な側面は……」

このとき誰かが部屋の扉をノックした。アイロンがけされたばかりのシャツの山を抱えた管理人の妻が、一通の手紙をもって入ってきた。彼女が箪笥の引き出しを開けてシャツをしまうと、バルモランは封筒のなかから手紙を取り出し、ざっと目を通した。つづけて、読み終えた手紙をデル・ソラールに渡した。今日のデル・ソラールは、自分でも意外に思うほどの興味をもってバルモランの話に耳を傾けることができた。

「また匿名の手紙ですよ。私の本が公にされるまでこれがずっと続くのでしょう。手紙の主は、他人の秘密を世間にばらそうとしていると言って私を非難しているのです。でも、私は今度という今度こそ、最後までやり遂げるつもりですよ。というより、もう行くところまで行ってしまったようなものですがね。とにかくお読みいただければ、私の言っていることが本当かどうかわかるはずです」バルモランは管理人の妻にコーヒーを持ってくるように頼んだ。デル・ソラールはこの機を逃さずトイレに立った。

デル・ソラールが部屋に戻ると、顔をひきつらせたバルモランが何やら尋常でない目つきで、取り散らかった原稿を狂ったようにかき集め、それを椅子の上に置いていた。ドアの脇に立った管理人の妻が大声で夫を呼んでいた。

「いますぐここから出ていってください！　さもないとどうなっても知りませんよ」バルモランはデル・ソラールにむかって唸り声をあげた。「早く出ていってください。今度あなたの姿をこの辺で見かけるようなことがあれば、断固とした手段に訴えるつもりです。もし私の身に何かあれば、いいですか、もし原稿が再び盗まれるようなことがあれば、そのときこそ、わざわざ詮索するまでもなく犯人は明らかです。さしあたり私は、事のいきさつをしかるべき方面へ申し立てるつもりです。とにかく出ていってください。まさかここがトロイアだと思っているんじゃないでしょうね？　敵地にまんまと潜り込んで再び原稿を持ち出すつもりだったのかもしれませんが、おあいにくさまです。今回は私の勝ちです」バルモランは、椅子に寄りかかりながら仁王立ちになっていた。そして、片方の手で杖を振りかざしていた。デル・ソラールを部屋から追い出そうと威嚇しながらも、ドアの正面に立っていたせいで、結果的に相手の退路を断つかたちになっていた。デル・ソラールは、バルモランの攻撃をかわそうと身構えた。「え、何ですって？　間抜けなバルモランをまたしても担いでやったですって？　木馬を引き入れて一気に攻め込んでやろうですって？　そうは問屋が卸しませんよ。ここはトロイアじゃないのです。むしろスパルタですよ。くれぐれもお間違えのないように。さあ、すぐに出ていってください！」

このときようやく管理人が現れた。

「お願いですから、この人から杖をとりあげてください」デル・ソラールは叫ぶように懇願した。管理人はバルモランに近づくと、その腕をつかんで杖をとりあげ、近くの椅子に座らせた。管理人の妻が水を一杯もってきたが、バルモランはそれを飲もうとしなかった。見たところ虚脱状態に陥っているようだった。

「いったい何が起こったのか、皆目見当がつきません」デル・ソラールが訴えた。「なぜ私があなたの原稿を盗まなければいけないんですか？　まったく理解に苦しみますよ」

バルモランは何も言わなかった。上体をくねらせ、顔をしかめただけだった。そして、水を口に含んだかと思うと、すぐに吐き出した。

「前にもこんなことがあったんでしょうか?」デル・ソラールは扉の近くに立ったまま訊ねた。

管理人夫婦は何やら小声で囁き合っていたが、やがて夫が口を開いた。

「バルモランさんは少し興奮されているようです。学識が豊かで、普段は非常にいい方なんですが。こんなことは今日が初めてです」

「近所の医者に診てもらってはいかがでしょう。やはり専門家に相談するのがいちばんです。とにかく落ち着かせることですよ。盗みを働くつもりなど私にはいっさいないということを、あとで本人によく言い聞かせていただけると助かります」階段のところまで管理人に見送られながらデル・ソラールはそう言った。

「あなたが以前ここの二階に住んでおられたことを妻がしゃべった途端、バルモランさんはああなってしまったんですよ」

第十一章　リズムに合わせてカニ歩き

「そういう意味で兄はつねに変わり者だったわね。あれほどの変人にはそうそうお目にかかれないんじゃないかしら。兄の風変わりな言動を振り返ってみるたびにそう思うの。私は長いあいだ、兄が結婚しないのは、何か宗教上の理由があるからではないか、つまり、結婚しないという誓いでも立てたんじゃないかって思ってたの。そういうことはべつに珍しいことでもないから。もちろん昔に比べると、いまはそれほどでもないみたいだけど。アルヌルフォはあらゆる点で謎の多い人物だったわ。結婚をめぐるいきさつについては徹底的に秘密主義を貫いていたわね。兄は、ドイツ人のアデーレと一緒になる前に、別の女性と結婚していたのよ。知らなかったでしょう？　でもそれはあくまでも民法上の結婚で、周囲の人間はほとんど何も知らされなかった。フェリパだかエルメネヒルダだか、あるいはチョレだったか、相手の女の名前はよく覚えていないわ。女中に多い名前だったような気がするけど。兄はそのころ、タマウリパスの製糖工場で働いていたはずよ。とにかくひどい女で、東洋人みたいな顔をして、まともに話もできないのよ。本当はこんなこと言いたくないんだけど、とにかくアルヌルフォ・ブリオネスはそういう人だった。羽振りがよかったころならきっと好みの女性と結婚することもできたんでしょうけど。平等主義を少しでも匂わせるものには断固として反対するような、筋金入りの保守主義者だった兄が、よりによってあんな女に引っかかるなんて。タマウリパスにいる女の親類のことなんか考えたくもないわ。幸いにして顔を合わせる機会は一度もなかったけどね。私たちが二人の結婚を知らされたのは、彼らがメキシコを出る直前、それもほんの偶然からよ。兄は一度だって、結婚相手を家族に紹介したことも、私たちを家に呼んでくれたこともなかった。兄のそういう心遣いにはせいぜい感謝しなくちゃね。二人がドイツへ行くことがなければ、チョレだかチョナだか、とにかく兄に配偶者がいることは最後までわからなかったでしょうね。不幸にして、相手の女はハンブルクで死んだわ。毎週金曜日に欠かさずカニを食べる習慣を守りつづけることができなかったからか、あるいはチルパチョーレを作る材料が向こうになかったからか、そのどちらかでしょう。アルヌルフォがメキシコをしばらく留守にしたのは、そのときが初めてだったわ。出国の前日になってようやく相手の女を私たちに紹介してくれたの。ローマ地区とデル・バリェ地区の境にある田舎風のレストラン〈トリノ〉で一緒に食事をしたのよ。いまじゃとても信じられないわね、デル・バリェ地区の入り口にああいうレストランがあったなんて。私たちがレストランに到着すると、女中風情の女が行儀よく座っているの。東洋人とインディオの合いの子みたいな、人間と馬をかけ合わせたような顔の女よ。私はアルヌルフォという人間がますますわからなくなってしまった。兄に対して抱いていたイメージは日に日に悪くなる一方だったわ。兄は昔から、不可解で、傲慢で気難しくて、おまけにさもしいところのある人間だった。死ぬ前の何年かは、私の夫とはろくに口もきかなかったわ。護衛の男に対するよりも横柄な態度でディオニシオに接するんですもの。こんな話をするためにわざわざあなたを呼び出したわけじゃないんだけど、でも、思い返すたびにいまでも胸が痛むのよ。とにかく、私たちは〈トリノ〉で食事をした。チルパチョーレのチョレさんは、ベールのついた帽子をかぶって、銀狐の毛皮の襟巻を首にぐるぐる巻きつけていたわ。おかしいったらありゃしない。食事のあいだずっと苦しそうにしていたわ。無理にあんな格好をして、必死に取り繕っているんですもの、当然よね。いかにも借り物を身につけているって感じで、ぜんぜん体に馴染んでいないのよ。アルヌルフォはアルヌルフォで、そんな彼女を少しも気遣おうとしないのよ。チョレは神経質そうにハンカチやナプキンを握りしめたり、テーブルクロスの端を意味もなくつかんだりしていたわ。〈まったく哀れなものね〉、私は心のなかで呟いた。〈そわそわと落ち着きがなくて、自分の手のやり場にさえ困っているじゃないの〉。彼女の手はタマルのようにむっちりして、短い指をしていたわ。〈かわいそうに〉。でも、どうしてかわいそうなのかしら？　なぜこんな女に同情しなければいけないの？　兄を籠絡するためにどんな手を使ったかわかったもんじゃないわ、男の魂を骨抜きにする媚薬か何かをこっそり飲ませたのかもしれない、そんなふうに思ったのよ。もちろんいまは違うけど。わざわざ媚薬の力に頼らなくても、兄はただ単に風変わりな人間だったってことよ。そのころはまだよくわかっていなかったけれどね。兄がドイツ人のアデーレを二度目の妻に迎えたときは、それこそ何がなんだかさっぱり訳がわからなかった」

灰色のビロードの大きなソファーに横たわったエドゥビヘスは、休みなく話しつづけた。二人はいま、ココアカンの彼女の家の一階の広間で、向かい合って座っていた。何日か前にデル・ソラールが訪れたとき、案内の女中がわざわざ足を止め、高価な宝飾品の数々を鑑賞する時間をたっぷり与えてくれたあの家である。そのとき二人が対面した部屋に比べると、デル・ソラールがいま腰を落ち着けている部屋は、私的な空間に特有の親密な雰囲気に欠けていた。それにしても、雑多な品々が所狭しと並べられている。壁には、形も大きさもさまざまなバロック風の天使たちが飛行中隊のように一列に並べられ、見ているだけでめまいがしてくるようだった。エドゥビヘスの話によると、これらの天使像は息子の嫁が最近もってきたもので、姑の意にはいっさいお構いなく勝手に飾りつけていったそうである。たくさんの贈り物がアントニオのもとに届けられるせいで、いろいろな物が際限なく増えていってしまうということであった。それらはいずれも、この家のなかにしかるべき位置を占めることができたが、さもなければ処分されてしまったにちがいない。ほかにも、象牙やガラス製品をはじめ、さまざまな種類の磁器や、精巧な工芸品などが飾られていた。とはいえ、全体としてみれば、あまり褒めた趣味とは言えなかった。東洋の素焼きの大甕があるかと思えば、金箔を施された木材や青銅で作られた細工物などもある。本当のことを言えば、ここにあるがらくたの半分は思い切って処分したいところなんだけど、贈り物だから仕方ないわ。ほかに置き場所がないから、とりあえずここにしまっているの。彼女はそう言いながら立ち上がり、部屋を埋めつくす家具類のあいだを縫うように歩きながら、目についたものを指さし、その趣味の悪さ、とりわけ息子の嫁ヒルダの趣味の悪さをけなしはじめた。エドゥビヘスが身につけている筒型の長い衣服は、ここ何年かのあいだ頻繁に目を通す機会があった一九一四年発行の雑誌をデル・ソラールに思い起こさせた。こういう服をいとも自然に着こなしてしまうのは、世の中広しといえども彼女くらいなものだろう。踝まで届く円筒形のサテンの服は、肥満した彼女の体をゆったりと包み込み、ライラック色とガーネット色のガラスのビーズがちりばめられた縁飾りが唯一の装飾として目を引いた。それとシンメトリーをなすように、肩のところには同じ材質でできた花束の飾りつけが施されていた。アール・デコ調の見事な衣装である。髪もきちんとセットされているし、化粧も申し分なかった。そのエレガントな装いは、先日会ったときの狂女のような取り乱した様子とは対照的だった。デル・ソラールは、クルス・ガルシアから渡された『一九一四年』を彼女に進呈した。献辞に目をとめたエドゥビヘスは、もし迷惑でなければ娘のアンパーロへ宛てたメッセージを書き添えてくれないだろうかと申し訳なさそうに頼んだ。あの子はあなたの書くものには必ず目を通しているのよ、新聞のコラムはもちろん、インタビュー記事なんかも絶対に見逃さないの。あなたが書いたメキシコのフリーメーソンに関する本など、それこそむさぼるように読んでいたわ。たしかモラについての本だったわね？　ちゃんと目をかけてあげないと、アンパーロはきっとへそを曲げるわ。あの子はね、あなたと楽しくおしゃべりしたり、日曜日に一緒に出かけたりするうちに、生きる意欲を再び取り戻すことができたのよ。それこそ彼女にとって何よりも大切なことなの。

「アンパーロももう若くないわ。というより、彼女は最初から大人だった。あの子がまだ幼い時分から、私はいつも、一人前の大人の女性を相手にしているような気分になったものだわ。とても責任感が強くてね。早くから働きはじめて、家計を助けるために途中で学校をやめなければならなかった。いつだったか、ホアキン・グラナドスに、娘をイタリアに連れていってほしいと頼んだことがあるの。アンパーロほど忠義な働き者はそう簡単には見つからないわよとか何とか言ってね。とにかく、外国語を学んで視野を広げることが彼女にとって何よりも大切だと思ったの。あの子の肉体的な欠陥を考えればなおさら、自信をつけさせてあげることが肝心だったのよ。それには旅がいちばんだわ。本当は私ももっと早く旅行に出る習慣を身につけるべきだったんでしょうけど。なにせアンパーロが旅行を嫌がったものだからねえ。ディオニシオの体の具合が悪くて、お父さんを一人ぼっちにはしておけないからって言うのよ。とにかく責任感が強いのね。いずれあの子は、平穏な生活を何よりも大切にする男性、静かな環境で仕事をするのを好む男性と結婚することになると思うわ。それに、娘は子供が大好きなのよ。そりゃあの子に出ていかれたら寂しいわよ。完全に独りぼっちになってしまうんだから。でもね、あの子が独り立ちして幸せな人生を歩んでくれたら、そして、周りにいる人たちをも幸せにしてくれるのであれば、私はもうそれだけで満足なのよ」

そのときちょうどアンパーロが帰ってきた。母親からデル・ソラールの本を渡され、献辞に目をやったアンパーロは、嬉しさのあまり彼の頬にキスした。デル・ソラールは、母親に言葉をかけたり椅子に腰を下ろしたりといったアンパーロの何気ない所作や、二人の温かいもてなしぶりなどから判断して、この母娘が自分を再び家族の一員として迎え入れようとしていることに気づいた。彼女たちはまるで舞台で演技をしているかのように、甘えるような、それでいて妙に堅苦しい調子でおしゃべりをしていたが、その様子は、傍《はた》で見ている者を何となく落ち着かない気分にさせるのであった。デル・ソラールは、その場の空気を変えようと、執筆予定の著書について語りはじめた。メキシコが枢軸国側に宣戦布告した一九四二年の出来事を扱った例の本である。ところが、エドゥビヘスも娘のアンパーロも、その話題にはあまり触れたくない様子で、もっぱらミゲルの二人の子供、フアンとイルマについて話を聞きたがった。アンパーロは時おり彼らを散歩に連れ出していたのである。

「ところで伯母さん、このあいだデルフィナ・ウリベに会いましたよ」三人が食堂へ入ると、デル・ソラールは口を開いた。「伯母さんの上品な着こなしを褒めていました」デル・ソラールは、エドゥビヘスの個性的なファッションについてデルフィナが口にしたことを繰り返した。「どうやらあなたは、デルフィナの若いころのアイドルだったらしいですよ」

「それはまた意外な話ね。まさかあの人からそんな賛辞がいただけるなんて思ってもみなかったわ。もちろん彼女の言ったことが間違っているということではなくて、他人の長所や美点をなかなか認めたがらない人だもの、そういうことを口にしたというだけでも驚きよ。デルフィナ・ウリベといえば、好きなだけ旅行をしたり最新の流行を追いかけたりするだけのお金に困らない人だったわ。着こなしも申し分なかったけれど、少し個性に乏しかったわね。シアーズで売っているような服を着ていたわ。私はかつて貧乏な生活を強いられた時期もあったけれど、それでもなるべく信頼できる服を選ぶようにしていたわ。必要最小限の手直しをしてね。少しは自由になるお金が手に入るようになってからも、昔の習慣がどうしても抜けなくてね。それで結局、自分のスタイルを貫くことにしたわけ」

帽子やら服の生地やらの話をしているうちに、いつしか一九四二年に関する話題が会話の中心を占めるようになった。デル・ソラールはまず、アルヌルフォ・ブリオネスの妻であるアデーレの服装についで伯母の意見を聞いてみた。彼女の服のセンスはどうでしたか？　やはりフランス風のファッションを取り入れていたのでしょうか？　アルヌルフォ・ブリオネスの風変わりな性格に伯母が言及したのはそのときである。彼女は、兄の貪欲な性格や妹に対する容赦のない態度についてもひとしきり弁じ立てた。アルヌルフォは、両親が所有する土地——たとえ落ちぶれていたとはいえ、いくばくかの財産は所有していたのだ——を独り占めしただけでなく、生前の口約束とは裏腹に、妹のエドゥビヘスや彼女の子供たちには一銭も残さなかった。兄は遺言状を作成しなかったか、たとえ作成したにしても、正式な手続きを踏んでいないという理由から破棄されてしまったのかもしれなかった。いずれにせよ、アルヌルフォは不可解な人物としかいいようがなかった。長い独身生活、狐の毛皮の襟巻を首にぐるぐる巻きつけたタンピコ出身の女との結婚、ハンブルクへの旅立ち。新妻は不幸にして、虫垂炎の手術を受けている最中に死んでしまった。虫垂炎が原因で人が死ぬなんて、当時でさえあまり聞いたことのない話だった。当然のことながら、彼女の死をめぐってはさまざまな憶測が飛び交った。そして、周囲の人間をまたもや驚かせたアルヌルフォの再婚と、ベルリンでの挙式。このときは、結婚式の案内状がエドゥビヘスのところにも届けられたということであった。

「結婚式には誰か出席したんですか？」

「まさか。第一、あのころは海外へ行くだけでも大変だったのよ。そんなことができたのはアルヌルフォフォくらいよ。船会社とのコネを利用して私たちのためにドイツ客船の乗船券を手に入れることもできたはずなのに、兄は何もしてくれなかった。せめて妹の分くらいは手に入れてくれてもよさそうなものなのに。私はいつも、アルヌルフォがほかの人とはまったく違ったタイプの人間だと思っていたわ。理想主義者とでもいうのかしら。彼が生きているあいだ私はずっとそう思っていた。そんな兄の味方をしたばかりに多くの人を敵に回すこともあったわ。冷静に考えてみれば誰にでもわかることだけど、アルヌルフォが抱いていた理想は、当時でさえすでに時代遅れだった。ディオニシオは何度も私にそのことを言い聞かせようとしたんだけど、ほかならぬ実の兄のことだから、私も無条件で信頼してしまったのね。人は年をとるにつれて、手痛い失敗を何度も繰り返しながら、だんだん賢くなっていくものなのね。兄のことを考えるたびに、私はまずその卑劣なエゴイズムを思い浮かべるわ。なにしろ親の財産を独り占めしたんですからね。アルヌルフォは、破産寸前だったブリオネス家の財政をなんとか立て直した。それは認めるわ。でも、結局すべてを自分の懐に収めてしまったのよ。姉のグロリアも私も、兄からは一銭も譲ってもらえなかった。グロリアは他人の援助なんか必要としない結構なご身分だったけど、私は違ったわ。夫のディオニシオは、朝から晩まで十八時間も働かなければならないことだってあったのよ。毎晩遅くまで法律の専門書を翻訳していたのも、すべて生活のためだった。アルヌルフォが私たちのためにしてくれたのは、毎月の家賃を肩代わりすることくらい。兄はその見返りに、自分専用の仕事部屋を私たちのところに用意させて、そこで手紙を受け取ったり、人と会ったりしていたわ。兄が呼び入れる怪しげな人間たちには私たちも悩まされたものよ。おかげで身の危険を感じることもあったわ。ディオニシオはある日、政府関係のポストを失ってしまったんだけど、兄は、人がどんな目に遭おうと自分にはいっさい関係がないっていう顔をしているの。エゴイストにして薄情者、それが兄という人間よ。心の底で何を考えているのかまったくわからない人だった。これには本当に困らされたわ。アルヌルフォは死ぬまでそういう人だった。兄のことなら私よりもディオニシオのほうがよく知っていたはずよ。少なくとも若いころは仲がよかったみたいだし、若者というのは誰しも、開放的であけっぴろげになるものだからね。でも、私にとって兄という人間は、つねに大きな謎だったし、それはいまも変わらないわ。ほかにもわからないことだらけよ。アントニオはかつて私によくこう言ったわ。いっそのこと何もわからないほうがいい、昔のことをいちいち思い煩うのはやめたほうがいいんだって。そんなことはきれいさっぱり忘れ去って、すべてを水に流すべきだってね。ときどき私は、このまま一歩も前へ進めなくなるんじゃないかって思うことがあるのよ。死んだ人間のことは死んだ人間に任せておけばいいんだってアントニオはよく言ってたけど、じつは私たちのほうこそ知らず知らずのうちに死んだ人間の手に引き渡されてしまうんじゃないかってね」

エドゥビヘスはここへきて急に力尽きてしまったようにみえた。物思いに沈むような、そしていまにも泣き出しそうな表情を浮かべた。

「デルフィニィも同じ意見でしたよ」

「何ですって?」彼女は気のない様子で訊ねた。

「デルニィもアントニオと同じことを言っていました。つまり、それぞれの時代にはそれぞれの顔というものがあって、ある時代について判断を下そうとする場合、別の時代の基準をそのまま当てはめることはできないんだって」

「ある時代について判断を下さなければならないのなら、弁証法に頼るのがいちばんね」アンパーロが口を挟んだ。

「そんな訳のわからないことをいったいどこで聞きかじってきたの？　すっかり物知りぶっちゃって」エドゥビヘスは苛立ちを隠せない様子で訊ねた。「アルヌルフォについてはみなそれぞれ思うところもあるでしょうけれど、結局ああいう奇妙な生活、謎に満ちた孤独の生活を送るしかなかったんじゃないかしら。私が言いたかったのはそういうことよ」

「つまり、いつも何かを企んでいるような生活ということですね」

「私はべつに政治的な意味合いで言っているわけじゃないのよ。誤解しないでほしいんだけど、私はあくまでもアルヌルフォの個人的な生活を問題にしているのよ」

「それで、最初の結婚相手はタンピコ出身の女だったんですね？」

「ええ。猿そっくりの、品のない女だった。兄がその女を私たちに引き合わせたとき、二人はすでに結婚していたのよ。さっきも言ったように、私はてっきり、兄が宗教上の理由から純潔を固く守っているものとばかり思っていたの。とんでもない思い違いだったわけね。二人はやがてハンブルクへ発ってしまった。女は二度と故郷の土を踏むことができなかったんだけど、マルティネスの話によると、死ぬ前にぜひメキシコへ帰らせてほしいと懇願したそうよ。私はいつかディオニシオに、若いころのアルヌルフォが羽目をはずすようなタイプの人間だったかどうか聞いてみたことがあるの。ディオニシオによると、彼らは二人とも、放蕩とは無縁の生活を送っていたそうよ。聴罪師がとても厳しい人だったんだって。〈でも、そのあとのことは知らないな。きっと誰かとよろしくやっていたんじゃないかな〉、ディオニシオはそうも言ったわ。最初の女と結婚したとき、アルヌルフォは結構いい年だったはずよ。夫婦そろってメキシコを後にしたときは六十に近かったんじゃないかしら。とにかくあの女ときたら、食事のあいだじゅう狐の襟巻を仰々しく首に巻きつけちゃって、スープを飲むときに帽子のベールをいちいち手で持ち上げるんですもの、見ちゃいられなかったわ。アルヌルフォは結局やもめになって帰国したんだけど、すぐにまたドイツへ戻っていったわ。仕事の拠点をドイツに移したんでしょうね。ベルリンに落ち着いたみたいだった。メキシコに見切りをつけたのは正解だったわ。何かと不穏な空気が漂っていたから。ドイツへ発つ前にしばらくタマウリパスに身を潜めなければならなかったのもそのためよ。新聞へコラムを寄せる仕事からも手を引いてしまった。脅迫電話がかかってくることもあったみたい。デルフィナ・ウリベが彼女のお父さんから聞いた話によると、政府の圧力によって兄の新聞コラムが休止に追い込まれたというのはどうやら事実じゃないらしいわ。コラムを掲載していた新聞社に嫌がらせの電話がしょっちゅうかかってきたんだって。大勢の人間を唆《そそのか》して反乱に駆り立てておきながら、自分だけさっさと手を引いて知らんぷりを決め込んでいたとか何とか言って、アルヌルフォを中傷するんですって。もちろん私は、ウリベ家の人間が口にすることはなるべく鵜呑みにしないように気をつけていたわ。あることないこと言い触らすようなところがあったから。ある日、アルヌルフォと私が聖家族教会から出てくると、見知らぬ男たちが近づいてきて、アルヌルフォの胸倉をつかんでさんざん罵ったことがあるの。そういうこともあって、アルヌルフォはとても神経質になっていたわ。やもめになって帰国するころには、状況は以前に比べるとだいぶましになっていたけどね。きっとアロルド・ゴエナガがうまく立ち回ってくれたのよ。そんなこんなで、メキシコに再び落ち着くころには、昔の仲間たちとも和解することができたみたい。少なくともディオニシオはそう考えていたようね。ところで、兄がわざわざ私たちのところに自分の仕事部屋を用意させたのは、敵の目を欺くためだったらしいの。私はそのことについても兄を許せないわ。ミネルバ館の私たちの住居が偽装工作のために利用されたってわけよ。当局をはじめ、兄の行動に目を光らせていた連中は、兄がミネルバ館に地下活動の拠点を置いていると思っていたようだけど、本当はそうじゃなかったの。ミネルバ館は敵の目をごまかすために利用されただけなのよ。真の活動拠点は別にあったというわけね」デル・ソラールが何か訊ねようとすると、エドゥビヘスがただちに遮った。「お願い、最後まで私の話を聞いてちょうだい。兄がドイツから帰国する直前、その部下と称する人間が私に会いにくるようになったの。兄の言葉を借りれば、腹心の〈相談役〉ということになるんだけど。ドイツにいるころから兄の下で働いていたらしいわ。ところで、アンパーロ、どうしてこんな話になったのかしら？」

「ママに会いにくるようになった男の話を始めたからでしょ？」

「表沙汰にできなかった秘密の活動というのは、いったいどういうものだったんですか?」デル・ソラールが訊ねた。

「私に会いにくるようになった男? ああ、そうだったわね。わざわざ聞くまでもなかったわね。でも、いったいどうしてこんな話になっちゃったのかしら? まあ、どうでもいいわ。その男についてはいつかあなたにも話したことがあったんじゃないかしら? とにかく嫌なやつでね。はなから信用できないの。ある日私たちのところへやってきて、兄がいつ帰国するのか知りたがるのよ。兄が乗る予定の船の名前まで聞いてきたわ。ベラクルスでもタンピコでも、とにかく兄を迎えに行くんだとか言ってね。至急会わなければいけないからって。アルヌルフォとはハンブルクで一緒に働いていたらしいんだけど、兄がドイツでどんな生活を送っていたか、詳しく話してくれたわ。勝手に家に上がりこんで、予言者のような目つきでじっと私の顔を見るんですもの。変なふうに顔を歪めてね。変わり者のアルヌルフォでなければ、あんな男を信用するなんてとてもできないわね。とにかく私は、終始落ち着かない気分だった。あの男の言葉と身ぶりがまるでかみ合っていないんですもの。とても小さなものを表すのに、両手をいっぱいに広げたりするのよ。些細なことかもしれないけれど、男の異常な性格を物語っているような気がしたわ。それに、無遠慮に人の顔をじろじろ見るのよ。私は、とにかく何かしゃべらなければいけないと思ったのと、純粋な好奇心も手伝って――妹としては当然のことじゃないかしら?――、アルヌルフォがドイツでどんな生活をしていたのか聞いてみたの。あの蟹食い女に死なれてからというもの、きっと独りで寂しい思いをしているにちがいないと思ったからよ。

するとあの男は、なれなれしく片目をつぶってみせながら、こんなことを言うの。〈それほど寂しい思いをされているわけではありませんよ。ご心配には及びません〉。私は男の言うことがよくわからなかったものだから、どういうことなのか重ねて聞いてみたの。そしたら、アルヌルフォはベルリンで仕事の同僚や顧客、志を同じくする仲間たちと会ったりするだけでなく、もっと親密な、肩の凝らない付き合いを楽しんでいるようだと答えたわ。〈お忘れになってはいけません。お兄様はいままさに男盛り、ベルリンは誘惑多き悪徳の巷《ちまた》というわけです。奥さん、近いうちに愉快な話をお聞かせいたしましょう〉。なんて嫌味なやつなんでしょう。それに、老いぼれのアルヌルフォが男盛りだなんて、冗談にもほどがあります。実際より老けて見られることもあったくらいなんだから。兄は、子供のころから色が白くて、覇気がなかったわ。伯母たちは兄を見るたびに〈もやしっ子〉なんて言ってたのよ。男はつづけて、〈いいですか、お兄様のような方がたった一人で放っておかれるなんて、そんなことは絶対にありませんよ〉なんて言いながら、動物園にたむろする女たちがどうのこうのといった話をはじめたの。私は何度か話を遮ろうとしたわ。ある日、私は男にむかって、できるだけ冷淡な調子を装って、わざわざ家にお越しいただくには及びません、連絡先を教えていただければ、兄が戻り次第、こちらからお電話するようにいたします、と言ってやったの。あの男の出過ぎたふるまいを暗にたしなめるつもりだったのよ。ミネルバ館の一階で彼にばったり出くわしたこともあるわ。誰かを待っているみたいだった。そこへたまたまアイダ・ヴェルフェル母娘が通りかかったんだけど、男はいきなり私の腕をつかむと、無理やり彼女たちのほうへ引っぱっていくのよ。アイダをぜひ紹介してほしいというわけね。私も突然のことにびっくりして、言われるままに二人を引き合わせたんだけど、考えてみれば、それまでアイダ・ヴェルフェルとはろくに口をきいたことさえなかったのよ。とにかく、マルティネスの厚かましさにはほとほとあきれたわ。あの男の図々しい態度をたしなめたときは、わかったような顔もしていたんだけど、きっと猫をかぶっていたのね。煮ても焼いても食えないやつよ。それに、どうしようもない臆病者だった。だんだんそういうことがわかってきたのよ」

「アルヌルフォ伯父さんを狙っていたのはいったいどんな連中だったんですか?」

「あなた、私の話をちゃんと聞いていないの? いまちょうどアルヌルフォが関係していたごろつきの話をしていたんじゃないの。マルティネスは一時行方をくらましていたんだけど、しばらくするとまた戻ってきたわ。以前よりもおとなしくなって、控え目な態度を装っていたけれど、だんだん本来の厚かましさを取り戻していったわ。そして、もうこれ以上我慢できないというときになって、ようやくアルヌルフォが帰ってきたの。マルティネスはベラクルスまでわざわざ迎えに行ったみたい。私たちは行かなかったけれど。何日かたって、兄は私たちのところへやってきたわ。白髪混じりの赤毛の鬘《かつら》をかぶってね。あれなら禿げたままのほうがずっとよかったわ。鬘をかぶるとよけい老けて見えたし、とにかくみっともなかった。アルヌルフォは、ポランコにある自宅に落ち着いたら、さっそく妻のアデーレを紹介したいから、そのときはディオニシオと一緒に家まで来てくれって言うの。本来なら兄のほうこそ奥さんを連れて挨拶に来るべきなのに。どこまでも非常識な人間なのよ。いかにも自己中心的な、人を小馬鹿にした態度だと思ったわ。アルヌルフォの話によると、アデーレには前の夫との間にできた息子がひとりいて、一緒にメキシコまで連れてきたということだった。その息子のために必要な書類を用意する必要があるんだとか言ってたわ。いまは状況が状況だから、きわめて煩雑な手続きを要することになるだろうって。〈厳密にいうと、アデーレの息子はドイツ人ではなくてオーストリア人だから、多分大丈夫だとは思うんだが〉、兄はそんなふうに言ってたわ。私はてっきり、アルヌルフォの結婚相手は未亡人だとばかり思っていたの。兄は幼いころから敬虔な神父さんたちに囲まれて育ってきたのよ。百歩譲って、子供のいる未亡人と同棲するというのならともかく、まさか夫と別れたばかりの女を妻に迎えるなんて、正直驚いたわ。兄は、アデーレの家族関係について詳しいことは何も話してくれなかった。家のなかを見せてくれと言うから、兄の本や書類などを保管してある部屋へ案内したの。あなたが寝室として使っていた部屋よ」エドゥビヘスはアンパーロにむかって言った。「兄は室内を見回すと、気に入ったからさっそく自分の仕事部屋として使いたいと言ったの。あの部屋からは回廊へ出られるようになっていたし、浴室はもちろん、待合室として使えそうな大きな衣装部屋もあったから、申し分ないと思ったんでしょう。模様替えのために全面的に手を入れることになって、さっそく書棚や仕事机、昼寝用の長椅子が運び込まれることになったわ。管理人や隣近所の人たちには、その部屋を人に貸すことになったと私からうまく説明しておいたの。アルヌルフォは、ほかにもいくつかのルールを自分で勝手に決めてしまったわ。私の部屋を通って仕事部屋へ行くとか、部屋の鍵はいつも自分で管理するとか、とくに兄が希望する場合にかぎって、しかも兄が必ず立ち会うという条件のもとで、女中が部屋を掃除することを認めるとか、そういったことよ。私には鍵が一つだけ渡されたわ。兄に用事があるときは必ず回廊に面したドアから中へ入るように言われたわ。妹というよりは管理人に対するような横柄な態度で、私にいろいろと指図するのよ。部屋に置かれている家具や小物類を見ればわかるように、そこはアンパーロの寝室なんだといくら言ってもだめなの。抑え気味の声で、わかっている、それはさっきも聞いた、アンパーロをほかの部屋へ移せばいい、遅くとも来週にはここで仕事を始めるつもりだ、それ以上は待てないからそのつもりでいてくれと繰り返すばかり。これにはさすがに腹が立ったわ。兄がベルリンで女遊びにうつつを抜かしていたことや、動物園にたむろする女たちとよろしくやっていたことをマルティネスから聞かされていたこともあって、怒りがふつふつとこみ上げてきたの。兄が私に命令したことはすべて、女たちをこっそり部屋に連れ込むための下準備にちがいない、わざわざ浴室付きの部屋を所望したのもそのためだと思ったわけよ。〈ファアレス通りの事務所は閉めてしまうおつもり?〉、私がそう訊ねると、兄は不機嫌な声で、閉めるわけがないじゃないか、どうしてそんなばかなことを聞くんだって言うのよ。〈それなら、あっちに女を引きずりこんだらどうなの? 娘の寝室だけは勘弁してちょうだい〉、私はむきになってそう言ったわ。悔し涙を浮かべてね。私たちの家を売春宿として使おうなんて、私や夫、それに子供たちに対する最大の侮辱だと思ったのよ。兄はしばらくぽかんと突っ立っていたかと思うと、いまいましげな表情を浮かべたわ。そして、人から嫌われる原因にもなったあのぞっとするような視線を私に向けると、そのままくるっと背中を向けて食堂まで歩いていったの。アルヌルフォは、一緒にコーヒーを飲もうと私たちが来るのを待っていた夫に向かって、あいつの無礼な言動にはこれ以上我慢できない、近日中に部屋を明け渡してもらうからそのつもりでいてくれと一方的に宣言したの。もともとそういう約束だったから仕方ないんだけどね。アルヌルフォはそれまでずっと家賃を肩代わりしてくれていたわけだし、今度は私たちが譲歩する番だったのよ。兄はなるべく早く仕事にとりかかろうと焦っているみたいだった。それからしばらくのあいだ私とはいっさい口をきこうとしなかったわ。なにせ頑固な人だったからね。そのうち仕事もはかどるようになったみたい。私は兄に言われたとおり、毎日午後四時前には仕事部屋の電気をつけておくようにしたんだけど、実際に兄が部屋に入るのはその一時間後、だいたい五時くらいだったわ。そうやって隣人の目をごまかそうってことらしいんだけど、ばかな気遣いとしか言いようがないわね。兄は玄関から入ってくると、そのまま私の部屋を横切ってしばらく仕事部屋に閉じこもるのよ。まれに人が訪ねてくることもあったわ。数人の男性と、小太りの中年女がひとりよ。年配の修道女といった感じの女で、まさか逢い引きのために忍んできたようには見えなかったわ。仕事が終わるころになると部下の男が兄を迎えにくるのよ」

「マルティネスですか?」

「そうよ。ひょっとしてあの人のことを覚えているの?」

「いいえ」

「じゃあどうして彼の名前を知っているの?」

「あなたが彼の名前を何度も口にしたからですよ」

「私が? ああ、そうだったわね。アルヌルフォがドイツでどんな生活を送っていたか、あの男が私に教えてくれたのよ。さっきその話をしたばかりだったわね。で、そのマルティネスが毎日兄を迎えにきたわ。いつも私の部屋の扉をノックしてね。ある日、マルティネスが左官を連れて朝早くやってきたことがあったわ。仕事部屋の入り口のところに、〈マヌエル・J・ベルナルデス、免状全般〉と書かれたプレートを張りつけるためよ。これはいったい何の真似なのと兄にいくら訊ねても、べつに何でもないという答えしか返ってこないから、こっちも意地になって、〈免状全般って何のことなのよ?〉と食い下がったの。すると兄は無愛想な笑みを浮かべて、〈文字どおりすべてを意味すると同時に何も意味しないのさ〉と答えたわ。〈詮索好きな人間の目をごまかすにはこの手にかぎるんだ。私の仕事部屋がこの家とは何の関係もないように装うわけさ。そうすれば無用の来客に悩まされることもないだろうし、第一、免状全般と書いてあるだけではいったい何のことやらさっぱりわからないからね。それに、部屋を第三者にまた貸しすることもちゃんと認められているはずだ。家主には少し余分に払っておいたから大丈夫さ〉。私はそれを聞いて思わず、〈なんて抜け目がないのかしら、すべて計算ずくってわけなのね〉と心のなかで呟いたわ。やがて、兄との仲も元通りになって、再び以前のような信頼関係が生まれるようになった。毎日夕方になると、仕事を終えた兄と一緒にコーヒーを飲むようになったわ。アルヌルフォはいつも、世界は日々頽廃に向かっているなんて言ってた。それから、こんなことをふと漏らしたこともあったわ。数年前、ハンブルクへ旅立つ前に、ミネルバ館が将来どんな場所になりかわってしまうかあらかじめわかっていたならば、お前たちに部屋を貸そうなんてけっして思わなかっただろうって。兄が言いたかったのは、つまり、バベルの塔の神話を思い起こさせるような状況ね。あのころはメキシコシティ全体がそんな感じだった。見知らぬ人間が大勢ひしめき合う大都会よ。ヨーロッパのいたるところから、ときにはトルコからもたくさんの人が押し寄せてきたわ。アルメニア系ユダヤ人でイスタンブール出身のアンドロアンのようにね。大富豪のアンドロアンは、街中の人たちから下にも置かないもてなしを受け、噂によるとメキシコシティの南部、なかでもサン・アンヘル地区の豪邸をいくつか買い占めたそうよ。私はアルヌルフォに言ったの。ローマ地区でもフアレス地区でも、クアウテモック地区でも状況はまったく同じだって。イポドロモ地区やコンデサ地区では、スペイン語よりもイディッシュ語を耳にすることのほうが多いくらいだし、こういうことはメキシコシティではとくに珍しくもないことだから、いまさら文句を言っても始まらないって。現にミネルバ館では、ドイツのほかにスペインやハンガリー、オランダをはじめ、たくさんの国からやってきた亡命者たちが暮らしていたわ。もちろんメキシコ人もね。なかにはガルシア・バニョス姉妹のように、上流階級出身でありながら、修道女のような質素な生活を送っている人たちもいた。彼女たちは本の装丁をしながら生計を立てていたわ。とても高価な豪華本の装丁なんだけど、地味な手仕事であることに変わりはないわ。そうかと思うと、デルフィナ・ウリベのように、革命に乗じて成り上がった者もいた。デルフィナはこれ見よがしにお金を浪費していたわ。嫌味なくらいにね。こういう話になると、アルヌルフォは好奇心に目を輝かせたわ。ミネルバ館にはどんな人が住んでいるのか、誰と誰が懇意にしているのか、そんなことをしきりに聞きたがるのよ。だから、私は知っていることを洗いざらい話してあげたの。ついでに、あのバルモランという男には気をつけたほうがいいと警告したわ。私たちの一族の名誉を傷つけるような本を公にしようと目論んでいたあの三流記者のバルモランよ。きっと出版のための費用を出してくれる人物が背後についていたんでしょう。兄は私の話を聞くと、その件は近いうちに解決するはずだと断言したの。この世の非道を黙って見過ごすわけにはいかない、自分が代わりに天誅を加えてやる、いまこそ世界に秩序と規律を打ち立てねばならない、われわれは現在、誰が何と言おうと、新しい時代の幕開けを迎えようとしているのだ、とか何とか言ってね。アルヌルフォの陰にこもった声を聞いていると、何だか薄気味悪くて鳥肌が立ったわ。ふと目を上げると、兄のガラス玉のような目にうっすら涙が浮かんでいるの。ドイツにいるあいだに急に老けこんじゃったみたいで、ちょっと驚いたわ。薄汚れた肌はかさかさに干からびて、目もだんだん悪くなるようだった。虚空の一点を見つめるその姿は、実際よりもさらに老けた印象を与えたわ。杖を震わせながらよぼよぼ歩くところなんて、兄というよりは父といったほうがいいくらいだった。まさに老残を絵に描いたような姿だったわ。きっと体の具合でも悪かったんでしょうね。あるとき、私と兄が聖家族教会から出てくると、騒々しい学生の一団が寄ってきて、踊りながらさかんに囃したてたの。〈さあ、さあ、さあ、リズムに合わせてカニ歩き！　さあ、さあ、さあ、一歩進んで二百歩下がる〉、だいたいこんな文句よ。おどけた表情を浮かべながらいつまでも繰り返すの。うるさくつきまとわれて満足に歩けないほどだった。たまたま近くを通りかかった警官に助けられたからよかったものの、私はもうただびっくりしてしまって。若者たちが行ってしまうと、今度は背の高い男が兄の前に立ちふさがって、とてもひどいスペイン語で話しかけてくるの。外国語訛《なま》り丸出しでね、自業自得だとか何とか、そんなことを言ったように思うわ。そして、署名の知らせが近いうちにもたらされるだろうとか何とか言って、そのまま立ち去ってしまったの。私はアルヌルフォを引きずるようにして歩かなければならなかった。兄はすっかり呆けたみたいになってしまって、歩きながらしょっちゅう何かに躓《つまず》くのよ。とにかく手のかかる人だったわ。自分から進んで人に話しかけることもないし、挨拶だって満足にできないのよ。デルフィナと話すのも嫌がったわ。いっときは彼女と一緒にグアダラハラへ行くなんて話もあったのに、ひと悶着あって、結局取りやめになってしまったのよ。不寛容、高圧的な態度、不用意な言動、それがアルヌルフォという人間を形づくっていたんだわ」

「アルヌルフォは、あなたがデルフィナのパーティーに出席することをいぶかしく思わなかったのでしょうか?」

「まさか! もちろんあまりいい気持ちはしなかったでしょうけど。兄には適当なことを言ってごまかしたわ。アルヌルフォの継子のエーリヒがデルフィナのところで私に話してくれたんだけど、その日の朝、匿名の電話がエーリヒのところにかかってきたみたいなの。エーリヒがスポーツクラブで知り合った若者の名前を挙げて、その人からの伝言だと言って、パーティーにはぜひ出席するように言われたらしいわ。エーリヒはさっそく、その若者について何か心当たりはないかデルフィナに聞いてみたそうだけど、誰のことなのかさっぱりわからないという返事だったんだって。どうやら匿名の電話を受け取った人はほかにも何人かいたみたいで、いずれもパーティーへの出席を促されたそうよ。電話を受け取った人のなかには、デルフィナのことをまったく知らない人もいたみたいね。ところで、パーティーの翌日、アルヌルフォはひどく取り乱していたわ。いらいらしながらも、憔悴を隠しきれない様子だった。それに、何かに怯えているみたいでね。私が会いに行ったときは、ちょうど埋葬の準備を終えたところだった。兄は、デルフィナのパーティーで私とエーリヒがどんな話をしたのか知りたがったわ。だから私は、エーリヒから聞いたことを正直に話したの。そして、マルティネスの目の前で、わざと大きな声で言ってやったわ（私のことを意気地なしと言う人もいるようだけど、それは大きな間違いよ！）。パーティーの直前に私のところへ匿名の電話がかかってきて、マルティネスにそっくりの声で、デルフィナのパーティーに出かけて行ってエーリヒに会うように言われたってね。私もなかなかやるでしょ？　兄の〈相談役〉に収まっていたあの男に一度ぎゃふんと言わせたかったのよ。マルティネスはしきりに手を振り動かして顔をしかめていたけれど、きっと内心では、私を絞め殺してやりたいと思っていたはずよ。私は平然とさっきの作り話をもう一度繰り返してから部屋を出たわ。パーティーに潜り込んだだけでなくアイダ・ヴェルフェルに乱暴を働いたことについて、マルティネス本人がどのように申し開きをしたのかぜひ聞いてみたかったわね」

「あなたがデルフィナと親しかったなんて、まったく知りませんでした。そういえばデルフィナが言っていましたよ、伯母さんはメキシコでもっとも気品のある女性のひとりだって」

「当然じゃないの。彼女とは育ちが違いますよ。なにしろ私の祖父母はカナレホスの豪邸に住んでいたんですからね。夢のような御殿だったわ。火山岩をふんだんに取り入れた邸宅で、石造りの怪人面なんかもあったわね。いまはたしか砂糖の保管庫として使われているはずよ。子供のころそこへ行ったことをよく覚えているわ。それにひきかえ、デルフィナのお祖父さんは日雇い労働者だったのよ。裸足のインディオってわけね。デルフィナ本人から聞いた話だからこれは間違いないわ。アルヌルフォによると、デルフィナのお父さんはメキシコのフリーメーソンの中心人物のひとりだったということだけど、本当かどうか怪しいものだわ。なにせアルヌルフォときたら、疑心暗鬼に陥っているようなところがあったから。兄にしつこく言われたせいで、デルフィナとはいつの間にか疎遠になってしまったわ。それなのにパーティーに招待されたものだから、ちょっと変だと思ったの。私とデルフィナは、あなたが言うほど親密な間柄じゃなかったけれど、それなりにいい関係を築いていたことは確かね」

少し間をおいてからエドゥビヘスはつづけた。「彼女とは毎日のように顔を合わせていたわよ。ある日、一緒に仕事をしないかと誘われたの。彼女が経営するギャラリーの広報担当とか、そんな話だったように思う。デルフィナは巨万の富を築いたっていうもっぱらの評判だったけれど、さすがにそれは誇張だと思うわ。いまも言ったように、アルヌルフォが何かと口うるさいものだから、彼女とは次第に顔を合わせることもなくなったわ。兄は、デルフィナの家族をまったく信用していなかったのね。アントニオがよく言ってたように、あれは紛れもないパラノイアよ。世界中の人間が自分をつけ狙い、罠にはめようとしているなんて本気で信じ込んでいたんだから。もっとも、いまから思えば、それもあながち見当外れとばかりも言えないんだけど。とにかく、兄にはいつもうんざりさせられたわ。しょっちゅう私をつかまえてはいろいろなことを聞き出そうとするのよ。あいつはいったいどこの誰なんだってね。同じミネルバ館に住むボンボン姉妹にまで疑いの目を向ける始末よ。ときどきあの二人は政府関係者を自宅に招いているようだが、どうも怪しいとか言ってね。人畜無害の歌い手、ふしだらな女にすぎないというのに。どんなに用心してもしすぎることはないというのが兄の口癖だった。私もさすがに堪忍袋の緒が切れることがあったわ。度を越した用心がかえって不幸な結果を招き寄せることになったんじゃないって思ったものよ。そんなある日――その日はたまたま虫の居所が悪かったのよ――、私は兄にむかって、〈誰とも付き合うなって言うの？　友達もなくたった独りぼっちになってしまっても構わないというわけ？　その埋め合わせに自分の友達を紹介する気もないみたいだし、ちょっと勝手すぎるんじゃないかしら？〉と言ってやったの。私が何よりも我慢できなかったのは、私たち夫婦をつかまえて、妻のアデーレとだけは仲よくやってほしいと言外にほのめかすことだった。アルヌルフォと私は本当に兄妹と呼べる仲だったのかしら？　私が結婚するまでずっと同じ屋根の下で暮らしていたというのに、そんな疑問がどうしても湧いてきちゃうのよ。兄夫婦がポランコへ越してからしばらくすると、アルヌルフォがもったいぶった態度で私たちを夕食に招待したの。引っ越しが済むまで兄夫婦がどこに住んでいたのか、私はまったく知らなかった。マルティネスが洩らしたところによると、家が出来上がるまでのあいだ、兄夫婦はホテル暮らしをつづけていたみたいね。ひとつのホテルに何日間か滞在したあと別のホテルへ移動するというような生活だったらしいわ。二人は別々の部屋で寝起きしていたそうよ。アデーレはまったく愛想のない女だったけれど、それでも私にとっては兄嫁にあたる人だから我慢するしかなかった。彼女はフランス語が得意じゃなかったけれど、それでもなんとか会話することはできたわ。でも、そのうちドイツ語しかしゃべらなくなって、意思の疎通がほとんど不可能になってしまった。いったい私以外の誰が、彼女のメキシコでの生活を手助けすることができるというのかしら？　友達を紹介したり、いろいろな場所へ連れていってあげたり、日常生活を送る上での具体的なアドバイスを与えたり、そういったことよ。でも、彼女自身がそれを望まなかったばかりか、アルヌルフォも、私たちの友情を後押ししてはくれなかった。あとでその理由がわかったんだけど、とにかく、世界中の人間が自分たちに敵対しているという兄の強迫観念にはとてもついていけなかった。もちろん私だってそう考えるときもたまにはあるけれど、兄の場合とはぜんぜん違うわ。ところが、あれほど人間不信に陥っていたはずのアルヌルフォは、ことバルモランに関しては、私がいくら注意しても何の警戒もしようとしないの。あの危険な男が私たちの名誉を汚そうと画策していることや、いつぞや私の目の前で、自堕落な生活を送った末に気が狂ってしまったという私たちの先祖の話をはじめたことなど、いろいろと話してみたんだけど、まるで堪《こた》えなかったわ。私はほとほとうんざりして、〈免状全般〉のプレートを掲げた事務所の責任者が誰なのか、知ろうと思えば誰にでも簡単にわかってしまうだろうし、少なくとも女中たちにはいずれ知られてしまうにちがいない、かといって彼女たちをいまさら辞めさせるわけにもいかない、私ひとりで一家を切り盛りしていく自信はとてもないから、と言ってみたの。じつはそれこそ兄の望んでいたことで、市内のほかの事務所が目をつけられないように、私たちのところにある仕事部屋が地下活動の拠点であるかのように見せかけようとしていたなんて、そのときの私には察しがつかなかった。要するに、兄は私たちを実験用のネズミとして利用していたわけね。私たちの身に何かあっても、運が悪かったと思ってあきらめるしかないというわけよ。ある日、私は兄をつかまえて、マルティネスがミネルバ館のなかをしきりに嗅ぎまわっていることや、ほかにも身のほどをわきまえない行動に及んでいることなどを話したの。するとアルヌルフォは、ようやく長い眠りから目覚めたように、なぜそんなことをわざわざ私に報告するんだと気色ばんだわ。兄は何かというとすぐに詰問したがるのよ。だから私は、兄がベルリンでどんな生活を送っていたか、あの詮索好きな男がいろいろと教えてくれたんだって言ってやったの。それがいったいどういうことなのか、兄にもすぐにピンときたみたい。私の話しぶりに不安を感じたんでしょうね、兄はびっくりして椅子から立ち上がったわ。そして、私の腕を乱暴に揺さぶりながら、マルティネスからどんな話を聞いたのかいますぐ言えと脅すのよ。素直に白状しろって。〈本当にいいの?〉、私はそう聞いてやったわ。さっきまでの恐怖心が嘘のように消えてしまって、兄が高圧的な態度に出れば出るほどこっちはますます反抗的になった。〈本当に洗いざらいしゃべってもいいのかしら?〉、私はますます強気に出たわ。〈あなたに耐えられるかしらねえ? これがどういう意味かわざわざ言うまでもないと思うけど。あなたの最初の奥さんは耐えられなかったのよね〉。するとアルヌルフォは私の腕を放し、数歩後ずさりして椅子にへたり込んだわ。まるで脳内出血を起こして突然倒れちゃったみたいに。私は追い討ちをかけるように、どこまでも無邪気な調子で、あなたが動物園界隈にたむろする女たちとよろしくやっていたことをマルティネスから聞いちゃったわよって言ったの。それを聞いた兄は、しばらく何か考え込んでいるみたいだったけど、私がそうやって心の重荷を取り除いてあげたことは確かだった。兄は突然、大声で笑いはじめたわ。あいつの冗談にも本当に困ったものだとか言いながらね。そして、マルティネスはエルメリンダの話をしなかったかと聞いてくるの。兄の最初の結婚相手、例のつまらない女のことだけど、彼女の病気や治療のことについて何か言ってなかったかって。私は、そんな話は何も聞いていないと答えたわ。本当に何も聞いてなかったのよ。こうして新たな謎が浮かび上がってきたわけね。なぜ兄夫婦が私との付き合いを避けていたのか、その理由がようやくわかったような気がしたわ。二人は私に隠し事をしていたのよ。ところが、ひょんなことからそれが私に知られてしまった。ある日、私はミネルバ館でアイダ・ヴェルフェルに呼び止められたわ。彼女の大きな体はほとんど階段をふさいでしまうほどだった。私はよく知らないんだけど、とても高名な方だったそうね。彼女の横には、ララ・カラスコといって、当時名の知られていた銀行家の奥さんがいたわ。ララもその旦那さんもいっぱしのパトロンを気どっていたみたいだけど、単なる見栄っぱりといったところね。みんなから馬鹿にされていたわ。私はララとは幼なじみで、同じフランス語学校へ通った仲だから、立ち止まって挨拶したの。もちろんヴェルフェルさんにもね。ところがそのとき、意外な事実が明らかになったのよ。ヴェルフェルは私に、あなたはドレスデンの有名な女性オペラ歌手の親類の方ですわねって話しかけてきたのよ。〈とても美しい声でね〉、ヴェルフェルはララのほうばかり見ながら話しつづけるの。私は単なるお飾りといった感じね。〈とくにすばらしいのはモーツァルトよ。奇跡のドニャ・エルビラといったところかしら〉。不意を突かれた私は、〈失礼ですが、何か勘違いをされていらっしゃるようです〉と答えたの。自分にドイツ人の義理の姉がいることをすっかり忘れていたのね。それだけ兄夫婦は普段から私のことを疎んじていたということよ。〈あら、それは変ね。私の勘違いかしら。でも、あなたのお兄様はたしかアデーレ・ワルツェルさんと結婚されていたはずでは？〉私は〈そのとおりです〉と答えたわ。そのとき、アルヌルフォからいつも注意されていたことを思い出したの。こういう人たちと気安く口をきいてはいけないってね。でも、みんなが知っていることをいまさら否定するわけにもいかないでしょう。誰だってその気になれば、アルヌルフォがドイツ人のアデーレ・ワルツェルと結婚していて——私が彼女の苗字を知ったのは、じつはそのときが初めてなの——、彼女の連れ子と一緒にポランコ地区のアナトール・フランス通りの家に住んでいることくらい、簡単にわかることですからね。私はひどく落ち着かない気分だった。ヴェルフェルの話をただ黙って聞いているしかなかったわ。こっちはただ相槌を打つばかりよ。〈アデーレさんは生物学者で、アネッテさんはすぐれたソプラノ歌手なんですよ。モーツァルトがご専門のようですけど、新しい音楽にもちゃんと目配りされています。私が最後に彼女の歌声を聴いたのは、シュトラウスの『無口な女』のときでした。アムステルダムでの公演で、彼女はそのためにわざわざ呼ばれたのです。ところで、つい先日、アデーレさんの最初の旦那さんが私のところへ訪ねてこられました。ハンノさんという方で、お医者さんだそうです。息子さんもご一緒でした。息子さんは私に、お母様の親類の方がこのミネルバ館にいらっしゃることを教えてくれました。それがつまりあなただったわけです。私は息子さんに、その人のことはよく存じませんが、とても上品なお方のようですわねと言いました〉。私は思わず、〈それはまた恐れ入ります〉と言ったわ。だって、それ以外に何て言えばいいのかしら？　私は、複雑な家族関係にすっかり頭が混乱してしまったんだけど、もっと詳しい話を聞きたいと思ったの。アルヌルフォは私のことを信用していないみたいで、肝心なことは何ひとつ教えてくれなかったから。するとララが横合いから、〈ということはつまり、モーツァルトの歌い手の旦那さんがここに住んでいるってことなの？〉といきなり割り込んできたの。〈近いうちにぜひお目にかかりたいわ。ねえ、アイダ、リヒャルト・シュトラウスについての講演をその人にお願いできないかしら？〉彼女は年甲斐もなく、少女のようにはしゃぐのよ。およそ似合わないくせに、いつもそうなの。〈ねえ、エドゥビヘス、私たちはいまや国際人《コスモポリタン》なのよ。つい最近までは、ケレタロやグアダラハラの知人と付き合うのが関の山だった私たちが、いまやドイツ人の歌手をはじめ、さまざまな国籍の知識人や芸術家たちと肩を並べて暮らしているのよ。偉大なる知の女神ともいうべきわれらがアイダ・ヴェルフェルのような人とね〉。ララはどこまでもお追従を言うのが好きな人だったわ。それに何といっても気どり屋だった。若いころから文芸サロンを開くのが夢だったのよ。するとヴェルフェルが、〈違うわよ。私が話しているのはアネッテ・ワルツェルの旦那さんのことじゃなくて、この方の義理のお姉さま、つまりアデーレさんの最初の旦那さんのことよ〉と言ったの。〈その方はいわば地獄からの生還を果たしたのよ。いまはメキシコにいるの〉。するとララが、〈ねえ、エドゥビヘス、私たちはいま新しい時代に生きているのよ〉なんて馬鹿なことを言うものだから、私は思わず殺してやりたくなったわ。それでもララはお構いなしに、〈いまどき離婚なんて、物心ついてからずっと大人たちに教え込まれてきたあの恐るべきレビヤタン[*37]なんかじゃないわ。理性と教養を兼ね備えた人たちが必要と判断したときにいつでも利用する近代的制度のひとつにすぎないのよ〉なんて言うの。私は雷に打たれたように、話すべき言葉も見つからないまま、無意識のうちに階段を上がったんだけど、何が何だかよくわからなくて、まるで抜け殻のようだった。伝統主義者にして完璧なモラリスト！　これほどの偽善者がかつてこの世に存在したためしがあったかしら？　私は部屋へ戻るなりさっそくマルティネスをつかまえて問い詰めたわ。本当はマルティネスと口をきくのは死ぬほど嫌だったんだけどね。ますます傲慢になってくるようだったし、そのころにはアルヌルフォとマルティネスのどちらが本当の上司なのかわからないほどだった。あの男は何も知らないの一点張りだったわ。私がなおも食い下がって質問攻めにすると、向こうもいろいろと聞き返してくる始末。〈あのタマウリパス出身の美人妻もいっときはわが世の春を謳歌していたんですが、残念ながらドイツの気候が肌に合わなかったんですな〉、マルティネスはそんなことを言ったわ。あの男はハンブルクで彼女に会い、彼女が病気で衰弱していく様子を目の当たりにしたそうよ。〈あれは完全に病死ですな。人が何と言おうと、紛れもなく病死です〉。マルティネスの言葉を聞きながら、私はなぜか背筋が寒くなるのを覚えたわ。〈アデーレとはメキシコで知り合いました。知り合ったというより、そのときはほんのちょっと顔を合わせただけなのですが〉、マルティネスはそう言うと、いきなり兄の悪口を言いはじめたの。いつも汚れた仕事ばかり押しつけられてさすがに嫌気がさしてきたってね。〈世の中にはずいぶんと羽振りをきかせている御仁もいるようですが、この私をいつまでも貧乏人扱いするのはとんだお門《かど》違いというやつです。そろそろ対等のパートナーとして互いに礼を尽くすべきときではないでしょうか。お兄様にそうお伝えください。いつまでも割りを食うばかりではさすがにやってられないとね。万が一この私が口を割ればいったいどういうことになるか……〉。ちょうどこのときアルヌルフォが仕事部屋から出てきたんだけど、マルティネスは不意を突かれて直立不動の姿勢をとったわ。話を聞かれてしまったんじゃないかと思って内心びくびくしていたんでしょう。すっかり声が裏返ってしまって、目を白黒させていたわ。〈何か変わったことはないかね、マルティネス？〉、〈いえ、とくにございません〉、〈それでは出かけるとしよう。本を買いに行く用事があるんだ〉。兄が出かけるときも私はずっと黙ったままだった。本当のことがわかるまでは絶対に口をきくものかと思っていたからね。兄はまたもや私を騙したのよ。私とグロリアに財産を残してくれなかったときみたいにね。いまじゃ離婚なんてちっとも珍しくないし、私もそういう状況にはすっかり慣れっこになってしまったわ。たとえばもしアントニオがヒルダと離婚したいと言い出したら、私は一も二もなく賛成するでしょうね。でもあのころは、離婚といえばそれこそ大ごとだったのよ。もちろんデルフィナ・ウリベの場合は別だけど。彼女はもともと誰の子でもなく、革命の申し子ともいうべき人だったから、離婚したからといってべつに不思議でも何でもなかったわ。でも、夫と別れたばかりの女がブリオネス家の一員に加わるとなると、しかも、そうした前代未聞の事態を引き起こした張本人がアルヌルフォとなると、事はそれほど簡単に済むものじゃなかった。私はさっそく、アイダ・ヴェルフェルの娘を呼びにやったわ。いつもおどおどした感じの子だったけど、私は彼女にこう言ったのよ。〈ねえ、ちょっとお願いがあるんだけど。いますぐここへ電話して、エーリヒ・ピスタウアーを呼び出してほしいの。そして、すぐにここへ来るように伝えてくれないかしら。家族のために洋服を編むのを何よりも楽しみにしているエドゥビヘスという人が、今年はぜひあなたのためにセーターを編みたいと言っている、体のサイズを測らせてほしいから、できれば今日の午後、都合のいい時間にミネルバ館に立ち寄ってほしいと言っている、そんなふうに伝えてくれればいいから〉。すると彼は本当にやってきたわ。私はもう一度ヴェルフェルの娘に来てもらって、通訳を頼んだの。正確を期する必要があったからね。話を聞いてみると、案の定、私の思ったとおりだったわ。エーリヒの実の父親が少し前にメキシコに入国したということだった。その人は外科医で、アルヌルフォの最初の奥さんの手術を担当したそうなの。メキシコへ入国するのにいろいろと苦労したみたいね。この話はまだあなたにしていなかったかしら？」

「初めて聞く話です」

「アンパーロならよく覚えているはずよ。それで、私はさっそくアルヌルフォをつかまえて問いただしたの。兄の説明は完全に納得のいくものではなかったけれど、宗教に関する発言はおそらく本当のことだったと思う。アルヌルフォは私の質問にもまったく動じなかったわ。不意を突いてやろうというこちらの目論見は完全に外れたわけよ。おかげですっかり気勢をそがれてしまった。兄は、カトリックの儀式にのっとって、教会で式を挙げたんだと言ったわ。アデーレも洗礼を受けていたし、宗教的な義務は十分に果たしたんだって。兄を責め立てる材料を失ってしまった私は、仕方なく話題を変えたわ。バルモランが手にしている原稿が私たちにとっていかに脅威であるか、あらためて主張したのよ。兄はそのときになって初めて、私の話に真剣に耳を傾けたわ。私はつづけて、バルモランがウリベ家とつながっているらしいことを話したの。ちょうどそこへマルティネスが現れて、私に変な目配せをするのよ。なんだか悪い予感がしたわ」

「バルモランが手にしていた原稿というのは、あなたが考えていたようなものではなかったんですよ」デル・ソラールが口を挟んだ。「あなたの身内の方とは何の関係もありません」

「よく知らないくせに口を挟むものじゃありません。バルモランが私に会いにきたときの話はもうしたかしら？　とにかく最後まで聞いてちょうだい。あの男はそれとなく探りを入れようとしたわ。その数日後にまたやってきて、何者かに家を荒らされて原稿を盗まれたって言うの。警察にも通報したって言ってたわ。でも、それがいったい私と何の関係があるというのかしら？　きっとあの男は、原稿が本になって出版されても、自分にはいっさい何の関係もないと言いたかったのよ。とにかく、彼を黙らせておくためには、恐怖心を煽るようなことを言うのがいちばんだった。いまでもときどきあの男の知らないことを教えてあげるのよ。私にはちょっとした情報網があるからね。ある日、私が日増しに嫌悪感を募らせていたあのマルティネスがやってきて、長い前置きのあとでこんなことを言うの。バルモランの原稿が盗まれたというのはどうやら本当らしい、もしあなたが望むなら、知り合いの男に頼んでその原稿を手に入れることができるって。とりあえず見本となる原稿が手元にあるから、それを読んでもし気に入ったら、残りの原稿を適当な値段で買い取ることもできるという話だったわ。私はマルティネスに、この話をすぐ兄にも伝えてちょうだいと言ったの。例の原稿が売買の対象になっていることを兄にもぜひ知らせなければいけないからって。原稿を買い取るべきか否か、兄が最終的な判断を下すだろうと思ったのよ。するとマルティネスは、顔色ひとつ変えずにこう答えたわ。原稿を手に入れることができるその知り合いは、自分の名を世間に広めてくれる法的な追及をむしろ歓迎するだろうって。私は話に乗ることにした。マルティネスはさっそく、十四ページほどの原稿の写真を渡してくれた。そこには、スペイン語とイタリア語がごっちゃになったような、奇妙な文章が並んでいたわ。古文書の専門家に見てもらったところ、イタリア語のように見せかけているけれどもじつは紛れもないスペイン語だということがわかった。書かれている内容は、言ってみれば通俗的な冒険譚で、あるイタリア人女性がメキシコで先住民の少女と知り合い、去勢された男子と偽って彼女をヨーロッパへ連れていくというものだったわ。最初から最後まで陳腐きわまりない筋立てで、聞いているだけで不愉快になるほどだった。専門家が一行一行訳していく物語を聞きながら、私は思わず自分の耳を疑ったわ。それにしても、マルティネスのやることにはおよそ限度というものがなかった。そもそもどんな目的があって、あんな破廉恥な物語を私に読ませる気になったのか、いまだによくわからないわ。次の日、私に決断を促すために再びマルティネスがやってきた。私は思いきって言ってやったわ。読ませてもらった原稿は一文の値打ちもない代物だって。趣味の悪い冗談にこれ以上付き合わされるのはまっぴら御免だってね。今回の件でマルティネスと折り合う余地はまったくないこと、今後いっさい彼とはかかわりたくないということをわからせようと思ったのよ。挨拶を交わすだけならともかく、それ以上の関係は願い下げだと思ったわ。私はアルヌルフォにすべてを話したの。そして、あの男にはくれぐれも用心するように何度も言い聞かせたわ。兄もさすがに気がかりな表情を浮かべていた。ほかにも悩み事を抱えていたみたいね。極度の緊張を強いられる毎日を送っていたようだわ。

〈このままだと兄は駄目になってしまう。いつ倒れてもおかしくないわ〉、私はそう思った。そして、実際にそのとおりのことが起こってしまったのよ。というより、そういう状況に追い込まれてしまったと言ったほうがいいかもしれないわね。死の直前、アルヌルフォは何やらひどく怯えていたわ。次から次へと不幸な事件が重なってね。あのときは本当に大変だった。継子のピスタウアーが殺されたあと、兄はアデーレを連れて国外へ脱出しようとした。二人で逃亡するつもりだったんでしょうけど、残念ながら国境を越えることはできなかった。それで仕方なくエンセナーダのホテルに何日か滞在したのよ。結局アデーレと一緒にメキシコシティへ戻ってきて、必要な書類を揃えて出直そうとしたんだけど、その矢先に死んでしまったのよ」

「ちょうどそのころ、アルヌルフォ伯父さんは従兄弟のゴエナガとも仲違いしていたようですね」

「誰から聞いたの?」エドゥビヘスは怪訝な面持ちで訊ねた。

「デルニィですよ。でも、伯父さんが亡くなる直前に二人は和解したそうです。伯父さんが死んだその日に二人は一緒に食事をしています。それにしても、二人が仲違いするなんて、いったい何があったんでしょうね?」

「相手が誰であれ、兄はしょっちゅう人ともめ事を起こしていたわ。現に私とは毎日のように喧嘩していたしね。不思議なことなんか何もないわよ。それに、兄はそのころ神経質になっていたから。追いつめられていたのよ。アロルド・ゴエナガが兄を怒らせるようなことをしたと考えるのは、正しくないばかりか、公正さを欠くことにもなるわ。兄が馬鹿なことをやっているのを見て、アロルドはとても心配していたくらいなんだから。もっとも、周囲の人間はみんな心配していたんだけどね。兄は、話し合いの末にようやく合意に達することができたとか言ってたわ。つまり、もう二度と面倒なことに首を突っ込まないという条件で、メキシコからの出国を認めてもらうことになったそうなの。かわいそうに、アロルドは自分が裏切り者のユダにでもなったような気分だったでしょうね。あれ以来、二度と立ち直れなかったみたいよ。とにかくアルヌルフォは、合意の内容をすっかり信じこんでしまった。きっと、公明正大な紳士たちの言うことだから、まず間違いはないだろうと思ったんでしょうね。でも、現実はそんなに甘くなかった。ファアレス通りに差しかかったとき、後頭部をいきなり殴られて転倒し、そのまま車に轢かれたのよ。兄はほとんど目が見えなかったわ。ほんの一瞬の間の出来事だったそうよ。目撃者もいなかったみたい。あいにくその日は日曜日で、人通りが少なかったから」

「伯父さんを殺した犯人はいったい誰なんです?」

「私だってそれを何度も考えたわ。ディオニシオは、犯人を捜し出そうとするのは無謀の極みだ、絶対にやめたほうがいいって言ってたわ。あのときもし私が犯人探しに乗り出していたとしたら、今ごろはきっとここにいないでしょうね。アルヌルフォの埋葬が済むと、アロルドは何も話そうとしなくなったわ」

「奥さんのアデーレはどうなったんですか? その後もずっとメキシコにとどまったのでしょうか?」

「夫の遺産を受け取るとすぐにどこかへ行ってしまったのよ。おそらく別れた亭主と一緒にね。ところが私たちは、生前の口約束とは裏腹に、アルヌルフォからは一銭だってもらえなかった」

三人はすでに夕食を終えていた。

「マルティネスの居場所を突き止めようと思うんです。彼はきっと何か知っているに違いありませんから」

時計に目をやったエドゥビヘスは、驚いたような表情を浮かべた。長距離電話をかけなければならないことを急に思いついたのである。椅子から腰を上げた彼女は、慌ただしく別れの挨拶をすませると、そのまま部屋を出ていった。

デル・ソラールと二人きりになったアンパーロは、母はこの話になるとつい興奮してしまうのよ、でも今夜はだいぶ落ち着いていたわ、あなたがいるおかげできっと安心したんでしょうね、と言った。そして、本の献辞についてあらためて礼を言い、今晩からさっそく読んでみるわと言った。さらに、今後数週間は家探しだの子供のための学校選びだの、いろいろ大変でしょうから、私でよければいつでも力になるわ、自由になる時間はたっぷりあるし、車や運転手の手配など、遠慮せずに何でも言ってちょうだい、とつけ加えた。二人は別れの挨拶を交わした。デル・ソラールは、母親の家にむかって車を走らせながら、アンパーロのようなすばらしい従姉妹がいるのは本当に幸せなことだと心のなかで呟いた。そして、『一九一四年』に関する彼女の感想をぜひ聞きたいものだと思った。

第十二章　終章

デルフィナは若い女性と別れの挨拶を交わしていた。磁器製の人形のように青白い顔をしたその女性は、カールした髪、黒々とした眉毛と睫毛が印象的だった。「彼女は大学の学生さんです」、ちょうどそこへ姿を現したデル・ソラールに向かってデルフィナが言った。週に一度デルフィナの家を訪れ、一時間半か二時間ほど彼女のインタビューを録音していくのだということだった。

「二十世紀の画家や画廊、メキシコシティでの都市生活の様子などについて話してほしいというのです。彼女の質問に答えるのはとても楽しいんですけど、やはり疲れますわ。私は二十世紀が始まると同時に生まれたんです。若いころから父や兄の友人たちと懇意にする機会に恵まれました。つまり、メキシコの主だった著名人と知り合うことができたわけです。さすがに七十歳を過ぎますと、まるでノアの大洪水より前の時代から生き延びてきたような気がしますわ。長生きもけっして楽じゃありません。テープレコーダーに向かって話しはじめると、無数の人影が次から次へとこの部屋を横切っていくような気がして怖くなるときがあります」

「愛のパレードというやつでしょうか？」

「そうともかぎりませんわ」デルフィナはほほ笑んだ。「たしかそういうタイトルの映画がありましたね。ルビッチ[*38]だったかしら?」

「あなたはさしずめ愛のパレードの栄えある先導者というわけですよ」デル・ソラールは抑えきれずにそう言った。デルフィナはまるで常軌を逸した人間を見るような目つきで相手の顔をしげしげと眺めた。自分がからかわれているのではないかと思って不安になったのか、笑みを浮かべた口もとが少しこわばっている。

「あなたには想像できるかしら」高飛車な口調でデルフィナが話しはじめた。「ついさっき私は、カランサの娘とアギラル将軍の結婚式がケレタロで行われたときの様子についてインタビューで話したんです。それは豪勢な式でしたよ。政府の幹部やその取り巻き連が勢ぞろいしましてね、じつに盛大な乾杯のかけ声でした。参列者たちはお互いに抱き合いながら、相手が武器を携行していないかそれとなく探っているようでした。革命による一致団結を祝して、歓呼の声がいたるところから沸き起こりました。ところが、それから数か月後もたたないうちに、彼らは二つの陣営に分かれて互いに激しく争うことになるのです。勇ましく蜂起したもののたちまち戦場の露と消えた人もいれば、卑劣な待ち伏せ作戦に遭って命を落とした人、投獄の憂き目を見た人、あるいは私の父のように亡命を余儀なくされた人もいました。カランサの死とともに私たちはハバナへ旅立ちました。何か月かそこに滞在したあと、今度はスペインへ逃れました。メキシコで七十年の歳月を生き抜くというのは、ほかの国で同じだけ生きるのとはわけが違うのです。それこそ何度も命が縮むような思いをしてきました。まさに激動の時代だったのです。先の見えない不安にいつも悩まされていました。そんな私の人生が挫折と失敗の繰り返しでなかったなんて、誰にも断言できません」デルフィナはここで一息入れた。自分がいま誰と話しているのか確かめようとしているかのようだった。「あなたはきっとこうお尋ねになりたいのでしょう。私の人生は結局どこに行き着いたのかって。答えは簡単です。あなたがお書きになった本に行き着いたんですよ。私は、あなたの本を読みながら、自分がまるで生きた化石にでもなったような気持ちになりました。あなたがそこで書いていらっしゃることの多くは、私が実際に体験したことです。当時私は十二歳か十三歳の少女でした。素晴らしい思い出がたくさんあっても不思議ではない年頃です。先ほども言いましたが、ご覧のとおり、私はすっかり年をとりました」そう言うと、彼女は突然大きく口を開け、全身を激しく揺り動かしながら笑った。ここまで無事に生き延びてきたこと、そして、人生でそれなりの成功を収めてきたことに少なからぬ喜びを感じていることがうかがえた。「大筋においてあなたのお書きになったことに異論はないのですが、ある種の不寛容に陥っていらっしゃるようにも見受けられますわ。たとえば、あなたが本のなかでとりあげた頭領《カウディーリョ》たちのなかには――私自身面識のあった人もいますから、これは間違いのないことですが――生まれの卑しい人もいました。そういう人たちはみな、血なまぐさい抗争を通じて類まれな政治的感性や鋭い直感力を身につけていったわけですが、そんな彼らに対して、あなたはまるでコレヒオ・デ・メヒコ[*39]の研究者のようなふるまいや知的な発言を期待しているようなところがあります。しかし、当時の状況をよく考えてみてください。すべてがこれから始まろうという時代だったのです。社会制度も法的秩序も、安定した市民生活の伝統もいまだ確立されていないあの沼地のような混沌とした状況のなかから、われらがメキシコの礎を築いた偉大なる先達が生まれてきたのです。しかし私の見るところ、あなたの洞察が際立っている点がひとつあります。それは、一九一四年という時点において、メキシコ革命の将来性がおぼろげながら見えはじめていたという事実です。じつに広範囲にわたる政治的イデオロギーが当時は混在していました。一見まとまりのない様相を呈していたわけですが、じつは国の針路を定めるいくつかの重要な決定が下された年でもあったのです」ここでデルフィナは、間髪をいれずデル・ソラールに訊ねた。「家のなかをご案内しましょうか？　お見せしたいものがあるのです」

デルフィナが先に立って案内した。三階には図書室と書斎があった。広々とした空間のところどころに書棚が置かれ、それが仕切りの役目を果たしていた。デルフィナが手を触れなかった扉の向こう側には寝室と浴室があるのだろう。この階のすべてが幾何学的かつ機能的にデザインされていたが、薄い緑色の古めかしいビロードに覆われた細い円柱が何本か立っており、それがどことなく滑稽な雰囲気を醸し出していた。それでもデル・ソラールは、無駄を排した質素な空間のところどころに円柱を配するという着想をほめたたえた。デルフィナは悦に入った表情で答えた。

「もうおわかりでしょうけど、私はいわゆる女性的な気質の持ち主ではありません。それでも、フェルトで覆われた円柱を室内に取り入れるというアイデアだけはどうしても捨てることができませんでした。いつか自分の家にもそうしたものを作りたいというのが私の長年の夢だったのです。若いころジェノバで、これと似たような作りの部屋を目にしたことがあります。建築家のロブレスは、円柱を取り入れる案に最初は反対していました。彼の建築哲学がそれを許さなかったのです。ところが、渋々とではありますが、それがすぐれたアイデアであることを最後は認めてくれるようになりました。いまでは自ら率先して、さまざまな色合いの円柱を取り入れた作品を多数手がけているという話です」

より手狭な四階部分には、書斎と広い寝室があり、寝室の窓からは美しい庭が見渡せた。ここ五、六十年のあいだに描かれたメキシコ絵画がそれぞれの階に飾られていたが、作品の質はもちろん、その独特の配置方法によっても類まれなコレクションを構成していた。それらの絵は周囲の空間とほどよく調和し、一つひとつの作品があたかも複雑な記号体系の一部をなしているように思われた。絵画、書物、家具、さまざまなオブジェをはじめ、建物のいたるところに女主人の個性がにじみ出ていた。たゆまぬ努力を通じて美的感性を磨いてきた女主人の個性である。しかしながら、長い年月にわたって蒐集され、絶妙な配置によって飾りつけられたコレクションの数々を眺めていると、デルフィナ・ウリベという女性を外界から切り離す広々とした室内空間が、ほかならぬ彼女の孤独やエゴイズム、内向性を表しているようにも思われてくるのであった。

どこかで電話のベルが鳴り響いた。しばらくすると女中がやってきて、ガルベス博士から奥様にお電話ですと告げた。デルフィナは椅子から立ち上がると、大判の画集をテーブルから取り上げ、それをデル・ソラールの膝の上に置いた。そして、ちょっと失礼しますわと言って部屋を出た。

デルフィナは十五分たっても戻ってこなかった。彼女の帰りを待ちながら、デル・ソラールはイタリアで刊行された美しい画集のページをめくっていた。そして、自分がいかにヴェネツィア派の絵画について無知であるかを思い知らされた。ほんの断片的な知識しか持ち合せていないことに気づかされたのである。フィレンツェ派やフランドル派の絵画、ゴシックやバロックをはじめとする芸術様式、あるいはギリシア彫刻などについても同様であった。メキシコへ帰国する際にヴェネツィアに立ち寄り、そこにひと月ほど滞在すればよかったと心のなかで呟いた。やがて彼は椅子から立ち上がり、壁に向かって歩いていった。二枚の絵がとくにデル・ソラールの目を引いた。ひとつは鏡の前に座ったマティルデ・アレナルの有名な肖像画である。悲壮かつ攻撃的、人々の心を激しく揺さぶるディーヴァの肖像が描かれている。その表情からは、荒々しさや失望、堅固な意思に支えられた挑発的な姿勢などが感じられた。楽屋の鏡の前に座って舞台化粧を落としている彼女は、インディゴブルーの神秘的な光に包まれ、自らの愚かさや寄る辺なさをじっと見据えている。早すぎる引退を悲しんでいるようにもみえた。何かと物議を醸した作品である。もう一方の壁には、ほかならぬフリオ・エスコベードによって描かれた若き日のデルフィナの肖像画がかけられていた。絵のなかのうら若き活発な女学生、文学を志していたころの半世紀前のデルフィナは、現にいまデル・ソラールがその家を訪れて収集品の数々を鑑賞しているデルフィナ、押しも押されもせぬ有力者の地位を築き上げた老婦人のデルフィナと、さほど変わらないようにみえた。現在のデルフィナも半世紀前のデルフィナも、一方はむき出しの猛々しさを前面に押し出し、他方は経験を積んだ女性としての年輪を感じさせるという違いこそあれ、強い意志をみなぎらせた挑戦的な視線を投げかけている点ではまったく同じであった。ブラウスにスカート、丈の短いジャケットという着こなしも変わらない。過剰な要素を極力排した外見の背後には（あるいは外見と内面の双方において、と言うべきかもしれない）、押し殺した感情や内に秘めた個性が透けて見えたが、それらは私的なものを何ら要求しないかわりにそれを他者に譲り渡すこともしないといった種類のものだった。デルフィナ、あるいは通底器の原理。デルフィナ、もしくはオナンの夢。デル・ソラールはかつてデルフィナから、過去に関係した愛人や妻のいる男性たちの話を聞かされたことがあったが、彼らと一緒にベッドに横たわるデルフィナの姿を想像することはどうしてもできなかった。ベッドに横たわる彼女ならば、読みかけの本を手にしているか、大きなクッションにもたれかかってテレビのニュース番組を見ているかのどちらかでなければならない。あられもない格好をしている彼女を想像することなどとてもできなかった。ただ、デルフィナがある種の獰猛さを持ち合わせた女性であることは間違いない。彼女のような女性ならばつねに制御可能な種類の獰猛さではあるが。彼女は若いころから曲線に乏しい女性であった。事実、その身体的特徴のすべてが直線のみから成り立っているといっても過言ではなかった。彼女の若いころの肖像画は、長年にわたるコレクションの最初を飾る記念すべき作品だということであったが、デル・ソラールには、デルフィナがそれをひどく気に入っているらしい理由がどうしても理解できなかった。というのも、その肖像画には、溢れるエネルギーを制御するような、少なくともモデルに対する批判的な要素が見受けられたからである。溢れるエネルギーを制御するデルフィナ、生命力の温存に努めるデルフィナといったところであろう。それにひきかえ、囂々たる非難を浴びた〈ディーヴァ〉は、高貴な魅力を称揚する作品とみなすことができた。

デルフィナからお呼びがかかるときは、予期せぬことが起きるのが常だった。先日彼女から電話がかかってきたとき、デル・ソラールは、今度ぜひ二人だけでお会いしましょう、そして、心おきなくゆっくり話し合いましょう、と言われた。ところが、約束どおり二人だけで会うことはできたものの、心おきなくゆっくり話し合うというわけにはいかなかった。デル・ソラールは、デルフィナが胸襟を開いて何でも打ち明けようという前向きな気持ちになっていることを感じたが、いざ対面してみると、彼女はやはりいつものように、相手が会話の主導権を握って自分に問いかけたり、どうしても話さなければならないような状況に導いてくれるのを期待しているようなそぶりを見せた。おそらく、のっぴきならない状況にいざ追い込まれたとなれば、デル・ソラールの問いかけにも素直に応じたにちがいない。もちろんその場合でも、きわめて慎重に言葉を選び、下手なことを口走らないように細心の注意を払うことは忘れなかったであろう。デルフィナはどこまでも慎み深く、賢明な女性だった。考えてみれば、ミネルバ館の事件についてこれ以上詮索しないほうがいいという彼女の謎めいた言葉に刺激されて、デル・ソラールはこれまでずっと、真相を突き止めるまではけっしてあきらめないという決意を胸に、先の見えない追跡劇をつづけてきたようなものであった。

しかしここへ来て、デルフィナが弄する策略にもさすがにうんざりしてきた。こちらから問いかけるのはもうやめよう。彼女のほうこそ会話の主導権を握るべきなのだ。たとえ相手が話の核心になかなか触れようとしなくても、けっしてあきらめてはいけない。デルフィナが自分から話すようになるまで、何度でも彼女のところへ通い、その時が来るのを辛抱強く待たなくてはいけない。

ようやくデルフィナが戻ってきた。そして、ガルベス・モレノという名の博士についてとりとめのない話をはじめた。モレノ博士がマルゴット・クルセスに、パラ知事を説得して近く売りに出されるはずの大きな絵画を購入するよう促すべきだと助言したという話である。デルフィナはさらに、知事に絵画の購入を持ちかけるだけでなくそれを美術館に寄贈するように働きかけるべきだとマルゴットに助言した理由についてモレノ博士が口にしたことを、丁寧に繰り返した。デル・ソラールはほとんど聞いていなかった。というのも、デルフィナの話が恐ろしく込み入っていたからであり、彼にとってはどうでもいい人物の名前が次から次へと並べられたからである。それはデルフィナにとっても同じで、ただ単に時間稼ぎをするためにそれらの名前を口にしているにすぎないことは明らかだった。そこで、部屋に飾られている絵画についての感想を述べると、デルフィナは満更でもない表情を浮かべ、それらの作品にまつわる逸話を語りはじめた。それぞれの絵が描かれたときの状況や購入までのいきさつ、画家たちとの交友をめぐる思い出など、ときには聞いているだけでいらいらしてくるほど事細かな事実にまで話が及んだ。ギャラリーに出入りする画家たちに対して、あるときは銀行家、あるときは看護婦、またあるときは親身な助言者というように、状況に応じてひとりで何役もこなさなければならなかったこと。彼らのなかには、妻の役割を彼女に期待する者や、親密な関係を求めてきながら、実際にそうなってみると、君は私を意のままに操ろうとしているとか、私生活に干渉しすぎるといって彼女を激しく責め立てる者もいたこと。デルフィナは、しばらくのあいだ夢中になってそういった話をしていたが、途中でふとわれに返り、にわかに狼狽の色を浮かべた。デル・ソラールは心のなかで、「もうこれ以上、過去の思い出話が自然に口をついて出ることはないでしょう。これからはあなた自身が努力して、そういう話を見つけ出さないといけないんですよ」と呟いた。

デル・ソラールは椅子から腰を上げ、帰り仕度をはじめた。ところがデルフィナは慌ててそれを制し、今度はエスコベードについて熱っぽく語りはじめた。エスコベードが精神的な危機に陥っているときの苦労話や、時とともに彼が次第に気難しくなっていったという話である。しかし、今度もまたデル・ソラールが気のないそぶりを見せたため、話は尻切れとんぼのまま終わってしまった。デルフィナは動揺の色を隠せなかった。

「エスコベードの最高傑作は階下に飾ってあります」デルフィナが再び口を開いた。「〈天使とセイヨウカリン〉という題名の絵です。私はときどき家中の絵を掛け替えるんですが、そのまま飾ってある絵もいくつかあります。私の若いころの肖像画もそのなかの一枚です。あれだけはいつも手元に置いておきたいのです。いまのところ人に貸し出すことは考えていません。あの絵がないと、私は孤児にでもなったような気持ちになってしまうことでしょう。息子の肖像画もありますが、フリオが描いた絵のなかでは、例外的に好きになれないものの一つです。最初に見たときから、あの絵にはどこか引っかかるものを感じるのです。いまはマルとベルナルドの家に預けてありますが、近いうちに引き取って私の仕事部屋に飾るつもりです。仕事部屋といっても、仮にこの部屋をそう呼んでいるだけの話ですが。事実ここで仕事をすることはほとんどありません。友達を招いておしゃべりをしたり、本を読んだりするくらいです。ギャラリーの仕事はできるだけ事務所で済ませるようにしています。仕事といっても、私の場合、相談役とでも言いましょうか、渉外係のようなことをやっているにすぎません。画家と簡単な打ち合わせをしたり、得意客の応対をしたり、まあそういったことです。運営に関わる重要な仕事のいっさいは――それこそ骨の折れる仕事なのですが――、姪のロサリオに任せています。私はなるべく仕事には口出ししないようにしているのですが、そのかわりに有能な女性スタッフを数名雇いました。いずれこの家は処分して、ゆっくり旅行を楽しむ生活を送りたいと思います。そんな生活にはたして耐えられるものなのかどうか、おそらく大丈夫だとは思うのですが、いまひとつ自信がないのも事実です。仕事柄、朝早く起きてシャワーを浴び、大急ぎで服を着て家を飛び出すような生活がすっかり身についてしまっているものですから。ギャラリーへ到着するなり郵便物にざっと目を通し、従業員宛ての手紙を選り分け、銀行口座を確認する。もちろん誰よりも早く出勤し、誰よりも遅くギャラリーを出る、そんな生活です。悲しくないかですって？　そんなことはありません」

デルフィナが話を引き延ばそうと努力していることは明白だった。時計にちらっと目をやったデル・ソラールは、コーヒーを飲み終えたらすぐにでも帰ろうと心に決めた。デルフィナは相変わらずギャラリーの仕事についてとりとめのない話をつづけている。「ほんの形式的な仕事ですよ。ギャラリーの経営がうまくいっているかどうかしっかり把握しておくための単なる口実のようなものですわ。蚊帳の外に置かれて何も知らされないなんてとても我慢できませんからね。何であれ物事をはっきりさせておくことが私にとっては何よりも大切なことなのです。奇妙な性癖と言うべきかもしれませんわね……」

「そろそろお暇《いとま》しないといけませんので……」息子たちを迎えに行かなければならないんですとデル・ソラールは弁明した。

「私は」、相手の言葉にはいっさいお構いなしに彼女はつづけた。「自分の生活がこれほど窮屈なものになるとは思ってもみませんでした。この家を建てたとき、私は自分の将来について、いまとは違うイメージを抱いていました。べつに不平を言っているわけではありません。自分の将来を決めるのはほかならぬ自分自身ですし、文句を言う筋合いのものでもありませんからね。ただ、ときどき嫌になることがあるんです」デルフィナは、にわかに不機嫌な口調になってつづけた。「私は浅はかな人間が大嫌いなのです。ところが、商売柄、どうしてもそういう人間を相手にしなければならないときもあります。無教養で愚かな連中です。とても耐えられるものではありません。しかもその多くは女性です。この世で奥様連ほどたちの悪いものはありませんわね。旦那さんの苦労が目に見えるようです。私は何もフェミニズム反対論者というわけではありません。むしろ根っからのフェミニストを自任しているくらいです。私が生まれ育った時代は、いまとは何もかもが違っていました。昔はほんの一握りの女性たちが自己主張に立ち上がったものです。それこそ額に汗して、やっとの思いで女性の権利を手に入れたんです。それ以外の大多数の女性は、いわば存在しないも同然でした。それでもいまの女性に比べると、はるかにまともな人たちでしたわ。嘘だとお思いになるなら、あなたの周りの女性たちをよく観察してごらんなさい。そして、彼女たちの話すことにじっと耳を傾けてごらんなさい。自らの手で勝ちとったわけでもない権利をやたらと振り回すだけの浅はかな連中だということがすぐにわかるはずですから。私はそんな女たちにはとても我慢できません」

デル・ソラールは、ここで帰らなければ、夢の世界や透熱療法《ジアテルミー》、国際金融の再活性化における金本位制の役割などについての意見まで拝聴しなければならなくなるだろうと思った。彼は思いきって腰を上げ、上階に飾ってあるラソの絵の写真をもしお持ちでしたら一枚いただいて帰りたいのですが、と言った。彼はそれまで、それらの絵を複製や写真でさえ見たことがなかったからである。

「ではこちらへどうぞ」二人は階段を上がった。デルフィナはキャビネットに歩み寄り、中身を調べはじめた。途中で手を休めた彼女は、椅子に腰を下ろして写真を一枚一枚眺めながら、デル・ソラールに話しかけた。「家が完成したとき、この階の部屋を息子に割り当てました。彼の本がまだ何冊か残っています。息子の容体が思わしくないと医者から告げられたとき、私は自分の耳を疑いました。どの医者も同じ意見でした。もちろん私は、必要な手段を講じなかったわけではありませんし、看病をおろそかにしたわけでもありません。それどころか、わざわざアメリカの病院へ息子を連れていったこともあるくらいです。それこそあらゆる手を尽くしたのです。息子はきっと回復するにちがいないと固く信じていました。ところがそれは叶いませんでした。息子は死んだのです。まるで流れ弾に当たってあっけなく死んでしまったみたいに、私にとってはあまりにも突然の出来事で、心の準備がまったくできていませんでした。リカルドはこの家で幸せに暮らしました。さすがに外出は叶いませんでしたが、庭の景色を眺めたり、自分の部屋で好きな本を読んだり、楽しい時間を過ごしていました。来る日も来る日も、私は階段を上がって、リハビリに努めるリカルドの様子を見守りました。一日に二度、毎日欠かさず運動に励んでいました。呼吸法を取り入れた運動です。体の具合が思わしくなく、食事のために階下へ下りられないことも何度かありました。そういうときは私がリカルドの部屋へ行って一緒に食事をしました。彼のために本を読んであげたこともあります。私と同じように、リカルドもディケンズの愛読者だったんですよ。暗澹とした気分になることももちろんありましたが、人生でもっとも幸せな時間を過ごすことができたのも事実です。毎週日曜日になると必ず私の父が見舞いに来ました。ところがある日、リカルドは風邪をひいたのです。ごくありふれた風邪だと思っていたのですが、結局それが命取りとなってしまいました。リカルドの背中に注射針が突き立てられ、肺を圧迫していた大量の水が抜き取られました。リカルドは、激痛のあまり気を失いそうになりました。最初はごく普通の風邪だったんです。庭に出ることさえなかった息子がなぜ風邪をひいてしまったのか、いまだによくわかりません。とにかく私は、心配することは何もないと思ったわけです。その日の朝、リカルドの鼻が心もち紫色に変色していることに気づきましたが、私はそのまま仕事に出かけました。ところが、ギャラリーから戻ってみると、息子がひどい高熱に苦しんでいるのです。この私が誰だかわからないほど意識が朦朧としていました。私は無我夢中で息子に呼びかけました。こんなことがあってはいけない、病気なんかに負けてはいけない、と大きな声で励ましたのです。息子は頭をわずかに持ちあげ、なかば閉じた目で私の顔をじっと見つめながら、〈ママ、ぼくだって一生懸命に闘っているんだよ、死にたくなんかないからね〉と囁きました。息子が意味のある言葉を口にしたのはそれが最後でした。数時間後、リカルドは息を引き取りました。ほかの人だったらきっと、最愛の息子の部屋をそのままにしておくのが普通なのでしょう。でも私はそうしませんでした。いまは来客用の部屋として使っています。ところで、息子の話で思い出したのですが」、デルフィナはこのとき、からかうような笑顔をデル・ソラールに向けた。「ミネルバ館の事件の謎は解けたのかしら?」

デル・ソラールの努力もいよいよ報われるときが来たようである。彼の望みどおり、デルフィナが自分から口を開いたのだ。あとはこの調子でつづけてくれればいい。

「私はこれまでいろいろな話を耳にしてきました。しかし、その背後にある意味を捉えることがどうしてもできないのです。たとえばアルヌルフォ・ブリオネスですが、彼がいったいどんな活動に携わっていたのか、いまだによくわからないのです。あなたがおっしゃるように、あれからじつに長い歳月が流れました」

「ブリオネスがどういう活動に従事していたかですって? あなたにはすでにお話ししたはずです。まあ、とにかくお座りください。アルヌルフォは絶対主義的な考えに凝り固まった闘士でした。なにせクリステーロの乱の首謀者として活躍したくらいですからね。同志たちの前から姿を消した時期もありました。じつは北部の農場に身を隠していたんですが、その後ドイツへ渡ったのです」

「知っています。ただ、どうしてもわからないのは、アルヌルフォが一九四二年にメキシコで何をしていたかということです。ドイツへの輸出業務からは完全に手を引いていたはずです。アルヌルフォは市内にいくつかの事務所を構えていたようです。その目的ははたして何だったのか? ブラジル通りにある建物を秘密の仕事場として使っていたこともわかっています。それに、ピスタウアーの母親との結婚についても謎が多すぎます」

「なぜそんなに難しく考える必要があるのかしら？　一九四二年にアルヌルフォ・ブリオネスが何をしていたか。いつものことですよ」デルフィナはさらにつづけた。「政府に対する陰謀を企てていたんです。大勢の怪しげな教会関係者たちとぐるになってね。それ以外のことにかかずらったことはないんじゃないかしら」

「アルヌルフォの活動は政府にとって脅威だったんでしょうか？」

デルフィナはしばらく考えてから口を開いた。

「さあ、どうでしょうか。おそらくそんなことはなかったと思います。クリステーロの乱が始まった当初ならいざ知らず、あなたがお調べになっている一九四二年にはすでに過去の人になっていたはずですから。もちろん、自分の名前を利用して、ドイツ人の資産が没収されることを防ごうと八方手をつくしたことは十分に考えられます。そこには莫大な利益がかかわっていたはずです」

「アルヌルフォの死によって最大の恩恵を蒙ったのはいったい誰だったのでしょう？」

「ブリオネスはけっして人から好かれるような人物ではありませんでした。私は彼の死を報じるニュースをそれほど熱心に追いかけたわけではありません。息子が手術を受けた日、私は朝から晩まで病院にいました。リカルドは徐々に快方に向かっていました。退院の許可が下りると、私たちは保養のためテワカンへ出かけました」デルフィナは煙草に火をつけた。「私たちはしばらくそこに滞在したのですが、本当にすばらしいところでした。アルヌルフォ・ブリオネスの死を新聞で知ったのはそのときです。車に轢かれたということでした。事故死です。新聞にはごく控えめな記事が載っていたにすぎません。何か新しい情報はないかと思ってあらゆる新聞に目を通してみたんですが、たいしたことは何も書かれていませんでした。なかには見当外れなことを書いている新聞もありました。本来なら、死者の功績を偲ぶ追悼文がかつての同志から寄せられてもおかしくないわけですが、そんなものはいっさいありませんでした。私はエドゥビヘスに電話して悔みの言葉を伝えようかとも思ったのですが、直前になって思い直しました。とにかくアルヌルフォというのは唾棄すべき人物でしたよ。その点ではエドゥビヘスもまったく同じです」

「それはいくらなんでも言いすぎではないですか」

「そんなことはありませんわ。私は純粋な好奇心から彼女に電話をかけようと思いました。新聞のニュースはどれも当たり障りのないものばかりでしたし、本当のことを知りたくてうずうずしていたんです。翌日の新聞にはごく小さな記事が載りましたが、目新しい情報は何もありませんでした。私は兄のベルナルドに電話をかけました。兄はすでにアルヌルフォが死んだことを知っていました。〈あのいけすかない老いぼれのことだろ?〉、兄は吐き捨てるように言いました。けっして悪くないニュースだと思っていたようです。〈ひとつだけはっきりしていることがある〉、兄は言いました。〈やつを殺した連中は、やつに輪をかけた悪党だということだ〉。それを聞いて私は、自分の憶測が正しかったことを確信しました。つまり、あれは単なる交通事故ではなかったのです」

「いったい誰がアルヌルフォを殺したというのですか?」

「私もそれについては何度も考えました。犯人はいったい誰なのか。仲間の誰かが復讐のために殺したのか。詳しい話は控えますが、私の一番上の兄のアンドレスはメキシコでも指折りの情報通でした。ベルナルドは、さっそくアンドレスに連絡をとって、事件について話を聞いてみると言っていました。ところが、それから一週間もたたないうちに、ブリオネスの仲間が犯行を自供し、逮捕されたのです」

「いったい誰なんです?」

デルフィナは椅子から立ち上がると、細長い煙草をパイプにゆっくり差し込み、火をつけた。そして、広間を横切ってタマヨの大きな絵の前で立ち止まると、額縁に手を添えて動かしはじめた。デル・ソラールはてっきり、デルフィナが壁から絵を外そうとしているか、あるいは横へずらそうとしているにちがいないと思った。絵の背後の壁面には、映画でよく見るように、小さな金庫がはめ込まれていて、事件の謎を解く重要な書類がそこに隠されているのかもしれない。デル・ソラールは、椅子から腰を上げて手伝おうとしたが、デルフィナがそれを制した。彼女はただ、絵を正しい位置に戻しただけだった。

「絵が少しでも傾いているとどうも落ち着かないのです。一種の職業病ですね。ついつい直してしまいます」

デル・ソラールは苛立ちを覚えた。

「それで、犯人は自首したわけですね? いったい誰だったんです?」なかば叫ぶようにデル・ソラールは訊ねた。

「犯人は確かに自首したということでした。しかし、私はその男が真犯人だとはどうしても信じられませんでした。あなたは、私がいつまでもはっきりしたことを言わないので腹を立てていらっしゃるようですね。でも、この場合、二足す二は必ずしも四にはならないのです。新聞は犯人逮捕については何も報じませんでした。私は兄から知らされたのです。ただ、私にはどうしてもマルティネスが犯人だとは思えませんでした」

「マルティネスですって?!」

「そうです。彼については以前お話ししましたわね? 招待されていないのにパーティーに潜り込んで、アイダ・ヴェルフェルに乱暴を働いた男です。ええ、確かにお話ししたはずですわ」

「しかし、マルティネスが真犯人だったというのは初耳です。彼は犯行を自供したのですね?」デル・ソラールはあまりの驚きに茫然自失の体だった。「いいですか、私はここ何か月ものあいだ、いろいろな人から話を聞きました。ところが、この驚くべき事実を教えてくれた人は誰もいませんでしたよ。こんな馬鹿な話ってありますか? つい先日、ペドロ・バルモランにも会いましたが、彼は杖を振り回して私を追い払おうとしました。もう少しで怪我をするところでしたよ。バルモランは、去勢男だの、宇宙空間と地上との関係だの、来るべき救済の時だの、そんな愚にもつかない話ばかりしていましたよ」

「バルモランは明らかに気が触れています。下手に刺激しないほうがいいでしょう。例の怪しげな物語のおかげで完全に正気を失ってしまったんです。物語に登場する去勢男がじつは世界を救済するためにこの世に現れるであろう両性具有者にほかならないなんて信じ込んでいるんです」

「バルモランは、アルヌルフォ・ブリオネス殺しの真犯人がマルティネスであり、彼が犯行を自供したことについてはひと言も教えてくれませんでした。私にとっては、去勢男だの両性具有者だのといったことよりも、そちらのほうがはるかに重要な問題なのです。それなのに、いままで誰も教えてくれなかったなんて」

「私は、きっと誰か別の人物が、高額の報酬と引き換えにマルティネスに罪を着せたんだと思っていました。兄も同じ意見でした。おそらくマルティネスは、刑を軽くしてもらうようにうまく取り計らってやるから何も心配はいらないと言われたんでしょう。彼は、金のためなら何でもやりかねない男でした。何度か顔を合わせただけですが、そのことは間違いないと思います。金のためとあらば手段を選ばない人間なんです」

「もう一度お聞きしますが、マルティネスは犯行を認めたわけですね？」デル・ソラールは次第に頭が混乱してきた。

「ええ。少なくとも私はそう理解しています。それと引き換えに、高額の報酬と身の安全を保証されたのです。はたして彼は、二年か三年もしないうちに釈放され、悠々自適の余生を送ったのか。あるいは終戦と同時にハンブルクへ戻り、腹をすかせた金髪の美女たちを侍らせ、食事をたっぷり与えてかわいがるつもりだったのか。いずれにしても、私たちにはうかがい知れない計画をいろいろと練っていたはずです」

「マルティネスはいつ釈放されたんですか？　現在の居場所はわかりますか？」

「釈放されることはついにありませんでした。刑務所に入ってから何週間もたたないうちに殺されてしまったんです。囚人同士のいさかいに巻き込まれたと聞いています。あのころはとくに珍しくもなかったようですね。おまけに、マルティネスはおよそ人から好かれるようなタイプの人間ではありませんでしたから。最後はなぶり殺しにされ、血まみれの肉塊となって息絶えたということです。あまり大きな声では言えませんが、いわゆる自業自得というやつですわ」

「殺されたのはひょっとすると別人かもしれませんよ。身元の確認はちゃんと行われたのでしょうか？　それに、あなたはなぜ今までそのことを黙っていたんです？」

「人違いということは絶対にありません。殺されたのがもし別人なら、アンドレスが気づかないはずはありません、このことについてあなたに黙っていたのは、あなたがとくに何も聞かなかったからです」デルフィナは無邪気な笑顔を浮かべようとしたが、デル・ソラールには不快なしかめ面にしか見えなかった。「それに、こんな血なまぐさい話はできればしたくありませんから。いいですか？　これまであなたに聞かれたことにはすべて正直にお答えしています。もちろん、私が述べる考えがいつも正しいとはかぎりません。これについては最初に断りしておいたはずです」

二人は別れの挨拶を交わした。車を運転してこなかったデル・ソラールは、道を歩きながら、ミネルバ館の謎を解くための材料がこれですべて出揃ったことに思い至った。デルフィナとの会話がそのことを確信させてくれたのである。とはいえ、依然として事件の謎を包みこむベールを取り払うことはできなかった。サン・アンヘル地区のとある書店の前を通り過ぎながら、デル・ソラールは、自分が書いた本がショー・ウィンドーに飾られているのを目にした。彼は一瞬、それが自分とは関係のないものだと思い込もうとしたが、そんなことができるはずもない。自分の本がこうしてショー・ウィンドーに飾られているという事実は、彼にとっては大きな節目となる出来事を意味した。これでようやく肩の荷を下ろすことができるのだ。書店に足を踏み入れたデル・ソラールは、店内を歩き回った。近くのテーブルには『一九一四年』が平積みになっている。彼は、晴れて新しい仕事に専念することができるような気がした。ところが、あれほど彼の心をとらえていた一九四二年をテーマに取り上げるべきか否か、確信がもてないのも事実だった。比較的近い過去に属するということが、書き手の意欲を掻き立てると同時に、ある種のリスクを伴うように思われたからである。近いうちに決断を下さなければならないだろう。そしてもし、一九四二年を題材に本を書くことが正式に決まれば、さまざまな資料に目を通したり、調査カードを作成したり、政府関係者をはじめとする人々にインタビューを試みるなど、本腰を入れて仕事に取りかからなければならない。執筆の方針も固める必要があるだろう。国際情勢ひとつとっても、優に分厚い本ができあがるくらいの材料が集まるにちがいない。宣戦布告とそれが及ぼした影響、直接的あるいは間接的な外交圧力、石油、外国からの投資、ルーズベルトとニュー・ディール政策、等々、数えあげればきりがない。また、スキャンダラスな出来事ばかりに目を向けようとするこれまでの姿勢も改めなければならないだろうし、複雑怪奇なミネルバ館の事件についても、一度きれいに忘れ去る必要があるだろう。というのも、デル・ソラールは、事件をめぐる不可解な謎に眩惑され、進むべき道を見失っていたからである。さしあたってやるべきことは、副次的なストーリーを切り捨てることである。デル・ソラールがこれまで話を聞いた人々は例外なく、黄金の杖を手にしたパレードの先導者、マルティネスを嫌悪し、恐れ、あるいは軽蔑していた。そして、まるで全員が口裏を合わせたかのように、マルティネスの死については固く口を閉ざしていた。しかし、そうしたことはもはや過ぎ去ったこととみなすべきだろう。いまこうして『一九一四年』が書店に並んでいるという事実は、新作の執筆をもくろむデル・ソラールの不健全な意図や不純な動機を吹き飛ばしてくれるように思われた。彼は近々、真剣に仕事にとりかかるつもりであった。

ミゲル・デル・ソラールは、道幅の狭いガレアナ通りへ足を踏み入れた。アンパーロの知り合いのオルティン家にはまだ、彼女と子供たちがいるかもしれない。みんなで誰かの誕生日を祝っているはずだ。静寂が支配するガレアナ通りにはデル・ソラールの靴音だけが響いていた。そのとき、濃い緑色の車がデル・ソラールのすぐ横をかすめるようにして通り過ぎ、徐々に速度を落として数メートル先で停車した。壊れてナンバーの読めなくなったプレートをつけたその車は、ゆっくりと慎重に後戻りし、デル・ソラールの真横に来て停まった。デル・ソラールはあらためて周囲に誰もいないことに気づいた。そして、マルティネスに対する激しい怒りがふつふつと沸き起こってくるのを感じると同時に、自らの死を予感した。痛みを感じる暇もなくあっという間に終わってくれればいい。車は相変わらず彼のすぐ横に停まったまま動かない。すると、運転席の窓ガラスがゆっくりと下りはじめ、若いボクサーふうの男が、サントゥアリオ通りはどこにあるのか訊ねた。デル・ソラールはぽかんと口を開けたまま、身動きひとつできなかった。話そうにも言葉が出てこない。喉と耳のあたりをしきりに指し示し、言葉にならない呻き声を喉の奥から絞り出すのが精一杯だった。

「ちぇっ、しゃべれねえし耳も聞こえねえのか！」若者が吐き捨てるように言った。

車は再びゆっくりと動き出し、次第に速度をあげながらガレアノ通りの突き当たりまで行くと、そのままどこかへ走り去ってしまった。デル・ソラールは、先ほど立ち寄ったサン・アンヘル地区の書店まで急いで駆け戻った。店内に入った彼は、息を切らせ、汗をかき、恐怖に震えながら、カウンターにもたれかかった。近くの陳列台の上には『一九一四年』が積み上げられ、表紙を飾るサパティスタの帽子が人目を引いていた。デル・ソラールはいまにも泣き出しそうな表情を浮かべた。

プラハ、一九八三年十一月――モハカル、一九八四年六月

訳註

＊1　ケサディーリャ　トウモロコシを原料にした皮（トルティーリャ）にチーズなどを挟んだもの。

＊2　ビクトリアノ・ウエルタ　Victoriano Huerta（一八四五～一九一六）。メキシコ革命期に活躍した政治家。一九一三年にフランシスコ・マデロを倒し大統領に就任するが、翌一四年退陣を迫られた。

＊3　ベヌスティアノ・カランサ　Venustiano Carranza（一八五九～一九二〇）。メキシコの政治家。メキシコ革命を通じて護憲主義を掲げ、メキシコ全土を制覇、大統領の座に就く（在任一九一七～二〇）。一九一七年憲法を制定したことでも知られる。

＊4　アグアスカリエンテス会議　一九一四年一〇月、ビクトリアノ・ウエルタを権力の座から引きずり下ろした革命諸勢力が中立都市アグアスカリエンテスに集結、エウラリオ・グティエレスを臨時大統領に選出した会議。これを機に革命諸勢力は再び内部分裂、メキシコは内戦状態へ突入した。

＊5　ホセ・バスコンセロス　José Vasconcelos（一八八一～一九五九）。メキシコの政治家、思想家。メキシコ国立大学総長および文部大臣を務め、教育の近代化に尽力、リベラ、オロスコ、シケイロスら若い画家を積極的に登用し、壁画運動を通じてメキシコの民族主義運動の推進に努めた。

＊6　セディーリョ将軍　メキシコの軍人であり政治家でもあるサトゥルニノ・セディーリョ Saturnino Cedillo 率いる軍部ファシストは一九三八年、ラサロ・カルデナス政権に対し武装蜂起、政府による石油産業国有化政策に反発を強めるアメリカやイギリスの支援を受けたが、八ヶ月後に鎮圧された。

＊7　イーヴリン・ウォー　Evelyn Waugh（一九〇三〜一九六六）。イギリスの小説家。一九三〇年にカトリックに改宗。大作『ブライズヘッド再訪』が有名。第二次世界大戦に従軍。

＊8　ホセ・マリア・ルイス・モラ　José María Luis Mora（一七九四〜一八五〇）。メキシコの作家、政治家、聖職者。代表作に『メキシコとその変革』がある。

＊9　フリーダ・カーロ　Frida Kahlo（一九〇七〜一九五四）。メキシコの女性画家。交通事故の後遺症による闘病生活、トロツキーやイサム・ノグチとの不倫など、さまざまな問題を抱えながら強烈なタッチの自画像を多数制作、アンドレ・ブルトンから〈爆弾に結んだリボン〉と評された。ディエゴ・リベラの妻。

＊10　メキシコ革命　二〇世紀前半にメキシコで起こった民族主義的社会革命。狭義には三十五年間に及んだポルフィリオ・ディアス独裁体制の打倒をめざした一九一〇年のマデロによる武装蜂起に始まり、革命憲法が制定された一七年に終結したとされる。より広義には民主的政治体制の確立、農地改革の実施、石油産業の国有化、外国人地主の土地の接収など革命の諸目標が達成されたカルデナス政権（一九三四〜四〇）の終了をもって革命は終結したとされる。

＊11　ティルソ・デ・モリーナ　Tirso de Molina（一五七一？〜一六四八）。スペインの劇作家、聖職者。代表作『セビリアの色事師と石の招客』は現在までつづくドン・フアン伝説の出発点となった。

＊12　コルドバ　メキシコ・ベラクルス州にある都市。作者セルヒオ・ピトルは十代の前半をそこで過ごした。

＊13　ホセ・フアン・タブラダ　José Juan Tablada（一八七一〜一九四五）。メキシコの詩人。後期モデルニスモの詩人として出発し、やがて日本の俳諧にヒントを得た作品を手がけた。

＊14　フェデリコ・ガンボア　Federico Gamboa（一八六四〜一九三九）。メキシコの作家、外交官。メキシコ自然主義文学の中心的存在。ゴンクール兄弟やゾラの影響のもと、売春婦を主人公にした長篇小説『サンタ』

(一九〇三)で大々的な成功を収める。

*15　アマド・ネルボ　Amado Nervo(一八七〇〜一九一九)。メキシコを代表するモデルニスモの詩人。

*16　ルフィーノ・タマヨ　Rufino Tamayo(一八九九〜一九九一)。メキシコの画家。壁画も手がけたが、同世代の壁画運動から次第に離れ、私的な主題を追求、若い画家にも多大な影響を与えた。

*17　トトナカ　メキシコ湾岸ベラクルス州中央部に六世紀ごろ開花した文化。エル・タヒン遺跡やレモハダス様式と呼ばれる〈笑う人形〉などが有名。

*18　ギュンター・ゲルソ　Gunther Gerszo(一九一五〜二〇〇〇)。ハンガリー系メキシコ人の画家。絵画制作のほか、数々の映画や舞台で美術を担当、ルイス・ブニュエルの作品にも美術スタッフとして参加。

*19　レフォルマ革命　メキシコ独立革命が残存させた封建的勢力である教会を解体し、自由主義理念にもとづく国家建設をめざした運動。ベニト・フアレスが中心となって一八五九年に制定された〈レフォルマ法〉がよく知られている。

*20　メキシコ独立革命　一八一〇年九月一六日の〈ドローレスの叫び〉で始まったメキシコ独立運動は、独立の父ミゲル・イダルゴ神父により率いられ、イダルゴの処刑後、ホセ・マリア・モレロスに引き継がれた。紆余曲折を経たのち、二一年にメキシコはスペインからの独立を達成した。

*21　ディエゴ・リベラ　Diego Rivera(一八八六〜一九五七)。メキシコの画家。オロスコ、シケイロスとともに壁画運動の中心人物として活躍。メキシコ民衆の生活や歴史に題材をとった多数の作品を制作。フリーダ・カーロの夫。

*22　クリステーロの乱　一九二六〜二九年の三年間にわたりメキシコ全土を巻き込んだ内乱。カトリック教会が享受してきたさまざまな特権を剥奪した一九一七年憲法の適用に教会側が反発、これに呼応した熱心な信者

グループが「キリストは王なり、キリスト万歳」を叫んで政府軍と戦った。政府と教会のあいだで妥協が成立した一九二九年に内乱は終結したものの、両者の対立は四〇年ころまでつづいた。

＊23　ヌエバ・エスパーニャ　スペイン統治時代のメキシコの称。副王領がおかれていた。

＊24　スペイン黄金世紀　スペインの絵画や文芸が隆盛をきわめた十六、十七世紀を指す。文学では『ドン・キホーテ』の作者セルバンテス、『孤愁』の詩人ゴンゴラ、国民劇〈コメディア〉を完成したロペ・デ・ベガ、〈奇想主義〉の大家ケベード、戯曲『人の世は夢』の劇作家カルデロン・デ・ラ・バルカといった作家が輩出した。

＊25　ディアス政権　一八七六年に武力によって実権を掌握したポルフィリオ・ディアス Porfirio Díaz（一八三〇～一九一五）は三十五年間にわたって事実上独裁体制を敷いた。長期安定政権のもとでメキシコは外国資本の導入と地主階級の優遇政策をとり、めざましい経済成長と近代化を成し遂げた。しかし、独裁体制にもとづく急激な近代化は貧富の格差と不平等を生み、政治の民主化を求める動きが活発化、一九一〇年にメキシコ革命が勃発すると、翌一一年ディアスは国外へ逃れた。

＊26　サパティスタ　メキシコ革命動乱期の農民運動の指導者エミリアノ・サパタ Emiliano Zapata（一八七九～一九一九）の思想に共鳴し、土地と自由を求めて立ち上がった人々。サパタの指導のもと武装蜂起した彼らの運動は、メキシコ革命における農地改革の理念と実践に大きな影響を与えた。

＊27　ディエゴ・リベラが公教育省の壁に描いた……　一九二三年から二八年にかけて、ディエゴ・リベラは公教育省の建物の壁面をフレスコ画で埋めつくす一大プロジェクトを手がけた。

＊28　プルタルコ・エリアス・カリェス　Plutarco Elías Calles（一八七七～一九四五）。メキシコの政治家。州知事、閣僚を歴任したのち大統領（在任一九二四～二八）に就任したカリェスは、公教育の整備、中央銀行の創立、軍隊の職業専門化などの改革を試みた。

＊29　シナルキスモ　一九三七年、ドイツ人技師シュライターとメキシコ人アンヘル・ウルキサらによってメキシコで結成されたシナルキスタ国民同盟を母体とする運動。運動のそもそもの目的はメキシコにファシスト組織を植えつけることにあった。軍隊的規律によって統率された同盟は私的所有制を擁護、カルデナス政権下の社会主義的、集産主義的な諸改革を痛烈に批判、一九二〇年代のクリステーロの乱から神秘主義的伝統を受け継いだことでも知られる。

＊30　ベニト・フアレス　Benito Juárez（一八〇六〜七二）。メキシコの政治家。教会の特権を廃止したファレス法やレフォルマ法の制定など、メキシコ国内の保守勢力との抗争のなかで改革運動〈レフォルマ〉を推進、一八六一年に大統領に就任した。

＊31　メキシコ干渉戦争　メキシコが対外債務とその利子の支払いを一時停止（モラトリアム）したことを理由に一八六一年、フランス、イギリス、スペインが三国干渉連合艦隊をベラクルスに上陸させた。イギリスとスペインが手を引いたのちもメキシコにとどまったフランスは、ナポレオン三世の野心のもと干渉戦争を続行、六三年にメキシコ市を占領した。メキシコの保守派はナポレオン三世が送りこんだマキシミリアンを皇帝に迎えたが、ヨーロッパ情勢の変化に対応してナポレオン三世がフランス軍を撤退させると、メキシコの自由主義派が勢力を挽回、六七年、マキシミリアンは自由主義政府軍に捕らわれて処刑された。

＊32　アグスティン・ラソ　Agustín Lazo（一九〇〇〜一九七一）。メキシコの画家。二〇年代にヨーロッパを訪れ、前衛芸術運動に触れる。帰国後は絵画制作のほか、数々の舞台で美術監督を務めた。

＊33　フリオ・カステリャノス　Julio Castellanos（一九〇五〜一九四七）。メキシコの画家。フレスコ画、油彩、リトグラフなどを手がけた。

＊34　マリア・イスキエルド　María Izquierdo（一九〇二〜一九五五）。メキシコの女性画家。自画像や風景

画、シュルレアリスムの手法を用いた絵画などで知られる。
＊35　ファランヘ主義　スペインのファシズム政党であるファランヘ党が掲げた政治理念。スペイン内戦中の一九三七年にフランコが党首となったファランヘ党は、内戦終結後、フランコ独裁体制下の唯一の公認政党となった。
＊36　モービー・ディック女史　ここでは登場人物のアイダ・ヴェルフェルの巨軀が、メルヴィルの小説『白鯨』に登場する巨大な鯨〈モービー・ディック〉になぞらえられている。
＊37　レビヤタン　旧約聖書に登場する巨大な水棲怪獣。リバイアサン。
＊38　ルビッチ　エルンスト・ルビッチ Ernst Lubitch（一八九二〜一九四七）。ドイツ生まれの米国の映画監督。『結婚哲学』（一九二四）、『ラヴ・パレード』（一九二九）、『生きるべきか死ぬべきか』（一九四二）等、喜劇映画に腕をふるった。
＊39　コレヒオ・デ・メヒコ　Colegio de México。メキシコ有数の人文・社会科学系大学院大学。著名な研究者や政治家、外交官などを多数輩出している。

訳者あとがき

二〇〇七年一〇月、オープン間もないセルバンテス文化センター東京に、記念すべき最初の海外ゲストスピーカーとして招かれたのは、メキシコの作家セルヒオ・ピトルであった。「第三の登場人物」と題された記念講演のなかでセルヒオ・ピトルは、『ドン・キホーテ』の作者セルバンテスの波乱に富んだ生涯をたどりつつ、作品のもつ現代的な意義を解き明かし、ドン・キホーテ、サンチョ・パンサと並ぶ主要登場人物のひとりとしてセルバンテスを位置づけ、シェークスピアの作品との対照性を浮かび上がらせるという、示唆に富む刺激的な考察を展開してみせた。

日本ではいまだ十分な紹介がなされていないセルヒオ・ピトルだが、その最初の邦訳作品となるのが本書『愛のパレード』*El desfile del amor*（一九八四）である。まずは作者セルヒオ・ピトルの経歴を簡単に振り返っておこう。

一九三三年、メキシコのプエブラでイタリア移民の家系に生まれたセルヒオ・ピトル・デメネギは、サトウキビ農園が広がるベラクルス州の小さな村エル・ポトレロで幼少時代を送る。それは数々の不幸に満ちた記憶をセルヒオ少年の脳裏に刻みつけることになった。四歳のころ母親が川で溺死、父親を髄膜炎で亡くし、程なくして今度は幼い妹に先立たれる。祖母や伯母の手で育てられたピトルは、六歳のころマラリアにかかり、十二歳まで隔離同然の蟄居生活を余儀なくされる。孤独と無聊を慰めるために好きな本を読むことを覚えた彼は、ドストエフスキーやトルストイ、フォークナーやゴーゴリなどの小説世界に思う存分浸った。病のために行動の自由を奪われていた少年にとって、読書がもたらすイマジネーションの世界は、自らの不幸を補ってあまりある解放感を与えてくれるものであったにちがいない。本のなかの世界こそが彼にとっては唯一の生きる場所であったのだ。二〇〇五年に発表された自伝的な作品『ウィーンの魔術師』のなかでピトルは、「私は幼少期から現在にいたるまでの自らの人生を、その時々の読書体験を通じてなぞることができる」と述べている。

病が癒えたあとも旺盛な読書欲を失わなかったピトルは、同時に映画の魅力を発見する。黒澤明監督の『羅生門』やマックス・オフュルス監督の『輪舞』に心を奪われた彼は、長じて作家となってからも、映画の手法を積極的に創作に生かすようになる。ここに訳出した『愛のパレード』も例外ではない。登場人物の配置や舞台設定、場面の切り替えなど、映画——なかでも『ラヴ・パレード』で知られるエルンスト・ルビッチやフェデリコ・フェリーニの作品——の手法から少なからぬヒントを得たことをピトル本人は認めている。

メキシコ国立自治大学で法律を学んだピトルは、一九六一年より長期の海外生活に入る。ローマ、北京に滞在したのち、イギリスのブリストル大学で教職に就き、バルセロナではセイクス・バラルやトゥスケッツ、アナグラマをはじめとする出版社の仕事にかかわる。その後、奨学金を得て三年間滞在したワルシャワでは、ロシア文学や東欧文学に親しんだ。ピトルは、「決められた勤務時間も、上司も、仕事場もなく、自由に海外を渡り歩くことができた」夢のような遊学生活をふり返り、この時期の最大の収穫のひとつとして、多数の文学作品をスペイン語に翻訳した経験を挙げている。ポーランド語やイタリア語、ロシア語、英語など多言語に通じた才能を生かしてヘンリー・ジェイムズ、コンラッド、ナボコフ、ゴーゴリ、アントン・チェーホフ、ヴァージニア・ウルフ、ジェイン・オースティンなど、生涯にわたり四十以上もの文学作品の翻訳を手がけたピトルであるが、とりわけゴンブロヴィッチやアンジェイエフスキといった東欧の作家たち、あるいはエリオ・ヴィットリーニ、ロナルド・ファーバンク、ルイージ・マレルバ、魯迅など、当時まだスペイン語圏の読者にあまり知られていなかった作家の作品を積極的に翻訳、紹介した功績は特筆に値する。ピトルの訳業は、二〇〇七年よりベラクルス大学出版局から順次刊行されている〈セルヒオ・ピトル翻訳集成〉によって、その全貌があらためて注目されているようだ。ピトルの場合、翻訳はけっして小説家の余技や手すさびといったものではなく、創作そのものと密接に連動した重要な文学的営為のひとつであり、ピトル自身、翻訳作業を通じて、小説作法の根幹にかかわるさまざまな技法を身につけることができたと述懐している。

一九六〇年代の終わりに外交官としてのキャリアをスタートさせたピトルは、ひきつづきヨーロッパ諸国を転々とする生活を送った。メキシコ大使館の文化担当官としてベオグラードやワルシャワ、パリ、ブダペスト、モスクワに赴任し、一九八三年から八八年まではメキシコ大使としてチェコのプラハに滞在している。この間、多忙な公務に追われながらも、毎日欠かさず深夜まで執筆にいそしんだという。ピトルの豊富な海外経験は、のちに彼の作品の重要な柱のひとつである〈旅〉のテーマに結実することになる。外交官、作家、翻訳家と並んで、イギリスのブリストル大学をはじめ、一九九三年以降生活の拠点を定めているハラパのベラクルス大学で文学を講じるなど、教育者としての側面も忘れてはならない。

足かけ二十七年に及ぶピトルの海外生活は、既成の概念にとらわれない自由な作風を確立するうえで、あるいは、偏狭な地域主義に陥ることなく、広い視野に立って創作に専念するうえで、好ましい影響を与えたようである。ピトルの経歴からは、特定の文芸サークルに属することなく、また、その時々の文芸思潮や流行に左右されることもなく、自らの鑑識眼と文学的感性を頼りに独自の世界を切り拓いていった作家の肖像が浮かんでくる。滞在先の国々の文学作品を渉猟し、現地の作家や知識人と親交を結び、肩の凝らない文学談義に花を咲かせながら、ひるがえってラテンアメリカの文化や社会に思いを致す、そんな知的生活の一端が垣間見られるのである。

一九五九年に短篇集『包囲された時間』を発表、これが実質的にはピトルの作家としてのデビューを飾ることになったが、長らく世間の注目を集めることはなかった。一九六五年に『みんなの地獄』を上梓、これはのちにガルシア＝マルケスの脚本により『追跡』というタイトルで映画化されている。アルゼンチンの作家セサル・アイラは、ピトルの作家としての才能の開花を告げる作品として、長篇小説『フルートの音』（一九七二）を挙げている。その後、八一年に刊行された短篇集『ブハラ夜想曲』でハビエル・ビリャウルティア賞を受賞するなど、メキシコを代表する作家としての地歩を徐々に固めていく。『ブハラ夜想曲』では、複数の物語が入れ子のように重なり合い、それぞれの物語を構想する登場人物（＝作家）たちがさらに別の物語を構想し、そのなかに登場する新たな人物（＝作家）がつづけて別の物語を構想するというように、手の込んだ枠物語の手法が用いられ、その技巧を凝らした遊戯性に着目してしばしばボルヘス的な作品と称されることがある。八〇年代から九〇年代初めにかけて、『詩歌コンクール』(一九八二)をはじめ、のちに〈カーニバル三部作〉としてまとめられることになる本作『愛のパレード』、『青い目の聖女を従える』(一九八八)、『結婚生活』(一九九一)など、重要な作品がいくつか発表されている。

今世紀に入ってからは、二〇〇七年に刊行された〈回想三部作〉が注目に値する。これは、過去に発表された『遁走術』(一九九六)、『旅』(二〇〇一)、『ウィーンの魔術師』(二〇〇五)の三作をまとめたもので、エッセーや紀行文、読書日記、身辺雑記、回想などを含む『遁走術』、旅日記という体裁でつづられた文章のなかに文学をめぐる思索や哲学的省察などが織り込まれた『旅』、夢と現実が溶け合う幻想的な筆致によってピトルの文学観がさりげなく語られる『ウィーンの魔術師』と、扱う題材はそれぞれ異なりながらも、複数のジャンルを横断する融通無碍な作風によって共通している。二〇〇五年には、〈わが隠密なる双子の兄弟〉とピトルが呼ぶ親友エンリケ・ビラ＝マタスの長大な序文を附した自撰短篇集がアナグラマ社より刊行されている。二〇一〇年四月にメキシコのアルマディア社から刊行された『ある作家の秘められた自伝』が最新作ということになるが、これは過去に書かれた未刊のエッセーに手を加えたもので、友人カルロス・モンシバイスとの対談を含むものである。

先に挙げたハビエル・ビリャウルティア賞や、本作『愛のパレード』によるエラルデ賞の受賞のほか、メキシコ文学賞(一九八三年)、メキシコ芸術・文学賞(一九九四年)、マサトラン賞(一九九六年)、フアン・ルルフォ賞（一九九九年）、フランシスコ・ハビエル・クラビヘロ賞（二〇〇二年）など、数々の賞を手にしてきたセルヒオ・ピトルだが、二〇〇五年にはスペイン語圏有数の文学賞のひとつであるセルバンテス賞を受賞、ペルーのブライス・エチェニケやスペインのフアン・マルセー、ウルグアイのマリオ・ベネデッティやメキシコのホセ・エミリオ・パチェコといった対立候補を凌いでの七十二歳での栄冠は、メキシコ人としてはオクタビオ・パス、カルロス・フエンテスにつづく三人目の快挙としてメディアでも大きく報じられた。

さて、ここで本作『愛のパレード』について簡単に見ておこう。全篇を通じて饒舌な小説であるというのが大方の読者の抱かれた感想ではないだろうか。事実、それぞれの登場人物が口にする台詞はもちろん、客観的な状況描写を中心とする地の文にいたるまで、ページをびっしり埋めつくす言葉の乱舞が読む者を最後まで圧倒する。そこで語られる歴史——メキシコ革命から第二次世界大戦にいたる時代を中心としたメキシコ現代史——は、単線的に流れる教科書ふうの歴史ではなく、複数の語りが交錯する多声《ポリフォニック》的な物語として読者の前に提示される。

ここには当然のことながら、いかにして歴史を語るべきかという作者セルヒオ・ピトルの問題意識が色濃くにじみ出ている。主人公ミゲル・デル・ソラールは、そうした問題意識を代弁する存在として、メキシコ現代史の謎に切り込んでいく。歴史学者でもある彼は、犯人の追跡に心血を注ぐ探偵よろしく、一九四二年に起きたある出来事の謎を解明しようと悪戦苦闘する。

メキシコ革命の余波に揺れる激動の時代を背景に据えた本作には、革命に乗じて頭角を現すにいたった有力者の家系や、それとは対照的に、革命の荒波にもまれ、没落と衰退の道を歩みはじめる一族が登場し、両者のあいだに横たわる根深い確執が描かれる。さらに、革命後のメキシコ社会を混乱に陥れたクリステーロの残党や、第二次大戦の戦火を逃れてメキシコに流れ着いた多数のヨーロッパ人亡命者たち、あるいは戦時下のメキシコを舞台に地下活動を繰り広げる親ナチスのメンバーやそのシンパなど、素姓も国籍も異なるさまざまな人物が入り乱れる。まさに作者ピトルが言うように、二十世紀メキシコ社会の一断面を鮮やかに切りとった〈ミクロコスモス〉としての小説世界が生み出されているのだ。

一読すればわかるように、作品の大半を占めるのは、複数の登場人物たちによる語りである。三人称体による客観的な叙述と異なり、会話体や独白体といったものが本来、真実性や信憑性の枠組みにとらわれることの少ない自由な語りの形式であることは明らかである。それだけに不確実な要素や主観的な要素、記憶違いや矛盾、誤謬の紛れ込む余地も大きく、登場人物たちの発言内容が真実であることを保証する絶対的な根拠はどこにも存在しない。しかも、本作のように、語り手がしばしば正常な判断力や理性を欠いた状態に置かれている場合、語りの信憑性がさらに揺らぐことになるのは言うまでもないだろう。根拠のない噂話や伝聞、憶測、妄想や強迫観念にもとづく問わず語りが挿入されるなど、『愛のパレード』には、真実性の覆いを一枚一枚引き剝がしていくための仕掛けが随所に施されており、それがときに読む者をスリリングな〈誤読〉へと導く。読者を煙に巻くはぐらかしや仄めかしの手法も多用され、事件の謎をめぐる曲折に満ちた叙述そのものをじっくり味わうための趣向が凝らされている。

作品の登場人物たちも、ミステリーの靄に包まれた曖昧さをつねに宿している。自らの来歴や身の上についてどれほど多くの言葉を費やそうとも、彼らの正体は最後まで模糊とした薄闇のなかに溶け込んだままである。この作品のありようを作者ピトルが一種の〈仮面劇〉になぞらえているのも、けっして理由のないことではないのだ。

セルヒオ・ピトルは、作品の成立過程をふり返った日記体のエッセー(『遁走術』所収)のなかで、『愛のパレード』が推理小説のスタイルを踏襲するものとして構想されたことをはっきりと述べている。ただし、推理小説といっても、語られているエピソードのすべてが大団円にむけて収斂していくような、いわば伝統的なスタイルの推理小説ではなく、事件の周囲に張りめぐらされた無数の〈逸脱〉を通じてさらに謎が深まっていくという、通常の推理小説とは逆のプロセスをたどる擬似推理小説、あるいは推理小説のパロディであることに注意しなければならない。脱線が脱線を呼ぶ遠心的な筋立てや、深刻な状況をユーモラスに茶化す言葉遊びや地口、ナンセンスや不条理、知的諧謔など、遊びの要素がふんだんに取り入れられているのも本作の大きな特徴である。スペイン黄金世紀の文学やメキシコ現代絵画、あるいはメキシコの現代政治をめぐる登場人物たちの長広舌も、そうした〈逸脱〉を構成するものにほかならない。

先のエッセーのなかでピトルは、メキシコ革命やクリステーロの乱、あるいは第二次世界大戦への参戦など、二十世紀前半のメキシコ現代史に焦点を当てたこの小説は、何よりもまず時代の雰囲気を再現しようとするものであると述べている。一九四二年に起きたある銃撃事件の謎を追って、主人公ミゲル・デル・ソラールはさまざまな人物から有力な情報を得ようと聞きとりを開始するが、たちまち袋小路に陥ってしまう。それぞれの人物がそれぞれの視点から紡ぎ出していく過去の物語は、微妙な食い違いや矛盾、記憶の錯誤などに妨げられ、首尾一貫した像を結ぶにはいたらない。しかしながら、ばらばらの断片となって浮遊するそれらの語りを通して、読者はいつしか時代の空気にすっぽり包まれ、それを手がかりに、おのおの事件を再構築していくことを求められるのである。ピトル自身、いささか陳腐な結論だと断ったうえで、歴史的真実というものは結局のところ誰にとっても捕捉しがたいものであり、それこそ『愛のパレード』が投げかける最終的なメッセージなのだと語っている。

ピトルの言葉は、真実というものが捉えがたいからこそ、読者による積極的な参加の可能性が大きく開かれるという事実を指し示している。複数の登場人物が語る過去の出来事の一つひとつは、見る角度によって、あるいは他の出来事と突き合わせることによって、思わぬ真相を語りかけてくる瞬間がある。互いに何のつながりもないようにみえていた個々の出来事が、不思議な照応の糸に引き寄せられ、響き合うことによって、まったく新たな相貌のもとに立ち現れる瞬間と言ってもいいだろう。われわれは想像力を働かせながら、あたかも判じ絵を読み解くように、事件の謎をめぐる探索に乗り出すのである。

先ごろノーベル文学賞を受賞したペルーの作家マリオ・バルガス・リョサは、かつてフィクションに含まれる〈嘘〉について論じ、文学的真実と歴史的真実の両者を峻別したうえで、「文学を通した過去の再構築はほとんどいつも虚偽をはらむ」と述べた（『嘘から出たまこと』寺尾隆吉訳）。ここでのリョサの真意が、文学的真実と歴史的真実の優劣を論じることではなく、相補的な関係にあるものとして両者を位置づけ、そのうえで文学の有する独自の可能性を浮き彫りにすることにあるのは言うまでもない。つまり、文学的真実というものは、虚偽をはらむにもかかわらず、というよりもむしろ、虚偽をはらむがゆえに、通常の歴史記述によっては捉えきれないある種の真相を明るみに出すということだ。それはたとえば、特定の時代に生きる人間の欲求や恐怖、欲望や怨恨といったものであり、目には見えない集合的な感情の集積、リョサの言葉を借りれば、まさに「一時代の主観」ということになるだろう。おそらく本作を通じてピトルが浮かび上がらせようとしたのも、そのようなものだったのではあるまいか。歴史家ミゲル・デル・ソラールが味わう挫折、そして、彼がふと漏らす小説家への羨望の念は、歴史的真実の限界を乗り越えて文学的真実の領域へ足を踏み入れることを決意した作者セルヒオ・ピトルの創作家としての姿勢を映し出しているように思われるのである。

翻訳に際しては、底本としてSergio Pitol, *El desfile del amor*, Ediciones Era, México, 2006. を使用し、随時〈カーニバル三部作〉が収載された選集版 *Obras reunidas II*, Fondo de Cultura Económica, 2003. を参照した。

訳稿が出来上がるまでにはさまざまな方のお世話になった。作者セルヒオ・ピトル氏には、脱稿直前まで訳者の些細な質問や疑問、ときには愚問にお付き合いいただいた。電子メールによる慌ただしい問い合わせにも懇切丁寧に答えていただき、訳者の非力による誤解や勘違いの数々を正してくださった。氏の近況報告によると、ここ最近はハラパの自邸で静養しながら、スペイン黄金世紀の文学や十九世紀メキシコ小説を耽読する毎日を送っているとのことである。ベネズエラのロス・アンデス大学教授グレゴリー・サンブラーノ氏には、セルヒオ・ピトルの作品をはじめ、周辺の話題に関する情報を手に入れるうえで少なからぬ便宜を図っていただいた。作中のフランス語とドイツ語の日本語表記に関しては、それぞれ法政大学国際文化学部教授のフィリップ・ジョルディ氏、熊田泰章氏にご教示賜った。また、訳註の作成にあたっては、『ラテン・アメリカを知る事典』（大貫良夫他監修・平凡社）、『概説メキシコ史』（国本伊代他著・有斐閣）等の文献を参照した。記して感謝申し上げる次第である。

本書は、セルバンテス文化センター協賛の翻訳プロジェクト〈セルバンテス賞コレクション〉の一つとして、スペイン文化省の助成金を得て翻訳・刊行されたものである。スペイン文化省、セルバンテス文化センター、現代企画室の太田昌国氏をはじめ、有形無形のご支援、ご協力を賜ったすべての方々にこの場を借りて厚くお礼を申し上げたい。

二〇一一年一月　　大西　亮

【著者紹介】

セルヒオ・ピトル Sergio Pitol（1933 ～）

1933 年、メキシコのプエブラに生まれる。ベラクルス州での幼少時代、父、母、妹を相次いで亡くし、マラリア感染による蟄居生活を余儀なくされるなど、数々の不幸に見舞われる。メキシコ国立自治大学で法律を学び、1961 年より長期の海外生活に入る。70 年代以降は外交官としてベオグラードやワルシャワ、パリ、ブダペスト、モスクワ、チェコに滞在、多数の文学作品の翻訳を手がける。1959 年に短篇集『包囲された時間』で作家デビュー、『フルートの音』（1972）、『ブハラ夜想曲』（1981）、『愛のパレード』（1984）、『青い目の聖女を従える』（1988）、『結婚生活』（1991）などの作品によってメキシコを代表する作家としての地歩を固める。後三作は〈カーニバル三部作〉の名で総称される。その後、『遁走術』（1996）、『旅』（2001）、『ウィーンの魔術師』（2005）からなる〈回想三部作〉を発表、日記やエッセー、紀行文、身辺雑記、短篇小説など、複数のジャンルを横断する柔軟な作風によって注目される。2005 年にセルバンテス賞を受賞、メキシコ人としてはオクタビオ・パス、カルロス・フエンテスにつづく三人目の快挙としてメディアでも大きく報じられた。

【翻訳者紹介】

大西亮（おおにし・まこと）

1969年横浜市生まれ。現在、法政大学国際文化学部准教授。専門はラテンアメリカ現代文学。訳書にアドルフォ・ビオイ＝カサーレス『メモリアス』（現代企画室、2010年）がある。

愛のパレード

発　行　2011年4月15日初版第1刷1000部
定　価　2800円＋税
著　者　セルヒオ・ピトル
訳　者　大西亮
装　丁　本永惠子デザイン室
発行者　北川フラム
発行所　現代企画室
東京都渋谷区桜丘町15-8-204
Tel. 03-3461-5082 Fax 03-3461-5083
e-mail: gendai@jca.apc.org
http://www.jca.apc.org/gendai/
印刷所　中央精版印刷株式会社

ISBN978-4-7738-1105-6 C0097 Y2800E

セルバンテス賞コレクション

①作家とその亡霊たち　エルネスト・サバト著　寺尾隆吉訳　二五〇〇円

②嘘から出たまこと　マリオ・バルガス・ジョサ著　寺尾隆吉訳　二八〇〇円

③メモリアス——ある幻想小説家の、リアルな肖像　アドルフォ・ビオイ＝カサーレス著　大西亮訳　二五〇〇円

④価値ある痛み　フアン・ヘルマン著　寺尾隆吉訳　二〇〇〇円

⑤屍集めのフンタ　フアン・カルロス・オネッティ著　寺尾隆吉訳　二八〇〇円

⑥仔羊の頭　フランシスコ・アヤラ著　松本健二／丸田千花子訳　二五〇〇円

⑦愛のパレード　セルヒオ・ピトル著　大西亮訳　二八〇〇円

❽ロリータ・クラブでラヴソング　フアン・マルセー著　稲本健二訳　近刊

以下続刊。白抜き数字は未刊です（二〇一一年四月現在）。